消化内镜的质量控制

李兆申

宛新建　主编

刘　枫

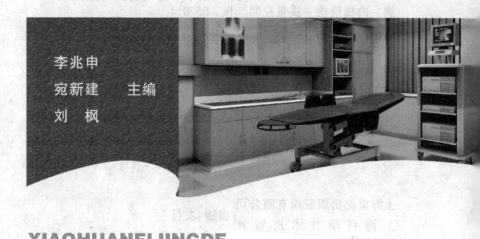

XIAOHUANEIJINGDE
ZHILIANGKONGZHI

U0133070

上海科学技术出版社

图书在版编目（CIP）数据

消化内镜的质量控制／李兆申，宛新建，刘枫主编.
上海：上海科学技术出版社，2009.8
ISBN 978 - 7 - 5323 - 9780 - 8

Ⅰ.消…Ⅱ.①李…②宛…③刘…Ⅲ.消化系统疾
病 - 内窥镜检 - 质量控制　Ⅳ.R570.4

中国版本图书馆 CIP 数据核字（2009）第 053298 号

上海世纪出版股份有限公司
上海 科 学 技 术 出 版 社　出版、发行
（上海钦州南路 71 号　邮政编码 200235）
新华书店上海发行所经销
常熟市兴达印刷有限公司印刷
开本 889×1194　1/32　印张：11.625　插页 4
字数：268 千字
2009 年 8 月第 1 版　2009 年 8 月第 1 次印刷
ISBN 978 - 7 - 5323 - 9780 - 8/R·2666
定价：35.00 元

内容提要

　　本书主要介绍当前国内外公认的消化内镜诊疗工作的基本要求,是将国外最新的权威性指南与我国的基本国情相结合的产物。主要内容分为3个部分。第一章主要介绍消化内镜的基本设置和消毒,包括消化内镜室基本设置、人员配备、器械维护、清洗消毒、影像采集以及工作管理等方面的基本要求。第二章主要介绍内镜质控的基本要求,其内容主要包括内镜工作质控体系的建立、风险评估、感染预防、操作要求、取样及护理要求、培训要求等。第三章主要介绍各种内镜诊疗的质控要点,包括胃镜、肠镜、超声内镜、小肠镜、胶囊胃镜、ERCP等操作的质控要求,另外还介绍了一些特殊情况下的内镜操作,如孕妇、小儿的内镜操作等。

　　本书的主要读者对象为我国各级医疗机构从事内镜工作的相关人员,以及医疗卫生管理机构的相关人员。

作者名单

■ 主　编

李兆申　　宛新建　　刘　枫

■ 编　者
（以姓氏笔画为序）

王　东	王　锋	朱　峰	任大宾
刘　枫	汤茂春	杨文卓	杨秀疆
李　雷	李兆申	吴仁培	张　丽
张汝玲	陆颖影	陈　洁	季大年
金震东	宛新建	姜海琼	徐　刚
徐铭益	董育玮	赖跃兴	靖大道
蔡晓波			

前言 FOREWORD

　　消化内镜学是近年来迅速发展的一门新兴学科,汇集了多个学科最新的研究成果,也是一门快速发展中的边缘学科,具有广阔的临床应用前景。特别是近20年来,随着医学科技水平的提高,消化内镜技术得到了迅猛的发展,在消化系疾病的诊断和治疗上发挥着"举足轻重"的作用,已成为消化疾病临床诊疗的重要手段。我国消化内镜水平在近年来也取得了长足的进步,发挥着重要的作用,但总体水平与国外先进水平相比尚有较大的差距,尤其集中在内镜的清洗消毒、基本设置、诊疗操作规范、培训上岗等方面,这不仅影响了内镜技术的发展,也存在引起并发症危险性。因此,迫切需要建立我国全面系统的内镜质控体系,以及科学合理并切实可行的内镜诊疗规范。针对这种情况,本书的作者结合自己多年的内镜工作体会,将国内外有关消化内镜质量控制的最新研究成果加以整理,并充分结合了我国的基本国情,汇集成本书的基本内容,作为内镜诊疗工作的指导性建议,希望介绍给广大内镜从业人员及相关医疗管理人员,以供参考与借鉴。

　　本书全面阐述了当前国内外消化内镜质量控制方面的相关内容。第一章主要介绍内镜设置和消毒,包括内镜基本设置、人员配备、器械维护、清洗消毒、影像采集、工作管理等方面的基本要求。第二章主要介绍内镜质控的基本要求,包括内镜工作质控体系的建立、风险评估、感染预防、操作要求、取样及护理要求、伦理及培训要求等。第三章主要介绍各种内镜的质控要求,包括胃镜、肠镜、超声内镜、小肠镜、胶囊胃镜、ERCP等操作的诊疗要求,另外还介绍了一些特殊情况下的内镜操作,如孕妇、小儿的内镜操作等。

本书的重点内容是介绍目前国内外公认的消化内镜诊疗工作的基本规范,是将国外最新的权威性指南与我国的基本国情相结合的产物。其主要的读者对象为我国各级医疗机构从事内镜工作的相关人员,以及医疗卫生管理机构的相关人员。

本书的主要编写人员长期从事消化内镜质控方面的工作,曾对我国消化内镜的工作状况作了大量的调研,先后发表了多篇相关的科研论文,并参与编写了《上海市内镜消毒基本要求》、《上海市软式内镜质控手册》,参与讨论了2004版全国《内镜清洗消毒技术操作规范》,积累了丰富理论知识和实际经验。但由于成稿匆忙,文中难免存在遗漏和缺陷,敬请广大读者批评指正,将不胜感谢!

李兆申

2009 年 3 月

目录 CONTENTS

第二章　内镜质控的基本要求

第三章　各种内镜诊疗的质控要求

第一章
消化内镜的基本设置和消毒

第一节 消化内镜室的基本设置

一、消化内镜室的功能分区

每家医疗单位只要设置内镜室,不论是工作量较少的基层医院,还是兼备医疗、教学和科研任务的医科大学的附属医院,在内镜室特别是消化内镜室内,都可分为以下 5 个功能区域:① 患者接待和术前准备区;② 内镜操作的医疗诊治区;③ 内镜器械洗消储存区;④ 患者的术后休息或复苏区;⑤ 资料视听室和电脑控制室。设置内镜室,不论是建造新的和改造旧的,确定待建内镜室的功能分区是最为重要的,其决定待建内镜室的特性,也就决定内镜室现在和将来的需要。当然,消化内镜室的设置中最基本的原则应该是:形式适合功能、处处以患者为本。也就是说,有利工作开展与方便、尊重患者并重。目前,在我国内镜室设置最突出的问题就是考虑工作方便太多,为患者考虑太少,这也是我国医疗系统整体存在的问题之一,全球化趋势的发展,相信这种情况会逐步改观。

(一)患者接待和术前准备区

内镜操作不单是一个简单的插镜检查过程,它是一个复杂的过程,包括有许多基础步骤。可分为操作前、操作中、操作后 3

个阶段,此3部分所需要的配置共同构成一个操作单元,称为内镜单元,代表了内镜检查术全过程的概念。操作前的过程,往往是包含预约、患者按号进入、患者术前谈话、患者准备、术前用药等几方面工作。在这个区域内一般设置有两个基本房间的接待室和候诊室。接待室主要用于术前、术后医生与患者间的交流,要求每2个操作间有1个接待室。室内应配备术前宣教设备,以帮助患者了解检查方法,放松情绪。工作量大、诊疗项目多的内镜室应将预约处与候诊室分开,也可设一预约桌。如能电脑联网预约则最好,有的医院设有中心预约处,则内镜室不再重复设置。

(二) 内镜操作医疗诊治区

对于只有一间房的内镜室,该区域应为多功能性的,将可能需要的设备最大限度地配置在此房间内,一间房间完成多种功能或多种操作。在此情况下,操作间只是一个功能概念,与其他辅助区域之间只是相对独立。这种情况适合于规模较小、工作量少、检查项目不多、多个学科共用的消化内镜室,有利于提高效益、节省成本。规模大的内镜室可将这区域设置为独立的操作间,尽可能将内镜单元的各种功能从操作间分出去,将操作间设计为单纯的某种检查项目的操作场所,以方便同一时间开展多项检查,又可节省辅助用房的数目、辅助人员的需要,提高工作效率与经济效益。每一操作间均设计为专一项目所用,按特殊要求进行配置,在这种情况下,每间的设计均针对特殊项目进行,目的非常明确,设计上的特点就是保证该项目最大限度地方便有效,此情况往往出现在条件较好、水平较高的胃镜室,这种胃镜室往往对新项目、新技术吸收快,考虑到技术进步、更新的频率,参见图1-1。

(三) 内镜器械洗消储存区

对单一操作间的内镜室,该区域只能是功能上的概念或操作间的某一分区。对于有一定规模的内镜室,内镜器械洗消储

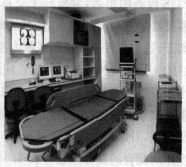

图 1-1　消化内镜操作室

存区最好能独立出来，配置一定数量的清洗消毒机器，包括自动内镜洗消机、附件清洗用的超声清洗机器、测漏装置、干燥装置、经一定专业培训的洗消专业人员等(图 1-2，图 1-3)。设置在内镜室的中间位置，尽量靠近操作区域，可被所有的操作间所共用，使清洗消毒设备、人员能公用，又方便内镜的传送，提高成本效益比。

图 1-2　消化内镜清洗消毒设施　　**图 1-3　消化内镜的存放设施**

(四) 患者的术后休息或复苏区

在行胃镜检查术时，仅进行咽喉部的局麻，患者检查结束即可离开，一般不必进行术后的观察与处理，但接受 ERCP、结肠镜、

EUS 检查的患者,常施行了全身麻醉,检查结束,患者尚未清醒,需要给予进一步的观察、复苏处理,直至患者清醒、无异常后才可离开,这类患者必须在该区域内接受复苏治疗,这是设置复苏区的目的。复苏室的规模应与操作间的规模相适应,一般而言,每一操作间需要 2 张复苏病床。一位患者准备、一位患者复苏。考虑效率等因素,每一操作间占有 3 张复苏床位才合适,但某些检查项目费时长,对床位的要求低,故同样要根据权重因子进行折算。每一操作间配合的复苏床位应在 1.6～3 之间。国外均采用平车作为准备间、复苏间的病床,患者在平车上准备后,推至检查室检查,检查结束推至复苏间,可大大提高效率,但对 ERCP 不适用(图1-4)。

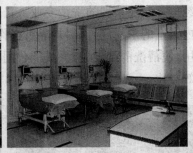

图1-4 消化内镜术后复苏室

(五) 资料视听室和电脑控制室

图像资料视听室,过去存有大量的照片,后来改为录像带,现在则是电脑存放图像,对图像资料的贮存空间要求不同了,根据自身的情况进行调整设计,但国外的观点,电脑存放也以录像为好,不赞成存取底片。电脑控制室:规模较大的内镜室应建立局域网,通过电脑将各功能室的信息进行集中处理,以方便查询与管理。条件好的单位,应将所有资料上网,设置一定的权限用户,将检查信息供全院临床医师共享(图1-5)。

图 1-5 内镜资料视听室

二、消化内镜室的基本硬件配置

消化内镜室的基本硬件配置仍然应遵循以患者为本,方便工作为原则。在这个前提下,根据我国的国情,应倡导这样的理念:硬件设备配置能在不同检查项目之间互用,以减少投入。每一内镜室有其自身特点与风格,一个合理的硬件配置便于工作的开展,提高效率,方便患者就诊。理论上不存在某种标准的模式,所以从设计和质控的角度而言,内镜室更是一种概念不是一种场所。以下就内镜室的功能区域,从房屋设施和消化内镜周边仪器的配置来阐述。

(一)患者接待和术前准备区

1. 房屋设施

任何单位的内镜室或内镜中心,其患者接待和术前准备区应安排在醒目的"窗口"位置,特别是患者接待预约登记处。

(1)平面规划:在区域的设计上要考虑以下 3 个因素。

1)人流方向:从预约入口到候诊室、更衣室、操作室、回到更衣室、候诊室然后离开,这是人流的方向,患者进出操作间的通道应分开。

2)有条件的单位尽可能设置一个术前准备区或患者更衣室,面积不大的单位也要用屏风隔离出这样一个空间。该区域要相对隐秘,面积不必太大,便于在术前用药时,保护患者隐私与尊严。一些必要的签字手续也可在此处进行。

3)卫生间设置:主要需考虑结肠镜检查的患者数及准备方法,国外很多内镜室采用检查前清洁灌肠方法,对卫生间蹲位要求多,而且费时,这种情况下,要求蹲位数是检查人数的2倍(还要考虑性别因素)。国内,肠道准备往往在内镜室外准备,这种情况下,对蹲位的要求相对较少,主要考虑检查例次的因素。容易出现的问题是蹲位数少,检查台数多,造成两者间的不协调,出现患者排队等候的情况,往往会使患者产生不满甚至反感。

(2)标牌:预约登记处正面墙壁应挂贴带有本中心的形象标志(logo)标牌,以彰显自己单位文化氛围,专业服务理念。同时在每个房间门上一定要有显示该房间功能的中英文标牌。不要挂贴只显示房间序号的生冷数字标牌。

(3)照明:由于登记区是患者到内镜室初到的区域,灯光设计上要以足够的明亮,而不炫目为原则。以亮堂、舒适的就医环境,赢得患者良好的第一感觉,缓解患者的紧张心情。为避免给患者的刺眼感,灯具可选择色温在3 200 k左右的日光灯。

(4)叫号与扩声系统:本区域如在一个较大的空间,每天的业务量在50例次以上,可配置叫号与扩声系统。

(5)背景音乐及视频媒体播放器:背景音乐对改善患者候诊时的恐惧心理肯定是有裨益的。值得注意的是扬声器的音量和曲目的选择,内镜室既是一个公共场所,更是一个就医诊所,背景音乐的音量只能在患者静心时刚好听到,而又能保证操作区安静的要求。音乐的类型也只能是舒心悦耳的轻音乐。尽可能避免根据年轻医务人员的欣赏习惯来选择节奏强烈的打击乐,而引起患者的不安和焦虑。还应高度重视所选音乐的版权问题,第一,要求在市场上购买正版的音乐载体;第二,一定要特别注意,其所购的音乐载体封面上是否有对播放场所限制的警告标示。因为,医院诊所是盈利性的公共场所,即使在工作时段播放正版的音乐制品,也还要另外缴纳版税。这在国内外都有相关法律规定的。为此,国内的医院在播放背景音乐时,一定要避免类似的法律纠纷。另外,有条件的单位可以播放一些相关内镜检查的科普类视频宣教资料。同时,应杜绝以下的做法,即对候诊患者和家属直播内镜检查的操作外景与内镜画面等专业视频信息,这种做法既不利保护患者的隐私,又增加患者对内镜检查的恐惧感。

(6)营具:首先,要改变患者来预约登记站立的模式,在登记区空间允许的前提下,要尽量在登记台前配置坐椅,登记台尽可能是敞开式,而且,桌子高度以接待坐式患者为宜。候诊区椅子的数目主要决定于检查例次,需要考虑的因素包括患者人数、陪同人员数及术前、术后在内镜室的滞留时间。

(7)弱电接口:在本区域内登记预约电脑的网络接口是必须的,内镜室内部呼叫系统的接口和电话接口也是不应该缺的。在现在和将来,对医疗场所使用无线移动电话都有所限制,因此,设置公用(投币、磁卡)电话以满足患者的需求。

2. 仪器配置

该区域仪器配置,主要需考虑的是候诊区内如何处置急诊患者的候诊和急救。

(1)输液架:在候诊区的各方位的天花板上安装能悬挂输液架的天轨,便于各坐位上的输液患者悬挂输液袋。同时,配备2～3个移动式的落地输液架,以备推床上的急诊患者使用。

(2)吸引与供氧:有条件的单位可以在候诊区的墙壁上安装集中供氧和墙壁吸引接口;或配置一个氧气瓶和电动吸引器。同时要配备一个枕式氧气袋,供患者路上使用。

(3)抢救小车:在空间不大的单位,不必专门在该区域配置一台抢救小车。只要药品和仪器配置齐全,并能保证药品在有效期内,器械处在正常状态即可。

（二）内镜操作医疗诊治区
1. 房屋设施

（1）平面规划：

1）操作间数目的设置主要决定于受检患者数,正确估计现在的患者数并不难,难在对将来的患者数作出正确的预计,因为内镜室设计建成后要用十年甚至更长时间,将来患者的数目很大程度上取决于内镜检查发展的水平。当然,社会、经济因素也会产生明显影响。

2）任何内镜操作至少需要2人,操作台应在房间的中间,以保证其四周均可进行操作,内镜医师与辅助人员各有特殊的活动区域与位置。在房间的一侧应有工作人员进行文字工作、阅读图片、书写、查询电脑报告的场所（最好能独立成间,附在操作间旁边）。操作间中内镜辅助人员区域的设计比内镜医师工作区更复杂,一般应包括以下3部分功能：① 工作台,一般设置在患者的头边,存放内镜附件、组织标本取样用具、手套、冲洗用水、牙垫和其他需要的物品；② 紧靠贮存柜和工作台,存放某些不常用但可能需要的附件、药物；③ 贮存柜。

3）检查室面积原则上不小于20 m²（房间内安排检查等基本设备后,要保证检查床有360°自由旋转的空间）,开展治疗内镜的检查室应适当扩大面积。

（2）照明：检查室的照明系统,最好是两路开关控制,一路是控制室内非工作时段的照明,照度能满足抢救患者时的要求。另一路是可调节亮度的照明系统,一般在工作时段的室内亮度,以操作医师观看内镜监视器时感觉不反光为宜。为配合室内低照度的照明,操作间可选用遮光窗帘。在图文工作区配置一台X线片看片灯是必需的。

（3）弱电接口：

1）计算机的网路接口是必须的,为了将来发展可多留几个接口。

2) 内镜计算机的图文工作站普及,为内镜的图文资料存贮带来便利,要求至少设置内镜图像传输视频的接口 3 个,一个用于存取内镜静态图像;一个获取内镜动态视频信息,用作录像保存或教学演示和学术交流;第 3 个接口留作传输内镜操作外景信号。

3) 在内镜操作间设置扬声器不是用来播放背景音乐,主要是作为教学语音系统内播放来自教室或会堂的提问声。

(4) 操作室的墙壁、门应有一定隔音能力,墙壁的声音传输系数至少 55(STC),门的传输系数至少 40(STC)。

(5) 操作间内的电线、电缆在天花板上行走,要走在金属管或导线管中,以保护图像在传输过程中不受 X 线、发动机及其他因素的影响。

(6) 操作间应设有独立的通风系统,换气功能要充分。

(7) 设置应急呼叫按钮和应急通讯系统。

2. 仪器配置

(1) 应设置 2 个内镜显示器,医师、护士均同时可看到满意的操作图像。

(2) 开展内镜治疗及无痛苦内镜检查的操作间,每个检查床旁都要设置常规生命监护仪;特别是开展麻醉内镜检查的内镜室一定要配置一台麻醉机。

(3) 每个检查床要配置 2 个墙壁吸引接口或电动吸引器,一个连接内镜,一个用于吸引患者的口腔分泌物;2 个集中供氧接口,一个连接患者的鼻饲供氧管,一个连接麻醉机上的加压供氧管。

(4) 开放式存放活检钳的壁橱;可上锁的药品壁橱。

(5) 激光治疗室配备烟雾消除装置。

(6) 急救车,一个内镜室有一台即可。

(三)内镜器械洗消储存区

1. 房屋设施

(1)平面规划:清洗消毒间一般设置在内镜室的中心位置,尽量与各操作间保持等距离,有条件的单位也可在内走廊,与患者的通道完全隔开。避免工作人员手提内镜在患者的视野来回走动,引起患者的恐惧。

(2)供水:内镜洗消间供水,最好设置冷热两个管道,目前许多内镜洗消机都对热水供应有所要求;各地内镜质控单位对消化内镜的洗消水平提出更高要求,因此对内镜浸泡消毒后的冲洗用水,也要求达到纯净水的标准。

(3)通风设备:清洗消毒间应设有通风系统,换气功能要充分,尤其是化学气味应及时被抽出;清洗间的通风口应设在近地板处或与桌面齐平。

(4)干燥机:内镜的存储对空气的湿度有要求,相对湿度应常年保持在30%~70%。在内镜室内如果有一间是专门的镜库,库房内最好不设窗,并配置一台干燥机,满足内镜对环境避光、干燥的要求。使用储镜柜子的,在柜子内放置干燥剂同样有除湿效果。

2. 仪器配置

(1)高压空气系统:内镜洗消后储存前需干燥。通常使用的方法是直接插入冷光源利用注气泵吹干内镜。该法既耗时又费灯泡,显然不是最合适的。简便、实用的方法是从口腔科引入的压缩气体直接吹干超声内镜管道。其正压气体是通过水气分离器过滤的纯净、干燥气体,压力控制在0.2MPa之内。如从口腔科室引入管道有困难的,可配置一台小功率的真空泵,也能达到目的。有的单位直接用氧气吹干内镜的方法,这是种既不经济又不安全的方法,应杜绝使用。

(2)吸引装置:在每个内镜洗消单元内,都要配置吸引装置。注意吸引的压力控制在0.04MPa之内。

（3）空气消毒：在本区域内配置空气消毒装置是必须的，最好的器械是推车式的紫外线消毒灯。每次消毒后要做记录。注意内镜储存区的空气消毒紫外线消毒时，避免直接照射到内镜镜身，紫外线对内镜的外套管有损伤作用。

（四）患者的术后休息或复苏区

1. 房屋设施

（1）平面规划：从原则上讲，该区域不应与患者接待和术前准备区公用。应设置在内镜室的出口处，尽量与入口区保持距离。避免候诊患者目睹到未苏醒的术后患者，不给候诊患者增加恐惧感。该区域设置护理观察台，保证复苏室中的每一位患者均能在医护人员的视野内，一旦出现急救信号，迅速有医护人员进行抢救处理。照明，应在每个床边设置一个高亮度应急灯，保证断电时抢救患者不受影响。

（2）屏风帘：为保护每个未苏醒患者的隐私，需在每个床位间设置活动的屏风吊帘。

（3）输液架：为保证急救患者有足够的输液架，又能满足床位移动时空间不受影响，可设置吊顶式可活动的输液架。

2. 仪器配置

（1）复苏区应配置有必要的监护设备、给氧系统、吸引系统、急救呼叫系统、急救设备。其型号和规格可参照内镜操作间的配置。

（2）在复苏区内配置一辆急救小车，并配全各种心脑复苏的基本器械和药品。根据麻醉专业质量控制中心的相应规定：开展麻醉内镜检查的内镜室必须配置一台麻醉机，确保麻醉患者的安全。

（五）资料视听室和电脑控制室

1. 房屋设施

（1）平面规划：该区域一般设在工作人员办公区。规模大的单位可以单独设立一个小型会议室作为视听室。房间大小以容纳30人左右为宜。电脑控制室一般设立在资料视听室旁。一般的视音频资料控制设备和电脑网络服务器设在该室。

（2）电源：照明用电与电器用电要分两路控制。为保证电脑网络服务器24小时常态平稳工作，需配置不间断电源保护器。

（3）电源接地系统：医学上对内镜的图像信号质量要求很高。为保证内镜视频信号在传输和存储过程中不被其他电磁信号干扰，在内镜室系统内一定要单独设立可靠的电源接地系统。绝对不能依附于大楼的接地系统，因为，一旦大楼的接地系统中断，那么，内镜室的接地系统就等于是一个开放的天线，大量的低频干扰信号将影响到内镜的视频信号。受到干扰的低质量内镜图像对教学和医疗都是无用的。

（4）空调设施：由于计算机服务器需24小时工作，控制室还配有大量的电器会产生许多热量，而电脑间的人员进出较少，热量排放较困难。许多单位的大楼中央空调系统在春秋季不运行，无法保证网络服务器的常年工作，因此，房间内一定要设置单独空调机。

（5）防静电地板：铺设防静电地板也是有效防止电信号干扰的手段。

2. 仪器配置

（1）视频信号显示器：在资料视听室内可配置3个图像显示器，用于同步显示内镜专家的操作外景实况、内镜图像与超声影像。图像监视器的尺寸可根据观摩的人数多少和场地大小而定。一般显示外景实况多选用大屏幕投影电视机，使之更为逼真；而播放内镜图像的显示器选用清晰度高、色还原性好的专用彩色监视器；播放X线或超声图像的显示器也选用层次丰富、抗干扰性能强的黑白专用监视器。

（2）视频信号储存系统：随着计算机技术的发展，视频图像的储存,目前大多采用非线性编辑技术系统,其替代了传统的磁带录像技术系统。用非线性编辑技术记录消化内镜图像,是基于计算机操作平台与一块视频图像采集卡来实施完成的。在消化内镜图像发生器(如 Olympus 公司的 CV-260)上的图像输出端与计算机视频采集卡的图像输入端间,用屏蔽同轴视频线连接,消化内镜的动态图像即被记录到计算机的硬盘上。再运用相应软件上的剪辑、合成、配音、解说、数码压缩等多种功能,可制成多种形式(VCD、DVD)教学影片。运用非编技术记录制作消化内镜图像资料省去了常规需要的编辑控制器、字幕机、调音台等基本设备,起到了事半功倍的效果。

(3) 电子计算机网络系统:该系统是由若干个电脑终端与一个网络服务器构成,其连接用电脑数据传输线在网络服务器和各终端之间通过专用线路分配器(HUB)并联而成。在每个检查床边与相应的电脑终端布设有采集图像的视频线。注意整个网络系统线路架设应与强电线路隔离,且须配护套管,确保安全。电脑服务器、网络线、交换机、切换视频机/(线)、立式机柜等这些设备是计算机房必备的仪器。

(4) 视频信号传输系统:在每个检查室铺设传输各种图像(内镜、超声)等信号的电视电缆至资料视听室和电脑控制室。并多铺设一条电缆以备将图像信号向外发送,作远距离教学之用。为加强教学、学术交流的效果,每个内镜检查室,包括在特诊室内各安装一台固定的电视摄像机,以摄取内镜操作者的外景实况。为方便教学双方交流,在每个内镜检查室和视听室内,安装双向语音传送系统(图1-6)。

图1-6　内镜电脑控制室

三、内镜室设置的注意点

内镜室设置中最严重的缺点是考虑医生、护士太多,考虑患者太少,也就是说考虑医护人员的工作方便多,对患者的情绪、感受考虑较少。内镜室与急诊室、ICU、放射科有密切的联系,应考虑与这些科室的患者进行内镜检查时的方便。内镜检查对于消化内、外科的患者是常见而重要的检查,因此,最好能离这些科室的病房尽量接近。在中国,胃镜检查患者数的大部分仍为门诊患者,内镜室设计时应考虑这一特点,方便患者的寻找。

(吴仁培　李兆申)

第二节　内镜室电脑网络的基本要求

在计算机技术迅猛发展的今天,内镜室电脑工作系统的发展,无论是硬件的发展,还是软件的发展,都是日新月异的。本节针对内镜室电脑网络的基本要求做一简单介绍,以供参考。

一、内镜室电脑网络硬件的基本要求

内镜室电脑工作系统是由网络服务器、集线器、网络打印机、多个工作站等共同组成的、与外界有多种接口的局域网。

(1) 网络服务器:是内镜室电脑网络的灵魂与中枢,是内镜室各种图文资料的集中存储、备份的地方。

(2) 集线器:是网络服务器、网络打印机、多个工作站彼此联系的桥梁与纽带。

(3) 网络打印机:在局域网中有独立 IP 地址的、多个工作站可以共享的激光彩色打印机。

(4) 图文工作站:是与内镜直接相连的配置较高的电脑,要求具有独立的高分辨率的显示卡及专业的图像采集卡。

（5）预约登记工作站：普通电脑即可，对内部配置无特殊要求，但应具有多种通用数据读取接口如 USB 接口、1394 接口，并配有兼容 XD、SM/MS Select、SD、Mini SD、Extreme SD、Extreme Ⅲ SD、Ultra Ⅱ SD、MMC Ⅰ、MMC Ⅱ、RS - MMC、MMC 4.0、Ultra MMC、HS RS MMC、MS、MS - Pro、MS - Duo、MS Pro Duo、Extreme MS Pro、Extreme Ⅲ MS Pro、HS MS - MG Pro Duo、MS -MagicGate、MS - MG - Pro 卡等通用读卡器。对于外部设备，则要求配备高分辨率扫描仪或数码相机。

（6）检查登记工作站：普通电脑即可，对配置无特殊要求。

（7）医院信息系统（HIS 系统）传输接口：患者的一般信息资料、实验室检查数据、影像学检查图像可以通过医院管理系统（HIS 系统）传输接口由内镜室医生任意调阅；同时内镜室产生的文字、图像及图文报告也可以通过医院信息系统（HIS 系统）传输接口共享至整个医院。

（8）动态影音双向实时传输接口：可与电视转播系统、远程医疗会诊系统及国际互联网系统进行动态影音资料的双向实时传输。

（9）国际互联网接口：可以通过局域网登录国际互联网进行资料的查询、交流。

二、内镜室电脑网络软件的基本要求

目前国内外已经有多家公司相继开发了多种内镜室局域网图文处理系统，本节仅就其共性及其基本要求加以说明。

（一）输入内容

主要体现在预约登记工作站。

1. 一般资料的输入

负责每一门诊患者临床资料的录入，如姓名、性别、年龄、患者来源、主诉、主要体征、实验室检查结果、X 线号、超声号等内容。

对于住院患者的上述资料可以通过住院号由医院信息系统（HIS系统）自动获取。

2. 院外影像资料的输入

考虑到部分接受内镜检查或治疗的患者附带有院外的影像学资料，如B超或CT、MRI等内容。如果患者携带的是数据资料，可以多种通用数据读取接口如USB接口、1394接口以及兼容XD、SM/MS Select、SD、Mini SD、Extreme SD、Extreme Ⅲ SD、Ultra Ⅱ SD、MMC Ⅰ、MMC Ⅱ、RS - MMC、MMC 4.0、Ultra MMC、HS RS MMC、MS、MS - Pro、MS - Duo、MS Pro Duo、Extreme MS Pro、Extreme Ⅲ MS Pro、HS MS - MG Pro Duo、MS - MagicGate、MS - MG - Pro 卡等通用读卡器进行资料的输入。如果患者携带的是胶片资料，则可以通过高分辨率扫描仪或数码相机扫描或拍摄成数码照片后输入。

（二）输出内容

1. 自动排队系统

主要体现检查登记工作站的功能。要求对当天进行检查或治疗的患者来院后登记排队、检查编号，并通过扬声系统自动叫号。

2. 图像输出

图像输出是图文工作站的最基本的要求。图像输出应支持多种图像格式输出、支持各图像格式之间的互相转换与不同比例的压缩以及图像注释功能。

（1）多种格式输出：通过专业的图像采集卡采集内镜图像后，要求以多种通用的图像格式进行输出，常见的图像格式如BMP格式、GIF格式、JPEG格式、JPEG2000格式、TIFF格式、PNG格式、SVG格式、PSD格式等。

1）BMP格式：BMP是位图（bitmap）的简写，它是Windows操作系统中的标准图像文件格式，能够被多种Windows应用程序所支持。随着Windows操作系统的流行与丰富的Windows应用程序的开发,BMP 位图格式理所当然地被广泛应用。这种格式的特点是包含的图像信息较丰富,几乎不进行压缩,占用磁盘空间过大。

2) GIF 格式:GIF 是图形交换格式(graphics interchange format)的缩写。顾名思义,这种格式是用来交换图片的。GIF 格式的特点是压缩比高,磁盘空间占用较少。

3) JPEG 格式:JPEG 是常见的一种图像格式,网络上最受欢迎的图像格式。它是由联合照片专家组(joint photographic experts group)开发的,其压缩技术十分先进,它用有损压缩方式去除冗余的图像和彩色数据,获取极高的压缩率的同时能展现十分丰富生动的图像。同时 JPEG 还具有调节图像质量的功能,允许用不同的压缩比例对这种文件压缩。

4) JPEG2000 格式:JPEG2000 作为 JPEG 的升级版,同样是由 JPEG 组织负责制定的,它具备更高压缩率以及更多新功能的新一代静态影像压缩技术,其压缩率比 JPEG 高 30%左右。与 JPEG 只能支持有损压缩不同的是,JPEG2000 同时支持有损和无损压缩。无损压缩对保存一些重要图片是十分有用的。JPEG2000 还可以实现渐进传输,即先传输图像的轮廓,然后逐步传输数据,不断提高图像质量,让图像由蒙眬到清晰显示。

5) TIFF 格式:TIFF(Tag Image File Format)是微机上使用最广泛的图像文件格式之一,它的特点是图像格式复杂、存贮信息多,图像的质量也得以提高,故而非常有利于原稿的复制。该格式有压缩和非压缩两种形式,其中压缩可采用无损压缩方案存储。

6) PNG 格式:PNG(Portable Network Graphics)是一种新兴的网络图像格式。PNG 是目前最不失真的格式,存贮形式丰富,兼有 GIF 和 JPG 的色彩模式;PNG 采用无损压缩方式来减少文件的大小,能把图像文件压缩到极限又能保留所有与图像品质有关的信息,因此 PNG 显示速度很快,只需下载 1/64 的图像信息就可以显示出低分辨率的预览图像。

7) PSD 格式：这是著名的 Adobe 公司的图像处理软件 Photoshop 的专用格式 Photoshop Document（PSD）。由于 Photoshop 越来越被广泛地应用,这种格式也逐步流行起来。

8) SVG 格式：SVG 是可缩放性矢量图形（Scalable Vector Graphics)的简写,是目前最流行的图像文件格式,它是基于 EML（Extensible Markup Language)进行开发的。SVG 最大的特点就是基于矢量技术制作,可以任意放大图形显示,且不会以牺牲图像质量为代价,SVG 文件比 JPEG 和 GIF 格式的文件要小很多。

除上述常用图像格式外,如果能够支持其他一些非主流图像格式则更是锦上添花,如 PCX 格式、DXF 格式、WMF 格式、EMF 格式、LIC(FLI/FLC)格式、EPS 格式、TGA 格式。

（2）图像转换与压缩：支持各图像格式之间的互相转换及不同比例的压缩。

（3）图像注释：通过图像处理功能模块对某一图像进行测量（包括任意两点间的长度、任意两条直线间的角度、任意封闭区域的面积与周长等等)、标注、文字说明及图形示意,实现图像注释功能。图像输出的格式要求采用国际通用的格式,如 JPEG、BMP、TIFF 等,这些图像应该能够方便地拷贝入幻灯制作软件或文字处理软件,以利于演示与出版。

3. 视频输出

专业图像采集卡的作用,除采集内镜图像外,尚可以多种格式采集内镜操作的动态视频,进行视频输出。常用的视频输出格式包括 MPEG/MPG/DAT 格式、AVI 格式、RA/RM/RAM 格式、MOV 格式以及支持实时流协议（Real Time Streaming Protocol, RTSP)和微软媒体服务协议（Microsoft Media Server Protocol, MMSP)的多种流媒体格式。

4. 纸质报告

这是临床中最常应用的报告形式,通常以图像与文字混合排

版的图文报告的方式存在。需要指出的是,打印的图文报告需要
内镜医生的手工签名或盖章才有意义。

5. 光盘报告

与纸质报告相比,内镜光盘报告已经在临床中悄然兴起。这
主要是基于以下几点:① 与纸质报告相比,光盘报告保存的时间
更长久,这对于人们日益提高的健康档案需求极其重要;② 纸质
报告中内镜图像的印刷分辨率较低,远远无法与光盘中的数码照
片相比拟;③ 光盘上内镜操作的动态视频无法在纸质上存在。

6. 数字化输出

随着网络技术的飞跃发展及电脑软硬件的提高,内镜资料的
数字化输出、网络化输出将指日可待。除了文字描述、内镜图像、
内镜视频可以存贮于多种形式的介质(如闪存、光盘、记忆棒、移动
硬盘等)之外,以支持实时流协议(Real Time Streaming Protocol,
RTSP)和微软媒体服务协议(Microsoft Media Server Protocol,
MMSP)的多种流媒体的形式进行实时网络输出将是未来发展的
趋势之一。

三、内镜室电脑网络应用人员的基本要求

为了内镜室电脑网络更好地运转,所有工作人员均应接受相
应的培训才可以应用,培训的内容也就是对应用人员的基本要求,
包括:

(1) 通用电脑知识,如电脑操作系统与局域网的基本原理及
应用,扫描仪、数码相机的应用,多功能读卡器的应用,光盘的刻录
等等。

(2) 医院信息系统(HIS 系统)的应用。

(3) 内镜室电脑网络系统的组成和结构。

(4) 内镜室各工作站的常规应用。

(5) 图像输出格式、视频输出格式的选择与转换。

（6）电脑与网络常见故障的分析与解决。

四、内镜室电脑网络维护人员的基本要求

内镜室电脑网络维护人员的基本要求如下。

（1）内镜室电脑网络维护人员应由电脑软硬件工程师承担，人员可以来自医院信息中心或者计算机中心，也可以来自IT外包公司。

（2）对医院信息系统、内镜室电脑网络系统的软硬件环境有充分的了解；对内镜室电脑与网络的各种故障进行分析并解决。

（3）定期对内镜室电脑网络系统进行检查、维护、备份。

（4）定期对内镜室应用人员进行培训。

（5）一旦内镜室电脑网络系统出现故障，维护人员应可以在最短的时间内赶到现场，并协调院内外各种维修人员尽快解决故障。

（李　雷　宛新建）

参 考 文 献

1. 许国铭,李兆申. 消化内镜培训教程[M]. 上海：上海科技教育出版社,2000.
2. 徐富星. 下消化道内镜学[M]. 上海：上海科学技术出版社,2003.
3. 许国铭,李兆申. 上消化道内镜学[M]. 上海：上海科学技术出版社,2003.

第三节　内镜及附件的使用要求与维护保养

一、内镜术前准备

（一）安装调试

内镜属贵重且易损仪器,除定期进行维护保养外,在每次术前

都须作好充分的器件准备工作,特别是要严格按说明书上规定按部就班地仔细连接和调试内镜系统。

1. 纤维内镜的准备

从镜房(柜)取出纤维内镜后,先将内镜的目镜及导光缆插头上的保护罩取下,后按顺序对纤维内镜作预检和调试。

(1) 查看纤维内镜镜身表面有否凹陷和突起。

(2) 用手指沿镜身表面触摸有否凹陷和突起。缓慢地操作弯曲钮手柄,直至各方位角限度为止,同时观察镜身前端弯曲部橡皮套有无细微漏孔。

(3) 检查操作部固定钮,查看锁上时镜身弯曲部是否被固定。当固定钮松开处于"F"位置时,看操作部其他按钮是否能自由活动。

(4) 向上移动抬钳器钮,观察内镜末端抬钳器是否自如上抬;向下移动抬钳器钮,观察抬钳器是否完全回复至活检管道内。

(5) Olympus 内镜要特别观察内镜先端帽有否松动。发现先端帽松动现象,应立即重新安装先端帽到位,或更新先端帽。

(6) 95％乙醇(酒精)纱布擦拭电气接点和所有镜面。

(7) 旋转目镜部视度调节环,直到纤维内镜图像对焦清晰为止。注意对焦时物镜离观察物保持 15 cm。

(8) 确认钳子通过管道要顺滑,插入钳子务必要关闭。

(9) 观察导光软管有无任何损伤,并检查导光插头部、目镜及操作部在连接上是否松动。

(10) 确认内镜防水帽内侧无水滴及通气垫无松动和不吻合的现象。

2. 电子内镜的准备

(1) 在每次使用电子内镜前同样对镜身部预检,顺序同上述的纤维内镜。

(2) 设定白平衡:电子内镜由于取消了目镜和导像束两大部

分,将固体摄像器或称光电荷耦合器件(CCD)置入内镜前端物镜部内,使得内镜图像颜色再现性和分辨率都有极大提高。不同的电子内镜,色调也有些不同,因而在新的电子内镜首次使用前或两条电子内镜交替用在同一台电子内镜图像处理中心(如Olympus的CV-240)时,及在更换冷光源灯泡后,都应设定电子内镜的色彩白平衡。具体步骤如下。

1)用专用白平衡罩盖HM-154或用白色不透光的厚纸及白布卷成筒状,将物镜端部放入其中,注意不要让外界光线射入。

2)在CV-240型色调节板上,将"R"和"B"位置调到中间位置。

3)按CV-240型上的白平衡键一秒钟左右,键灯点亮即开始工作,数秒后键灯熄灭,白平衡设定即完成。

(二)内镜系统的连接

(1)内镜悬挂于台车上,根据内镜的长度,调节台车挂臂的高度;将图像信号转接器Olympus的MD-681插至CV-240上,打开台车前侧盖板,将MD-681另一端搁置其内。

(2)将内镜注水瓶管和吸引管分别插入内镜相应的插孔上。Olympus的240内镜系列配置的注水瓶管采用的水气分离的新的结构,前端有大小两个插孔,先将大孔竖向插至内镜上对应的进水孔座,再横向对着进气小孔插紧密。

(3)接上图像信号转接器(MD-681)。在连接转接器时,CV-240上电源应关闭,否则会损坏CCD;将内镜导光缆插入冷光源插座内。

(4)开启冷光源电源,激发氙气灯,打开转换器电源。打开冷光源及转换器电源;在冷光源操作面板上,键亮送气开关,并调至"HIGH"档位置上。

(5)将内镜前端部置水缸中,入水深达10 cm以上,用手指按住内镜操纵部送气/水按钮上小孔。确认气/水从内镜前端部喷嘴中送出。松开手指确认气/水不再从内镜前端部喷嘴中送出。同样将内镜前端部置水缸中,按下内镜操纵部吸引按钮,确认水从吸引管吸出,松开此钮吸引停止。

二、内镜清洗消毒

(一)内镜消毒的基本要求

2004年上半年卫生部正式颁布了《内镜清洗消毒技术操作规范》,对消化内镜消毒的实施提出了原则性的指导意见。内镜的消毒基本要求和方法,与其他的消化内镜相似。世界各国基本采用Spaulding医疗器械分类,根据各类器械的使用情况,将医疗器械接触人体后的危险性分为三类,不同类别消毒、灭菌要求不同。十二指肠镜属危险类的医疗器械,此类器械应进行高水平消毒,对消毒的具体要求是能杀死一部分的细菌孢子、大部分的真菌孢子、所有常见的植物性细菌、小的或非液态病毒、中等大小的或液态的病毒。

(二)内镜消毒的基本方法

1. 全浸泡式消毒(高水平消毒)

第一阶段:初步清洗。本步骤的目的是立即清除内镜内腔及外表的污物,以防凝固后增加清洗的难度。将内镜浸渍在洗涤液中。在洗涤液中,用纱布擦拭内镜的先端部端面和外表面,特别要擦拭送气、送水喷嘴开口部和内镜先端部端面。

第二阶段:管道刷洗。本阶段所用的洗涤液切不可含醛类化合物,以防内镜腔道的堵塞。本步骤是达到内镜高水平消毒不可缺少的一步,清洗不完全,致有机物固化,堵塞内腔。特别是内镜在管道上与其他消化内镜不同,增加了一个抬钳管道,也需将其刷洗。具体方法如下。

(1)吸引管道的洗涤:将内镜先端放入洗涤液中,进行30秒钟的吸引;将先端部从洗涤液中拿出,吸引空气10秒钟;然后按以下顺序,对吸引管道进行刷洗。

1) 将内镜的弯曲部拉直,把持专用(MH - 507)清洗刷前端离刷头 3 cm 处,沿着吸引气缸侧壁与开口部呈 45°方向,向内镜的插入部插入直到刷子头从内镜先端钳子出口露出;清洗者用纱布将刷头在洗涤液中洗净,再小心地将清洗刷抽回。

2) 把持专用清洗刷前端离刷头 3 cm 处,顺着导光缆方向插入吸引按钮座,直到刷子头从内镜连接部的吸引口露出。同样用纱布将刷头放在洗涤液中洗净,再小心地将清洗刷抽回。

3) 从管道开口部将清洗刷的刷头一半插入吸引气缸,转动一次刷子。拔出,用纱布将刷头放在洗涤液中洗净。

(2) 送气、送水管道的洗涤:从内镜上拆下送气、送水按钮,放入装有上述洗涤液的容器内。将 AW 管道洗涤接头(MH - 948)安装到内镜的送气、送水气缸上,将光源的送气压调至"强",按 30 秒钟按钮。在此状态下,从送气、送水喷嘴送水,松开按钮,送气 10 秒钟,直至先端不出水为止。

(3) 抬钳器管道内的洗涤:将洗涤管口垫连接到洗涤管上,用 10 ml 注射器向管内注入 10 ml 洗涤液,将先端部浸泡在洗涤液中,操作钳子旋钮反复抬起/放下钳台 3 次。

(4) 先端帽的拆卸:用手指轻捏弯曲橡皮最先端一侧,用另一只手捏住先端帽的前端;向内按住先端帽前端,逆时针方向转动先端帽。然后向先端方向慢慢拉先端帽,从内镜先端部拉下。

(5) 抬钳器周围的清洗:按下列方法,使用管道开口清洗刷和软毛牙刷对抬钳器周围进行清洗。用流水冲洗钳台周围,边将管道开口清洗刷插入内镜先端部钳子出口,再拉出,反复进行 5 次;用软毛牙刷刷洗钳台两侧、钳台内侧、钳台齿轮周围、抬钳器导丝;将手指移开钳台,用软毛牙刷清洗先端部。

(6) 防水帽的安装(只适用 Olympus 的 EVIS 型 40 系列的电子内镜):内镜的电气接头不是防水构造,所以浸渍整个内镜时,请务必盖上防水帽（MH‐553）；若没有盖在电气接头上时，请不要单独浸渍防水帽单体。防水帽内侧的水滴会浸入到电气接头，容易造成电气接头破损；防水帽上的"EW"或"KC/TD"的文字部与电气接头部的"指示2"对上吻合。将防水帽的沟槽与电气接头部的凸起对准插入至尽头后，顺时针方向旋转（约45°）直至咬合。

（7）漏水测试：漏水测试的结果，有连续气泡产生时，可能有孔，使水进入内镜内部。从上述容器中把内镜拿出，与指定的售后维修中心或当地事务所联系；在水中，绝对不要将通气口垫与漏水测试器（MB‐155）拆开，容易引起内镜漏水；漏水测试器的连接口要完全转到头，连接不完全会使内镜内部无法加压，不能进行漏水测试；必须先将漏水测试器的接头从维护保养装置或光源上拆下，如果先将漏水测试器的连接口垫从通气口垫拿下的话，内镜还处于加压状态，容易导致故障。漏水检测器的口垫在使用后要擦干，不要有水滴。

漏水测试操作方法：先将内镜充分浸没在盛满水的盆内，将测试器的接头插入维护保养装置（MU‐1）或光源的内镜套管内，打开维护保养装置（MU‐1）或光源的内镜套管，并将送气设定为"强"。轻按漏水测试器的连接口垫中的杆，确认有空气排出。漏水测试器连接在EVIS40系列电子内镜时，接在防水帽的通气口垫上；连接在OES40系列的纤维镜时，接在内镜接头的通气口垫上。将带着漏水测试器的内镜浸渍，把内镜的弯曲部分弯曲，约30秒钟，确认从内镜外表面同一地方无连续气泡产生，将内镜与漏水测试器的接头从上述容器内拿出。

检测EVIS40系列电子内镜时，要带着防水帽。测试结束时，关闭维护保养装置或光源的电源，将漏水测试器的接头从维护保养装置或光源上拆下，等30秒钟直到弯曲部分的橡皮不膨胀为止，然后将漏水测试器的接头从通气口垫上拆下。

第三阶段：浸泡消毒。各国推荐的消化内镜浸泡消毒时间应根据消毒液厂家推荐的高水平消毒用时间计。按照消毒液的使用说明书调节消毒剂的浓度和温度。

(1) 可拆卸零件与洗涤用具浸渍在装有消毒液的容器内。

(2) 消毒液中,多次按动按钮类附件和 AW 管道洗涤接头的活塞,用 30 ml 注射器向横孔、纵孔连续注入消毒液,除去气泡(AW 管道洗涤接头只有横孔)。

(3) 用手指抓洗清洗刷的刷头,除去气泡。在消毒液中,用 30 ml 注射器向钳子开口阀内部连续注入消毒液,除去气泡。

(4) 用 30 ml 注射器接在吸引洗涤接头的钳子开口阀口垫的连接孔上,在消毒液中,向管内连续注入消毒液,除去气泡。

第四阶段:终末清洗或漂洗。浸泡消毒结束后,先向全管路冲洗器注入空气至少 300 ml,以排出内镜内腔中的消毒液,再从消毒液中取出内镜及全管路冲洗器,置于清洁水中漂洗。本阶段所用的清洁水指经 0.45 μm 或 0.22 μm 孔径滤膜过滤的水。最后,用清水洗尽残留的消毒液,擦干,待用。

2. 三槽(四槽)消毒法(半浸泡式消毒)

这是既往三桶消毒法的改良,是目前国内内镜室主要采用的内镜消毒方法,必须认识到这种消毒是不充分的,不应以此为目标,应看作为向高水平消毒的过渡阶段。

(三) 内镜消毒人员应进行专业培训

人员素质是保证消毒质量的基础。人员培训包括内镜医生、护士、消毒技师在内。2000 年 Tandon 等对世界各地的内镜消毒现状分析认为,发达国家内镜相关感染仍时有报道,发展中国家问题更多。发达国家出现以上问题的原因主要是执行规范不严格,发展中国家则还有工作量及经费、器械不足等原因。故严格按规范操作是最重要的质量保证措施,要做到这一点,最重要还是在人员培训。澳大利亚已推行资格证书制度,内镜消毒人员要从理论上培训微生物学、清洗、消毒、无菌、内镜构造原理、自动消毒机等内容,并需有最少1天的实践培训。

三、内镜的维护与保养

内镜正确的维护与保养可保证内镜正常使用,并延长其使用寿命。

(1) 在终末消毒后应彻底将内镜管道吹干,器械管道插口处在卸下阀门后,用75%乙醇(酒精)棉签拭净;送气、送水按钮和吸引按钮在清洗、消毒、干燥后关节部滴少许硅油再安装在内镜上;操纵部及外壳用75%乙醇纱布擦拭干净,擦拭时用力不要过大,尤其擦拭端部镜面和纤维内镜导光缆插头之导光束时要用擦镜纸轻轻擦拭,擦拭后用擦镜纸涂少许硅蜡或镜头清洁剂,保持镜片清洁明亮。

(2) 有抬钳器的内镜要特别注意抬钳器、抬举钢丝及管道的保养。十二指肠镜抬钳器注水口用管道清洗吸引软管(MB-19)注入95%乙醇的同时要注意活动抬钳器,必要时可用注射器直接以95%乙醇冲洗抬钳器前端部,以保证彻底清除残留物质,最后注入10 ml空气以驱出管道内乙醇。

(3) 不常用内镜要定期进行消毒与保养,重点检查镜面是否有污物或霉点,各牵引钢丝活动是否灵活,器械管道是否干燥,根据需要一般可隔周或每月一次,南方梅雨季节一定要隔周一次(方法同上)。

(4) 建立内镜维修登记册,发现问题及时修理。每半年或一年由维修站进行一次彻底检查维修。

(5) 内镜保管方式有横卧与悬挂两种方式。内镜尽量以拉直的状态进行保管,打开所有弯曲角度卡锁手柄,将角度钮放到自由位。卧式保管时如镜柜不够大,需弯曲保管,其弯曲半径要大于搬运箱中的保管状态;以悬挂式保管时,光源接头部较重,要将光源接头部承起,以免损伤导光纤维。

(6) 携带内镜外出和内镜需送维修中心修理时,要使用配套搬运箱;空运或长途运输 OES 系列纤维镜要将 ETO 帽(通气盖)安在通气接头上。

四、附件的维护与保养

(1) 光源、转换器、图片打印机、监视器、录像机等应放置在配套专用推车上或平整坚固的工作台上。其上禁放重物、避免阳光直射;搬运时应防止剧烈震动,尽可能少进行搬动;使用前注意电源电压是否相符,接地线是否牢靠,各部位连接转换线是否到位。

(2) 经清洗消毒后的各种治疗钳与圈套器首先要用 75％乙醇擦干内芯与外套管及操作把手表面,再以高压气泵或吸引器吹出或吸出套管腔内水分,然后按照器械安装规范要求,认真细致安装到位。安装内芯时注意不要打褶、扭曲;带注水口的器械可沿注水口注入少许硅油;各种钳子的活动关节部亦要滴少许硅油。以上器械应垂直悬挂在镜房的专用器械柜内;需外出携带时,可顺势盘为 360°的两个圆圈状,注意不可盘得过小,以免损伤器械。

(吴仁培　李兆申)

第四节　消化内镜工作中的感染风险

一、感染发生的机制

(1) 由于病原微生物在内镜或附件中残留造成传染性疾病在患者之间传播。

(2) 环境中的病原体,包括水源中的病原微生物,可以污染或定植在内镜、自动消毒机、储藏场所和注水系统中。

(3) 内镜操作可能造成肠道正常菌群的扩散,从而引起菌血症。

二、内镜相关的临床感染

美国消化内镜学会估计,内镜检查过程中严重感染在患者之间传播总的风险为1:180万。因为这种估算是基于回顾性而非前瞻性的研究,几乎肯定存在低估,但是它说明了严重感染在患者之间传播的可能性是很小的。实际上,医疗环境中病原体造成内镜设施的污染、患者自身菌群的扩散,进而引起内镜操作中的感染风险是很高的。总之,内镜操作引起临床感染的发生主要取决于以下三方面:① 感染性微生物;② 内镜的操作过程;③ 宿主的因素。具体分析如下。

(一) 感染性有机体

许多微生物都可以通过内镜途径造成感染传播,实际上仅有相对少量的感染性病原体通过内镜传播。下面介绍一些主要的病原微生物。

1. 细菌

(1) 植物性细菌:在先前的文献中,有许多关于内镜途径造成沙门菌及相关菌属传播的报道,其发生均与内镜的清洗和消毒有关。这些感染的传播也说明了在清洗和消毒方面存在严重不足。

(2) 梭状芽胞杆菌:梭状芽胞杆菌是一种有芽胞形成的有机体,因而可能对化学消毒剂具有很强的抵抗力。有证据表明,医院病房内的环境污染可以造成该细菌在人之间的传播。幸运的是,梭状芽胞杆菌对化学消毒剂的抵抗力较其他形成芽胞的微生物明显减弱。到目前为止,尚未有明确的证据表明内镜途径可传播梭状芽胞杆菌。

(3) 结核分枝杆菌:没有明确的证据表明,消化内镜可造成结核分枝杆菌的传播。许多感染的传播发生于气管镜操作。污染的吸引阀门、损坏的活检孔道、污染的局麻药物以及有细菌定植的自动消毒机等均可造成感染。

Hanson 等报道，感染了结核分枝杆菌的气管镜经合理的清洗后，其细菌负荷可减少 3.5 log10，随后再经 2‰戊二醛浸泡消毒 10 分钟即可完全清除细菌。Nicholson 等人研究发现，污染了结核分枝杆菌的气管镜在未经正确清洗的情况下，即便严格消毒也有残留的细菌。另外的危险是产生多药耐药的结核分枝杆菌（MDRTB）。大多数感染是通过空气的浮质传播的。南美曾发生一次导致死亡的结核病爆发，经追踪调查是因为气管镜未经严格消毒。疾病预防控制中心建议，如非特殊的需要，有活动性结核病的患者不应行气管镜检查，气管镜也不应作为诊断结核病的第一线检查手段。结核病患者在气管镜检查中或检查后出现咳嗽，导致空气浮质的结核菌污染，进而引起结核病在患者之间或医患之间互相传染。气管镜的严格清洗消毒仍然是防止病菌传播的最有效手段。

（4）非典型分枝杆菌属：这类细菌一般存在于医院的供水系统中，这些微生物经常定植在自动消毒机中，且容易对化学消毒剂产生耐受性。一些非典型的分枝杆菌几乎对戊二醛完全产生抵抗，污染了气管镜的非典型分枝杆菌曾引起假性的流行。从气管镜上取样并培养出的阳性结果往往被错误地认为是由于患者的感染，从而导致长期的有毒性的药物治疗。

（5）沙雷菌属：有文献报道，黏质沙雷杆菌可通过软式气管镜操作而传播。在一次引起 3 例死亡的爆发性感染中，调查发现气管镜在消毒之前未经充分的清洗。

（6）幽门螺杆菌（Hp）：在内镜检查中，Hp 可通过未经严格清洗的活检钳传播，根据有关 Hp 感染的大量文献报道，内镜途径是造成传播的重要原因。从事内镜操作的医生和护士是否更易感染 Hp，文献报道不一。

（7）假单胞菌属：蓝绿色假单胞菌属及其相关的细菌是环境中常见的污染微生物，它存在于自来水龙头中。内镜途径造成的该菌感染主要见于 ERCP 及其相关的操作。有一些文献报道,在严重免疫缺陷的患者中常规内镜检查可造成该菌传播。Spp 假单胞菌属经常定植于自动消毒机中,而且很难根除掉。Kovacs 等报道了一株蓝绿色假单胞菌,对化学消毒剂产生了抵抗力。这种细菌引起了一些 ERCP 相关的化学性感染。一种表现不典型的 ERCP 相关的蓝绿色假单胞菌感染经常使得内镜医生不能明确作出感染的原因。

最近,在美国报道了数次假单胞菌属严重污染气管镜的事件。严重的临床感染,甚至导致死亡的病例均与污染的气管镜有关。这种污染发生的机制尚在讨论之中,调查发现,孔道阀门的缺陷、气管镜器械之间连接装置的不足,以及自动消毒机的污染似乎是造成感染的主要原因。孔道阀门的问题是被设计成气管镜的不可移动的部分(这本身似乎是一种严重错误的概念)。显然,从气管镜操作部孔道注水,收集远端的流出液进行培养,结果没有细菌生长,然而逆向灌注液的培养则有假单胞细菌的生长。自动消毒机的使用也可导致感染,可能因为在个别管路中没有标上流动的警示,或者没有检测漂洗水的质量。

2. 病毒

(1) 艾滋病病毒:HIV 可通过微创手术造成患者的感染,内镜诊疗作为一种有创操作则可能成为疾病传播的重要来源。目前为止尚无内镜途径造成 HIV 传播的文献报道,但是,艾滋病很长的潜伏期增加了传播检测的困难。在 HIV 感染后的大多数时间内患者血液中具有很高浓度的病毒微粒,传染性较强,所幸的是,大多数化学消毒剂对这种病毒均能有效杀灭。

Hanson 等研究发现,只要进行严格的清洗与消毒,检查了艾滋病患者的内镜不会造成病毒的传播。也有文献报道,人工造成病毒污染的内镜在标准的清洗消毒后仍有病毒存在。然而,在这些报道中,使用的 PCR 检测方法无法辨别有传染性的病毒微粒和无传染性且已降解的病毒成分。

(2) 乙型肝炎病毒：虽然这种病毒具有很强的传染性，但到目前为止仅有极少病例被证实通过内镜感染了乙型肝炎病毒。许多学者研究发现，检查了 HBV 阳性患者的内镜经标准清洗消毒后再检查 HBV 阴性的患者，对后者的随访检查并未发现有病毒传播的证据。

(3) 丙型肝炎（HCV）：曾有报道，1 例患者经受 ERCP 和 EST 操作后感染了 HCV，另有 2 例患者在肠镜检查后被传染了 HCV。法国的一项研究提示，内镜是造成 HCV 传播的重要危险因子。另外一项法国的研究则没有发现内镜可造成 HCV 传播的证据。在 Brooklyn 内镜中心，有 7 例患者感染了 HCV，调查发现与内镜操作无关，而是由于在麻醉过程中重复使用注射器和穿刺针所导致的。同样的病毒传播发生于美国的一个外科中心。有文献报道，通过细致的病毒学分析，内镜清洗消毒过程的缺陷可导致 HCV 的传播。

(4) 朊病毒：朊病毒可导致人类的 Creutzfeldt-Jakob 病（CJD）、新变异型 CJD（vCJD）和苦鲁病等。在动物中可导致牛海绵状脑病（BSE）和羊瘙病。朊病毒是一种特殊的传染病，它的 DNA 和 RNA 结构尚未明确。这种疾病的特征是出现一种异常的细胞内朊蛋白的同种异构体（PrPc），主要是由于第 20 号染色体上 *PrPc* 基因的突变所致。

(5) CJD 克-雅病（皮质-基底节-脊髓变性综合征）：克-雅症的发病表现为散发性、家族性、医源性和职业性等。在世界范围内的病例报道少于 200 例，主要表现为医源性或职业性发病。大多数与硬脑膜移植或使用了人死后的生长激素有关。极少数病因包括应用污染的神经外科器械、死后的垂体促性腺激素、脑电极和角膜移植等。

感染传播的风险主要决定于检查组织中异常朊病毒的浓度。

高浓度的病毒存在于脑组织（包括硬脑膜）、脊髓和眼睛等。在肝、淋巴组织、肾脏、肺和脾脏中的浓度较低。朊病毒在肠道、骨髓、血液、白细胞、血清、鼻黏液、唾液、痰、尿液、粪便和阴道分泌物中检测不到。试图将人类感染者的血液或血制品感染灵长类动物的实验一直没有成功。不幸的是，朊病毒对传统的灭菌方法表现出显著增强的抵抗力，通常使用的消毒剂如戊二醛等对该病毒无效，甚至采用蒸汽灭菌法持续作用 2 小时也仅仅有部分效果。

（6）在实践中如何处理克-雅症：内镜医生所面临的进退两难的问题是，是否应采取极其严格的内镜消毒措施以预防克-雅症。Rutala 和 Webber 等指出，接触了根本没有感染危险组织的内镜将不会污染朊病毒，因而可以按传统的方法进行消毒，当然这种方法不适用于神经外科的任何内镜设备。这种建议听起来似乎科学，然而，假如对这种疾病采取普遍紧张的反应，则很少有人不采取额外的防范措施。许多人认为，针对确诊的 Creutzfeldt-Jakob 症、Gerstmann-Straussler-Scheinker 综合征、致命的家族性失眠症患者，或者未明确诊断的快速进展的痴呆症患者，除非没有其他诊疗方法，不应该进行内镜检查。假如对确诊的患者必须进行内镜检查，则应该使用专用的内镜。对那些高度疑诊的患者，一些人建议，可使用临床上已"报废"的内镜进行检查，并且不得重复使用。

（7）新型变异型克-雅症（vCJD）：人类变异型 CJD 似乎是传染了与引起牛海绵状脑病相同的朊病毒株。这种疾病具有特殊的临床过程，其发病年龄更早，表现为快速进展的精神症状。通过与其他 CJD 的比较研究，大量异常朊病毒（PrPsc）存在于淋巴组织中。实际上，vCJD 可以通过扁桃体活检而诊断。这显然会引起担忧，内镜在检查过程中接触有大量异常朊病毒存在的消化道淋巴组织，进而引起污染。目前，由于对消化道淋巴组织中朊病毒相对含量的认识不足，很难对其传播风险进行量化评估。随着高敏感性免疫吸附检测方法的发展，在不久的将来可对内镜途径造成

vCJD 传播的风险能清楚地认识。在此之前,很难对内镜的清洗与消毒制定明确的规范。

3. 其他感染

许多其他的细菌、病毒、真菌、原生动物和寄生虫等也可能通过内镜途径传播。免疫缺陷的患者接受内镜检查容易感染念珠菌。气管镜检查可能会导致深红类酵母菌的假性感染。食管的圆线虫和隐孢子虫感染可能与上消化道内镜检查有关。许多这些感染性微生物对免疫缺陷的患者具有很大的危害。

(二) 内镜的操作过程

许多日常生活的简单事件如刷牙等均可能导致菌血症。菌血症的后果将决定于感染生物的特殊类型、微生物的量、组织是否发炎以及黏膜损伤的程度等。

1. 上消化道内镜检查

简单的诊断性内镜检查和活检只会引起低水平的菌血症,通常不会感染致命的病原微生物。临床上严重的菌血症可能发生于免疫缺陷的患者和严重的黏膜炎症(如骨髓移植、白血病等)。食管扩张几乎不可避免地会导致食管黏膜破裂。该操作会导致高水平的菌血症,有许多严重感染的临床报道。内镜下注射硬化治疗,特别是黏膜下注射,可能会引起高水平的菌血症。另外,这些患者经常存在严重的免疫缺陷。内镜下套扎术则很少引起菌血症。

2. 下消化道内镜检查

令人奇怪的是,据文献报道,诊断性肠镜检查仅会导致低水平的菌血症。然而,对结肠有急性憩室炎或脓肿形成的患者行乙状结肠镜检查则容易导致严重的菌血症。

3. 内镜下逆行胰胆管成像术(ERCP)

ERCP 作为一种内镜操作具有很高的感染发生率,可能是由于患者内源性的菌群移位,特别容易发生于操作时存在胰胆管阻塞。然而,大多数感染与铜绿假单胞菌或其相关菌属有关,主要由于内镜或其附件的污染。常见的原因包括：自动消毒机的污染、供水系统的污染、活检孔道的清洗消毒不够、未进行严格的乙醇洗涤和空气干燥等。

4. 经皮内镜下胃造瘘术

该项操作可导致菌血症，且伤口容易出现感染，这些都是手术相关的并发症。

5. 超声内镜

有关超声内镜引起的菌血症，国内外文献报道不一。

6. 黏膜切除术

据文献报道，内镜下黏膜切除术可能会引起严重的菌血症，特别是大块组织被切除后。

（三）宿主因素

1. 免疫缺陷

免疫缺陷的患者在内镜检查时容易发生感染。一系列机体功能的紊乱可造成免疫缺陷，包括感染（如 HIV 的感染）、肿瘤（尤其血液系统的恶性肿瘤）、化疗、放疗、骨髓移植、肝脏和肾脏的进展性疾病，以及一些特殊的免疫反应的异常等。这些患者不仅容易感染常见的病原微生物，而且对一些不易传播人类的病原体也易发生感染（如不典型分枝杆菌等）。通常情况下，这些病原体对免疫功能正常的人群不会造成威胁，但是对免疫功能缺陷的患者却容易造成危害。应切记，医院用水中污染了非典型分枝杆菌、假单胞菌，甚至隐孢子虫等可对免疫缺陷患者造成严重危害。

2. 组织损伤的程度

在内镜操作过程中，组织损伤的程度越重，发生感染的风险越大。食管扩张可导致严重的组织撕裂伤，内镜下注射硬化治疗可引起组织的化学性和出血性损伤。内镜下括约肌切开术、取石术、取异物、支架置入、黏膜切除、广基息肉的切除等均可引起组织的严重损伤。

3. 感染的内在原因

患者发生内镜感染的根本原因在于临床感染的存在。严重细菌性牙龈炎合并口腔卫生的恶化,在上消化道内镜操作时可引起内镜及其附件的严重污染。另外,在内镜操作时可进一步破坏憩室脓肿、感染的假性囊肿和腹腔内的包块,从而引起感染的扩散。

4. 损坏的阀门和灌注系统

内镜操作中存在一个很大的风险,在菌血症发生时细菌容易定植在损伤的组织或异物中。最重要的影响因素是血管系统的完整性,在未完全上皮化之前,细菌容易定植在脉管系统、血管植入物、冠状动脉支架上。机械的心脏瓣膜,可引起湍流的瓣膜异常,以及不规则的血管内表面都易于发生细菌定植。植入人工关节或其他假体的患者在内镜检查时都容易发生感染,但总的风险是比较小的,主要发生在手术后的最初几个月内。

(宛新建 李兆申)

------------------------ 参 考 文 献 ------------------------

1. Anderson DJ, Shimpi RA, McDonald JR, et al. Infectious complications following endoscopic retrograde cholangiopancreatography: an automated surveillance system for detecting postprocedure bacteremia[J]. Am J Infect Control, 2008, 36(8): 592 - 594.

2. Min BH, Chang DK, Kim DU, et al. Low frequency of bacteremia after an endoscopic resection for large colorectal tumors in spite of extensive submucosal exposure[J]. Gastrointest Endosc, 2008, 68(1): 105 - 110.

3. Salminen P, Laine S, Gullichsen R. Severe and fatal complications after ERCP: analysis of 2555 procedures in a single experienced center[J]. Surg Endosc, 2008, 22(9): 1965 - 1970.

4. Cotton PB, Connor P, Rawls E, et al. Infection after ERCP, and antibiotic prophylaxis: a sequential quality-improvement approach over 11 years[J]. Gastrointest Endosc, 2008, 67(3): 471 - 475.

5. Levy MJ, Norton ID, Clain JE, et al. Prospective study of bacteremia and complications with EUS FNA of rectal and perirectal lesions[J]. Clin Gastroenterol Hepatol, 2007, 5(6): 684 -689.

6. Llach J, Bordas JM, Almela M, et al. Prospective assessment of the role of antibiotic prophylaxis in ERCP[J]. Hepatogastroenterology, 2006,53(70): 540 - 542.

7. Vanhems P, Gayet-Ageron A, Ponchon T, et al. Follow-up and management of patients exposed to a flawed automated endoscope washer-disinfector in a digestive diseases unit[J]. Infect Control Hosp Epidemiol, 2006,27(1): 89 - 92.

8. Nelson DB. Recent advances in epidemiology and prevention of gastrointestinal endoscopy related infections[J]. Curr Opin Infect Dis,2005,18(4): 326 - 330.

9. AliMohamed F, Lule GN, Nyong'o A, et al. Prevalence of Helicobacter pylori and endoscopic findings in HIV seropositive patients with upper gastrointestinal tract symptoms at Kenyatta National Hospital, Nairobi[J]. East Afr Med J, 2002,79(5): 226 -231.

10. Nelson DB. Infection control during gastrointestinal endoscopy [J]. J Lab Clin Med, 2003,141(3): 159 - 167.

11. Lee TH, Hsueh PR, Yeh WC, et al. Low frequency of bacteremia after endoscopic mucosal resection[J]. Gastrointest Endosc, 2000,52(2): 223 - 225.

12. Schembre DB. Infectious complications associated with gastrointestinal endoscopy[J]. Gastrointest Endosc Clin N Am, 2000,10(2): 215 - 232.

第五节　内镜及附件消毒的基本要求

随着医疗技术的发展和进步,各种消化内镜在临床上的应用越来越广泛,为疾病的诊治与预防起到了积极的作用。但是作为一种侵入性的诊疗方法,通过内镜传播感染的可能也越来越引起人们的重视。到 20 世纪 70 年代初,为预防内镜引起感染而采用的内镜消毒开始受到关注,70 年代中期第一代高水平液体化学杀菌剂(liquid chemical germicides,LCG)上市,戊二醛就是其中之一,这使得内镜及其附件的高水平消毒成为可能。1978 年美国手术室护士学会杂志颁布了第一份内镜洗消的规范,从此内镜洗消开始进入了标准化的时代。1979 年英国消化病学会也出台了一部内镜消毒规范,但是均非法规性文件,当时大多数内镜洗消仍未按规范操作。1994 年美国 FDA 制定了内镜消毒规范,并要求内镜从业人员参照执行。此后很多国家都开始制定相应的内镜消毒规范,并且每隔一段时间就对规范进行修订,要求也越来越严格。2004 年我国卫生部公布了《内镜清洗消毒技术操作规范(2004 年版)》,使国内的内镜消毒工作走上了有法可依的正规化道路。

一、内镜消毒与灭菌的基本原则

目前世界各国基本采用 Spaulding 医疗器械分类法,根据医疗器械的使用情况,将医疗器械接触人体后的危险性分为 3 类,不同类别的医疗器械消毒、灭菌的要求亦不同。

(1)高度危险类:进入正常无菌组织或血管系统的器械。要求灭菌,即破坏所有活的微生物。内镜系统需灭菌的如活检钳和乳头切开刀、扩张探条等。

(2)危险类:主要指与完整的黏膜接触而一般不穿透无菌组织的器械,如内镜,需要至少高水平消毒,即破坏所有有活力的微

生物、杆菌、小的或非脂病毒、中等大小的脂病毒、真菌孢子和一部
分的细菌孢子。

（3）低度危险：通常不接触患者或仅接触完整皮肤，如听诊器
或患者用手推车，这些可以按低水平消毒标准消毒。

二、内镜术前消毒相关准备

内镜检查前对每一个患者来说都应该是安全的，也就是说无
论内镜被多少量、多少种病原体污染，在高水平消毒后对其被检查
的患者应无被感染的危险。因此国外发达国家并不对特殊感染的
患者（如乙肝、丙肝、HIV 感染者）进行术前血液学检查，也不使用
专门的内镜对这类患者进行检查。我们国家许多地区在内镜检查
前对患者进行乙肝的血液学检查，并对该类患者使用专门的内镜
或者在专门的时段对这类患者进行内镜检查，这样做的考虑是担
心内镜消毒水平不够。但实际上术前检查并不能查出所有的病原
携带者，而且这样不但增加了医疗费用，还会使对血清学检查阴性
患者的内镜消毒产生轻视，更增加内镜感染的危险。因此不推荐
术前进行传染病学的病原学检查，因为合格的内镜消毒对所有的
患者是一样的。

三、内镜及附件的清洗消毒方法

1. 内镜的清洗消毒方法

内镜使用后应当立即用湿纱布擦去外表面污物，并反复送气
与送水至少 10 秒钟，取下内镜并装好防水盖，置合适的容器中送
清洗消毒室（彩图 1）。

（1）初步清洗：在流动水下使用纱布及毛刷将内镜表面和腔
道内进行刷洗（彩图 2），内镜附件如活检钳、细胞刷、切开刀、导
丝、碎石器、网篮、造影导管、异物钳等使用后，先放入清水中，用小
刷刷洗钳瓣内面和关节处，清洗后并擦干。初步清洗的目的是去

除大的污物。

（2）测漏及清洗：根据厂家说明使用酶洁液或者清洁剂仔细清洗整个内镜，包括按钮、管道、连接器及所有可分离部分。冲洗、刷洗所有管腔，彻底去除有机物（如血、组织等）及其他残留物，反复按动按钮使得管腔表面都可以与清洁剂接触。用软布、海绵、刷子清洗内镜外表面其他部件。

（3）全浸泡消毒（彩图3）：将内镜及所有管腔内均充满消毒液，各国推荐的消化内镜浸泡消毒时间不完全相同，2‰的碱性戊二醛10～25分钟，0.35％的过氧乙酸5～10分钟。我国规定2％的碱性戊二醛对胃镜、肠镜、十二指肠镜浸泡时间不少于10分钟，分枝结核杆菌、其他分枝杆菌等特殊感染患者使用后的内镜浸泡不少于45分钟。需要灭菌的内镜采用2％碱性戊二醛灭菌时，必须浸泡10小时。

（4）终末漂洗：浸泡消毒结束后，先向内镜管道内注入空气，排出多余的消毒液，再将内镜浸泡于清水中并连接好全管道灌流器进行漂洗。充分的漂洗可以预防残留的消毒剂对皮肤或黏膜造成的损害。漂洗用水应该是经过0.2 μl滤器过滤的水，或者具有达到饮用标准的水。

（5）干燥和贮存：漂洗完内镜后用空气吹洗所有腔道直至其完全干燥为止，再用乙醇冲洗所有腔道后用空气再将乙醇吹干。内镜干燥处理非常重要，多数发达国家的规范要求每做完一例患者，清洗消毒完该根内镜后都要进行干燥，我国规定仅在最后一例患者检查完、内镜贮藏前进行干燥处理。干燥内镜可以将内镜引起的医源性感染的风险降到最低，因为最后使用的漂洗用水也存在污染的可能，如果每检查完一例患者都进行内镜干燥处理，则会把漂洗用水污染导致内镜污染的可能降到最低。干燥完成的内镜在储镜柜内存放，镜体应悬挂，弯角固定钮应置于自由位。储柜内表面或者镜房墙壁内表面应光滑、无缝隙、便于清洁，每周清洁消毒一次。

2. 附件的清洗消毒方法

（1）牙垫、口圈和弯盘等辅助用品：洗弯盘、敷料缸等应当采用压力蒸汽灭菌；非一次性使用的口圈可采用高水平化学消毒剂消毒，如用有效氯含量为 500 mg/L 的含氯消毒剂或者 2 000 mg/L 的过氧乙酸浸泡消毒 30 分钟。消毒后，用水彻底冲净残留消毒液，干燥备用；注水瓶及连接管采用高水平以上无腐蚀性化学消毒剂浸泡消毒，消毒后用无菌水彻底冲净残留消毒液，干燥备用。注水瓶内的用水应为无菌水，每天更换。

（2）内镜器械附件：内镜附件如活检钳、细胞刷、切开刀、导丝、碎石器、网篮、造影导管、异物钳等使用后，先放入清水中，用小刷刷洗钳瓣内面和关节处，清洗后并擦干。擦干后的附件、各类按钮和阀门用多酶洗液浸泡，附件还需在超声清洗器内清洗 5～10 分钟。活检钳、细胞刷、切开刀、导丝、碎石器、网篮、造影导管、异物钳等内镜附件必须一用一灭菌。首选方法是压力蒸汽灭菌，也可用环氧乙烷、2%碱性戊二醛浸泡 10 小时灭菌。

（3）内镜清洗消毒槽的消毒：消毒槽本身也要进行清洗消毒，其方法为：

1）清洗/洗涤槽：每天工作结束后用 500 mg/L 的含氯消毒液浸泡消毒 60 分钟；HBsAg 阳性患者检查后应用 1 000 mg/L 含氯消毒液浸泡消毒 60 分钟，消毒完毕，刷洗干净备用。

2）消毒槽：更换消毒液前需彻底洗刷槽内壁，注意槽内橡皮垫和槽底及槽角处残垢的刷洗，用清水反复冲洗干净后即可更换新配制的消毒液。

四、清洗内镜时清洁剂的选择

内镜进行手工清洗时可以使用多种清洁剂，目前可用的有特别配方的含杀菌剂的清洁剂，该清洁剂有杀菌作用，可以防止液体溅出时可能对工作人员的污染;可去除或者破坏生物膜的清洁剂;酶洁液;用于去除合成脂质的清洁剂。其中国内常用的是酶洁液,可以去除组织血液等有机物,但是没有杀菌性,不能去除和预防生物膜的形成。最好的清洁剂应当可以去除生物膜。

五、内镜高水平液体消毒剂的选择

内镜之所以能达到现在的高水平消毒与使用各种高效的液体消毒剂是分不开的,目前世界上使用最多的消毒剂仍然是戊二醛,但是戊二醛也存在着许多缺点,比如对人体有伤害、不能去除朊毒体、污染环境等。过氧乙酸以其效果好、消毒时间短的优点逐渐被各国认可,欧洲许多禁止使用戊二醛的国家均采用过氧乙酸作为内镜的消毒剂。酸化电位水是近年来新出的内镜消毒剂,具有高效、低毒、无污染等优势,在日本及我国均有使用,但其潜在的对内镜损伤的可能也引起了人们使用它的顾虑。

1. 戊二醛

是目前最常用的内镜液体消毒剂,戊二醛的生物杀灭作用是由于其对巯基、羟基、羧基以及氨基酸基团的烷化作用改变了微生物 RNA、DNA 以及蛋白质的合成过程。戊二醛具有广谱抗菌活性。一些研究人员发现,2‰戊二醛水溶液经碳酸氢钠缓冲至 pH 7.5～8.5 能在 2 分钟内有效杀灭细菌繁殖体,10 分钟内有效杀灭真菌和病毒,20 分钟内有效杀灭结核分枝杆菌,3 小时内有效杀灭杆菌和梭菌属芽胞。内镜高水平消毒时间为室温浸泡时间 10 分钟(中国)、20 分钟(欧美),使用时间可持续至 14～28 天,而且戊二醛与内镜相容性好,性价比较高。但是戊二醛也存在着许多缺点,包括刺激及过敏作用,能引起皮炎、结膜炎、哮喘等。戊二醛还会固定有机物,使之不容易从内镜的表面去除,特别是可以与朊毒体发生交连,固定在内镜表面,无法去除,因此在欧洲许多国家禁止使用戊二醛消毒内镜。此外戊二醛难以分解,排到自然界中会污染环境。

2. 过氧乙酸

是一种强氧化剂,其作用机制被认为类似于过氧化氢,通过导致蛋白质变性、干扰细胞壁通透性以及氧化蛋白质、酶和其他代谢物的巯基与硫键发挥作用。浸泡5分钟杀死分枝杆菌,10分钟能杀死细菌芽胞。目前市场上有0.2%和0.35%两种过氧乙酸制剂,前者用于内镜消毒机,后者以强生公司生产的Nu Cidex为代表,高水平消毒时间为5分钟,灭菌时间为10分钟,环境污染小。过氧乙酸的缺点是价格昂贵,对于橡胶、黄铜、铜、普通钢以及镀锌铁具有腐蚀作用,但上述作用可通过添加物以及调节pH进行降低。过氧乙酸在稀释时性质不稳定,例如1%过氧乙酸溶液在6天时间里会通过水解作用损失一半作用强度,而40%过氧乙酸每个月损失1%~2%的作用强度,且需要现用现配。对内镜也有一定的损坏,长时间使用可能会引起内镜的渗漏或者表面脱色。对人体有刺激性,而且气味较大,使用时应在密闭容器内。在国外主要于内镜清洗消毒机使用,手工清洗也有使用过氧乙酸的。

3. 酸化电解水

酸化电解水杀菌杀病毒效果强大,时间短,对环境也没有污染。酸化水是通过电解加入微量氯化钠的自来水溶液而制取的,溶液中的氯离子(Cl^-)少部分被电解为有效氯(HOCl),其余未被电解的氯离子(Cl^-)进入酸化水溶液中,电解与未电解氯离子比例取决于电解槽的电解效率。酸化水中的有效氯(HOCl)具有强氧化性,是主要杀菌因子。自从1993年酸化水在日本医院应用于内镜消毒之后,酸化水作为一种新型绿色环保型消毒剂就受到业界的广泛关注。由于酸化水具有瞬间杀灭致病微生物的显著优点,杀菌速度远远优于戊二醛、过氧乙酸等传统内镜消毒剂,但是酸化水最大的缺点是对金属有一定腐蚀作用,如何把握既能有效消毒又不损坏内镜器械是今后要研究的课题。

4. 邻苯二甲醛

邻苯二甲醛是由 FDA 批准的一种新产品,在美国大量使用于内镜消毒。它含有 0.55% 1,2 - 苯二甲醛。与戊二醛比较,邻苯二甲醛有若干种潜在的优点。它达到高水平消毒的时间为 5 分钟,具有宽泛的 pH 范围 3~9,具有极好的稳定性,而且也不刺激眼睛和鼻。此外,邻苯二甲醛使用前不需要激活。这种产品已经 FDA 批准用作为软式内镜的液体杀菌剂/高水平的消毒剂。

六、工作人员的防护

为避免工作人员的交叉感染,工作人员清洗消毒内镜时,应当穿戴必要的防护用品,包括工作服、防渗透围裙、口罩、帽子、手套等(彩图 4)。

七、内镜清洗消毒人员的培训

从事内镜诊疗和内镜清洗消毒工作的医务人员,应当具备内镜清洗消毒方面的知识,接受相关的医院感染管理知识培训,严格遵守有关规章制度。培训内容应当包括个人防护知识、国家关于血源性病原体职业暴露的相关规定、内镜及附件清洗消毒的程序、内镜的构造及保养知识、疾病的传播知识、安全工作环境的维护、高水平消毒剂的使用及医疗废物处理等内容。培训形式可采用理论授课与实践操作相结合的模式。这种形式的培训应该每年举行一次,并对相关从业人员进行资格认证,以确保内镜感染控制的有效性。培训单位可以是当地的内镜质量控制中心或者是相关的学会,上海市内镜质控中心每年 9~10 月份均举办针对全市内镜从业人员的培训,合格者发给资格证书,取得了良好的效果。

八、内镜清洗消毒的质量控制

内镜清洗消毒必须有严格的质量控制,这也是保证消毒效果的重要因素。作为质控工作的一部分,严格做好清洗消毒记录是非常重要的。记录内容包括操作日期和时间、患者的姓名和住院号、操作医生姓名、内镜型号、洗消内镜的工作人员。必须严格遵守所有内镜洗消过程,不得随意更改,使内镜清洗消毒的过程有严格的可追踪性,一旦发生感染,能够及时准确地判断哪个环节可能出现问题。消毒剂浓度必须每天定时监测并做好记录,保证消毒效果。消毒剂使用的时间不得超过产品说明书规定的使用期限。定期对内镜消毒效果进行生物学监测,采样时要用全管道灌流器将内镜每个腔道的样本均采集到,然后进行细菌培养,生物学监测可以每年进行一次。如果发现了内镜相关的感染或可疑感染病例,应当立即向医院感染控制部门或者疾病预防控制中心报告。

(刘　枫　李兆申)

------------------------------ 参 考 文 献 ------------------------------

1. American Society for Gastrointestinal Endoscopy (ASGE). Transmission of infection by gastrointestinal endoscopy[J]. Gastrointest Endosc, 2001, 54(6): 824 – 828.

2. Bisset L, Cossart YE, Selby W, et al. A prospective study of the efficacy of routine decontamination for gastrointestinal; endoscopes and the risk for failure[J]. Am J Infect Control , 2006, 34: 274 –280.

3. Association for the Advancement of Medical Instrumentation (AAMI). Chemical sterilization and high level disinfection in health care facilities. 2006: 1 – 143.

4. Douglas BN, Lawrence FM. Current issues in endoscope

reprocessing and infection control during gastrointestinal endoscopy. World J Gastroenterol，2006，12(25)：3953 - 3964.

5. Infection control during GI endoscopy(giudeline)[J]. Gastrointest Endosc，2008,67(6)：781 - 790.

6. Lawrence FM. Inconsistencies in endoscope-reprocessing and infection-control guidelines：the importance of endoscope drying [J]. Am J Gastroenterol，2006,101：2147 - 2154.

7. Reprocessing failure (giudeline). American Society for Gastrointestinal Endoscopy[J]. Gastrointest Endosc，2007,66(5)：869 - 871.

第六节 内镜自动清洗消毒机的使用要求

消化内镜检查及治疗在临床工作中的应用越来越广泛,其内腔构造也越来越精密复杂,使用的材料特殊,许多部位不耐高温、高压或易腐蚀,给使用后的消毒带来了挑战。如何既能充分发挥消化内镜的性能,又能保证高水平消毒效果,避免引起交叉感染,是消化内镜工作所面临的现实而严峻的问题。目前消化内镜的清洗消毒主要有手工和机器洗消两种方法,手工洗消是国内最常用的洗消方法,操作流程较长,洗消质量受人为影响大,不易控制,且常用的内镜消毒剂对人体均有毒害作用。为了克服手工洗消的缺点,在国际上逐步出现了专门用于消化内镜的自动清洗消毒机。第一台内镜自动清洗消毒机(automatic endoscope reprocessor, AER)诞生于 20 世纪 70 年代,经过 30 余年的发展,AER 技术已经非常成熟可靠,多数西方国家对 AER 均有明确的技术标准和准入要求。目前内镜自动清洗消毒机的技术发展非常快,甚至一台机器可以同时洗消多根内镜(彩图 5)。

一、内镜自动清洗消毒机的基本构造和工作原理

内镜清洗消毒机是使用化学消毒方式对内镜进行清洗和消毒的设备。其前提是保障整个内镜清洗消毒过程的安全有效。器械清洗消毒过程可以分为3个部分：清洗,消毒,烘干,其中各个部分都有其自己的步骤。在一个较高水准上,处理器械过程安全是保障后续安全高水平消毒的一个先决条件。不同的内镜清洗消毒机都包括这几个步骤。

内镜清洗消毒机的基本构造包括：一个密闭的清洗舱;与内镜各个孔道相适应的连接器;清洗消毒循环的控制系统及注液泵;保存消毒剂和清洗液的存储器等。除了控制系统外还有一套独立于控制系统外的监控系统。该项监控系统可以收集相关鉴定数据,例如：添加剂数量(流量计),水压(压力传感器),水温(温度传感器),水质(传导率)和气体温度(温度传感器)等。清洗阶段要监控程序设定、清洗数量、清洗时间和水压;消毒阶段要监控消毒时间、AO值、水温和水质;烘干阶段要监控空气温度、持续时间和过滤条件。以上监控需有相应的数据记录作为参数资料,并存入设备中自有的数据存档系统。存档数据可以作为历史数据,便于后期应用。

基本工作程序：在内镜进入消毒机之前必须先进行预清洗,洗去大部分内镜外表面和内腔面的组织和黏液及血液,然后将内镜置入洗消机内,并用专用的连接器将内镜各个孔道与洗消机连接;然后关闭舱门启动洗消程序。多数洗消机使用的是达到引用标准的水,还有使用的是灭菌水,机器自身带有 $0.2\ \mu m$ 的过滤筛,使进入机器的水达到无菌水平。清洁剂清洗和消毒剂消毒之间都有漂洗程序,通过漂洗把残留的清洗剂和消毒剂去除。最后一道程序是用乙醇和高压空气干燥内镜内腔表面。

不同的内镜清洗消毒机使用的消毒剂不同,在使用前应该注意厂家的说明。有些机器可以使用多种消毒剂,比如美国的明泰

科内镜清洗消毒机,既可以使用戊二醛也可以使用过氧乙酸。

二、内镜自动清洗消毒机的基本要求

作为内镜自动清洗消毒机应具备以下基本要求。

(1) 能通过所有的内镜腔道,等压地通过所有液体而不会滞留空气,管道流量传感器提供额外的顺应性计量。

(2) 清洗剂和消毒剂循环后应该做彻底的冲洗循环和加压送气,以去除所有的残留液体。

(3) 机器必须具备自我消毒功能。

(4) 最好具备有乙醇冲洗和送气压力干燥程序。

(5) 具有自带或外部的水过滤系统。

(6) 具有数据打印功能,客观记录操作过程。

任何一种品牌的内镜自动清洗消毒机若要完成内镜的高水平消毒必须达到上述的基本要求,否则可能会造成内镜洗消不充分。

三、内镜自动清洗消毒机的优缺点

AER 较手工清洗消毒而言具有自动化、程序标准化、操作简便化等优点;可以避免工作人员在消毒剂中的暴露,降低消毒剂对人的损害;客观记录洗消过程的运行参数,使消毒质量得到充分保证;能直接利用自来水进行过滤除菌;能加热液体消毒剂,提高消毒效果;设置警报以监控运行过程。

AER 也存在一些缺陷:使用之前,仍然需要合理清洗;使用之后,仍需要乙醇(酒精)洗涤和空气干燥;一种机器仅适用于特殊类型的内镜;需要时间要长于人工消毒过程;消毒机一般不能检测消毒剂浓度;仍可能造成细菌污染,一般通过滤菌膜的污染、安置或更换不当;目前并没有数据表明内镜自动清洗消毒机提供的内镜清洗效果一定优于手工清洗;此外,对于某些特殊类型的内镜(如某些品牌的超声内镜)暂时还不能用机器进行洗消。当然随着洗消设备的发展,逐步会有新的机器以适合特殊内镜的清洗消毒。

四、内镜自动清洗消毒机的使用

在进行机洗之前必须先进行手工清洗,这一步非常重要,手工清洗完成后再将内镜放入消毒机的槽内,按照厂商的说明连接上所有的管道适配器(彩图 6)。注意十二指肠镜的抬钳器管道很细,有些内镜自动清洗消毒机不能产生推动液体通过管腔所需的足够压力,此时就需要手工清洗此管腔。目前法国的索洛普和美国明泰科的内镜洗消机均可自动完成十二指肠镜抬钳器管道的自动洗消,避免了额外手工的程序。将阀门和其他可去除的配件放在清洗消毒机的浸泡池中,分别洗消这些附件。如果洗消机有使用酶洗涤剂的循环,应该使用与清洗消毒机相匹配的酶洗涤剂。如果使用了不正确剂量和稀释度的酶洗涤剂,可能使其残留在内镜的内外表面或残留在清洗消毒机水槽表面,就会干扰高水平消毒剂的消毒效果。然后启动清洗消毒机使之完成所有的循环,一般不需要对循环过程进行单独设置。如果最后的乙醇冲洗干燥循环没有纳入程序,则应该手工完成这一步骤。

(刘　枫　李兆申)

---------------------- **参 考 文 献** ----------------------

1. 王海燕,朱孟府. 清洗消毒机程序式控制系统的设计[J]. 医疗卫生装备,2005,26(10):14-15.

2. Automatic endoscope reprocessors[J]. Gastrointest Endosc, 1999, 50(6):925-927.

3. Lawrence FM. Automatic flexible endoscope reprocessors [J]. Gastrointest Endosc Clinic N A, 2000,10(2):245-257.

4. Douglas BN, Lawrence FM. Current issues in endoscope reprocessing and infection control during gastrointestinal endoscopy [J]. World J Gastroenterol, 2006,12(25):3953-3964.

5. Infection control during GI endoscopy(giudeline)[J]. Gastrointest Endosc, 2008,67(6): 781 - 790.

第七节　消化内镜中图像采集的质控要求

一、图像采集的目的

　　图文并茂、印刷精美是当前内镜报告在形式上的基本要求。随着计算机及图像采集技术的发展,目前大多数医院均可以做到这一基本要求。

　　图像采集的基本目的如下。

　　(1)记录疾病内镜表现的第一手资料:内镜图像可以直观、形象地展现出病变的部位、范围、性质,可以使内镜医生在随后的文字报告中予以准确的描述,而不至于发生混淆。对于内镜下的各种治疗,无论是息肉的摘除、出血的各种止血措施还是结石的取出等,内镜图像均可以展现治疗后的效果。毋庸置疑的是内镜图像可以发挥文字报告所无法替代的作用。

　　(2)有利于内镜报告的审核:任何一名内镜医生由于各种原因在内镜报告中可能产生各种偏倚或者误差,在临床流行病学上称为临床诊断的分歧。产生临床不一致的原因包括:① 观察者的原因。内镜医生由于其理论基础、操作技术、治疗经验的限制而产生感觉上的差异,得出不同结果。审阅内镜申请单后产生的先入为主的判断可以形成诊断上的预期偏倚。另外诊断指标、诊断标准不一致,诊断分类不清,也是临床不一致的重要原因。② 被检查者的原因。如内镜检查前的准备不同、受检时间不同、受检方法的差异(普通内镜检查或麻醉状态下无痛内镜检查),均可以影响测定结果。③ 检查的原因。内镜清洗的清洁程度、内镜品牌与型号之间的差别以及检查时环境杂乱均可以影响内镜结果的判定。安排高年资内镜师生对临床内镜报告进行审核可以使内镜报告更具有可靠性。

（3）科研与教学的需求：总结某种疾病内镜表现及治疗的规律是内镜科研的重要内容。而规律的总结是要在一定数量的内镜资料积累的基础上才可能完成的。而内镜医生的培训内容，除了文字描述的理性认识之外，大量典型、精美的内镜图像可以给内镜初学人员直接而又形象的感性认识。因此内镜图像采集是内镜科研与教学的需求。

（4）法律的需求：如果说文字报告受内镜医生的主观经验影响较多的话，那么内镜图像相对于文字报告则是一种比较客观的第一手资料。如果一旦出现关于疾病诊断与治疗方面的纠纷，那么内镜图像就成为医疗鉴定的重要参考证据，在举证倒置的要求下，内镜图像采集已经成为法律对内镜诊疗过程的要求之一。

二、图像采集的要求

对于任一内镜操作，均应解答下列问题：消化道各相关部位是否得到全面完整的观察？胃镜是否观察了食管、胃、十二指肠上段？肠镜是否观察了结肠的全肠？乙状结肠镜是否观察了直肠和乙状结肠的全长？如果观察不全面，其原因是什么？是否可以用解剖异常来解释（如梗阻）？该患者不能耐受检查吗？消化道是否呈空腔状态（胃内食物存留，肠道准备不佳）？如果操作结果归为阴性，阴性结果可靠吗？如有阳性结果，损伤的形态学描述可靠吗？

图像采集的要求就是对上述问题的解答。为获得更好的内镜图像，图像采集应达到下列要求。

（1）观察及采集部位全面、无遗漏：胃镜要求观察食管、胃、十二指肠球部及降段。大肠镜要求观察直肠、结肠的全肠，且退镜观察时间不得少于 5 分钟。乙状结肠镜要求观察直肠和乙状结肠的全长。而且内镜图像采集的画面也要求涵盖上述相关部位,可以使未操作内镜的医生通过采集的图像全面地观察、了解消化道。

(2)多发部位、重点部位需给予重点关注:除全面完整的观察以外,内镜操作医生还须根据内镜申请单上的病史、实验室检查、影像学资料及拟似诊断对多发部位、重点部位给予重点关注。如对于怀疑诊断为十二指肠溃疡的患者,应对十二指肠球部给予特别关注,如有祛泡剂影响视野应进行反复冲洗,如无片状活动性溃疡应仔细观察有无霜斑样溃疡或不明显的溃疡瘢痕存在,如球部无溃疡应排除溃疡在降部的可能性。

(3)病变部位要有特写:为了更好地说明病变的性质、特点,对于病变部位的图像采集要求给予特写。

(4)内镜治疗后应留取治疗前后效果的图像:如应用钛夹止血治疗,需留取治疗前体现消化道出血部位、性质的图像,治疗后需留取钛夹夹闭及周边有无渗血图像;如消化道息肉摘除术,需留取息肉摘除前体现息肉的部位、大小、形态的图像,息肉摘除后需在原位留取图像以反映息肉摘除的程度及有无出血;如消化道狭窄的扩张治疗,需留取扩张前消化道狭窄的程度、有无内容物潴留、有无出血的图像,治疗后需留取消化道扩张的程度、有无出血的图像,等等。

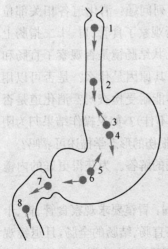

三、胃镜图像采集的方法

胃镜报告应包括一定数量的图像,以确保食管、胃、十二指肠得到完整而全面的观察。为整体地说明检查过程,建议至少采取8张照片。

图1-7 胃镜下图像采集示意图

为优化胃镜检查报告,推荐图

像采集的解剖部位如下（彩图 7）：① 食管上段图像：距门齿20 cm 处采集，获得食管的前视整体图像；② 食管下段图像：齿状线上 2 cm 处采集，此处内镜图片可以明确此处是否经过仔细检查，并记录病变的具体位置。对于食管炎和 Barrett 食管的患者尤为重要；③ 胃底贲门图像：采用内镜"J"形反转法并配合适度的回拉、充气以观察贲门、胃底；④ 胃体图像：在胃体的上部进行图像采集，当胃底被充气充分暴露视野后，此处可以对胃体大弯及小弯的上部进行详尽的观察；⑤ 胃角图像：可采用部分反转观察、采集胃角图像。将内镜置于胃角的前方，可以对胃窦、胃角、胃底进行整体而全面的观察；⑥ 胃窦图像：如果胃角已经如上述样观察，则此处可以将整个胃窦展现在视野范围之内；⑦ 十二指肠球部图像：将胃镜置于幽门口的边缘进行图像采集，可以观察十二指肠球部的全貌；⑧ 十二指肠的降段图像：将胃镜的物镜置于近十二指肠乳头处进行图像采集，此处图像标志着整个检查操作的完成。

胃镜检查时成功采集的图像根据操作进程进行自 1～8 的编号，数字越大则部位越远。依据此原理，退镜观察时获取的图像可采用逆序编号，自 8～1（图 1 - 7）。

四、肠镜图像采集的方法

为整体地说明检查过程，肠镜与胃镜一样，建议至少采取 8 张照片。推荐图像采集的解剖部位如下（彩图 8）：① 直肠低位图像：距肛门上 2 cm 处采集的直肠低位图像，可以从直肠低位展现直肠的全貌；② 乙状结肠中部图像：此处将反映绝大多数乙状结肠疾病，特别是憩室炎；③ 降结肠脾曲图像：自降结肠近脾曲处进行采集，透过结肠黏膜可以看见脾的蓝色。脾曲是一个相对固定点，标志着降结肠直至脾曲观察的结束；④ 横结肠图像：恰好通过脾曲进入横结肠处即进行采集，横结肠的左半侧将尽收眼底；

⑤横结肠肝曲图像：自横结肠近肝曲处进行采集，透过结肠黏膜可以看见肝脏的蓝色。肝曲是另外一个易于识别的参照点，肝曲图像标志着结肠镜检查已进行到结肠肝曲；⑥升结肠图像：恰好通过肝曲进入升结肠处即进行采集，获得升结肠的前视整体图像；⑦回盲瓣图像：这是升结肠起始部的固定参照点；⑧盲肠及阑尾口图像：盲肠及阑尾口图像标志着结肠镜检查的完整性，提示回盲瓣下方亦进行观察。

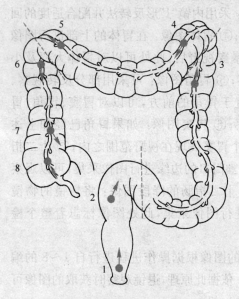

.结肠镜检查时成功采集的图像根据操作进程进行自1～8的编号，数字越大则部位越远。依据此原理，退镜观察时获取的图像可采用逆序编号，自8～1(图1-8)。

图1-8　结肠镜图像采集解剖部位

五、优化图像采集的方法

为获得完美的内镜采集图像，除掌握正确的图像采集方法外，尚有一些优化图像采集的措施可以借鉴。下面一些基本的方法仅供临床参考。

(1)保持消化腔的清洁：针对不同的情况可以应用多种方法来解决。例如，一般应用短时间内禁食、应用祛泡剂即可；对于怀疑幽门梗阻的患者，除禁食外尚可应用胃肠减压等措施；对于消化道出血的患者，如新鲜出血遍布视野，可以应用大量生理盐水反复冲洗、抽吸；对于大肠镜而言，充分的肠道准备则是保持消化道清洁的重要措施。

（2）保持内镜物镜清洁：术前应对内镜物镜进行清洗。术中如物镜临时出现模糊或异物影响视野，可以应用注水口注水冲洗、活检孔道注水冲洗等方法进行清理，必要时可退镜后清洗内镜镜头。

（3）避免过近距离接触消化道黏膜，因其可以导致过度照明区域（blooming effect）。

（4）明显扩张消化腔道。

（5）反复冻结画面（如图像不满意时）并储存或打印。

（李　雷　宛新建）

参 考 文 献

1. Rey JF, Lambert R. ESGE Quality Assurance Committee. ESGE recommendations for quality control in gastrointestinal endoscopy: guidelines for image documentation in upper and lower GI endoscopy[J]. Endoscopy, 2001, 33(10): 901 - 903.
2. 许国铭, 李兆申. 消化内镜培训教程[M]. 上海：上海科技教育出版社, 2000.
3. 许国铭, 李兆申. 上消化道内镜学[M]. 上海：上海科学技术出版社, 2003.
4. 徐富星. 下消化道内镜学[M]. 上海：上海科学技术出版社, 2003.

第八节　内镜设施中的辐射安全

一、辐射损伤的概念及原理

射线是一把"双刃剑"，一方面在临床中的应用可以给人类带来巨大的利益（如放射诊断、放射治疗等），但是另一方面如果在应用中不注意防护或使用不当,则会引起辐射损伤。

辐射损伤是一定量的电离辐射作用于机体后,在受照机体中所引起的病理反应。急性放射损伤是由于一次或短时间内受大剂量照射所致,主要发生于事故性照射。在慢性小剂量连续照射的情况下,值得重视的是慢性放射损伤,主要由于X线职业人员平日不注意防护,较长时间接受超允许剂量的辐射所引起的。电离辐射不仅能引起全身性急慢性放射损伤,而且也能引起局部的皮肤损害。

射线照射生物体时,与机体细胞、组织、体液等物质相互作用,引起物质的原子或分了电离,因而可以直接破坏机体内某些大分子结构,如使蛋白质分子链断裂、核糖核酸或脱氧核糖核酸的断裂、破坏一些对物质代谢有重要意义的酶等,甚至可直接损伤细胞结构。另外射线可以通过电离机体内广泛存在的水分子,形成一些自由基,通过这些自由基的间接作用来损伤机体。对人体细胞的损伤,只限于个体本身,引起躯体效应。而对生殖细胞的损伤,则影响受照个体的后代而产生遗传效应。单个或小量细胞受到辐射损伤(主要是染色体畸变、基因突变等)可出现随机性效应。辐射使大量细胞受到破坏即可导致非随机性效应。辐射损伤的发病机制和其他疾病一样,致病因子作用于机体之后,除引起分子水平、细胞水平的变化以外,还可产生一系列的继发作用,最终导致器官水平的障碍乃至整体水平的变化,在临床上便可出现放射损伤的症状和体征。在辐射损伤的发展过程中,机体的应答反应则进一步起着主要作用,首先取决于神经系统的作用,特别是高级神经活动,其次是取决于体液的调节作用。因此辐射损伤是一个复杂的过程。

二、辐射损伤的影响因素

射线作用于机体后引起的生物效应与很多因素有关,如射线的性质和强度,个人特性,包括辐射敏感性、年龄、性别、既往病史和健康状况、工作环境等。

1. 辐射性质

辐射性质包括射线的种类和能量两个方面的内容。

不同质的射线在介质中的传能线密度(LET)不同,所产生的电离密度不同,因而相对生物效应有异。X 线和 γ 射线的生物效应基本一样。而中子的 LET 大得多,1～10 兆电子伏的快中子产生的生物效应比 X 线、γ 射线大 10 倍。

同一类型的射线,由于射线能量不同产生的生物效应也不同。例如,低能 X 线造成皮肤红斑所需照射量小于高能 X 线。这是因为低能 X 线主要被皮肤所吸收,而高能 X 线照射时,能量可达深层组织,这不仅对放射治疗有价值,而且在射线防护中很有意义。

2. X 线剂量

射线作用于机体后,所引起的机体损伤直接与 X 线剂量有关。以不同剂量照射动物,可以发现当剂量达到一定量时才开始出现急性放射病征象,继续增加剂量时,则可出现死亡,剂量越大,死亡率越高,当增加到一定大的剂量时,则 100% 的动物发生死亡。

3. 剂量率

剂量率即单位时间内的吸收剂量。一般说来,总剂量相同时,剂量率越高,生物效应越大。但当剂量率达到一定值时,生物效应与剂量率之间失去比例关系。在极小的剂量率条件下,当机体损伤与其修复平衡时,机体可长期接受照射而不出现损伤。小剂量长期照射,当累积剂量很大时,便可产生慢性放射损伤。

4. 照射方式

总剂量相同,单方向照射和多方向照射产生的效应不同。一次照射和多次照射,以及多次照射之间的时间间隔不同,所产生的效应也有差别。

5. 照射部位和范围

机体各部位对于射线的辐射敏感性不同,所谓辐射敏感性是指机体对电离辐射的抵抗能力,即辐射的反应强弱程度或时间快慢,辐射敏感性高的组织容易受损伤。细胞对辐射的一般规律是,处于正常分裂状态的细胞对辐射是敏感的,而正常不分裂的细胞则是抗辐射的。

人体各组织对射线的敏感性大致有以下顺序:

(1)高度敏感组织:淋巴组织(淋巴细胞和幼稚的淋巴细胞);胸腺(胸腺细胞);骨髓组织(幼稚的红、粒和巨核细胞);胃肠上皮,尤其是小肠隐窝上皮细胞;性腺(精原细胞、卵细胞);胚胎组织。

(2)中度敏感组织:感觉器官(角膜、晶状体、结膜);内皮细胞(主要是血管、血窦和淋巴管内皮细胞);皮肤上皮(包括毛囊上皮细胞);唾液腺;肾、肝、肺组织的上皮细胞。

(3)轻度敏感组织:中枢神经系统、内分泌(性腺除外)、心脏。

(4)不敏感组织:肌肉组织、软骨和骨组织、结缔组织。

同一剂量,生物效应随照射范围的扩大而增加,全身照射比局部照射危害大。

6. 环境因素

在低温、缺氧情况下,可延缓和减轻辐射效应。此外,受照者的年龄、性别、健康状况、精神状态及营养状况等不同,所产生的效应亦不同。

三、内镜设施中的辐射安全

本节的目的是帮助内镜工作人员在内镜操作过程中减少患者及工作人员的辐射暴露。内镜操作的辐射安全是放射科、放射安全/健康物理科(the department of radiation safety/health physics)、内镜操作人员共同承担的责任。放射原则与操作过程应该让每一个内镜工作人员知晓。

(一) 内镜设备中的辐射源

X线球管内高速粒子在高压下加速并撞击钨靶时产生X线,产生的放射线集中照射于被检查的部位,同时该房间的工作人员也暴露于散发性放射中。被检查部位在胶片上形成图像,或者穿透患者的剩余射线在荧光屏上形成图像。

内镜设备中另一类辐射源是各种放射性支架或植入体。

(二) 最小化放射暴露

放射暴露应该做到尽可能低。内镜工作人员可应用下列方法在距离、时间等多个层面上限制职业性放射暴露。

1. 距离防护

在可能的情况下,尽量增加人体与放射源之间的距离以降低人体接受剂量,距离放射源越远越好。实验证明,对较高能量的X、γ射线点源(点源一般是指源本身的线度小于源到参考人点之间距离的1/5,假如源的线度为1 cm,则5 cm以上即可将此源视为点源)离点源距离d处的照射量率反比于d的平方。即:距离增大一倍,照射量率降低到原来的1/4。增大与点源的距离,方法很多,例如,采用具有不同功用的长柄器械或机械手进行远距离操作,保持控制室、操作台与辐射源有足够的距离,等等。但实际工作中不允许任意加大操作人员与放射源的距离,只能尽可能加大距离并考虑操作时间的综合影响。在防护区的设置上也应考虑距离的影响。

2. 时间防护

操作或接触放射源和放射线时间越长,接受剂量越大,因此可以通过减少停留在检查室的总体时间及用于成像的放射时间来限制放射暴露量。

为缩短受照时间,在进行有关操作之前,应做好充分准备,操作时务求熟练、迅速。

3. 对需要X线透视的过程进行轮班

某些场合下,例如抢修设备和排除事故,工作人员不得不在强辐射场内进行工作,且可能持续一段时间,此时应采用轮流、替换办法,限制每个人的操作时间,将每人所受的剂量控制在拟定的限值以下。当然,这样安排并不能减少集体剂量,因此,整个工作过程要事先做好周密的计划,使得与完成该项工作相关的集体剂量当量保持在最低水平。

4. 个人散发性放射防护设备

面向散发性放射的工作人员应用下列个人防护设备:铅围裙、甲状腺防护、铅眼镜、放射防护手套、防护帽子等。

5. 其他注意事项

(1)垂直悬挂铅防护品以防止散射,保护性或滑动性铅板置于X线的三面将减少对站立于旁边、头部或者脚部的人员的散射。

(2)对铅防护设备进行年检。

(3)依据说明书的推荐清洁铅围裙及防护设备。

(4)X线照射的标准化辐射示警标志置于透视室外的显著位置。

(5)脉冲式透视将比连续性透视的辐射暴露减少一半。

(三)监测辐射暴露

(1)内镜检查需要X线透视时,工作人员需随身携带监控设备,并将该设备应置于铅衣之外并配于腰际。常用的监控设备有胶片徽章放射量测定器和能量冷光放射测定器。胶片徽章放射量测定器是一套含有多个未曝光摄影胶片和过滤器的装置,当胶片感光时可以评估辐射暴露的剂量与类型。能量冷光放射测定器是一种用特殊的水晶材料替代胶片制作的监控设备。

(2)当应用两个监控设备时,一个应置于铅衣之外配于颈部以监测头部、颈部、眼睛的辐射暴露,另一设备应置于铅衣之外并配于腰际。

(3)为防止监控设备读数改变,未使用监控设备时应将其贮存于防辐射容器内,或者置于内镜区域并远离热源。

（4）一名内镜工作人员应负责递交监控设备以进行月检、累计永久记录并对任何非正常结果进行沟通、回报。

（5）每一内镜操作所经历的辐射时间均可以通过放射设备的记录来获得，如有问题可以仔细阅读说明书或请教放射科专家。

（四）放射性物质管理

（1）每次应用前、应用中、应用后均应准确记录用于短距离放射治疗的密封性放射源的数目。

（2）放射源未应用时应贮藏于放射源专用的贮藏室，以防止辐射外泄。

（3）采用距离、时间和防护设备等多种方法使个人暴露降至最低。

（五）注意事项

（1）如果一名内镜室工作人员妊娠或者是怀疑妊娠，应遵循科室的相关规定。如无规定可循，则应提交与内镜室相关的放射科和放射安全办公室制定相关规定。

（2）如果不慎出现妊娠期间的放射暴露，则应严密监测放射量，每个月不可超过 0.5 mSv（50 mrem），总体不可超过 5 mSv（500 mrem）。

（3）操作前应明确患者的妊娠状况，如果一名患者先有辐射暴露后发现妊娠，应联系辐射安全办公室以寻求帮助。

（4）X 线透视应仅仅暴露检查区域。

（5）校准 X 线波束以明确界定透视区域的大小。

（6）对患者的非透视区域应使用相应的防护设施，如适当的应用性腺防护装置。

（六）制度与程序的制定

（1）有关制度与办事程序应予以制定并报请辐射安全办公室批准。

（2）有关制度与办事程序应包括下列内容：① 保护妊娠员工

的条款;② 明确保护患者及员工免受不必要辐射暴露的方法;③ 明确对辐射安全负责的人员(内镜室人员或者辐射安全管理人员);④ 铅防护设备的清洗与放射检测的日程表;⑤ 明确获取、贮存、管理、分发、监测放射物品的方法。

(3) 辐射安全制度与办事程序应纳入内镜室各类工作人员岗前培训及继续教育的体系中。

(4) 应告知内镜室各类工作人员有关辐射暴露所带来的潜在的健康风险方面的信息。

(5) 辐射暴露报告是十分重要的法律档案,应妥善保管。报告的形式与内容由辐射安全管理人员负责解释。

(李 雷 宛新建)

参 考 文 献

1. 许国铭,李兆申. 消化内镜培训教程[M]. 上海:上海科技教育出版社,2000.
2. 徐富星. 下消化道内镜学[M]. 上海:上海科学技术出版社,2003.
3. 许国铭,李兆申. 上消化道内镜学[M]. 上海:上海科学技术出版社,2003.

第九节　ERCP 室的设置要求

内镜下逆行性胰胆管造影(ERCP)室属于一种特殊类型的内镜操作间,它兼具有内镜操作室和 X 线室的功能。在设置上以内镜操作为主,X 线引导为辅。首先必须具备作为内镜操作室的基本条件,其次也应符合 X 线室的要求。国内外拥有 ERCP 室的内镜中心越来越多,其内镜操作以十二指肠镜为主,也可进行某些特殊的胃镜和肠镜操作,如需 X 线引导的内镜下介入治疗等。X 线设备主要为内镜操作所服务,主要用于进行胰胆管造影、引导内镜下胰胆管插管等操作,在设计上应尽可能方便内镜的操作。目前ERCP室主要包括内镜及其辅助设施、X线机及其辅助设备、X线的控制设施、电脑传输及贮存系统。在空间上主要包括ERCP操作室、X线控制室等。

ERCP操作间的设计与一般的内镜操作室有相似之处,主要便于十二指肠镜的操作。其房间的面积应更大,至少20 m²,除能放置一般的内镜和辅助设施外,尚能安放X线设备,X线的操作床也用于内镜的操作台。在功能上不仅应满足十二指肠镜的操作,也能同时便于X线的检查。X线机一般放置在房间内固定的位置,应同时考虑到维护与操作的方便,X线荧光屏与内镜显示屏的位置应能同时符合操作者的要求。内镜医生与辅助人员各有其特殊的活动区域与位置。按要求,护士应站在被检查者的头端,一方面便于观察患者的生命体征及头部的护理,另外也可与操作者进行配合。放射医生应站在操作者的旁边,可适时地调整患者及机器的位置,便于X线的引导观察。国内的ERCP室一般无放射医师直接参与,多为助手进行协助。ERCP操作间的其他设计与普通内镜操作间大致相同,内镜辅助人员(GIA)的工作台一般设置在患者的头边,存放内镜附件、组织标本取样用具、手套、冲洗用水、牙垫和其他需要的物品,紧靠GIA的贮存柜,存放某些不常用但可能需要的附件、药物(图1-9)。

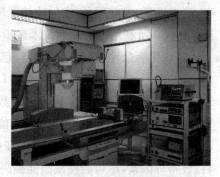

图1-9 ERCP操作间的空间分配

ERCP操作间内应配置一定的必要条件,包括通风、水、电、吸引、氧气、电脑接口、急救设备、清洗、消毒、准备、药品、贮存柜等。通风设备要有足够的强度,设有能对流的风口。水的供应最好有两套系统,一套为普通的自来水,供内镜冲洗与一般洗涤所用;另一套为洁净水系统,所送出的水达到基本无菌的标准,用于内镜浸泡消毒结束后的冲洗。如内镜的清洗消毒集中在专用的消毒间则仅需普通的自来水供应。电力设计上动力与照明分开,照明系统的亮度最好能手控调节,因为内镜检查过程常需要稍暗的灯光。急救设备与急救药品与医院的常规配备相同,整个内镜室配备一套即可,放置的位置也随内镜室的设置而变化,可放置于检查室、复苏室或方便拿取的走廊等。吸引系统是操作间的重要组成部分,各种内镜检查项目均离不开吸引,要注意吸引的强度,位置要尽量靠近操作者。普通内镜检查、ERCP过程中患者均会出现低氧血症,尤其是麻醉后的患者更易出现,故供氧系统是操作间中必须的,氧气接头的位置应靠近患者的头侧。操作间的贮存柜主要存放必要的内镜附件,如空间足够,条件许可,也可贮存内镜,操作过程中需用的治疗巾、弯盘、牙垫、药品等也放置在贮存柜中。

国外大多数 ERCP 室均设计为独立的操作间,专门用于ERCP 操作,而将内镜单元的其他功能从操作间分出去,接待、贮存、清洗消毒、术前用药、术后监护等房间均设计为中心概念,可被ERCP 操作所利用。考虑到技术进步、更新的频率,在操作间设计上还应该留有余地,以备发展之需,包括空间的余地与辅助功能的余地,如电源、吸引、供氧、计算机接口等。一般而言,ERCP 室应专门设计、专门配置,但在我国大多数医院由于客观条件的限制,设计上还应考虑到 ERCP 操作间功能转换的问题,应根据内镜中心的工作情况,将可能的调整考虑在内,包括调整的内容、房间数目、设备等因素,尽可能使调整能提高效率与满意度。但设计中不可过分考虑此点,试图将所有操作间设计成多功能性,这在经济上往往难以做到,造成浪费并成本增高。为提高整个胃镜室的工作效率,常规检查项目可在任何房间包括 ERCP 室内进行,ERCP 室内应有足够进行常规检查的设备与空间。ERCP 操作位置示意图见图1-10。

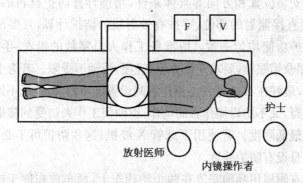

图1-10　ERCP操作位置示意图

ERCP室的X线设置主要包括X线检查台、控制室及洗片室三部分。为了避免X线对周围环境及其他人的影响,X线室应设置在内镜中心的一端或一角,墙壁材料应为混凝土结构,并达到足够的厚度。按国家放射线工作室防护要求,墙壁、房顶、门窗均需用铅皮衬托,并要求密封。门口应安装使用指示灯,X线室与操作控制室间安装可视铅玻璃。尽可能选择功率大于500 mA以上的数字式X线机,最好带有数字减影功能,X线球管应选择下置式。检查床应有前移动及角度调整功能,一般安装在房间中间偏向一侧,周围留有一定的空间,便于操作者移动及安放附件。X线控制室与ERCP操作室一墙之隔,中间有面积足够的铅玻璃窗,X线机操作者可直接观察ERCP操作室情况。控制室内尚包括若干电脑处理系统,由专线连接于操作间的内镜主机及X线机,可分别接受内镜和X线的操作图像,兼有编辑和储存功能。操作间还应设置一定数量的坐位,便于观摩和指导。也应设置一定的空间,放置X线的洗片机,能在操作结束后将X线图像冲洗出来。

控制室内配有电脑图像文字贮存处理系统,完成打印和图像采集报告,另配有X线读片灯等。

在设计 X 线工作室时,应根据每天工作量、最高使用量以及 X 线机的安装位置和方向等具体条件,精确计算防护材料的厚度。对 X 线直接照射的部位,要按有效射线的防护计算,且要注意各部位防护功能均匀一致。应准备工作人员穿戴的铅衣、手套、围脖、铅帽及铅眼镜,要求穿戴方便、轻便、活动不受限。若为上球管 X 线机,最好在 X 线球管与操作者间设置屏障物,但须既不影响操作者视野,又不妨碍操作者的动作,以便使工作人员受到辐射的剂量降到最低限度。若使用下球管 X 线机,这些防护可不必要,因机器本身设有防护装置。

所有附属用品均安置在两个治疗车上,两车放在便于护士及助手取放又不影响操作的位置。其中一辆放置注射用造影剂、手套、注射器、手垫、盛水缸、床单、纱布及治疗巾等;另一辆车放置消毒内镜附件,如:各种造影导管、乳头切开刀、碎石器、扩张气囊、探条、引导钢丝、各种胰胆管内外引流管等。另在操作室内备有简易心电、皮肤血氧饱和度、血压监护仪,以及常规用急救药品、解痉剂、润滑剂等。

(宛新建 李兆申)

——————————— 参 考 文 献 ————————————

1. Eisen GM, Baron TH, Dominitz JA, et al. Standards of Practice Committee of the American Society for Gastrointestinal Endoscopy. Open access endoscopy[J]. Gastrointest Endosc, 2002, 56(6): 793-795.

2. Society of Gastroenterology Nurses and Associates Education Committee. Radiation safety in the endoscopy setting [J]. Gastroenterol Nurs, 2001, 24(3): 143-146.

3. American Gastroenterological Association. The American Gastroenterological Association standards for office-based gastrointestinal endoscopy services[J]. Gastroenterology, 2001, 121

(2): 440 - 443.
4. Johanson JF, Cooper G, Eisen GM, et al. Quality assessment of ERCP. Endoscopic retrograde cholangiopacreatography [J]. Gastrointest Endosc, 2002,56(2): 165 - 169.
5. Rey JF, Spencer KB, Jurkowski P, et al. ESGE guidelines for quality control in servicing and repairing endoscopes [J]. Endoscopy,2004,36(10): 921 - 923.

第二章　内镜质控的基本要求

第一节　如何建立内镜诊疗中的质控体系

确保高质量的内镜诊疗工作是目前关注的焦点,它确保了患者接受指征合理的内镜操作、作出正确的临床诊断(或除外某些诊断)、进行合理的内镜下治疗,而且所有过程处于最低的风险。尽可能为患者提供优质服务是提高内镜工作质量的启动因素。而内镜工作的质量需要通过一系列质控因素体现出来,这些质控因素是提高内镜服务质量的关键所在。

对每一种内镜操作而言,质控的环节可分为 3 个时间阶段:术前、术中和术后。术前质控因素包括适当的操作指征、知情告知、抗生素预防等;术中质控因素包括检查和治疗操作的完成情况;术后质控因素包括病理随访、并发症的诊断和处理等。我们的目的是从大量的内镜报告和操作记录中"提取"出更多的质控因素,从而客观地反映和控制内镜工作的质量。尽管内镜医生的目的是在所有患者的操作中使每项质控因素均能达到 100%满意,但在实际工作中却很难做到。讨论和执行这些质控因素的前提是所有内镜医生必须接受严格的训练和技术准入。尽管每种内镜操作具有其特殊的质控因素,但仍然存在一些共同的质控因素。本篇文章将介绍内镜质控的基本因素,适用于所有的内镜诊疗。

一、内镜术前的质控因素

内镜术前工作主要是指,在实施麻醉及插入内镜之前,内镜医生、护士和相关人员与患者接触并交流的过程,以及患者的术前准备。内镜术前阶段的工作通常包括:掌握适当的适应证、患者的知情告知、患者的临床状况与手术风险评估、降低风险的一些措施(如预防性使用抗生素、抗凝治疗等)以及选择适当的手术时机。

1. 掌握适当的适应证

通常,只要内镜检查结果或提供的治疗对患者有帮助,即可采取内镜操作;而如果内镜诊断结果或治疗对患者的临床处理没有帮助,则无须行内镜操作。具体的消化内镜操作的适应证和禁忌证见表2-1。对每例操作均须严格记录其适应证,当不是临床标准适应证时,必须在记录中进行判断和评估。美国 ASGE 于 2000 年发布了各种内镜操作的适应证,主要依据于已经发表的文献和专家的意见。每种内镜操作均有其特殊的适应证,在临床实践中

表 2-1 消化内镜操作的适应证和禁忌证

适 应 证	不提倡采用消化内镜的情况	禁 忌 证
针对某些患者,必须根据内镜检查结果来采取适当的治疗方法	当确认内镜检查的结果对治疗的选择无帮助时	当内镜操作对患者的健康和生命危害的风险大于可能带来的最大好处
对于一些可疑的良性消化道疾病,采取经验性实验治疗后未能成功的患者	对已愈合的良性疾病进行定期的随访,除非需要对癌前病变进行监测	不能获得患者充分的合作或知情同意时
作为放射线检查的主要替代方法,对消化道疾病进行初始评估		当明确或怀疑内脏发生穿孔时
考虑采用内镜作为主要的治疗方法		

必须严格掌握。研究提示,在指征合理的情况下进行上消化道内镜或结肠镜检查,将会获取更有意义的临床相关诊断。减少不必要的内镜操作是内镜质控的目标之一。

2. 适当的知情同意

对任何内镜操作,镇静或麻醉之前必须获取患者的知情同意,且必须记录在案,除非在特殊状况下患者无法接受知情告知。告知内容应该包括内镜手术最主要的并发症,对大多数内镜操作而言,这些并发症包括出血、穿孔、漏诊以及镇静相关的并发症。获取告知同意对患者有几方面好处,它保证了以患者为中心的处理过程,尊重了患者的自主权和决定权。它让患者了解内镜操作的相关信息,从而作出是否接受的选择。最后,它为患者提供询问的机会,增加患者对其诊疗团队的理解和信心。告知内容还应包括治疗内镜的一些特殊风险,这些风险一般很难预防。

3. 术前病史和体格检查

在对患者施行中到深度镇静之前,应详细记录术前的相关病史及体格检查结果。ASGE 和美国麻醉学会(ASA)建议的内镜术前评估包括:病史和相关的体格检查。病史应该着眼于内镜操作的适应证,以及可能会影响内镜操作的一些情况(如胃肠道手术等),还包括治疗性内镜的安全性(如植入的除颤器)等。病史中也应反映可能影响镇静或麻醉实施的一些因素,例如:① 主要脏器的功能紊乱;② 先前应用镇静/麻醉时出现的副作用,包括局部或全身麻醉;③ 药物的过敏反应、目前的药物治疗以及潜在的药物间相互作用等;④ 最近一次口服药物的时间和状况;⑤ 吸烟及饮酒情况,以及药品滥用情况等。患者应接受针对性的体格检查,包括生命体征、心肺的听诊和气道状况的评估等。当前患者的病史和体格检查结果均应详细记录。一些权威机构认为,应将上述信息与内镜报告分开记录。

4. 风险评估与分级

在实施内镜术前镇静之前,通过风险评估将患者分为高并发症风险群体和低并发症风险群体(与镇静有关)。相关医务人员应记录风险评估结果。目前大多学者建议,在内镜术前采用一种科学的风险评估系统。现有数种风险评估系统可供选择,其中在内镜术前最常使用的是 ASA 评分和 Mallampati 评分。ASA 评分一般将患者分为 1~5 个等级(1 表示完全健康;5 表示有严重疾病,难以生存)。ASA 评分与内镜操作过程的并发症密切相关,主要为与镇静相关的并发症。Mallampati 评分使用一种直观类比标度来评价上呼吸道的状况,主要与气管插管的困难直接相关,一般不作为内镜操作的风险分级评估手段。

5. 预防性使用抗生素

预防性使用抗生素主要应用于接受高感染风险操作的高风险患者。高感染风险患者主要指那些有心血管异常的患者,容易发生细菌性心内膜炎或血管内感染。这些患者包括:植入人工瓣膜的患者、有心内膜炎病史、存在体-肺循环分流、1 年内植入人工血管、复杂的紫绀型先天性心脏血管病患者。高感染风险内镜是指具有高风险菌血症的操作,主要包括狭窄扩张、静脉曲张的硬化治疗和胆管阻塞的 ERCP 操作等,这些患者应接受抗生素预防。另外,行经皮内镜下胃造瘘(PEG)的患者也应预防性使用抗生素。肝硬化及急性消化道出血患者在内镜检查前应使用抗生素。

6. 掌握内镜时机

内镜操作应选择适当时机,从决定内镜诊疗到采取内镜操作的时间间隔应记录下来。选择适当的内镜操作时机主要取决于内镜适应证、内镜操作种类、患者的倾向性等。

7. 实施镇静的计划

在使用任何镇静药之前,必须明确应达到的镇静水平:轻度、中度、深度以及全身麻醉等。心、肺方面的风险与镇静的深度密切相关。ASA 和 ASGE 规定,培训标准和监护的要求依据镇静的深度而不同。对于较深水平的镇静,应采用更加严格的标准。

8. 抗凝治疗

对所有患者应记录当前是否使用抗凝药物或抗血小板聚集药物。通常情况下,患者在接受高出血风险内镜操作,如大的息肉摘除、括约肌切开术和食管扩张术等,应停止使用抗凝治疗。对于那些有严重血栓形成风险的患者,术前应给予适量的标准肝素或小分子量肝素治疗。大多数内镜操作可应用于接受阿司匹林治疗的患者。

9. 术前停顿

在实施镇静或插入内镜之前,应采取短暂的停顿,以确认合适的操作指征和方法。现有许多单位采取这样的概念:在实施需要镇静或麻醉的内镜操作之前,实行术前停顿。其目的是确保正确的操作指征和方法,同时也可以对患者的病史、实验室检查或放射检查结果进行再次评估,而这些资料对内镜操作具有重要的参考价值。

二、内镜术中的质控因素

内镜术中阶段从实施镇静或插入内镜开始到退出内镜结束。这个过程包括了内镜操作的所有技术环节,也包括了内镜检查和治疗性操作的完成。大多数内镜操作均需提供镇静和对患者的监护。

1. 留取照片资料

内镜操作时对病变部位应留取照片。国内外学者认为,高质量的内镜诊疗应包括图像的保存。

2. 患者的监护

在行镇静下内镜操作的过程中,应对患者监测下列指标:氧饱和度、脉搏和血压等,至少每 5 分钟应记录 1 次血压、脉搏。

3. 使用药物的记录

在内镜操作过程中应记录使用药物的种类、剂量和给药途径。

4. 复苏药物

复苏药物(如氟马泽尼、纳洛酮)的使用,以及丙泊酚的停止使用均应明确记录。

5. 规范化操作

不同的内镜具有其特殊的操作要求,如胃镜、肠镜、十二指肠镜等,具体内容在本书的相关章节分别阐述。

三、内镜术后的质控因素

内镜术后阶段是从内镜操作的完成到随后的随访。术后的主要工作包括:为患者提供指导,记录操作过程,确认和记录并发症,病理结果的随访以及评估患者的满意度等。

1. 内镜操作结束后患者离开内镜室的要求

在患者结束内镜诊疗操作离开内镜室之前,必须确认其监测的各项指标符合术前规定的要求。内镜室应该制定出患者离开内镜室之前必须达到的各项监测要求,且应记录在离开之前监测的各项结果。

2. 给予患者的指导

在患者离开之前,应该提供其书面的指导意见。这些指导意见应该包括:饮食要点、常用药物的恢复、日常活动的恢复等,也应该告知与内镜操作相关的潜在的迟发性并发症。同时还应该让患者留取联系方式,以备紧急情况下使用。

3. 病理结果的随访

对于那些接受了组织活检的患者,应设法建立联系方式,以通知检查结果。活检标本的病理结果通常直接决定了随后的处理方案(如结肠镜监测的时间周期、抗 Hp 治疗的需要等),只有及时将病理检查结果告知患者,才能将病理与患者的治疗计划结合起来。

可以通过下列方式通知患者：信件、电话、随访等，但是一定要制定并执行这些计划。随着完整的电子医疗记录的发展，特殊的病理随访作为一种质控要求在将来的工作中具有很强的实用性。

4．操作记录

操作结束后应立即记录内镜报告，电子医疗系统和计算机内镜报告系统对此大有帮助。美国消化内镜学会建议内镜报告应包括如下内容：

* 操作日期
* 患者的 ID 号
* 内镜操作者
* 主要助手
* 相关病史和体格检查的记录
* 患者知情同意的说明
* 内镜操作的内容
* 主要适应证
* 内镜设施的型号
* 药物处理(麻醉、镇痛、镇静)
* 检查的解剖学范围
* 检查的限度或局限性
* 所获取的组织或体液样本
* 检查发现的结果
* 诊断的印象
* 前期治疗的结果
* 并发症
* 内镜处置的内容
* 内镜结束后的处理意见

5．并发症的报告

每个内镜中心应保存内镜诊疗过程的所有原始记录，尤其是各种不良事件和计划外的处理措施。各内镜学会均提倡及时总结并发症的情况,便于采取措施降低手术风险。还应该阅读相关文献,了解与内镜操作相关的迟发性并发症。

6. 患者的满意度

内镜术后还应该使用标准的问卷方式调查患者的满意度。对于内镜例数较少的单位,可以对每位患者进行调查,然而在工作量较大的内镜室,只能采取随机的抽样调查。这些调查的结果应受到足够的重视,并能及时地总结分析。

7. 与相关的医疗部门保持联络

应及时将内镜操作结果、任何治疗和随访的建议提交给相关的医疗部门(或者主管的医生)。如果不能及时将内镜的结果报知相关的医疗部门,将可能导致对患者处理上的失误。因此,内镜医生和内镜中心有责任将内镜结果、有关治疗的建议、进一步诊断实验和随访的建议及时告知患者的主治医生和相关的医疗部门。尤其对那些怀疑恶性肿瘤的患者,应及时提供随访、肿瘤分期和治疗的计划。

8. 抗凝治疗计划

应记录术后恢复使用抗凝药物或抗血小板聚集药物的计划或方案。对于大多数非治疗性内镜操作,术后可立即恢复使用抗凝药物和抗血小板聚集药物。对于接受了内镜治疗的患者,确定药物的恢复时间应个体化,应考虑到内镜操作的类型和抗凝药物的种类。

四、结论

临床实践表明,内镜医生直接参与内镜质量的提高是非常重要的。我们的目的是从内镜工作实践中提炼出合理的质量要素,而作为一名训练有素且具备良好责任心的内镜医生应完全掌握这些要素,对于那些缺乏专业训练的内镜医生,则是评价的标准和良好的警示。在本篇文章中,我们列举了一些反映内镜质量的因素,这些要素还必须在临床实践中不断检验和发展,使之得到更加广泛的应用。事实上,并非每项质控因素适用于任何内镜操作,内镜医生应视具体情况而定。

美国消化内镜学会(ASGE)推荐的内镜操作的质控因素具体见表2-2。

表2-2　美国消化内镜学会(ASGE)推荐的内镜操作的质控因素

1. 适当的适应证	12. 记录药物使用
2. 患者或其委托人的知情同意	13. 促醒药物
3. 病史和体格检查	14. 离开内镜室的监测指标
4. 风险分级(评估)	15. 内镜术后的指导
5. 预防性使用抗生素	16. 病理随访
6. 适时记录	17. 操作报告
7. 记录麻醉、镇静方案	18. 并发症的报告
8. 记录抗凝药物	19. 患者的满意度
9. 术前暂停评估	20. 与相关医疗部门的联系
10. 主要病变的照片存留	21. 术后抗凝药物的使用计划
11. 患者的监测	

(宛新建　李兆申)

- - - - - - - - - - - - - - - - - - 参 考 文 献 - - - - - - - - - - - - - - - - - -

1. Guyatt G, Sinclair J, Cook D, et al. Moving from evidence to action: grading recommendationsda qualitative approach[M]// Guyatt G, Rennie D. Users' Guides to the Medical Literature. Chicago: AMA Press, 2002: 599 - 608.

2. Eisen GM, Baron TH, Dominitz JA, et al. Methods of granting hospital privileges to perform gastrointestinal endoscopy[J]. Gastrointest Endosc, 2002,55: 780 - 783.

3. de Bosset V, Froehlich F, Rey JP, et al. Do explicit

appropriateness criteria enhance the diagnostic yield of colonoscopy [J]? Endoscopy, 2002,34: 360 - 368.

4. Balaguer F, Llach J, Castells A, et al. The European panel on the appropriateness of gastrointestinal endoscopy guidelines colonoscopy in an open-access endoscopy unit: a prospective study [J]. Aliment Pharmacol Ther, 2005,21: 609 - 613.

5. Bersani G, Rossi A, Ricci G, et al. Do ASGE guidelines for the appropriate use of colonoscopy enhance the probability of finding relevant pathologies in an open access service [J]? Dig Liver Dis, 2005,37: 609 - 614.

6. Waring JP, Baron TH, Hirota WK, et al. Guidelines for conscious sedation and monitoring during gastrointestinal endoscopy [J]. Gastrointest Endosc, 2003,58: 317 - 322.

7. American Society of Anesthesiologists Task Force on Sedation and Analgesia by Non-Anesthesiologists. Practice guidelines for sedation and analgesia by non-anesthesiologists [J]. Anesthesiology, 2002,96: 1004 - 1017.

8. Vargo JJ, Eisen GM, Faigel DO, et al. Anesthesiologist or non-anesthesiologist-administered propofol and cardiopulmonary complications for endoscopy: which is safer [abstract] [J]? Gastrointest Endosc, 2004,59: AB93.

9. Sharma VK, Nguyen CC, De Garmo P, et al. Cardiopulmonary complications after gastrointestinal endoscopy: the clinical outcomes research initiative experience [abstract] [J]. Gastrointest Endosc, 2002,55: AB99.

10. Hirota WK, Patersen K, Baron TH, et al. Guidelines for antibiotic prohylaxis for GI endoscopy [J]. Gastrointest Endosc, 2003,58: 475 - 482.

11. Brotman M, Allen JI, Bickston SJ, et al. AGA Task Force on Quality in Practice: a national overview and implications for GI practice [J]. Gastroenterology, 2005,129: 361 - 369.

12. Eisen GM, Baron TH, Dominitz JA, et al. Guideline on the management of anticoagulation and antiplatelet therapy for endoscopic procedures [J]. Gastrointest Endosc, 2002, 55: 775-779.

13. Zuckerman MJ, Hirota WK, Adler DG, et al. ASGE guideline: the management of low-molecular weight heparin and nonaspirin antiplatelet agents for endoscopic procedures [J]. Gastrointest Endosc, 2005, 61: 189-194.

14. Johanson JF, Cooper G, Eisen GM, et al. Quality assessment of endoscopic ultrasound [J]. Gastrointest Endosc, 2002, 55: 798-801.

第二节 内镜诊疗工作的风险评估

随着人们对内镜重要性的逐步认识,内镜已经在临床上得到了广泛的应用,越来越多的疾病依赖于内镜来诊断与治疗。随着技术进步和经济发展,内镜诊疗虽然具有很高的安全性,但在临床上由于操作不当或对适应证的把握不当,并发症仍时有发生,少数还十分严重,应引起内镜工作者的重视和警惕。

一、胃镜诊疗的风险评估

胃镜检查在我国开展已很普遍,具有很高的安全性,但由于操作粗暴及患者精神紧张等因素常导致一些并发症,严重者甚至可以导致死亡。

(一) 并发症概况

竹本忠良统计 1 783 067 例胃镜检查,并发症为 0.09%;Mandalstono 统计 211 410 例,并发症为 0.24%;上海内镜协作组报道 142 995 例,并发症为 0.10%;中南五省报道(下称五省)230 661 例,并发症为 0.28%。日本统计死亡率为 0.000 8%,美国统计死亡率为 0.006%,上海和五省统计死亡率为 0.002%。死亡原因美国以心、肺意外多见;上海和五省死亡 8 例,心血管意外和穿孔占 50%。

并发症的种类较多,王旭等报道 31 939 例胃镜中出现 110 例胃镜并发症:咽部擦伤 43 例,占 39%;食管贲门黏膜撕裂伤 33 例,占 30%;下颌关节脱臼 16 例,占 14.5%;颌下腺肿胀 6 例,占 5.5%;麻醉药过敏 5 例,占 4.5%;颜面部皮下出血 4 例,占 3.6%;急性胃扩张 1 例,占 0.9%;吸入性肺炎 1 例,占 0.9%;猝死 1 例,占 0.9%。根据并发症的严重程度可将其分为严重并发症和轻型并发症。

(二) 并发症

1. 严重并发症

(1)出血:是胃镜检查中常见并发症,上海和五省报道占并发症的 21.6% 和 17.5%,两组并发出血 50 例,死亡 1 例,多数由活检引起。原发病为肿瘤、溃疡时更易发生。息肉切除时电凝不完全或焦痂脱落,误将食管胃底曲张静脉、血管瘤活检,检查中剧烈呕吐致贲门黏膜撕裂、机械损伤等都是出血的重要原因。出血多数表现为黑便,大量时可呕血,胃出血较食管多见。

活检应辨清病变,避开血管显露部位,操作动作轻柔,循腔而进,退镜时镜身勿过度弯曲,减少机械损伤,防止过度注气,减少呕吐引起黏膜撕裂。摘除息肉电凝要完全,术后禁食或流质。术中遇有出血应行局部止血如喷洒孟氏液、冰肾上腺素盐水等,血液病和凝血机制障碍者活检要慎重。

(2)穿孔:Shahmir 等报道发生率在 0.033%～0.1%,食管和胃均可发生穿孔,各占半数。有人报道胃多于食管。食管好发于梨状窝、食管上段、食管膈上 2～3 cm 处,常出现皮下、纵隔气肿、纵隔炎。原因为肿瘤、溃疡、活检、纵隔病变、食管狭窄、颈椎前骨刺、操作粗暴、盲目进镜等。胃好发于贲门、胃体上部后壁,多数发生在肿瘤和溃疡基础上。原因为活检、过度注气、牵拉、息肉摘除、机械损伤等,也有十二指肠球部穿孔的报道。注气后胃不扩张提示穿孔。一旦发生应尽早手术。

(3)心血管意外:胃镜检查可出现心率加快、血压升高、ST-T改变、心绞痛和各种心律失常,偶见心肌梗死和心跳骤停。美国发生率为 0.061%,日本为 0.01%,刺激迷走神经和大量注气可使冠状动脉血流减少。精神紧张、缺氧、迷走神经反射可引起心血管意外。资料显示,冠心病伴消化道出血时心血管意外发生率更高。冠心病及老年人应严格掌握内镜检查指征,术前进行心电图检查,消除紧张情绪,酌情使用镇静和血管扩张药物。对可能发生心血管意外而必须胃镜检查者,应在心电监护下进行。术中出现烦躁、胸闷、憋气大汗,立即停止检查。内镜室应常备各种急救药物和器材,以便及时抢救。文献报道 1 例 18 岁患者内镜操作引起心跳骤停,认为与迷走神经反射或胃镜通过食管中段主动脉弓时对心脏直接刺激所致。

(4)感染:内镜操作可造成咽后壁脓肿、纵隔炎、梨状窝感染,五省发生率为 0.009 5%。内镜引起一过性菌血症,发生率为 0.8%,主要为链球菌、奈瑟菌、肠球菌,一般不引起败血症。乙肝和艾滋病病毒有可能通过内镜传播,采取充分清洗和有效消毒可减少感染机会。国外有吸入性肺炎的报道,与术前使用镇静剂有关,检查时应放低口角,使分泌物和胃内反流物流出。

(5)内镜嵌顿:裂孔疝和残胃由于内镜过度弯曲,使其嵌顿在疝囊或残胃中,造成拔镜困难。避免内镜过度屈曲便可防止。有报道 1 例胃镜下喷洒孟氏液引起食管强直性痉挛致内镜不能拔出。

(6)罕见并发症:国内有引起脑溢血、短暂性脑缺血、急性胰腺炎、胆囊穿孔、癔症性癫痫、哮喘发作的报道,脑血管病见于动脉硬化和高血压者,因精神紧张、刺激使血压升高引起。胰腺炎与注气过多或胆胰壶腹括约肌痉挛,使肠液胆汁反流入胰管,激活胰酶所致。刺激使胆囊分泌增加和收缩增强,原有胆囊疾病者可诱发穿孔。除严格掌握适应证外,极少数并发症是无法预计和防止的。也有1例术后1周胃镜检查引起腹部切口裂开的报道,因呕吐剧烈、腹压增高至切口迸裂,因此近期腹部手术者应禁止胃镜检查。

2. 轻型并发症

(1) 下颌关节脱臼:上海和五省发生率为0.47%,老年人多见,多数有下颌关节习惯性脱臼史,可能与下颌关节退行性变、缺陷、张口过大有关。手法即可复位。

(2) 腮腺、下颌腺肿大:上海和五省发生率为0.02%。患者术前情绪较紧张,对胃镜检查存在恐惧感,而紧张的情绪易导致腮腺管痉挛,腺体的排出阻力大。操作者未熟练掌握操作技巧,胃镜前端部在口腔内停留时间长,导致胃镜对口腔的机械刺激和局部压迫,引起腮腺分泌增加和腮腺开口急性水肿。

术前应做好患者的心理护理,让其了解操作的全过程,以平静的心态接受检查,必要时给予少量镇静剂。操作者熟练掌握胃镜操作技巧,熟悉消化道的解剖特点,从而避免不正确进镜而导致不适。术前套上口垫时先训练患者做吞咽动作,当镜身到达甲状软骨水平时,嘱患者做吞咽动作,以利于镜身顺利进入。术前协助患者取左侧卧位,如反复进镜困难,拔出镜身,让患者休息片刻后再行进镜,避免患者长时间取强迫体位,减少卧位的重力作用而诱发不良反应,术前使用阿托品可预防。该并发症一般不需处理,可自行恢复。

(3) 皮下气肿:操作不当致机械损伤引起,可用抗生素预防感染,短期可消失。

(4) 皮肤、结膜出血:王仲会等报道3例检查后颈面部、结膜出现广泛性出血点,可能因过度憋气、上腔静脉回流受阻、静脉淤血造成。不需处理,一周内消失。

(5) 药物副作用和过敏反应:常规胃镜检查时常用药物有丁

卡因、地西泮（安定）、阿托品等，前两种药物可能导致过敏反应，有丁卡因过敏致死的报道，有过敏史者忌用。阿托品可引起青光眼发作、排尿困难和尿潴留。青光眼禁用，前列腺肥大、老年人慎用。

（6）亦有假性气腹、假性急腹症、胃扩张、胃肠痉挛、牙齿断裂脱落等报道：可能与注气过多、使用阿托品及牙齿本身疾病有关。

3. 机体异常反应性并发症

（1）心律失常：并不少见，五省发生率为 0.04%，多为一过性，无症状或症状不明显，常不被发现，所以实际发生率远较发现率高，一般无需处理。有症状常为严重心律失常，应及时抢救。

（2）喉痉挛：表现为鸡鸣、呼吸困难、烦躁不安，甚至发绀，此系胃镜误入气管所致，部分与咽喉炎有关。一旦发生，立即拔镜，对症处理，严重时用激素治疗。检查时应在直视下进镜，避免误入气管，急性咽喉炎者应暂缓检查。

（3）误入气管：常有剧烈咳嗽、呼吸困难、憋气、烦躁不安。亦有无反应者，局麻过度、麻药吸入气管、年老体衰者可见。误入气管应立即拔出，不需特殊处理。

（4）其他：偶可诱发癔症、反应性精神病、虚脱、晕厥等，多因精神紧张和恐惧所致。做好解释工作，消除异常心理，取得配合，必要时采用无痛内镜。一旦发生，停止检查，对症治疗。

目前胃镜已广泛应用，对并发症应给予足够重视。严格按操作规范进行，减少并发症的发生。但有些并发症和意外是难以预计的，关键是提高警惕，及时发现和处理，防止发生严重后果。

二、无痛胃镜的风险评估

丙泊酚（异丙酚）及芬太尼是目前无痛胃镜检查中常用的两种药物。国内外研究结果表明，丙泊酚作为一种新型的静脉麻醉药，因其可控性强、清醒迅速、安全有效，在国外备受青睐。丙泊酚静脉注射即可达到全身麻醉的程度。芬太尼为强效镇痛药，发生作用快,与丙泊酚合用可减少其用量,在整个检查中患者处于麻醉状态,对消化道的刺激反应较弱,有利于术者对消化道管壁和管腔的观察,患者状态安稳,苏醒快速,却对整个机体影响较小。

(一) 并发症概况

丙泊酚及芬太尼对心血管和呼吸均有一定的抑制,并可引起血压和氧饱和度下降。仲继宽等报道行丙泊酚麻醉下胃镜检查610 例,发生并发症共 24 例,发生率 3.93%,其中,一过性低氧血症 11 例,误吸 4 例,一过性呼吸暂停 1 例,心动过缓 2 例,低血压 4例,苏醒延迟(30 分钟)1 例,醒后惊厥并四肢抽搐 1 例。上述患者经对症处理后均迅速解除症状,顺利完成胃镜检查,取得满意效果。麻月红等报道无痛胃镜检查术 4 779 例,8 例患者曾在操作过程中出现氧分压在 85 mmHg 以下,心率 55 次/分以下,予及时打开气道,保持呼吸道通畅,轻拍患者背部,叫醒患者,增加氧流量。若未能改善,心率低于 55 次/分以下者用山莨菪碱 5～10 mg 静脉推注,以改善心率。对血氧分压持续 85 mmHg 以下者,适当使用呼吸兴奋剂。经上述处理 8 例患者的心率及血氧分压均恢复正常水平。

(二) 并发症的防治

预防及减少并发症的发生,应注意以下几点。

(1) 术前应对患者重要脏器功能作正确评估,注意个体差异及老龄与儿童的药物代谢特点。如用量过大,则对呼吸、循环影响较大,且患者清醒时间延长;如用量过小,检查过程中可出现咳嗽、躁动、恶心、呕吐等症状。

(2) 熟练掌握丙泊酚禁忌证,主要有:① 药物过敏;② 妊娠患者;③ 急性或慢性呼吸功能衰竭患者,上呼吸道感染者,必须治愈后才能进行检查;④ 严重的心、脑、肝、肾等疾病并发功能衰竭或休克者;⑤ 年龄<3 岁的儿童;⑥ 癫痫患者;⑦ 严重的低血容量、低血压或心动过缓患者。

（3）术中应严密观察，加强心、肺功能的监测，对老年患者尤其是并发高血压、冠心病者应作心电图监测。同时，要不断对麻醉状态进行评分，以免麻醉过深。

（4）配备必要的基础仪器，如呼吸机、多功能监测仪、气管插管用具和必要的急救药品，应设立苏醒观察室，处理苏醒后可能出现的并发症。

（5）麻醉医生、内镜医生及护士应专职培训，熟练掌握心、肺、脑复苏技术。在操作过程中互相信赖，有效配合，内镜医生应在麻醉医生安排下进行检查。当出现并发症时，应听从麻醉医生的建议，必要时应暂停或终止操作，这也是有效预防并发症的关键之一。

三、结肠镜诊疗的风险评估

（一）并发症概况

结肠镜诊疗的并发症较少见，但可能是严重且致命的。Silvis等报道一组超过 25 000 例诊断性结肠镜的研究报告，总的并发症（主要是出血和穿孔）发生率为 0.35%，与最近 3 196 例前瞻性研究报告的 0.3% 相似。结肠镜下息肉摘除并发症发生率升高到 2.3%，但少于开腹结肠切除和息肉摘除并发症的发生率，后者发生率为 14%～20%，并有 5% 的死亡率。社区医疗单位肠镜并发症发生率则难以确定，因为并发症发生率的报道主要来自有经验的中心。另外，随着设备、电子手术技术和诊疗经验的提高，结肠镜检查和息肉摘除的并发症发生率降低。无症状人群结肠镜筛查并发症发生率为 0.2%～0.3%，包括出血、穿孔、心肌梗死和脑血管意外。随着大量的多中心数据的引入，如临床后果研究启动（CORI）计划，在将来能更好地用于并发症的评估。然而，尽管能更准确地获取操作后立即出现的并发症的数据，因为没有报道，迟发性并发症仍然被低估。肠镜下息肉摘除的方法有以下几种，冷活检、热活检(如用烧灼术活检)和有或没有电活检的圈套活检。氩离子凝固也用于将大的无蒂息肉分块摘除。息肉摘除的并发症同样包括诊断性结肠镜的并发症。另外,与息肉摘除直接相关的并发症有急性或迟发性出血、息肉摘除部位的穿孔和息肉摘除术后凝固综合征。与镇静剂相关的并发症已在上消化道内镜指南中述及。

既往结肠镜检查表明,检查前用药和凝血机制异常会增加出血的危险性。尽管一组4 735例息肉摘除报道提示,用纯切电流和凝固或混合电流发生的出血相近,但一般认为用纯切电流可能会增加出血的危险。随着内镜医生经验的增加,息肉摘除术后出血发生率会降低。息肉的大小与穿孔发生的关系还不清楚,一般认为,右侧无蒂息肉穿孔发生率最高,因为这些区域结肠壁最薄。

(二) 并发症

1. 肠道准备相关的并发症

结肠镜检查前清洁肠道是为了更好地观察结肠黏膜,另外,还可以降低肠腔内有潜在爆炸性气体的浓度。已报道的肠道内气体爆炸的并发症极少。一组研究发现尽管只用标准的磷酸苏打灌肠行乙状结肠镜检查前的准备,有10%的患者肠腔内有可燃气体氢气和甲烷,而用聚乙二醇(PEG)行肠道准备的患者没有可燃气体。其他研究发现用甘露醇行肠道准备有肠道气体爆炸的潜在危险。常用的肠道准备有两种类型:含有聚乙二醇的平衡盐液和非聚乙二醇液如枸橼酸镁和磷酸盐(口服磷酸苏打)。在老年人、肾功能不全或淤血性心衰的患者,两种准备方法都可能引起致命性水电解质紊乱。口服肠道准备的其他少见并发症有呕吐引起的贲门黏膜撕裂综合征(Mallory-Weiss tears)、食管穿孔和吸入性肺炎等。用磷酸盐行肠道准备可能引起炎症性肠病患者肠黏膜的大体形态及组织学改变。

2. 穿孔

结肠镜操作过程中出现的结肠穿孔可能来自结肠镜对肠壁的机械损伤、气压伤或直接由于治疗所致。穿孔的早期症状有持续性腹痛和腹胀，后期症状主要由腹膜炎所致，包括发热和白细胞升高，胸腹平片发现膈下有游离气体。CT 检查优于立位平片，因此，对怀疑有穿孔，而胸腹平片检查又没有发现有游离气体的患者，应考虑腹部 CT 检查。诊断性和治疗性结肠镜穿孔发生率差别不大。一组 25 000 例结肠镜诊疗，诊断性结肠镜穿孔发生率为 0.2%，其中 6 000 例结肠息肉摘除穿孔发生率为 0.32%。而另一组 5 000 例结肠镜诊治报告发现，诊断性结肠镜穿孔发生率为 0.12%(4 例)，息肉摘除者穿孔发生率为 0.11%(2 例)。对 1 172 例患者的 1 555 个息肉摘除的回顾分析报告发现，只有 1 例 1 cm 大小的有蒂息肉摘除后发生隐匿性穿孔。一组 591 例患者结肠镜下摘除息肉 1 000 个，结果无穿孔发生。一组 777 例患者摘除息肉 2 019 个，有 2 例发生穿孔(0.3%)，而另一组 3 196 例的结肠镜筛查前瞻性研究无穿孔发生。

3. 出血

结肠镜诊治后出血归于下消化道出血范畴，其发生后可能需要输血、住院、重新行结肠检查或手术。出血可能在息肉摘除后很快发生，也有在术后 29 天才出现。出血部位可以通过内镜检查或红细胞核素扫描确定。报告的息肉摘除术后出血的发生率为 0.3%～6.1%。美国消化内镜协会(ASGE)的调查发现，25 000 例诊断性结肠镜出血发生率为 0.09%，6 000 例息肉摘除者出血发生率为 1.7%。一组 1 795 个息肉摘除后有 48 个息肉摘除处发生出血(2.7%)。一组报道 0.64% 的息肉摘除后发生出血(0.85% 的患者)，其中 10 例患者中有 3 例需要输血。另一系列 591 例患者行 1 000 个息肉摘除，有 8 例发生小的出血(1.4%)。其他研究者报道息肉摘除后立即出现出血者为 1.5%，迟发出血为 1.9%。尽管热活检、冷活检和圈套电烧灼的出血率有差别,但没有研究者证实这一观点。

4. 息肉摘除术后凝固综合征

已有报道在息肉摘除的过程中,由于电凝固对肠壁的损伤,可引起 0.51%～1.2%的患者有跨膜烧伤,引起息肉摘除术后凝固综合征。这一综合征一般发生在结肠镜后 1～5 天,典型表现有发热、局限性腹痛、腹膜炎体征和白细胞增多,放射检查没有游离气体。6 篇报道中有 5 篇报道提示,患者息肉位于结肠右侧壁,并均为无蒂息肉。识别这种情况非常重要,因为这一情况无需手术治疗。

5. 结肠镜染色的并发症

如果发现病灶后不准备立即经内镜摘除,或需要定位行内镜随访,用可以永久存在的染料(如印度墨水)在结肠病灶附近刺纹,从而使随后的外科手术或内镜随访容易定位。注射永久存在的天然墨水,也需要考虑操作的安全性。一组 55 例用印度墨水结肠刺纹的患者,平均 36 个月后活检复查,发现 6 例患者结肠有轻度慢性炎症,1 例有增生改变。一组 7 例患者行结肠刺纹标记后 1 天到 7 周行手术治疗,发现组织学改变有结肠黏膜下和浆肌层组织坏死、水肿、中性粒细胞浸润等。结肠刺纹标记后也有发生伴有腹膜炎的结肠脓肿的报道。有关这一主题的综述报道,结肠刺纹标记并发症发生率约为 0.22%。动物实验中将印度墨水稀释(1:100)到内镜和腹腔镜可见的程度,在注射后 7 天到 1 个月行腹腔镜下手术,没有发现明显的组织学改变。最近报道对 113 例患者行 188 处注射一种新的碳基永久标记物,没有并发症发生。

6. 其他并发症

结肠镜诊疗的其他少见并发症包括脾破裂、急性阑尾炎、肠系膜血管撕裂引起的腹腔内出血。如果用于消毒的戊二醛没有清洗干净也会引起化学性结肠炎。结肠镜下息肉摘除的并发症还包括菌血症、腹膜后脓肿、皮下气肿、圈套器将正常肠黏膜套入,与结肠镜检查有关的死亡也有报道,已报道的 83 725 例操作有 5 例死亡 (0.006%)。

7. 并发症的预防

尽管做了最大的努力,在结肠镜检查或息肉摘除时总有发生并发症的危险,然而,一些措施可以使并发症的发生最少化。准确地收紧切除息肉的圈套需要有一定的经验。不适当地延迟关闭圈套器会导致息肉茎部干燥,从而使圈套器不能完全闭合。相反,在关闭圈套器之前烧灼不够就容易引起出血。另外,要非常小心避免将正常黏膜收入圈套器。用生理盐水或去甲肾上腺素注射到息肉基底或息肉下使息肉抬高,可增加息肉与黏膜下层分离的程度,已将这种方法作为一种降低息肉摘除术后出血危险的技术,尤其用于位于结肠右侧大的无蒂息肉的摘除,同时也降低了热损伤的深度。也有用金属夹或可分离的圈套器等机械方法预防息肉切除相关的出血。对于有凝血障碍的患者,要推迟检查或纠正凝血异常更为合适。因为这些并发症并不常见,因而也没有对照研究证明这些方法的优点。为减少出血,可考虑使用不用电烧灼的小圈套器替代热活检钳治疗小的息肉。

8. 并发症的治疗

所有单纯穿孔的患者均需考虑手术处理,尽管穿孔通常需要手术修复,部分病例也可考虑非手术处理,隐匿性穿孔或局限性腹膜炎没有脓肿形成的征兆,且保守治疗有效的患者可以避免手术。腹腔镜下穿孔修补也是可行的。所谓的微小穿孔是指发现比较早(息肉摘除后 6～24 h),表现为局限性的腹痛和腹肌紧张,而没有弥漫性腹膜炎的刺激症状。这类患者的处理为肠道休息、静脉使用抗生素和观察临床表现有无恶化。尽管有报道将穿孔处用夹子闭合,但这种方法目前还没有被推荐。

息肉摘除术后出血通常比较明显,可以通过结肠镜进行治疗。

用于消化道出血的治疗方法,除标准的内镜治疗(如注射治疗、热凝固和电凝固)外,近来有套扎、环内结扎和止血夹等用于临床。非内镜下处理方法包括血管栓塞和手术。处理息肉摘除术后出血并非都需要进入重症监护病房。息肉摘除术后凝固综合征通常用静脉内补液、使用广谱抗生素和禁食到症状消失等措施,也有通过口服抗生素在门诊治疗获得成功的报道。

总之,结肠镜检查的并发症虽然少见,但不可避免,发生率一般在 0.35% 以下。因为有发生并发症的可能就要执行告知制度。操作并发症包括穿孔、出血、息肉摘除术后凝固综合征、感染、肠道准备相关的并发症和死亡,治疗性结肠镜并发症发生率多于诊断性结肠镜检查。与结肠息肉摘除相关并发症的危险因素包括息肉的部位和大小、操作者的经验、息肉摘除的技术和使用的凝固电流种类。大而无蒂息肉下注射盐水可以减少热损伤的深度,从而降低了并发症的发生。并发症的早期识别和及时处理可以降低患者的死亡率。针对不同的并发症采用不同的治疗方法,如息肉摘除术后凝固综合征宜采用支持治疗,出血后可在肠镜下注射或电凝止血,单纯穿孔可手术修补。术前正确评估危险因素,及时识别潜在的并发症,并采取合理的处理,可以促进患者的痊愈。

四、ERCP 诊疗的风险评估

自 20 世纪 70 年代以来,诊断性的内镜下逆行胰胆管造影(ERCP)技术及所发展的内镜下乳头括约肌切开术(EST)、内镜下胆管引流术(ERBD)、内镜下鼻胆管引流术(ENBD)、内镜下胰管引流术(ERPD)以及乳头括约肌气囊扩张(EPBD)等治疗性 ERCP已成为胰胆疾病诊断与治疗的首选方法,但 ERCP 术后导致的严重并发症在一定程度上也限制了该技术的广泛应用。

(一)并发症概况

ERCP 无论是诊断性的还是治疗性的,毕竟是一种侵入性检查和治疗方法,故发生并发症难以避免,一般认为与其相关的并发症的发生率约为 7%,其中治疗性 ERCP 并发症的发生率(1.3%~12.28%)高于诊断性 ERCP(1.01%~8.69%)。ERCP 术后 1 个月之内发生的并发症称为早期并发症,超过 1 个月者称为晚期并发症。早期并发症主要为 ERCP 术后急性胰腺炎、出血、胆管炎、穿孔、结石嵌顿等;晚期并发症主要为结石复发、胆管炎、乳头狭窄等。ERCP 并发症的产生既有疾病因素与危险因子如:年龄、性别、合并其他疾病、胰胆疾病的病程与严重度、毕Ⅱ式术后等,也有操作因素如:内镜医生熟练程度、插管次数、胰管造影次数、诊断不明、治疗方法不当等。

(二) 并发症的防治

1. ERCP 出血

常发生于治疗性 ERCP 术后,如 EST,文献报道发生率为 2%~5%,较大量出血为 1.9%,死亡率为 0.1%。一般为当时切口渗血,称即刻出血,也有在 2 天或 3 天后发生的,称为延迟出血。

凝血机制障碍、伴急性胆管炎症、术后 3 天抗凝治疗、肝病特别是肝硬化患者、长期阻塞性黄疸患者、解剖结构异常包括乳头血管异常或乳头旁憩室、操作中电流应用不合理、乳头切开太快及切开方向不佳以及采用预备切开或用针状刀切开等均为危险因素。

对黄疸深、凝血机制障碍者应纠正后再实施 EST,必需的 ERCP 可采取 ERBD,并置管引流退黄;EST 时采用混合电流,必要时增加凝固电流,切速不宜过快,切口不宜过大,切开勿偏离正常 11~1 点之间安全方向范围;术前停用抗凝药物,控制糖尿病及高血压;术后禁食 24~48 小时,并输液,应用止血药物,监测病情及凝血功能。

在术中发现切口渗血,可于切口部位内注射 1 : 10 000 肾上腺素,也可在应用去甲肾上腺素冰盐水冲洗止血及(或)看清病灶后采用电凝、APC 烧灼、止血夹应用、气囊导管压迫、放置鼻胆管或鼻十二指肠导管滴注药物等方法。延迟出血发生后进行内镜检查是必要的,既可采取治疗措施又可了解病情。对内科保守治疗无效应及时行放射介入治疗或急诊外科手术治疗。

2. ERCP并发穿孔

多见于EST术后,文献报道发生率为$0.3\%\sim1.8\%$。主要原因包括内镜操作粗暴、乳头狭窄、乳头结构不典型、乳头旁憩室、预切开、切开方向偏离、切开长度超过胆总管十二指肠壁段、毕Ⅱ式术后等。

术前讨论有否禁忌证、腹部手术史等;严防切口超过冠状带或在憩室处作大切口;EST时应逐渐、多次切开,不要暴力切割,边目测边切割至允许切开的大小;对肝硬化、十二指肠有大憩室或扁平样乳头者,应采用EPBD而不是EST;对毕Ⅱ式术后患者应严格掌握适应证,确实困难者不要勉强取石,而应手术治疗。

术后仔细观察,尤其是迟发性穿孔;小穿孔可保守治疗,一般需外科手术。保守治疗包括:禁食、静脉输液、应用广谱抗生素、置鼻胆管引流减少胆管压力和防止胆汁漏到十二指肠间隙等。

3. ERCP并发胆管炎

发生率为$0.33\%\sim1.7\%$。原因为:胆道有梗阻性病变;器械消毒不严;碎石术后产生胆道不全性梗阻。要避免此类并发症,必须严格适应证;术前使用广谱抗生素;估计支架引流范围小于全肝40%改用其他措施;对一时不能取石或不能取尽者可置管引流,置管不畅者应拔管重置;梗阻性黄疸,特别是恶性梗阻者极易发生化脓性胆管炎,认为先做PTCD,稀释造影剂并加入抗生素;造影时乳头无造影剂溢出时压力要减小,造影后尽量吸出注入的造影剂;十二指肠乳头很大或为肿块所据,说明系壶腹部肿块,应中止插管以免造影剂难以排出;术后严密观察并常规应用抗生素。

治疗措施有内镜胆道内外引流术;鼻胆管适于短期应用,需观察胆汁的情况;塑料支架可较长期应用;金属支架适用于恶性肿瘤。内镜引流有困难可行 PTCD,同时给予强有力的支持疗法和针对性的抗生素。症状加重者可考虑手术治疗。

4. ERCP 术后胰腺炎

ERCP 术后胰腺炎是 ERCP 相关并发症中最常见者,其发生率为 0～39%,部分患者甚至发展到 SAP 以至于需外科治疗或死亡。病因包括:原有胰腺疾病、胆管狭窄、胰管汇流异常、肝胰壶腹括约肌(Oddi 括约肌)功能障碍等;操作因素:乳头水肿、反复插管、胰管注射造影剂过多、过速及碎石后乳头嵌顿、过度高频电凝等。

对相关危险因素患者,掌握适应证;避免反复胰管显影、向胰管注入造影剂过多、压力过高及胰腺泡显影;避免胰管开口周围的过度电凝和使用过强的电流;胆管结石未全部取出尤其是碎石后,应行胆管引流;有报道术前后给予小剂量生长抑素及其类似物能预防 ERCP 术后胰腺炎。治疗原则与一般胰腺炎相同。

五、EUS 诊疗的风险评估

超声内镜(EUS)和 EUS 引导的细针穿刺(EUS-FNA)日益成为准确和安全的消化道和非消化道恶性肿瘤的诊断和分期手段。EUS-FNA 还被用于以治疗和诊断为目的的液体收集和囊性病变的液体抽吸。EUS 和 EUS-FNA 并发症的发生率和类型与其他内镜操作有所不同。2005 年 1 月,在 ASGE 发布的临床指南中,研究者们讨论了 EUS 和 EUS-FNA 有关的并发症发生情况和处理建议。

1. 穿孔

EUS 穿孔的发生率与传统的内镜操作相似,为 0.03%～0.07%。其中操作者经验缺乏、老年患者(>65 岁)和食管狭窄导致插入困难可能是发生食管穿孔的危险因素。目前已有 EUS 检查合并十二指肠穿孔的报道,但其总体发生率目前尚不清楚。大肠 EUS 合并穿孔的情况亦无确切数据报道。

2. 感染性并发症

已有的研究表明,EUS 和 EUS - FNA(不包括直肠 EUS)合并感染的发生率低,与诊断性内镜操作相似。因此不推荐对实性占位病变和淋巴结 EUS - FNA 进行预防性抗生素应用。有研究显示,EUS - FNA 后发热的发生率为 $0.4\% \sim 1\%$。由于囊性病变(包括胰腺和纵隔)的 EUS - FNA 可能增加发热和菌血症的危险,因而可行预防性和穿刺后短期抗生素治疗。经直肠 FNA 可考虑预防性应用抗生素,但尚无研究数据支持。

3. 胰腺炎

行胰腺内占位、囊肿和胰导管 EUS - FNA 的患者发生医源性胰腺炎的危险性增加,发生率在 $1\% \sim 2\%$。

4. 出血和胆汁性腹膜炎

EUS - FNA 后,轻微的腔内出血发生率为 4%,腔外为 1.3%,但很少发生临床显著性出血。EUS - FNA 后胆汁性腹膜炎少见。

5. EUS 引导下腹腔丛阻滞/神经松解术

EUS 引导下腹腔丛阻滞/神经松解术的主要并发症为:一过性腹泻($4\% \sim 15\%$)、一过性直立性低血压(1%)、一过性疼痛(9%)和脓肿形成。

(王　东　李兆申)

参 考 文 献

1. Silvis SE, Nebel O, Rogers G, et al. Endoscopic complications: results of the 1974 American Society for Gastrointestinal Endoscopy survey[J]. JAMA, 1976,235:928 - 930.

2. Nelson DB, McQuaid KR, Bond JH, et al. Procedural success and complications of large scale screening colonoscopy [J]. Gastrointest Endosc,2002,55:307 - 314.

3. Johnson SM. Colonoscopy and polypectomy[J]. Am J Surg,1978, 136:313 - 316.

4. Kleinfeld G, Gump F. Complications of colotomy and polypectomy[J]. Surg Gynecol Obstet, 1960,111：726-728.

5. 孙国勤,徐惠芳,江伟,等. 异丙酚对顺行性遗忘和逆行性遗忘的影响[J]. 中华麻醉学杂志,2000,20(10)：612-614.

6. 常业悟,刘流,周建美,等. 咪唑安定及异丙酚对心内直视手术患者心肌缺血/再灌注损伤的保护作用[J]. 中华麻醉学杂志,2000,20(8)：456-458.

7. 凌志斌,吕翠叶. 无痛性胃镜检查1 008例临床应用的体会[J]. 中国内镜杂志,2003,9(5)：64-66.

8. 文黎明,黄春,陈先菊,等. 无痛胃镜下治疗胃底静脉曲张疗效初探[J]. 中国内镜杂志,2004,10(8)：104-105.

9. 郝建宇,王世鑫,罗颖,等. 经内镜逆行胰胆管造影中清醒镇静麻醉的研究[J]. 中华消化内镜杂志,2002,19(6)：331-332.

10. 李初俊,崔毅,甘丽美,等. 低剂量咪唑安定在上消化道内镜检查中的应用[J]. 中华消化内镜杂志,2001,18(4)：299-231.

第三节　内镜操作的风险及其处理

　　本文着重介绍如何减少内镜介入操作中相关风险的一些关键问题,以及确保患者对治疗措施充分了解以便能参与选择治疗方案的必要性。患者情况及具体内镜治疗步骤可能因人而异,但是使风险最小化及操作管理的原则却是相通的。首先,内镜介入操作必须有适当的适应证,要由受过良好训练的内镜医生操作,并由熟练的医护人员及合适的仪器相辅助。医生需要预先回顾操作中已知的危险因素,在需要并且可能的情况下适时调节操作步骤。针对不同患者的特殊情况及临床表现进行适当的适时调整,详细告知患者病情。只有通过适当的沟通,患者才会签署治疗同意书。应严格地控制意外事件,同时确定意外事件时也要谨慎。只有这样才能确保标准疗法的实施,不断提高治疗质量。

内镜检查在医疗中被列为创伤性检查,因此对于患者来说存在着一定的风险性,而其中的介入治疗则更增加了这种风险。对于患者及内镜医生来说,进行内镜检查的目标是使利益最大化、风险最小化。实现这个目标的关键环节在于降低内镜检查的潜在风险,特别是 ERCP 及各种内镜治疗过程中出现的特殊风险。尽管这些操作各异,但是原则相同。内镜医生必须了解这些风险、影响风险的相关因素以及减少这些风险发生的方法,并能将这些情况很好地告知患者。

一、与患者的协约及知情同意

内镜检查作为综合性检查的一部分,通常是由一名胃肠病专家或消化专科医生负责实施。内镜检查多在胃镜室或门诊部进行,但有时也会在急诊室、ICU 等处进行。

(一) 责任

在任何情况下,内镜医生的主要责任都是确保内镜检查操作本身所能获取的利益远超过其潜在风险,并把这些情况准确明白地告知患者。真实的知情同意书意味着患者清楚地了解操作所带来的利益和潜在的风险,以及操作本身具有的局限性和其他可供选择的治疗方案。这是内镜检查时医院和患者之间的契约。很多医疗机构按照医疗法律的规定,要求患者在内镜检查操作前签署知情同意书,但是患者病情的告知过程无疑更为重要。

(二) 告知内容

内镜医生和患者(及患者家属)之间详细的沟通是无可替代的,并且这一环节还能通过书写、影像、网络等形式予以确认。相关的宣传材料可以从国家有关机构或网址上获取,这些还可根据各地实际情况适当改编。无论告知的具体内容是什么,都必须给患者机会,使他们在内镜操作前向内镜医生提出问题。最好是在有其他人见证的情况下进行知情同意书的签署,并明文记录下来。

(三) 人性化

应该礼貌地对待患者并真心关怀他们。内镜检查对于内镜医生和医护人员来说是非常熟悉和常规的事情,但是对于患者,尤其那些已经经历了重大疾病痛苦的患者,这却是一次重大的痛苦经历。

二、什么是风险和并发症

(一) 定义

内镜检查的风险在其界定不明确的情况下是无法进行描述、讨论、监视的,而为此下定义本身就是个极大的挑战。并发症这个单词本身有着不幸的法医内涵,暗示着某些事情做错了。因此,大家似乎更喜欢用中性的词汇来描述,例如"意外事件",只是简单地表明操作步骤与预先的计划不完全一致,这点差异尽管很微妙但却非常重要。有时候也会使用"不良反应事件"代替"并发症"。但是,不是所有的"意外事件"都会导致不良反应;偶尔情况下,"意外事件"会比预期的好。之所以使用"意外事件"是因为它与知情同意程序直接相关。被明确告知的患者清楚内镜检查的操作步骤,知道在内镜检查的前前后后都会出现什么样的情况,也清楚可能出现怎样的结果,包括积极的和消极的结果。

(二) 并发症的临界点

某些意外事件相当微不足道,如内镜下治疗时的自限性出血。尽管它们没有足够的临床意义,不能称为并发症,但这些情况都应详细记录在案,以便日后用于质量改善。多数情况下,患者都不知道这些事件。但"意外事件"的严重程度一旦超过一定的界限,就达到了"并发症"的定义标准。现在的问题是两者的临界点在哪里?"意外事件"严重到什么样的程度成为"并发症"?专家曾在1991年的一个 ERCP 共识会议中讨论了定义这个临界点。他们认为并发症是"同内镜检查的操作步骤密切相关的、患者需要入院治疗,或者入院时间超过预期,或者临时要实施其他一些干预措施的意外事件"。根据这一定义,那些内镜检查后轻微的临床表现(例如短暂出血)、门诊能够处理(例如注射处形成局部血栓)的病例,就不属于并发症统计范围。这个定义并不是企图掩盖这一类事件,而只是为界定并发症提供一种较为统一的说法。这对于收集数据来说是至关重要的,因为只有通过研究数据,才能对治疗结果进行深入研究,从而进一步改善内镜检查的标准操作步骤。

(三)严重性

并发症是一种达到一定严重程度的意外事件,但并非所有的并发症都同等重要,从相对较小的事件(如 ERCP 后发生一天的胰腺炎)到危及生命的事件(如穿孔)轻重程度不等。按照并发症对患者造成的影响程度进行等级分类似乎更加合理。会议确定按照以下标准分类:

轻微:需要住院治疗 1~3 天的意外事件。

中等:需要住院治疗 4~9 天的意外事件。

严重:住院超过 10 天,或需要手术治疗,或需要重症监护。

致命:因内镜检查导致患者死亡。

(四)特征

以前对并发症的定义多使用"和操作步骤有关"或"归因于操作"等术语,这往往涉及很多主观性因素,因此会带来潜在的偏差。可以通过计算内镜检查后一定期限内的不良反应来避免这些偏差(比如手术后并发症所采用的 30 天期限),然而,这也不是十分恰当。没有人会认为在内镜检查后 29 天时发生的心肌梗死同检查本身有明确的因果关系,特别是那些患有心脏疾病的老年患者,在此期间还可能接受了其他的医疗干预。然而,如果同样的结果在内镜检查结束两天时发生,尤其是患者已经停止服用阿司匹林,或患者在检查时经历了短暂的低血压或缺氧,那么这种因果关系就

认为是比较明显的。其他关于意外事件和并发症值得关注的问题
还有：这种事件是否导致内镜检查的中断或终止，以及是否留有
永久性后遗症。

（五）意外事件的时间点

大多数的意外事件是在内镜检查中或操作结束时发生。然
而，在内镜检查前（如预防性应用抗生素引起的反应或其他准备工
作）、检查中（如短暂的心动过缓或缺氧）、检查结束时（如穿孔引起
的疼痛）、检查结束数小时（如 ERCP 术后引起的胰腺炎）或数天或
数周（如吸入性肺炎或延时出血）均可发生。有些意外事件（如病
毒传播）可能时间间隔更加长久，很难使人们信服这与内镜检查有
什么联系，甚至这种联系完全被忽略了。在内镜检查后进行常规
的电话随访不仅花费大量时间，其可信度也不高。将来也许可以
使用电脑生成的自动化电话或电子邮件系统来处理这些事情。

（六）直接和间接事件

在讨论内镜检查的并发症时，多数内镜医生首先考虑的是同
检查的器官或经过治疗的器官有直接联系的事件（如出血、穿孔）。
然而，还有许多发生在消化道外的间接事件。心肺并发症（往往与
镇静有关）可能是最常见的意外事件；肾、神经、肌肉-骨骼等处发
生的并发症也曾经出现过。多数间接事件是在患者离开医疗机构
以后发生的，因此更容易被忽略而报道甚少。

三、关于并发症的原因及其处理的一般问题

现在详细讨论那些影响每一种特定事件的问题。但是，在意
外事件的识别和处理过程中有一些普遍存在的危险因素和需要重
点处理的环节。

以下原因可引起意外事件：① 内镜医生和医护人员的操作技
能欠缺、较差的认知能力；② 患者的"健康状况"或准确地说应该
是"不健康状况"。这是因为患者的现病史既复杂又严重，且伴有

既往史(包括过敏),而且两者之间还相互作用;③ 患者及家属的依从性差。

(一) 技术和认知能力

内镜医生的技能(包括临床和技术)可能是决定意外事件发生的单项因素中最重要的一项。证据表明,对于某些手术来说,由经过良好训练、经验丰富的内镜医生操作会有较高的成功率,且并发症发生率较低。这使得培训、能力评估、业绩报告、再认证、专业服务的区域化等问题显得更为重要,当然同时也引起颇多的争议。然而,内镜医生并非自己独立工作,患者许多安全方面的问题由专业护士、专业技师负责;最重要的是他们还负责患者检查前的相关处理、设备仪器的准备、镇静麻醉,以及内镜检查过程中及结束后的监护工作。

(二) 操作的适应证

确定患者是否具备接受内镜检查的适应证是一个比较复杂的问题。了解禁忌证或疾病的程度需要对患者的现病史和其他合并症进行综合评估(它们之间可能相互作用,有时较为复杂)。迄今,尚没有统一或相对简单的评分标准来评价不同患者以及接受内镜检查及治疗的不同人群发生并发症的风险。

1. ASA 评分

美国麻醉学会(The American Society of Anaesthesiology, ASA)评分系统确认了哪些内镜检查需要麻醉。它与内镜检查时心肺对药物镇静的反应有一定相关性,但还有其他具体问题更为重要。

2. 其他风险指数

风险指数已经在其他许多领域开始使用,包括 APACHE 评分、POSSUM 评分、Charlson 评分,但在内镜检查中尚无此衡量标准。只有大量收集接受内镜检查的患者及操作的数据资料并对其加以分析研究,才能制定一个全面的风险评分系统。这些工作在有些领域如 ERCP 和括约肌切开术等已经展开。

（三）及时识别并处理

有效处理并发症的重点在于早期识别并采取迅速的治疗措施。处理治疗不及时无论在医学上还是法律上都是非常危险的。一旦患者在检查后出现疼痛及不良反应，就应当立即进行仔细的检查，而不能在没有仔细检查评估的情况下简单地安抚患者及家属。

1. 沟通

许多纠纷和官司往往是因为缺乏和患者良好沟通引起的。切记，应确保已签署知情同意书的患者或家属已经被告知可能会发生并发症，这是知情同意过程中非常重要且必不可少的部分。所以，合理正确的做法应是以严谨的态度解释那些可疑的并发症。如："这里看来发生了穿孔。事先我们已经讨论过，认为这个可能性很小，但是很遗憾，它却发生了。我们现在要这样做。"

2. 苦恼

医生的这种苦恼完全合情合理。这时重要的是要对患者富有同情心，但同样重要的是专业技术和实事求是的精神。过多的道歉会让患者感觉到这些不幸的事件本来可以避免的，却由于疏忽而发生了。切记，永远不要企图掩盖事实真相！

3. 文件记录

用文件形式记录所发生的事情，同患者、家属、相关医生、专家以及您的风险管理顾问进行广泛的沟通。

4. 迅速采取行动

获取相关的实验室研究资料和 X 线片，并咨询相关领域的其他专家，包括外科医生，因为在少数情况下，可能需要进行手术干预。有时，最明智的选择是将患者转由专业人员来护理或转院到更大的医疗中心去。然而，即使这样，也应尽量保持同患者的联系，并不断地对其表示关心和关注。明显地弃之于不顾会使患者及家属疏远医生，可能会导致受到法律起诉。

（四）特殊的意外事件

最常见的意外事件是由镇静麻醉引起心肺功能问题，而医疗索赔案更多地则是由穿孔和漏诊而引起的。因此，在知情同意书中强调这些风险显得更有意义。

1. 诊断错误

在大肠镜检查中，未发现或明显遗漏肿瘤或癌前病变是一个重大事件。当然，这种情况也会发生在其他器官。若内镜医生没有对可疑的病变（如胃溃疡）进行随访，即使后来仅发生了很小的并发症，那么他也要对此负责。

2. 穿孔

由于穿孔的后果可能非常严重，且其发生提示（并不是证明）是内镜检查操作不当引起的，所以穿孔是内镜检查中让医生感到最害怕的并发症。它在内镜检查中可能会随时发生。其原因可能由内镜的尖端所致，也可能是内镜在通过狭窄的肠腔压力过大而引起的，也有可能是在扩张治疗术或切开术中造成的。

（1）危险因素：老年患者发生穿孔的概率更高，尤其是那些有Zenker憩室的患者。食管扩张术中的穿孔的发生率明显增加，特别是肿瘤患者和贲门失弛缓症患者更易发生穿孔。胃和十二指肠如果没有局部明显病理改变，穿孔的发生率还是比较低。有些内镜下括约肌切开术后会引起腹膜后穿孔，特别是针刀和预切割技术由不熟练的内镜医生进行操作的情况下。在 Billroth-II 式胃大部切除术时可能会引起输入襻的穿孔。结肠镜检查最严重的并发症是结肠穿孔，而结肠有憩室或肿瘤等局部病灶则可增加穿孔的概率。

（2）识别：早期识别穿孔是至关重要的。保证内镜检查中不留视野死角。发生穿孔的标志性症状是疼痛和不适。食管穿孔可能会形成皮下气肿；结肠穿孔通常伴有急剧腹胀，并有心动过速等症状。应立即采取措施弄清病因,及时做出诊断。平片有助于诊断,但 CT 检查的敏感性更高。如果怀疑有穿孔发生,且标准的 X线摄片显阴性或者看不清楚的情况下,应立即进行 CT 检查。由于内镜下括约肌切开术后引起的腹膜后穿孔没有特征性体征,因此也许不能被及时发现,患者有可能临床上仅表现为胰腺炎的症状。因此,进行内镜下括约肌切开术的患者若表现为腹部剧烈疼痛但血淀粉酶、脂肪酶没有明显升高,应考虑有穿孔的可能,建议及早进行 CT 等检查,以明确诊断。

(3) 治疗:关于怎样处理穿孔的问题是有争议的。经过仔细评估、查询相关文献后,考虑进行手术治疗是很有必要的。采取迅速的外科干预似乎是最显而易见的解决方案(尤其对外科医生而言),但也并不是都必须这样做。尽管少数病例可选择进行保守治疗,但多数腹腔内的穿孔通常都需要进行内镜下切除或缝合等手术治疗。许多食管穿孔或括约肌切开术后穿孔可选择保守治疗(包括禁食、静脉补液、抗生素、定向引流等)。无论采取何种治疗措施,都强烈推荐和相关专科医生(如外科医生)共同医治患者,并同患者及家属加强沟通。

3. 出血

出血通常由内镜检查操作本身引起(如活检、息肉切除术、括约肌切开术),或因操作过程中现存的损伤引起(如较大的深溃疡),或由于剧烈干呕引起(如 Mallory-Weiss 撕裂综合征)。出血的风险同内镜医生的操作技能、患者本身的器官损伤及凝血状态等综合因素有关。

(1) 危险因素:凝血机制差和(或)门静脉高压患者无疑危险更大。凝血机制障碍应该尽可能地改善或恢复至正常,尤其是那些进行经皮肝穿刺活检的患者最好要达到正常的凝血指标。抗凝药物应在检查前提早结束服用。如果临床需要使用抗凝药,在检查中及康复初期使用静脉注射肝素来替代。使用抗血小板药物同样也增加出血的风险,但是出血程度尚难以确定。医生们普遍认为服用阿司匹林或其他非甾体抗炎药会增加出血的风险。这一点并没有得到证实,但许多内镜中心还是推荐在内镜检查前 5 天或更长时间停止服用这类药物。因此,在内镜治疗前,要对所有患者检查血凝常规。然而,并没有数据支持此说法,美国胃肠内镜学会(American Society for Gastronintestinal Endoscopy, ASGE)近来也不提倡这种做法。仔细研究个人及家族出血史可能更有助于确定患者凝血状况。

内镜切开术(如息肉切除术、括约肌切开术)应该有节制地实施,对局部血管提供足够的凝血药物。在切除无蒂息肉时在黏膜下注射的"盐水垫"中加入肾上腺素会预防出血。有蒂息肉常常有很丰富的血供,注射肾上腺素或硬化剂、使用可分离的套扎器均可减少出血。近期出血的病灶(如溃疡或静脉曲张)是否会立即出血或延迟出血主要取决于血管的大小、血管内压力大小以及操作者的操作技能。临床上已经应用超声内镜和多普勒技术来探测黏膜下的大血管。

(2)识别:在治疗期间及治疗后识别出血是比较容易的。偶尔情况下,也有少数患者在内镜检查后的出血仅表现为贫血。延迟出血在没有内镜确认的情况下不能简单地认为出血点就发生在治疗部位。

(3)处理"内镜检查引起的出血",多数情况下可通过标准治疗手段进行处理:如果存在持续出血或出血情况严重时,则需要重新进行内镜评估并治疗。专业的血管造影研究和治疗已经成功应用于临床。外科手术干预已经很少使用。

4. 心肺及镇静麻醉相关的并发症

内镜检查时发生意外事件最常见的原因是心肺功能不全及镇静剂引起的不良反应。内镜检查本身的压力(包括内镜的镜身)可引起心律失常或诱导低血压或缺氧,已确诊患有心肺疾病

及肥胖的患者尤其明显。使用大剂量的镇静剂而监护却不到位
对于这类患者来说可能是灾难性的。应在检查前对患者的心肺
功能状况进行仔细评估(有可能的话应予以改善),镇静和麻醉
应谨慎实施。如果患者有过成功接受类似内镜检查的经历,情
况无疑会好些。有些患者可以在没有任何镇静和麻醉的情况下
接受普通的内镜检查。若患者有其他严重的合并症或可能存在
气道阻塞的情况,最好由麻醉师进行镇静和麻醉操作。内镜医
生和相关医护人员在镇静、监测、患者苏醒等方面要训练有素,
并有随时可使用的器械。患者有异常心动节律、安装心脏起搏
器或植入式除颤器等情况,应先请心脏专科医生进行会诊,再考
虑进行内镜检查。

5. 感染

(1)心内膜炎:内镜检查可引起菌血症,尤其是在进行扩张
术等治疗过程时更易发生此类事件。这对于少数免疫力低下或
同时合并有心血管疾病的患者来说更加危险。由内镜检查引起
的心内膜炎却是极为罕见的(因此很难去研究)。确凿的事实非
常少见,但在实践中却还存在不少分歧。很多心内科专家和内
镜学者制定了一些预防性应用抗生素的指南。大部分指南推荐
给"高风险"患者在进行"高风险"内镜检查时使用抗生素,但是
这些指导方针还留有很大的回旋余地,医生们在实践中可见仁
见智。

(2)传染病:传染病可在内镜中心内传染。有报道,在内镜中
心曾爆发过沙门菌、志贺菌、铜绿假单胞菌(绿脓杆菌)感染及肝炎
和其他传染病。可以通过加强清洁、消毒制度和管理仪器配件、纱
布、液体等来控制患者与患者之间的传染。医护人员的保护措施
不足则会导致患者传染给工作人员(如幽门螺杆菌),而肺结核、朊
病毒的传染更要引起高度关注。从理论上来说,也有可能发生工
作人员对患者的传染。预防内镜中心传染的措施要全面彻底,涉

及"普遍预防"、加强清洁、消毒、持续监测等方面的工作。可对相关的工作人员进行选择性免疫接种。

（3）仪器使用：仪器使用本身可激活休眠菌。例如，造影剂在压力下被注入已感染的胆道时，就会发生此类事件。理论上，内镜在其他被感染部位操作时，例如一个小憩室的脓肿，同样会使休眠菌活跃起来。

6. 过敏反应

某些患者对检查中使用的药物会产生一些不良反应，这些药物包括局部麻醉剂、抗生素、含碘的造影剂。进行 ERCP 前怀疑碘过敏时应该采取哪些措施仍是有争议的问题。某些患者对乳胶橡胶过敏；而一些工作人员可能对戊二醛过敏。显然，必须对患者的药物使用及过敏史进行详细询问。

7. 静脉注射问题

最常见的问题有感染和局部静脉炎。通过静脉注射传播疾病则非常罕见。

8. 其他各种罕见事件

理论上，内镜检查中还会发生其他少见的意外事件。患者可能由镇静、跌倒、精神压力等情况下受伤。例如，牙齿损坏或掉落、肩膀脱臼；在进行电疗时局部可能发生电击伤；曾有报道发生过结肠炸裂。另外，非常罕见的还有由于食管后倾症发生内镜嵌入事件，或造成邻近组织结构严重破坏，如脾脏撕脱。

四、意外事件的防止

安全问题最终还是由内镜医生负责的（包括任何意外事件），这涉及内镜医生的培训、工作能力、认证等方面许多问题。然而，护士和其他医务人员的专业性和职业精神也是至关重要的。电子设备监护从某些方面来说会有所帮助，但是训练有素的医务人员亲自参与医疗工作则更为有益。应急设备必须随时可以使用,内镜医生应当事先接受心脏救治设备技术等方面的培训。

内镜检查本身不可能绝对安全。使意外事件降至最低既是医务人员也是患者最优先考虑的事情。了解风险及相关因素是最基本的。认真地对已确定事件进行前瞻性检测,能促进内镜检查操作质量得到不断的改善。

五、特殊问题和展望

将来,减少意外事件的发生涉及许多不同方面,其中包括:

(1)减少单纯为诊断目的而做内镜检查,为患者选择更佳的检查方式(如通过粪便 DNA 检测),以及其他非侵入性的检查方式(如模拟结肠镜检查)。

(2)改进内镜治疗的方法。

(3)加强对内镜医生和相关医务人员的培训,包括客观操作能力的测试,进行认证和再认证。

(4)系统研究文献资料及适当的医疗反馈来不断改善内镜操作质量。

(5)使内镜更易于清洁、消毒,甚至于能达到灭菌消毒。

(6)对患者进行有针对性的教育并广泛使用业绩单,以使患者放心医院治疗。

(王　锋　宛新建)

参 考 文 献

1. Adler DG, Baron TH, Davila RE, et al. Standards of Practice Committee of American Society for Gastrointestinal Endoscopy. ASGE guideline: the role of ERCP in diseases of the biliary tract and the pancreas[J]. Gastrointest Endosc,2005,62(1):1-8. No abstract available.

2. AORN Recommended Practices Committee. Recommended practices for endoscopic minimally invasive surgery[J]. AORN J, 2005 Mar,81(3): 643 – 646, 649 – 660. No abstract available.

3. Qureshi WA, Rajan E, Adler DG, et al. American Society for Gastrointestinal Endoscopy. ASGE Guideline: Guidelines for endoscopy in pregnant and lactating women[J]. Gastrointest Endosc,2005,61(3): 357 – 362.

4. Adler DG, Jacobson BC, Davila RE, et al. ASGE. ASGE guideline: complications of EUS. Gastrointest Endosc. 2005,61 (1): 8 – 12.

5. Cooper GS, Blades EW. Indications, contraindications, and complications of upper gastrointestinal endoscopy, in gastroenterologic endoscopy[M]// Sivak MV. Gastrointestinal Endoscopy. Philadelphia: W. B. Saunders,2000.

6. Eisen GM, Baron TH, Dominitz JA, et al. Complications in upper GI endoscopy[J]. Gastrointest Endosc, 2002, 55 (7): 784 –793.

7. Kavic SM, Basson MD. Complications of endoscopy[J]. Am J Surg, 2001,181(4): 319 – 332.

8. Rankin GB, Sivak MV. Indications, contraindications, and complications of colonoscopy[M]// Sivak MV. Gastroenterologic Endoscopy. Philadelphia: W. B. Saunders,2000.

9. Cotton PB. Income and outcome metrics for the objective evaluation of ERCP and alternative methods[J]. Gastrointest Endosc, 2002,56(6): S283 – 290.

10. Freeman ML. Training and competence in gastrointestinal endoscopy[J]. Rev Gastroenterol Disord, 2001,1(2): 73 – 86.

11. Cotton PB. How many times have you done this procedure, Doctor[J]? Am J Gastroenterol, 2002, 97: 522 – 523.

12. Freeman ML, DiSario JA, Nelson DB, et al. Risk factors for post-ERCP pancreatitis: a prospective, multicenter study.

Gastrointest Endosc[J], 2001,54: 425 - 434.

13. Eisen GM, Baron TH, Dominitz JA, et al. Guideline on the management of anticoagulation and antiplatelet therapy for endoscopic procedures[J]. Gastrointest Endosc, 2002,55 (7): 775 -779.

14. Lazzaroni M, Porro GB. Preparation, Premedication [J], Surveillance Endoscopy, 2001,33(2): 103 - 108.

15. Sieg A, Hachmoeller-Eisenbach U, Heisenbach T. How safe is premedication in ambulatory endoscopy in Germany? A prospective study in gastroenterology specialty practices [J]. Dtsch Med Wochenschr, 2000,125(43): 1288 - 1293.

16. Wong RC. The menu of endoscopic sedation: all-you-can-eat, combination set, a la carte, alternative cuisine, or go hungry[J]. Gastrointest Endosc, 2001,54(1): 122 - 126.

17. Zuccaro G Jr. Sedation and sedationless endoscopy [J]. Gastrointest Endosc Clin N Am, 2000,10(1): 1 - 20.

18. Banks MR, Kumar PJ, Mulcahy HE. Pulse oximetry saturation levels during routine unsedated diagnostic upper gastrointestinal endoscopy[J]. Scand J Gastroenterol, 2001,36: 105 -109.

19. Bell GD. Premedication, preparation and surveillance [J]. Endoscopy, 2000,32: 92 - 100.

20. Sandlin D. Capnography for nonintubated patients: the wave of the future for routine monitoring of procedural sedation patients [J]. J Perianesth Nurs, 2002,17(4): 277 - 281.

21. Roduit J, Jornod P, Dorta N, et al. Antibiotic prophylaxis of infective endocarditis during digestive endoscopy: over- and underuse in Switzerland despite professed adherence to guidelines [J]. Endoscopy,2002,34(4): 322 - 324.

22. Nelson DB. Infection control during gastrointestinal endoscopy [J]. J Laboratory Clin Med, 2003,141: 159 - 167.

23. Ponchon T. Transmission of hepatitis C and prion diseases

through digestive endoscopy: evaluation of risk and recommended
practices[J]. Endoscopy, 1997,29: 199 - 202.

24. Ramakrishna B. Safety of technology: infection control standards
in endoscopy[J]. J Gastroenterol Hepatol,2002,17: 361 - 368.

25. Draganov P, Cotton PB. Iodinated contrast sensitivity in ERCP
[J]. Am J Gastroenterol, 2000,95(6): 1398 - 1401.

第四节　消化内镜操作的感染预防

　　感染预防的目的是为了防治与内镜操作相关的全身和局部感染性并发症。全身性并发症在消化内镜中是罕见的,尽管每年有大量的消化内镜操作,但是只有极少量的操作后产生细菌性心内膜炎的报道。在曾报道的 15 例心内膜炎中有 4 例是易引发菌血症的高危操作,例如食管狭窄扩张术、食管曲张静脉硬化剂治疗,余下的 11 例发生在胃镜、乙状结肠镜和结肠镜。其他所报道的与食管扩张术、食管硬化剂治疗术相关的感染性并发症包括细菌性腹膜炎、中枢神经系统感染和腹腔脓肿。但是某些内镜操作导致局部感染的发病率达到 1%,例如内镜下逆行性胰胆管造影术(ERCP)。

　　预防性抗生素的使用需要权重以下几点:患者的花费、引起选择性耐药菌株的危险、可能在防止感染性心内膜炎和局部感染中缺乏绝对的效用、引起过敏性休克或过敏症状的危险。在使用抗生素预防前需要同时考虑内镜操作相关的感染风险和患者本身的危险。

一、消化内镜操作的危险度分类

　　高危操作就是指那些菌血症发生率高的操作。尽管菌血症已被认为是感染心内膜炎的一个指标,临床上所发生的显性感染还是很少的。菌血症最多见于食管狭窄扩张术和食管曲张静脉硬化剂治疗。在前瞻性研究中估算了食管探条扩张术后菌血症的发生率大概在12%~22%,血培养阳性的患者中,分离出的病原菌主要是草绿色链球菌,病原菌并非来源于扩张条;恶性狭窄较良性狭窄在扩张后有更高的菌血症发生率,多处狭窄较单处狭窄发生率高,血培养中分离出来病原菌并非来源于扩张条。没有感染性并发症被提及。一项研究调查了抗生素漱口的有效率,59例良恶性食管狭窄患者中术后总的菌血症发生率为12%,所有分离出来的病原菌均为口腔寄生菌,没有感染性并发症发生。因为食管曲张静脉结扎术(EVL)更好的疗效和更低的并发症,已经逐渐替代了食管曲张静脉硬化剂治疗术,其菌血症的发生率1%~25%,平均率为8.8%。

对被认为是"低危险性"的操作,也估算了菌血症的发生率。在胃镜操作中,无论有无活检,发生率0~8%,平均发生率4.4%。所观察到的菌血症经常都是短时间存在(少于30分钟),无任何相关感染性并发症发生。在两项研究中,纤维乙状结肠镜相关的菌血症发生率都很低,分别为0、5%;结肠镜的平均发生率为4.4%。

1. 高危操作

(1) 经皮胃镜造瘘术(PEG):PEG被认为是一种有高度感染危险的内镜操作。归咎于相关感染并发症的死亡率是不可忽视的。细菌主要来源于口腔,细致的口腔消毒可以减少感染危险,但是有时难以执行(严重粒细胞功能障碍或耳、鼻和喉疾患的患者)。相关的荟萃分析显示抗生素预防后相对和绝对的感染危险性分别减少73%和17.5%。抗生素预防的益处已经得到证实。

(2) 内镜下食管曲张静脉硬化剂治疗(EVS):EVS操作后菌

血症的危险性从 0～50％(平均 20％)。两个使用头孢呋新和头孢噻肟预防感染的研究证明了菌血症发病率显著性降低,但是临床感染率的降低没有明显显示出来。

(3) 内镜下逆行性胰胆管造影术(ERCP):ERCP 主要的危险因素是胰腺囊肿或新生物致胆总管或开口狭窄、造影剂注射时的高压(能促进细菌的易位)、胆汁引流的质量(在多变量分析中唯一确定的因素)、住院治疗的周期。尽管 ERCP 被认为是高度感染危险性的操作,尤其在胆管阻塞和囊肿引流的病例中,但是抗生素预防的益处得到证实。抗生素预防可能需要根据临床和形态学图像具体对待。

(4) 超声内镜引导下的细针抽吸术(EUS - FNA):EUS - FNA 发生菌血症和败血症的病例都曾得到报道。没有评估抗生素预防使用益处的相关研究。然而,在胰腺囊性损害和行经直肠活组织检查的患者是建议使用抗生素预防的。

(5) 内镜下扩张和胃肠道支架植入术:这些操作发生菌血症的危险性大概 45％,甚至在一个研究中达到 100％。口腔消毒和扩张附件消毒能否减少感染的危险性还没有得到证实。抗生素预防使用的益处也没有得到评估。

(6) 内镜下激光凝固术和氩离子凝固术(APC):激光凝固术的菌血症危险性大概是 35％。抗生素预防使用的益处还没有得到评估。APC 也没有相关的数据能利用,危险性被认为与激光治疗相似。

2. 低危险性操作

(1) 上下消化道诊断性内镜操作(食管胃十二指肠镜、肠镜、超声内镜、回肠结肠镜)相关的菌血症是低度危险的,大概 4％。组织活检或息肉摘除术的患者中这种危险性并没有升高。

(2) 内镜下曲张静脉结扎术(EVL):食管静脉结扎术相关的

危险很低,与 EVS 不同。菌血症的发生范围是 3%～6%。

二、感染预防

具体的预防措施参见表 2-3。

表 2-3　内镜操作的抗生素预防

患　者　情　况	预　行　操　作	抗生素预防
高度危险 　人工瓣膜 　有心内膜炎史 　体-肺分流 　人工血管(小于 1 年) 　复杂的紫绀型先心病	狭窄扩张 曲张静脉硬化剂治疗 ERCP/胆道阻塞 其他内镜操作,包括 EGD 　和结肠镜(有或无活检/ 　息肉摘除),曲张静脉 　结扎	推荐 任意选择预防
中度危险 　其他多见先天性异常 　获得性瓣膜功能障碍 　肥厚型心肌病 　伴有反流或瓣膜增厚 　的二尖瓣脱垂	食管狭窄扩张 曲张静脉硬化剂治疗 其他内镜操作,包括 EGD 　和结肠镜(有或无活检/ 　息肉摘除),曲张静脉 　结扎	任意选择预防 不推荐
低度危险 　其他心脏疾病(CABG, 　间隔缺损或动脉导 　管未闭修补后,无反 　流的二尖瓣脱垂,孤 　立的房间隔缺损,生 　理性/功能性/无意 　义的心脏杂音,无瓣 　膜功能异常的风湿 　热、起搏器、除颤器 　植入术后)	所有的内镜操作	不推荐

续　表

患 者 情 况	预 行 操 作	抗生素预防
胆管阻塞	ERCP	推荐
胰腺囊性损害	ERCP、EUS－FNA	推荐
肝硬化急性胃肠道出血	所有的内镜操作	推荐
腹水,免疫缺陷患者	狭窄扩张、曲张静脉硬化剂治疗	尚无推荐
	其他内镜操作,包括 EGD、结肠镜(有或无活检息肉摘除术)、曲张静脉套扎	不推荐
所有患者	经皮胃镜造瘘术	推荐(口服头孢菌素或与之相当的药物)
人工关节	所有内镜下操作	不推荐

心脏预防疗法(术前 1 小时口服或术前半小时肌内注射或静脉注射)

口服阿莫西林或静注氨苄西林:成人 2.0 g,儿童 50 mg/kg;

青霉素过敏:克林霉素(成人 600 mg,儿童 20 mg/kg),或者头孢氨苄或头孢羟氨苄(成人 2.0 g 或儿童 50 mg/kg);或阿奇霉素或克拉霉素(成人 500 mg 或儿童 15 mg/kg),或头孢唑啉(成人 1.0 g 或儿童 25 mg/kg),或万古霉素(成人 1.0 g 或儿童 10~20 mg/kg)静脉注射。

　　研究未证实使用抗生素预防能显著减少内镜操作中的感染性并发症。另外,对感染性心内膜炎患者行消化内镜检查前使用抗生素预防并非总是有效的。一项病例对照研究认为抗生素预防可能不会有效降低操作后心内膜炎的发生。

　　高危人群的低危操作是否使用抗生素预防应视具体患者而定,中危或低危患者的低危操作不推荐使用抗生素预防。基于预防感染性心内膜炎的抗生素使用指南也应该有助于预防高危操作的患者。在内镜操作过程中无差别使用抗生素是不提倡的,这会带来额外的费用和潜在的副作用。

(一) 感染性心内膜炎

心脏损害是感染性心内膜炎发生的危险因素。根据病理学情况,3 种危险等级已经确定,主要使用的分级由美国心脏病协会于 1997 年出版(表 2-4)。

表 2-4　美国心脏病协会(AHA)关于心脏危险
患者的分级(感染性心内膜炎)

高 度 危 险	中 度 危 险	低 度 危 险
人工心脏瓣膜	其他多见的先天性心	无瓣膜反流的二尖瓣
曾患细菌性心内膜炎	脏畸形	脱垂
复杂的紫绀型先天性	有瓣膜反流或瓣膜增	心脏起搏器植入
心脏血管病	厚的二尖瓣脱垂	冠状动脉旁路
外科重建的系统性肺	肥厚型心肌病	除颤器植入
分流或导管	获得性心脏瓣膜功能	曾患风湿热而无瓣膜
	异常	反流

感染性心内膜炎发生的高危因素包括有:人工心脏瓣膜(生物瓣膜和同种移植瓣膜),既往曾患细菌性心内膜炎,外科重建肺血管分流或导管,复杂的紫绀型先天性心脏血管病(例如单心室、主动脉易位、Fallot 四联症)等。

以下心脏损害并不能说明较普通人群有更高的感染心内膜炎的危险:冠状动脉旁路移植术后,心脏起搏器或除颤器植入术后,二尖瓣脱垂,无瓣膜功能障碍或反流的风湿热,孤立的房间隔缺损,房间隔缺损修补术后,室间隔缺损,良性心脏杂音,无瓣膜功能障碍的川崎病等。

其他的心脏损害可能较普通人群有升高的感染心内膜炎的危险,但较上面所提到的心脏"高度危险"疾病要低。这些"中度危险"包括以下疾病:其他多见的先天性心脏畸形,获得性瓣膜功能不全(例如风湿性心脏病),肥厚型心肌病,伴有反流或瓣膜增厚的二尖瓣脱垂等。

对预防感染性心内膜炎的建议：

1. 绝大多数消化内镜操作

包括上消化道内镜、乙状结肠镜、结肠镜，无论有无黏膜活检、息肉摘除、非曲张静脉出血：

（1）对存在心内膜炎中危或低危因素的患者，不建议使用抗生素预防。例如，对于上述的任何操作，伴有或不伴有反流的二尖瓣脱垂患者无须抗生素预防。

（2）对存在心内膜炎高危因素的患者，没有足够的资料来支持常规抗生素预防。内镜医生可能需要针对具体病例来考虑是否需要使用抗生素预防。

2. 可能引起短暂菌血症发生率升高的相关操作

包括食管狭窄扩张术、静脉曲张硬化剂治疗术、明确或怀疑有胆管阻塞的逆行性胆管造影术：

（1）对存在心内膜炎高危因素的患者建议使用抗生素预防。

（2）对存在心内膜炎低危因素的患者，不建议使用抗生素预防；然而，对怀疑或明确存在胆道阻塞的所有患者，应该在 ERCP 前使用抗生素预防。

（3）对存在心内膜炎中危因素的患者，没有足够的资料支持常规抗生素预防。内镜医生可能需要针对具体病例来考虑是否需要使用抗生素预防。

3. 用药方法

（1）标准常规预防：操作前 1 小时，阿莫西林 2.0 g（成人）或 50 mg/kg（儿童）口服。不能口服用药的患者，操作前半小时内使用氨苄西林 2.0 g（成人）或 50 mg/kg（儿童），肌内注射或静脉注射。

（2）青霉素过敏患者：克林霉素 600 mg（成人）或 20 mg/kg（儿童），操作前 1 小时口服。或者：头孢氨苄或头孢羟氨苄 2.0 g（成人）或 50 mg/kg（儿童），操作前 1 小时口服；阿奇霉素或克拉霉素 500 mg（成人）或 15 mg/kg（儿童），操作前 1 小时口服。

（3）不能口服用药的青霉素过敏患者：克林霉素 600 mg（成人）或 20 mg/kg（儿童），操作前半小时内静脉注射。或者：头孢唑啉 1.0 g（成人）或 25 mg/kg，操作前半小时内肌内注射或静脉注射；万古霉素 1.0 g（成人）或 10～20 mg/kg（儿童），操作前半小时内静脉注射。

（二）人工血管植入的患者

人工血管感染与极高的发病率和死亡率相关，但是这种危险是随时间而降低的。人工血管植入少于一年的患者被分级为高危险度患者。对人工血管植入术后达到一年的患者，在行食管狭窄扩张术、曲张静脉硬化剂治疗或逆行性胆管造影（明确或怀疑有胆管狭窄）前建议使用抗生素预防。对于其他的内镜操作，没有足够的资料支持常规使用抗生素预防，内镜医生可以根据患者实际情况考虑是否使用抗感染预防。

（三）有人工关节或假体的患者

内镜操作后人工关节的医源性感染极其少见。只有一例发生与内镜操作相关的感染性并发症（化脓性膝关节炎）的病例曾被报道。该类患者被认为是低危患者。对于该类患者，没有足够的资料支持在内镜操作前使用抗生素预防。

（四）胆管阻塞、胰腺假性囊肿、胰腺囊性损害需要细针抽吸（FNA）的患者

胆管炎和败血症是已知的 ERCP 的并发症，发生率达到 3%。阻塞的管道和不充分的引流显著增加临床感染的危险。胆汁培养的抗生素检查证实喹诺酮类药物对多数病原菌有效。分析证明，在该类患者中使用抗生素预防有降低菌血症的趋势；然而，在操作前使用抗生素的患者并发败血症的发病率较未使用的患者无显著差异。也有研究认为在内镜操作前使用抗生素预防，可以减少胆管炎的发生、节约费用。

1. 假性囊肿

逆行性胰管造影术和 EUS‐FNA 可能引起胰腺假性囊肿感染。明确的治疗是囊肿的减压和引流。没有随机对照试验研究抗生素预防与对照组的比较。然而,由于引起感染的危险性,使用抗生素预防是谨慎的行为。

2. 实性或囊性损害的 EUS‐FNA

一项评估对肿块 EUS‐FNA 效率的研究中,没有发现明显的临床菌血症。在胰腺囊肿的 EUS‐FNA 操作中使用预防性抗生素也没有明确经过随机对照研究。一组囊肿患者的亚群分析提示 FNA 操作的感染率为 14%。

对于明确或怀疑有胆道阻塞、明确有胰腺假性囊肿的患者,行 ERCP 前应该使用抗生素,且有充分的胆管或囊肿引流。相似地,内镜下胰腺假性囊肿透壁引流可能导致囊腔的感染。另外,EUS 引导的胰腺囊性损害的透壁吸引术也会引起感染。尽管没有随机对照试验的支持,在准备假性囊肿和相似的胰腺损害引流前,推荐预防性使用抗生素。推荐使用抗菌谱覆盖胆道菌丛(例如肠道革兰阴性菌、肠球菌、可能的假单胞菌)的抗生素。实性肿块的 FNA 操作前使用抗生素预防并非是必需的。

(五)经皮胃镜造瘘术(PEG)

多项前瞻性随机对照试验已经证实,操作前 30 分钟使用预防性抗生素能显著降低创口的感染。然而,一些试验也显示预防性使用抗生素没有显著减少创口的感染。近期的分析证实使用抗生素预防的患者较未使用的患者创口感染率明显降低(6.4% 与 24%)。建议所有行该操作的患者应该使用抗生素预防以减少软组织感染。应在操作前 30 分钟口服头孢唑啉(或抗菌谱相当的抗生素)。假如患者已经在接受相应的抗生素治疗,抗生素预防性使用是没有必要的。

(六)肝硬化、腹水和免疫缺陷的患者

除开病例研究和回顾性报道,几乎没有资料来指导该类患者

行常规内镜检查是否使用预防性抗生素。

1. 硬化剂治疗

在硬化剂治疗后菌血症的发生率可能达到50%。在临床试验中,临床显著的纤维化事件和(或)细菌性腹膜炎达到5%。报道的并发症也包括中枢性感染和肺部浸润。一项研究评估了胃曲张静脉硬化剂治疗后菌血症的发生情况,发现发生率接近32%,大概1/3有发热,其中50%的患者使用了抗生素治疗。一些关于抗生素治疗的随机对照试验支持硬化剂治疗前试验性应用抗生素。随机试验证实操作前使用头孢噻肟的患者在硬化剂治疗后腹膜炎的发生率降低。

2. 内镜下曲张静脉套扎术

有报道说在术后菌血症的发生率达到25%,腹膜炎的发生率低于5%,但没有相关的抗生素预防的随机双盲对照研究。

3. 胃肠道出血

肝硬化患者胃肠道出血与升高的感染危险(尤其是细菌性腹膜炎)强相关。现在认为胃肠道出血是肝硬化患者感染的独立危险因素。对于胃肠道出血的肝硬化患者,抗生素使用已经显示能减少感染并发症和病死率。

4. 狭窄扩张

在其他的免疫缺陷患者,狭窄扩张已在前面讨论过。在免疫缺损的患者,狭窄扩张后明显的临床菌血症发生率还需要进一步的统计。

肝硬化和其他免疫缺陷的患者对短暂性菌血症易感,尤其在高危的侵入性操作中发生。内镜医生应在这些高危操作(例如食管硬化剂治疗和狭窄扩张)中根据患者个体情况具体考虑是否使用抗生素预防。所有伴有胃肠道出血的肝硬化患者都应该预防性使用抗生素。对其他内镜操作,包括预防性EVL,不推荐常规使用抗生素预防。然而,决定是否使用抗生素预防应视具体患者而定。有腹水的肝硬化患者明显存在感染的高危险性。另外,使用类固醇的移植后患者也明显有升高的感染易感性,抗生素的选择应该视特定认知的危险因素而定。严重中性粒细胞减少的患者表现出在内镜操作后菌血症发生率升高,使用抗生素预防的益处在这种病例中没有得到证实。无论如何,有严重粒细胞减少的患者被认为是高度危险的。

(汤茂春　宛新建)

参 考 文 献

1. ASGE. Guideline for antibiotic prophylaxis for GI endoscopy[J]. Gasrointest Endosc ,2003,58(4):475-479.

2. Barther M, Napoleon B, Gay G, et al. Antibiotic prophylaxis for digestive endoscopy[J]. Endoscopy,2004,36(12):1123-1125.

3. Rey JR, Axon A, Howden CW, et al. Guidelines of the European Society of Gastrointestinal Endoscopy (ESEG): antibiotic prophylaxis of gastrointestinal endoscopy[J]. Endoscopy, 1998, 30:318-324.

4. Dajani AS, Tabuert K, Wilson W, et al. Prevention of bacterial endocarditis: recommendations by the American Heart Association [J]. JAMA,1997,277:1794-1801.

5. Nelson DB, Sanderson SJ, Azar MM. Bacteremia with esophageal dilation[J]. Gastrointest Endosc,1998,48:563-567.

6. Hirota WK, Wortmann GW, Maydonovitch CL, et al. The effect of oral decontamination with clindamycin palmitate on the incidence of bacteremia after esophageal dilation. A prospective trial [J]. Gastrointest Endosc,1999,50:475-479.

7. Nelson DB. Infectious disease complications of gastrointestinal endoscopy. Part I: endogenous infections [J]. Gastrointest Endosc,2003,57:546-556.

8. Panigrahi H, Shreeve DR, Tan WC, et al. Role of antibiotic

prophylaxis for wound infection in percutaneous endoscopic gastrostomy（PEG）：result of a prospective double — blind randomized controlled trial[J]. J Hosp Infect，2002，50：312 -315.

9. Barawi M，Gottlieb K，Cunha B，et al. A prospective evaluation of the incidence of bacteremia associated with EUS -guideline — needle aspiration[J]. Gastrointest Endosc，2001，53：189 - 192.

第五节　胃肠内镜培训的基本要求

　　内镜的培训十分重要，它直接关系到内镜工作质量的改善、内镜技术水平的发展与提高。只有通过科学合理的培训，才能培养出大量合格、优秀的内镜医生，才能整体提高内镜工作的水平，从而有效地保障内镜诊疗的质量。在欧美、日本等发达国家，内镜的培训制度已十分完善，培训过程也逐步规范。而我国的内镜培训工作则处于起步阶段，许多方面都亟待完善和规范。本文系统介绍发达国家内镜培训的一些基本规范与要求。

一、培训目标

　　要完成胃肠内镜的培训，受训者应该达到如下要求：

　　（1）要完成适当的内镜操作，必须明确了解操作的适应证、禁忌证，并作出正确的诊断和治疗选择。

　　（2）能够安全、完整、迅速进行内镜操作，包括对于清醒或镇静/无痛技术的了解，以及操作前对患者一般情况的临床评估和操作时对患者生命体征的监测。

　　（3）正确地解释内镜发现，并且将其与临床或内镜治疗相结合。

　　（4）辨别每步操作的危险，理解如何规避或减少危险因素，识别和处理并发症。

(5) 认清内镜操作和个人技术的局限性,知道何时寻求帮助。

二、培训计划

(一) 培训机构

胃肠内镜的培训工作应在内镜设施齐备、技术力量雄厚的医疗机构中进行,而且这些培训机构(基地)必须得到中华消化内镜学会或省级以上医疗行政管理部门的认证许可,还须定期组织专家进行质量考核。培训工作应纳入消化内科及普外科领域的一个全面的临床培训计划。这些培训计划必须具备广泛的覆盖面,内容涉及内科、儿科、普外科、放射科和病理科的相关知识。

(二) 培训课程

内镜受训者必须具有消化内科或普外科的工作背景,受训者需接受系统的内镜及其相关的课程教学,课程的内容应包括:

(1) 内镜操作的指征、局限性、禁忌证。

(2) 操作并发症及其处理原则。

(3) 安全的镇静/无痛技术和患者监测的原则,什么时候考虑更改麻醉方式。

(4) 有关的内镜下治疗(方法选择、治疗内容),可通过内镜进行内科、放射和外科的治疗。

(5) 属于胃肠内镜的知情同意、医学伦理等问题(如胃造口和肿瘤姑息治疗患者的选择和评估)。

(6) 有关内镜新技术和科技文献的正确评估。

(三) 内镜培训负责人

每个培训计划都应有一个内镜专家来作为内镜培训的负责人,其职责为:

(1) 监控每个受训者获得适当的专业和认知技能的基本情况,包括接受常规培训操作的数量和经验积累的个人记录(比如对适应证、内镜发现和并发症的正确理解),以及成功完成规定的标准操作情况。

(2)将内镜教学资源(书本、图解集、录像带、电脑光盘)和培训计划结合。

(3)定期考察和更新培训方法并监测培训质量。

(4)考察培训者对受训者的评估形式,鼓励受训者向培训者和培训计划提出反馈信息。

(四) 内镜培训者

所有内镜培训参加者都必须是培训基地认可的内镜专家。他们也必须在耐心、运用肢体和言语指导学员方面受过系统培训,是高效合格的内镜老师,也会积极参加评估过程。内镜培训者的技术水平和培训技能直接关系到受训者的培训质量。

(五) 培训过程

受训者如果要在胃肠内镜领域获得成功的培训,首先必须广泛阅读相关书籍,积极参与各种胃肠内镜领域的研讨会和操作技能交流会,其次,在培训者的耐心带教下,逐渐掌握各项操作技能。

培训是让受训者获得专业技能和增长自信的一个自然过程。起先,受训者应该观摩内镜操作,然后试着进行诊断性或少量有一定技术要求的操作。在这个阶段,在培训者不断的监督下,受训者学习解剖学和内镜操作的主要原则,练习对食管和幽门的插入,内镜前端的翻转等基本技能。也应练习镇痛技术,开始学习如何鉴别正常和异常的内镜发现,然后依据发现制定出一个治疗计划,并逐步掌握如何有序和正确地书写内镜报告。

随着经验的增长,受训者可逐渐进行完整的内镜操作并试着进行治疗性操作。受训者需体会到诊断和治疗内镜的有机结合,这正是现代内镜实践的标志。例如通过内镜的止血治疗、结肠镜下息肉摘除术,以及进行内镜下逆行胰胆管造影术(ERCP)解除胆道梗阻。

受训者需要通过几个阶段的培训,从起初的接受完全监督到部分监督,然后培训者只需要在出现问题的时候进行一些相关的指导,而不必一直在旁边监督。掌握技能的情况在不同受训者之间是不同的,对于每个受训者来说,其掌握技能的情况因操作的熟练度、操作量、受训者自身判断和指导质量的差异而不同。最后,受训者要达到这样一个阶段,即能在没有监管下进行培训负责人所认可的特定的操作。然而,对于大多数学术培训机构来说,由于多方面的制约,可能使得大部分时间受训者需在监管下进行操作,除非他的操作已经非常地熟练。

(六)内镜培训的标准操作技能

内镜培训的结果,可由于训练时间的长短、不同的受训者及不同的培训内容而不同。能胜任这个操作不等于能胜任那个操作。在大多数培训中心,培训是从掌握容易的操作逐步发展到掌握更有挑战性的操作,例如,先练习可曲的乙状结肠镜然后是结肠镜检查,接着再进行复杂的和有更高技术要求的内镜下逆行胰胆管造影(ERCP)和内镜下超声(EUS)培训。美国胃肠内镜协会因此主张区分两类技能操作:标准操作技能和高级操作技能。

标准操作是很普遍的,对大部分的患者都可实施。这些操作是每个进行内镜训练的胃肠病医生需要掌握的核心内容。在美国,3年胃肠内镜资格培训期间(包括至少18个月的临床培训时期),大部分受训者都有望掌握这些操作。这些标准操作技能包括食管、胃、十二指肠镜,直肠镜/可曲乙状结肠镜,结肠镜下息肉摘除,经皮肝活检、经皮胃造口、黏膜活检、胃肠动力研究、上下消化道非曲张静脉止血和曲张静脉止血治疗。尽管内镜下止血(注射和烧灼技术及食管曲张静脉硬化和结扎治疗技术)需要相当的内镜操作技能,但对每个内镜医生来说掌握这些技能是必须的,因此也归为标准操作技能。对于一般的消化内科医生来说,掌握这些标准的操作技能即可。

（七）内镜培训的高级操作技能

高级操作技能是指一些更复杂，需掌握更高技巧，且相关并发症也更高的内镜操作。这些更复杂、有更高风险的诊疗操作量相对较少，因此受训掌握高级技术的比标准技术的人数可以少一些。高级操作技能包括 ERCP 和所有相关的介入操作，比如内镜下超声、食管气囊扩张术、食管狭窄扩张（例如碱性和放射性狭窄）、腹腔镜、食管支架放置、光动力学治疗、激光治疗和内镜下肿瘤切除术等。

学习高级操作技能是在完全掌握了标准操作技能之后，才能进行培训。培训时间也更长，在美国，除了标准的 3 年培训之外，有时还需增加一年的训练时间。美国胃肠内镜协会于 1994 年公布了高级操作技能培训指南。由于个人的差异或卫生保健系统人力资源的情况，不是所有受训者都需要掌握高级操作技能。另外，不是所有培训计划都需要包括高级操作技能的培训，这些高级操作技能培训应该集中在那些有相当患者量和相关专科的单位中进行。

总的来说，只有在受训者能够获得熟练的操作技能、在训练结束时能够在没有监督的情况下独立操作时，才可从事高级技能的培训。那些企图让受训者在短时间内掌握一项高级操作技能是不合适的（例如，让几个受训者在培训期间每人仅操作 30～40 例 ERCP，以期完成对这项技术的培训是不可能达到预期要求的）。

三、内镜受训者能力的评估

对受训者内镜技能的评估是贯穿于整个培训计划之中的。内镜培训负责人负责监管整个培训过程。除了有鉴定指南外，同时应有一个受训者都知道的书面评定方案，包括受训者对于培训计划及培训者的常规信息反馈。最终评估取决于内镜培训负责人对受训者进行主客观评测后的综合情况。

（一）受训者能力的组成

受训者能力包括认知和技术两方面的内容。客观评估标准的内容在下文中讨论。主观评估是由受训者对内镜发现进行解释的技能，将内镜下发现与患者的治疗相结合，处理并发症，对患者的监测和内镜操作前后向患者解释的能力所构成。

（二）内镜培训的技术评估/操作标准

对于达到某一项目熟练掌握所需操作量进行了少许研究，有资料显示，如要受训者胜任，则需进行 25～30 个乙状结肠镜，130 个上消化道内镜，140 个结肠镜，180～200 个 ERCP 的操作。有关 EUS 的操作，有资料显示，要能对食管癌进行精确的 T 分期，则需进行 100 个相关的 EUS 操作检查，大多数专家都认为胰胆管 EUS 比食管 EUS 需更多经验，而 40～50 个病例的操作，可能使得受训者刚能发现黏膜下的病变。

尽管研究证实了，培训过程可以在客观方式的监测下进行，但也同时显示受训者掌握技能之间的差异还是很大的。因此只重视绝对或阈值操作量可能不行，在对单个受训者评估中要小心使用这个标准。可能有些受训者在进行较少的操作量后就能胜任，而某些受训者即使达到了规定的操作量还不能独立完成操作。而且，操作技能的掌握对不同操作而言也是不同的。

为提高对受训者的评估水平和对内镜培训质量的监控，美国胃肠内镜协会建议，将特定操作过程的监测融入到受训者的总体评估中去。这种监测要持续、定期进行，应包括操作和解释/诊断技能。可以通过很多种方式进行评估，包括：① 由受训者将操作资料的报告整合进电子内镜报告系统；② 可通过监测内镜培训者所记录的操作资料进行；③ 由指派的评估者选择性地观察受训者；④ 由受训者在日志中对操作进行自我报告。负责人需收集和跟踪每个受训者的资料，然后了解和证明每个受训者的培训情况。表 2－5 罗列了对不同操作的监测内容。

表 2-5　不同操作的监测指标

操　作	操　作　标　准
食管、胃、十二指肠镜	食管插入
	幽门插入
结肠镜	脾曲插入
	盲肠插入
	回肠末端插入
可曲乙状结肠镜	显示脾曲
	翻转
内镜下逆行胰胆管造影	所需管道的插入
	所需管道造影
	支架放置
	括约肌切开
	取石术
内镜下超声	食管插入
	幽门插入
	所需的器官或病变的成像
	病灶影像的成功获取
	外科手术发现和 EUS 一致的肿瘤分期，与文献报道精确相似
诊断性腹腔镜	诱导气腹
	肝脏直视和活检
所有操作	正常和异常组织的精确辨认
	对于内镜下发现进行恰当的内镜/医学治疗
息肉切除术	
食管扩张	
食管动力	
止血	成功止血操作
经皮胃造口	
球囊扩张	
肿瘤切除	
食管支架	

尽管这种监测方式使得培训人员需承担更多额外的工作,但这样可以提高对受训者能力评测的精确性,从而使得受训者能接受更复杂的操作训练并达到更高的水平。内镜专家的操作成功率需达到95%～100%。现有研究证实,要受训者能胜任一项特殊的技能,该受训者的既往操作成功率必须达到80%～90%。

对任何一个指定的操作,培训机构要提供给受训者一定的操作量以便能达到标准所规定的操作能力。坚持客观评估标准能帮助我们:确定哪一位受训者能进行高级内镜操作技能培训;多少受训者应在一个给定的操作中接受指导;针对哪些内镜操作,这个培训计划能够提供足够的病例数来保证培训。

(三)内镜操作的资格认证

在美国,胃肠内镜协会不鉴定或证明个人或机构的内镜培训。操作技能证书是由内镜培训总负责人提供。培训后在临床进行内镜操作的授权来自医院相关的行政管理部门。在我国,内镜操作的资格认证即将由专门的内镜培训基地审核办理,而这些基地须经中华消化内镜学会或省级以上的卫生行政管理部门核准。

在资格审核时,我们应该运用客观的操作标准,同时联合其他因素,如患者操作复杂程度,并发症和后果等内容来对受训者进行综合评估。

四、内镜的再培训和其他培训途径

随着新的科学技术的出现,内镜医生要求增强和扩展操作技能的要求是非常自然的,一些人可能希望接受高级内镜操作技能的培训。因此必须建立一套完整的内镜再培训计划,或称高级的内镜培训计划,关于这些计划实施的准入条件、具体方案、技能考核与认证等尚须进一步规范。近年来中华消化内镜学会在全国各地选择培训条件良好的单位设立内镜培训基地,卫生部也在全国范围内建立内镜培训基地,这些将作为我国内镜培训/再培训工作的依托单位。在最近一份声明中,美国消化内镜协会对这些内镜再培训计划规定了标准,强调培训应是综合性的,必须提供病理生理学、诊断学和消化道疾病的诊疗这些综合内容。

（姜海琼　刘　枫）

参 考 文 献

1. Rösch T. State of the art lecture: endoscopic ultrasonography: training and competence [J]. Endoscopy, 2006, 38 Suppl 1: S69 -72.

2. Faigel DO. Quality, competency and endosonography [J]. Endoscopy, 2006,38 Suppl 1:S65 - 69.

3. Thomas-Gibson S, Williams CB. Colonoscopy training — new approaches, old problems[J]. Gastrointest Endosc Clin N Am, 2005,15(4):813 - 827.

4. Levin TR, Farraye FA, Schoen RE, et al. Quality in the technical performance of screening flexible sigmoidoscopy: recommendations of an international multi-society task group[J]. Gut, 2005, 54(6): 807 - 813.

5. Zebris J, Maurer W. Quality assurance in the endoscopy suite: sedation and monitoring[J]. Gastrointest Endosc Clin N Am, 2004,14(2):415 - 429.

6. Pearl JP, Marks JM. The future of teaching surgical endoscopy [J]. Surg Innov, 2006,13(4): 280 - 282.

7. Gerson LB. Evidence-based assessment of endoscopic simulators for training[J]. Gastrointest Endosc Clin N Am, 2006,16(3): 489 -509.

8. Thomas-Gibson S, Williams CB. Colonoscopy training — new approaches, old problems[J]. Gastrointest Endosc Clin N Am, 2005,15(4): 813 - 827.

9. Freeman ML. Training and competence in gastrointestinal

endoscopy[J]. Rev Gastroenterol Disord，2001,1(2)：73-86.

10. Wexner SD，Eisen GM，Simmang C. Society of American Gastrointestinal Endoscopic Surgeons Credentials Committee；American Society for Gastrointestinal Endoscopy Standards of Practice Committee；American Society of Colon and Rectal Surgeons Standards Committee. Principles of privileging and credentialing for endoscopy and colonoscopy［J］. Dis Colon Rectum，2002,45(2)：161-164.

11. ［No authors listed］. Principles of training in gastrointestinal endoscopy. From the ASGE. American Society for Gastrointestinal Endoscopy[J]. Gastrointest Endosc，1999,49(6)：845-853.

12. Van Dam J，Brady PG，Freeman M，et al. Guidelines for training in electronic ultrasound：guidelines for clinical application. From the ASGE. American Society for Gastrointestinal Endoscopy［J］. Gastrointest Endosc，1999,49(6)：829-833.

第六节　无痛内镜的临床应用

内镜检查及内镜下治疗是消化道疾病诊治过程中必不可少的临床技术之一，已经广泛应用于临床。虽然内镜检查创伤较小，但是在内镜检查或治疗中，仍然会由于局部刺激等导致患者出现恶心、咽部疼痛不适、呛咳、腹胀、腹痛等不适反应，甚至直接影响患者的依从性而延误诊治，亦可造成机械性创伤或出现相关并发症。因此，内镜检查需要良好的镇静来消除上述的不良反应。近年来，随着人们生活水平的提高，要求内镜检查中无痛苦的患者逐年增多；此外，随着人群的老龄化，伴有心、脑血管疾病而需在镇静或全身麻醉下实施内镜检查与治疗的患者也在逐年增多。因此，镇静剂和麻醉剂已经越来越多地应用于消化道内镜检查和治疗，适当镇静和麻醉已成为实施消化道内镜检查的组成部分,这种在镇静或麻醉状态下进行的内镜检查就是所谓的"无痛内镜"。

在适度镇静水平,患者能够对言语和触觉刺激做出反应,并能维持呼吸和心血管功能。通常使用麻醉剂和(或)苯二氮䓬类药物实施镇静和麻醉。而在深度镇静状态下,患者可以对痛性刺激做出反应,但需要通气支持。在全身麻醉状态下,患者不能被唤醒,甚至对痛性刺激也没有反应,通气支持往往是必需的,心血管功能可能会受到影响。因此,在实施内镜检查前应决定患者需要的镇静水平,并且能对失去反应性、气道保护、自主呼吸或心血管功能的患者进行急救。无痛内镜检查是一个较为安全的过程,严重的并发症大多由内镜操作本身引起,如出血、穿孔等,由镇静或麻醉引起的严重并发症少见。

一、无痛内镜的优缺点

无痛内镜检查和治疗有以下优点:① 患者安静、舒适,可避免常规非镇静、麻醉状态下内镜操作所带来的各种痛苦不适,大大提高了患者的依从性,降低漏诊、误诊的发生;② 无痛内镜检查与治疗过程中,患者胃肠蠕动减慢,减低了内镜操作难度,缩短了镜检时间,提高了内镜操作的成功率;③ 镇静、麻醉状态下内镜操作可减轻机体的应激反应,不仅可使原来无法接受内镜检查的一些心血管疾病患者也可接受检查,而且可以减少或避免心脑血管意外等相关并发症的发生。

无痛内镜的缺点:虽然无痛内镜较常规内镜有上述优越性,但也存在以下问题:① 镇静或全身麻醉下患者自我保护能力下降,存在相应麻醉并发症,包括上呼吸道梗阻、呼吸或循环系统抑制甚至停止等,或可能存在操作本身引起的并发症增加,如穿孔等;② 人力、物力、财力花费增加,目前无痛内镜检查中麻醉费用比检查费用还要高。此外,进行无痛内镜检查和治疗还需要特定的麻醉人员、场地及设备等；③ 无痛内镜操作过程中增加了术前准备与麻醉后苏醒时间，使整个检查时间延长，内镜检查效率受到一定程度的影响。

二、无痛内镜的临床适应证与禁忌证

由于很多地区医院不具备相应的检查室场地、麻醉人员及麻醉设备，加上当地经济水平有限，无痛内镜目前还不能在全国各个地区广泛开展。目前，无痛内镜检查和治疗主要应用于下列情况：① 患者主动要求行无痛内镜检查或治疗；② 患者由于在内镜操作过程中反应剧烈或无法忍受而放弃检查或治疗；③ 患者合并有严重高血压、心律失常、冠心病等疾病不能耐受内镜检查所致应激反应；④ 不能合作配合的患者，如痴呆患者、小儿等。无痛内镜检查的禁忌证或相对禁忌证主要有急性上呼吸道感染、哮喘、严重肺心病、活动性上消化道大出血、严重贫血、休克、严重高血压、严重的心肝肾疾病、镇静药物及麻醉药物过敏、肝性脑病、严重鼾症及过度肥胖或睡眠呼吸暂停综合征等。

三、无痛内镜的实施

（一）准备工作

（1）常规禁食 6 小时、禁水 2 小时。此外，麻醉医生应进行术前访视。通过访视，了解患者的精神状态，并对其与麻醉管理相关的并存疾病的现状予以正确的评估，包括评估患者心肺系统合并病的严重程度与储备功能，评估控制呼吸、使用咽喉镜和气管插管的难易程度；并解释与麻醉相关的问题，缓解患者对内镜检查与治疗的焦虑情绪；询问患者的药物过敏史等。

（2）开放静脉通路，输入平衡盐溶液。

（3）常规准备氧气、吸引装置、麻醉机、监护仪、急救用具、药品等。入室后连接各监测导线并记录基础值，经鼻导管吸氧。

（4）咽部局部麻醉：通常用于上消化道内镜检查时抑制呕吐反射。常用局部表面麻醉剂，包括丁卡因、利多卡因等，主要通过气溶剂或漱口剂给药。但有研究表明，在静脉无痛麻醉时应用局部表面麻醉剂并没有额外的益处。另外一项研究表明，应用局部表面麻醉剂在那些 40 岁以下的患者、第一次接受内镜检查的患者或特别紧张的患者益处最大。因此，在进行无痛胃镜检查时，是否应常规使用局部表面麻醉剂应该重新接受评价。

（二）药物选择

一般包括单独使用苯二氮䓬类镇静剂或与麻醉剂联合应用。最常用的苯二氮䓬类镇静剂是咪哒唑仑和地西泮，它们的药效相当，但咪哒唑仑起效快、作用持续时间短、有较高遗忘性，临床常用。麻醉剂，如静脉用芬太尼、丙泊酚、哌替啶等。与哌替啶相比，芬太尼起效快、清除快、恶心的发生率小。在无痛内镜检查时，经常联合使用苯二氮䓬类镇静剂和麻醉剂，尤其适用于那些操作时间较长的患者。

1. 苯二氮䓬类镇静剂

用于大多数内镜检查操作过程，它能诱导患者处于放松状态，并能产生遗忘效应。药物使用剂量随年龄、其他疾病、其他药物应用及内镜检查复杂程度而逐渐增加到耐受量。临床常用咪哒唑仑，小剂量可产生镇静、抗焦虑、催眠作用，加大剂量后也可进入麻醉状态。它是一排泄半衰期短、强效的遗忘药。有报道，它还能引起相反的效应，包括活动亢进和攻击性行为。咪哒唑仑没有止痛作用、抗抑郁作用及抗紧张作用。产生无意识丧失的镇静作用的起始剂量为 0.5～2 mg，通过静脉缓慢给药，需要时可通过每 2～3 分钟重复给药而逐渐加量到产生理想的药效。通常总剂量为 2.5～5 mg。在老年患者可能需要适当减量。而在另外一些患者，可能需要适当增加药物剂量以达到理想的药效。如果同时使用麻醉剂或其他中枢神经系统抑制剂，咪哒唑仑应减少 30% 的用药剂量。其特异性拮抗药物——氟马泽尼,可用于咪哒唑仑镇静后苏醒或药物过量。地西泮半衰期较长,较易引起静脉炎,遗忘作用较弱,但它与咪哒唑仑镇静药效相当,开始快速推注 2.5～5.0 mg,可间隔 3～4 分钟追加 2.5 mg。使用苯二氮䓬类镇静剂,除了达到预期理想的镇静效应,也会产生严重的呼吸抑制作用,用药过量的症状包括呼吸抑制、低血压、昏迷、木僵、意识错乱及呼吸暂停。苯二氮䓬类镇静剂过量的处理是支持性的,还可应用氟马泽尼和纳洛酮。

2. 麻醉剂

丙泊酚作为一种新型的静脉麻醉药已经广泛用于无痛内镜的麻醉,它半衰期短,输注浓度与血药浓度呈正相关,因此具有起效快、代谢清除率高、麻醉浓度易控可调等特点。临床上多以 1～1.5 mg/kg 缓慢静脉推注,同时输注平衡盐液,待患者入睡、睫毛反射消失、呼吸平稳后,即可插入内镜。胃镜检查多在一次给药后即可完成,如需进行进一步检查或治疗,可每 2～3 分钟人工静脉推注 20～30 mg 维持麻醉。哌替啶是通过结合于中枢神经系统的阿片类受体而产生抑制疼痛上传和改变疼痛感受的作用,芬太尼在常规内镜检查操作时使用的常规剂量是 0.5～1.0 μg/kg。某些患者可能需要加大剂量以达到理想的镇痛效果。纳洛酮是阿片类物质的拮抗剂,常用来逆转阿片类物质引起的镇静和呼吸抑制状态。

3. 其他

氟哌利多是一种镇静安定剂,可联合麻醉剂和苯二氮䓬类镇静剂用于复杂内镜检查的无痛麻醉,具有镇吐和抗焦虑作用,还有轻微的镇静作用。起始应用剂量为 1.25～2.5 mg,可以重复给予追加剂量 1.25 mg 以达到理想的无痛麻醉效果,最大剂量通常为 5 mg。最常见的副作用是轻度到中度的低血压和心动过速,另外可能出现锥体外系副作用,氟哌利多还可引起 QT 间期延长。这在很大程度上减少了氟哌利多在进行无痛内镜检查时的应用。氯胺酮麻醉适用于不合作的小儿,可采用肌内注射氯胺酮($4\sim5$ mg/kg),并开放静脉通路,一般可维持 $15\sim20$ 分钟,必要时可静脉注射氯胺酮($0.5\sim1$ mg/kg)加深麻醉。

目前,临床上比较常用的是联合用药,唐珩等比较了不同剂量的芬太尼复合丙泊酚、咪哒唑仑在胃镜检查中的镇静程度及对呼吸循环的影响,结果表明,丙泊酚 1.20 mg/kg＋咪哒唑仑 0.02 mg/kg 联合芬太尼 $0.50\sim1.00$ μg/kg 用于胃镜检查安全且效果最佳,为无痛胃镜术的最佳方案。郭强等研究了小剂量咪哒唑仑和丙泊酚联合应用在胃肠镜检查和治疗(包括息肉摘除、贲门失弛缓症内镜下扩张治疗、食管静脉曲张套扎治疗及 EST)中的可行性和安全性,结果发现小剂量咪哒唑仑和丙泊酚及芬太尼联合应用于胃肠镜检查安全、有效,尤其有利于开展胃肠镜下治疗。

四、无痛内镜的监测

所有进行内镜检查的患者在进行检查之前必须对其进行评估,评价患者危险性并对预先存在的医疗情况进行适当的处理。在进行内镜检查前需要询问病史并进行体格检查、回顾当前的病情和药物反应、评估心肺功能以确保患者的安全性。在给予镇静、麻醉药物之前、给药时及给药后均要对中度或深度镇静及麻醉状态下行内镜检查的患者进行连续监测。连续监测可能在严重的临床并发症出现之前发现早期征象,如脉搏、血压、通气状态、心电图、临床、神经系统的改变。进行无痛消化道内镜检查患者的标准监测包括心电图、脉搏、血氧饱和度(SpO_2)、无创血压(NIBP)、呼气末 CO_2($PetCO_2$)。一般情况下应维持 ECG、NIBP 正常,SpO_2 大于 95%,$PetCO_2$ 波形和数值正常。值得注意的是,麻醉医师必须具有临床观察和获取各种信息、综合评估各系统功能的能力,设备监测和报警不能替代麻醉医师对患者的直接观察和判断。

（一）无痛内镜检查的监测项目

1. 心电图（ECG）监测

ECG 是最基本的监测项目，正常 ECG 应显示为正常窦性心律、无 ST 段上抬或下移及无心律失常等。其监测的意义包括：① 可持续显示心电活动；② 持续显示心率的变化；③ 持续追踪心律，及时发现并诊断心律失常；④ 持续观察心电图 ST 段、T 波及 U 波的变化，及时发现心肌缺血、电解质紊乱；⑤ 监测药物对心脏的影响，为决定用药剂量提供参考依据。在使用心电监测前应熟悉机器的性能及操作方法，动态观察、消除 ECG 伪差及干扰，以便做出准确的判断。

2. 脉搏血氧饱和度（SpO_2）监测

血氧饱和度测定仪可以监测氧饱和度并加强对镇静和麻醉状态下患者呼吸状态的评价，是呼吸和机体氧合功能最简便的监测方法。在进行内镜检查过程中给予患者吸氧可以减少氧饱和度下降。SpO_2 的正常值 $>95\%$，若 $<90\%$ 提示低氧血症。可获得脉搏体积描记图的仪器不仅可得到 SpO_2 的数值，还可通过对脉搏波形的分析获得血容量、心脏收缩功能及血管舒张状态等信息。但要注意测定部位、传感器松动、外界光源、低体温等干扰。

3. 无创血压（NIBP）监测

血压的形成与心排血量、血容量、外周血管阻力、血管壁弹性及血液黏稠度等因素相关，因此，它是反映后负荷、心肌耗氧与做功及外周血管阻力的综合指标之一。收缩压/舒张压的正常值为 $90\sim120/60\sim80$ mmHg（$12\sim18.7/8\sim12$ kPa）。内镜检查中常用 NIBP 监测，可按需设定测定的间隔时间，自动测量并显示收缩压、舒张压、平均动脉压。

4. 呼气末 CO_2（$PetCO_2$）监测

$PetCO_2$ 是呼气终末气体的 CO_2，它所反映的是通气肺泡的 PCO_2 均值，其中包含了被肺泡死腔气稀释的那部分气体。

$PetCO_2$ 反映了机体通气、弥散、循环及代谢功能。内镜检查中可采用经鼻导管采样，观察 $PetCO_2$ 的波形和数值，可供判断有无呼吸道梗阻、呼吸暂停、通气是否正常等。

5. 其他

如 BIS 监测，它是通过持续脑电图记录对镇静的程度进行客观的评价。在操作过程中，从 100（代表完全清醒）到 0（没有脑电波活动）的线性范围内的值不断更新，代表着即时的脑电波活动。该技术可能会预防过度镇静，但是目前并不是进行常规无痛内镜检查的标准监测方法。

（二）内镜检查后监测

完成内镜检查后，应注意观察患者有无内镜检查操作本身或无痛麻醉引起的相关并发症。随访观察的时间依可认知的患者的危险度而定，一旦患者生命体征平稳并且达到一定的清醒程度，就可以让其离开内镜检查中心或内镜检查后的苏醒室。尽管患者表现出一定程度的恢复，也应该认识到患者可能还在一段时间内存在遗忘和（或）判断力、反射受损。在无痛麻醉前应该告知患者无痛麻醉可能引起较长一段时间的认知功能障碍。应该告知患者在无痛麻醉后相当一段时间内不能驾驶、操作沉重的或有危险性的机械、或者作出重大决定。给予无痛镇静麻醉剂的患者，在离开内镜检查苏醒室时需要有人陪伴，必要时也应进行以上各项监测。

五、无痛内镜的相关并发症及处理

如前所述，无痛内镜操作过程中出现的严重并发症大多由内镜操作本身引起，如出血、穿孔、感染，在上消化道内镜检查中发生率大概为 0.1%，而在结肠镜检查中发生率大概为 0.2%。心、肺并发症占所报道的所有并发症的 50% 以上，大多数为吸引、过度镇静、通气不足、血管迷走神经意外和气道梗阻所致，其中包括轻微的一过性的低氧血症到严重的心肺功能衰竭，甚至死亡。心血管并发症发生的危险性与患者的基础状态和内镜检查本身有关。老年患者或伴发各系统疾病的患者(包括心血管疾病、肺部疾病、肾脏疾病、肝脏疾病、代谢性疾病、神经系统疾病和病态肥胖症)可能会因无痛麻醉而增加并发症的发生危险性。这些患者可能在进行无痛内镜检查时需要更复杂和严密的监测。已经在使用镇静剂或抗焦虑药物或麻醉剂的患者可能更容易出现过度镇静状态。对于急诊内镜检查或治疗性操作,如内镜下止血、息肉切除术、激光治疗、支架植入或 ERCP,危险性也有所增加。镇静麻醉相关的危险因素包括患者的身体状况,如老龄,严重的肺、心、肾、肝疾病,怀孕,滥用毒品和酒精,不配合和插管困难。适当加强对患者在接受无痛内镜检查前、检查中及检查后的监测将有助于减少并发症、识别患者不良反应的早期征象并及时进行适当的处理。对于心血管和呼吸系统并发症的处理简单介绍如下。

(一)心血管系统并发症

对于一过性的心率减慢、血压下降,一般可自行恢复,多无需特殊处理,但对严重心动过缓者应立即静脉注射阿托品 $0.25\sim0.5$ mg,无效可重复追加一次。对血压下降明显者,在输液的基础上可用麻黄碱 $5\sim15$ mg 静脉注射。对严重低血压患者,则可用多巴胺 $5\sim8$ $\mu g/(kg \cdot min)$。如遇心跳骤停,则立即按常规心肺脑复苏处理。

(二)呼吸系统并发症

1. 上呼吸道梗阻

患者因麻醉入睡后,由于舌后坠所致,年老或肥胖更为常见。处理上只需要将患者头偏向一侧或轻托起下颌则可。对严重肥胖、上呼吸道梗阻者,可置入鼻咽通气道;个别经上述处理仍无法缓解的上呼吸道梗阻,应先退出内镜,置入口咽通气道或喉罩,待通气改善后再行内镜检查,必要时行气管插管,在全身麻醉下行内镜检查。

2.呼吸抑制

镇静或全身麻醉下内镜检查应常规吸氧,以减少缺氧的发生。呼吸抑制的发生通常与药物的相对过量有关,应立刻停止给药,及时进行辅助通气。无痛内镜检查中如发生轻度呼吸抑制,SpO_2 在95%以上时,可在严密观察下继续检查;如呼吸暂停,SpO_2 急剧下降,吸氧无法改善,则应退出镜体,由麻醉医师用面罩加压给氧、辅助呼吸,待自主呼吸恢复,SpO_2、$PetCO_2$ 恢复正常后再行检查。必要时静脉应用纳洛酮。

3.呕吐、反流和误吸

这可能发生严重意外和并发症,必须予以重视和预防。尽可能多地保留患者自身的保护性反射是防止反流误吸的重要手段;在胃镜操作过程中应注意胃内压力的情况,适时吸出多余的液体和气体,保持合适的胃腔内压;另外,密切临床观察是十分重要的,如果一旦发生,应尽快气管内插管,吸净气管内误吸物,予以吸氧、人工呼吸,并静脉注射抗生素和地塞米松 10 mg。视误吸情况必要时予以支气管镜下盐水冲洗、吸引等处理,尽可能减少肺损伤的程度。

总之,应用无痛内镜诊疗过程中各种痛苦不适大大减少,有助于内镜诊疗的顺利完成,也使患者乐于接受复诊及追踪治疗。在应用镇静、麻醉剂时有可能出现药物副反应和内镜诊疗的并发症,但是在严格的监测和观察下进行,通过运用熟练的操作技巧和科学防护,也还是可以安全、可取的。

(张汝玲　宛新建)

------------------------- 参 考 文 献 -------------------------

1. American Society For Gastrointestinal Endoscopy. Guidelines for conscious sedation and monitoring during gastrointestinal endoscopy[J]. Gastrointest Endosc, 2003,58: 317 - 322.

2. Soma Y, Saito H, Kishibe T, et al. Evaluation of topical pharyngeal anesthesia for upper endoscopy including factors associated with patient tolerance[J]. Gastrointest Endosc, 2001, 53: 14 - 18.

3. Cohen J, Haber GB, Dorai, JA, et al. A randomized double-blind study of the use of droperidol for conscious sedation during therapeutic endoscopy in difficult to sedate patients[J]. Gastrointest Endosc, 2000, 51: 546 - 551.

4. 唐珩, 唐天云, 李勇军, 等. 不同剂量芬太尼伍用异丙酚、咪唑安定用于胃镜检查中的比较[J]. 中国内镜杂志, 2005, 11: 1154 - 1155, 1165.

5. 郭强, 钟财帮, 陈艳敏, 等. 无痛胃肠镜检查和治疗术的临床应用研究[J]. 实用医院临床杂志, 2004, 1: 45 - 48.

6. Freeman ML. Sedation and monitoring for gastrointestinal endoscopy[J]. Gastrointest Endosc Clin N Am, 1994, 4: 475 - 499.

7. Benjamin SB. Complications of conscious sedation[J]. Gastrointest Endosc Clin N Am, 1996, 6: 277.

8. American Society of Anesthesiologists Task Force. Practice guidelines for sedation and analgesia by non-anesthesiologists. A report by the American Society of Anesthesiologists Task Force on Sedation and Analgesia by Non-Anesthesiologists [J]. Anesthesiology, 2002, 96: 1004 - 1017.

第七节　特殊情况下麻醉内镜的基本要求

一、特殊人群内镜诊疗中的麻醉要求

(一) 老年患者

老年人由于全身性生理功能降低, 并可能夹杂多种疾病, 对麻醉的承受能力降低。老年人药代、药效动力学改变及对药物的反应性增高,麻醉药的种类及剂量均应认真斟酌。老年人对阿片类镇痛药的耐受力降低,易发生呼吸抑制甚至循环抑制而产生低血压。对于安定类镇静催眠药的反应性也增高,易因意识消失而产生呼吸抑制。检查期间丙泊酚的用量也应相对减少,最高不超过 0.8 mg/kg。对老年患者进行麻醉前后完善的监测,尽早地发现并处理并发症,便能安全地实施老年人的麻醉内镜的诊疗。

(二) 儿童

最常用的静脉麻醉药为氯胺酮。其易溶于水,无刺激性,有良好的镇痛作用。不仅静注而且肌内注射也有效。肌注 3～4 mg/kg,60～90 秒后入睡,便可开放静脉。10～15 分钟后可根据情况静脉给予 2～3 mg/kg。检查期间,氯胺酮的呼吸抑制作用不可忽视,应给予吸氧并严密监测血氧饱和度。

(三) 肝功能障碍的患者

静脉麻醉和肝功能密切相关,很多麻醉药都要经过肝脏转化和降解,麻醉过程中,又有很多因素可损害肝功能。丙泊酚对于肝功能没有影响,因此,在无痛内镜检查中,所谓麻醉对肝功能的影响主要表现在麻醉技术方面。因为缺氧、低血压、高碳酸血症等均可对肝功能造成影响。

当严重肝病时,在肝内生物转化的药物作用时间可延长,阿片类药物的用量应酌减。另有肝功能严重受损的患者,出现严重低蛋白血症,常可产生腹水和水肿,腹水量大时,则影响患者的呼吸。麻醉前了解患者的呼吸情况、预测氧饱和度可以避免丙泊酚或其他静脉麻醉药物对患者进一步的呼吸抑制。

(四) 高血压患者

对于高血压患者,不应按一般患者的标准来判断有无低血压,而应根据原来的血压水平来判断。麻醉期间血压下降幅度一般以不超过原来水平的 20% 为宜。如血压较原来水平降低 25%,即应视为低血压;如降低 30%,则应认为是显著的低血压;高血压患者对低血压的耐受力很差。低血压如持续一定时间,即可造成这些脏器缺血而产生严重并发症,尤其是心肌梗死和脑血栓形成。因此,麻醉期间应尽力避免低血压。静脉麻醉药注射时应缓慢,观察患者反应的同时监测血压,预先建立静脉通道,适当补充容量。

(五) 心脏病患者

心脏病患者的麻醉危险不仅取决于心脏病本身的性质、程度和心功能状态,而且还取决于麻醉对循环的影响及麻醉者的技术水平和麻醉中、麻醉后的监测条件。

麻醉前要详细询问病史了解心肺功能状况。通过全面检查,对病情作出判断,并对麻醉危险作出估计。必须遵循以下基本原则:① 加强监测;② 用药力求平顺;③ 维护心血管功能相对稳定;④ 保证满意的通气;⑤ 维持接近正常的血容量;⑥ 重视检查结束后的处理。

二、不同内镜诊疗中的麻醉要求

麻醉内镜可用于胃镜、肠镜、内镜下逆行胰胆管造影(ERCP)、超声内镜(EUS)及各项检查及相关治疗。

(一) 胃镜

虽然患者在胃镜检查前口服的胃镜胶内含有表面麻醉药物,但是胃镜经咽时保护性反射未被完全抑制,患者可出现恶心、屏气,胃镜不能迅速通过咽部,一旦时间超过 30 秒,即可导致血氧饱和度下降。$1 \sim 1.5 \, mg/kg$ 丙泊酚(或与 $1 \, \mu g/kg$ 芬太尼配伍)静脉注射可达全麻诱导程度,用于胃镜检查可产生深度镇静,意识状态 $3 \sim 4$ 级,患者处于松弛状态,胃镜在视野清楚的情况下,可轻贴咽后壁滑行进镜,顺利进入食管,不损伤黏膜,能避免因胃镜刺激咽后壁所致的恶心呕吐;同时口腔分泌物明显减少,防止误吸,呛咳;消化道平滑肌松弛,避免剧烈呕吐引起的贲门黏膜撕裂,也避免消化道强烈收缩,碰撞镜头而致的消化道损伤,镜检过程能轻松、安全、充分的进行,降低漏诊率和误诊率。

(二) 超声胃镜

采用丙泊酚(1~1.5 mg/kg)诱导剂量静脉注射,或者之前给予小剂量的咪哒唑仑(1~2 mg)和(或)芬太尼(1~2 μg/kg),患者达4级镇静状态后进镜,检查中采用微泵丙泊酚(200~300 mg/h)维持,其余同普通胃镜。由于静脉麻醉后胃肠道的蠕动减弱或消失,穿刺针定位方便,穿刺准确,活检阳性率提高。但是超声小探头要在水中检查病变,增加了麻醉患者呛咳、误吸的危险。建议若病变部位位于食管中上段,则不宜施行麻醉或麻醉时不主张食管腔内灌水。

(三) 结肠镜

结肠镜的诊疗由于不涉及呼吸道,其安全性高于胃镜检查。但在操作中肠管被牵拉引起的恶心、疼痛等不适,以及人为肠襻或肠痉挛等因素,给患者带来不同程度的痛苦。采用诱导剂量(1~1.5 mg/kg)的丙泊酚静脉注射,或者之前给予小剂量的咪哒唑仑(1~2 mg)和(或)芬太尼(1~2 μg/kg),均可使患者达4级镇静状态,并通过适时追加,维持该状态至肠镜到达回盲部。由于肠管松弛,蠕动消失,回盲瓣开放,使入镜操作容易进行,进入小肠40 cm的成功率也较高,可提高检查准确性和回肠末段病变的检出率。但是,肠管松弛、患者疼痛反应消失也使肠穿孔和出血的可能性大大增加。目前静脉麻醉用于结肠镜检查仍有争议,需由经验丰富、操作熟练的内镜医生完成。

(四) 内镜下介入治疗

内镜下食管曲张静脉测压和套扎是预测和治疗肝硬化并食管曲张静脉破裂出血的可靠指标和有效方法。与普通内镜检查相比,该项操作有3个特点:① 操作时间相对较长,一般需要30~60分钟;② 测压时要求患者无任何躁动或呛咳;③ 术中可能诱发曲张静脉破裂大出血。这就要求有良好的镇静镇痛才能保证测压和套扎术的顺利进行。丙泊酚、咪哒唑仑、芬太尼的合理联合应用,既能满足测压和套扎术的要求,又能较好地维持血流动力学的稳定。在麻醉期间,患者术中经过平稳,无躁动或呛咳,术后无明显不适,从而保证内镜视野暴露良好,静脉测压能反映曲张静脉的实际压力,有利于对出血风险的准确估计。

(五)内镜下逆行胰胆管造影(ERCP)

为了十二指肠乳头插管的需要,在 ERCP 操作中要求患者为俯卧体位。这样的体位限制了患者呼吸时胸廓的活动,患者本身的呼吸运动就受到了影响。加上丙泊酚的呼吸抑制作用,如果没有气管插管,极易导致患者呼吸道的梗阻、缺氧、氧饱和度下降,故丙泊酚静脉麻醉在 ERCP 中的应用受到了限制。目前临床常用的还是给予静脉注射适当剂量的地西泮和哌替啶为主。

(陈 洁 李兆申)

-------------- 参 考 文 献 --------------

1. 刘俊杰,赵俊. 现代麻醉学[M]. 第 2 版. 北京:人民卫生出版社,2. 1999.

2. 杨浩波,胡志勇,蔡宏伟,等. 咪唑安定、芬太尼和异丙酚用于结肠镜检查[J]. 中国内镜杂志,2003,9(1):54-55.

3. 张秩群,姚礼庆,周平红,等. 异丙酚在肠镜中的应用价值[J]. 中国内镜杂志,2001,1(5):49-51.

4. Rex DK, Overley C, Kinser K, et al. Safety of propofol administered by registered nurses with gastroenterologist supervision in 2000 endoscopic cases[J]. Am J Gastroenterol, 2001,97:1159-1163.

5. Heuss LT, Schnieper P, Drewe J, et al. Conscious sedation with propofol in elderly patients: a prospective evaluation[J]. Aliment Pharmacol Ther,2003,15;17(12):1493-1501.

7. Nurse-administered propofol versus midazolam and meperidine for upper endoscopy in cirrhotic patients[J]. Am J Gastroenterol, 2003,98(11): 2440－2447.

8. Heuss LT, Schnieper P, Drewe J, et al. Safety of propofol for conscious sedation during endoscopic procedures in high-risk patients-a prospective, controlled study[J]. Am J Gastroenterol, 2003,98(8): 1751－1757.

第八节　麻醉内镜设置及管理的基本要求

一、人员配置

1. 麻醉内镜麻醉医护人员领导

在行政管理上归属消化科主任和麻醉科主任的双重领导。有条件的医院可专门配备麻醉医师及护士。

2. 麻醉内镜麻醉医护人员编制

按照所承担的任务和国家的有关规定进行编制,开展麻醉内镜手术台与医生比例为 1：1.5,医学院校附属医院,教学医院比例为 1：2。麻醉恢复室的床位与医生比例为 3：1,床位与护士比例为 2：1。同时应配备麻醉护士和工作技术人员,以加强麻醉药品、器械、监护仪器以及麻醉资料的管理工作。手术台与麻醉护士比例为 3：1,与工程技术人员比例为 10：1。

3. 麻醉医师基本要求

麻醉医师需离开手术室到内镜室开展工作,需具有大学以上学历,中级及以上职称的医师担任,并具备国家颁发的执业医师资格证书方可上岗。麻醉科护士及医士不得单独施行麻醉操作。

4. 麻醉医师的培训

专门配备麻醉内镜麻醉医师的单位要加强医师的业务培训,定期到麻醉科室轮转,以巩固和提高专业业务知识,提高处理突发事件的能力。

5. 人员分工及职责

(1) 麻醉医师:麻醉实施之前麻醉医师应充分检查患者,了解患者的心肺功能及其他脏器的情况。与患者或患者家属进行麻醉前的风险谈话,使其了解麻醉中可能出现的各种情况。并对所要麻醉的患者进行筛选。患者在检查床上由护士进行静脉开放,接上监护仪等准备工作就绪后,由麻醉医师给予患者静脉推注所需的静脉麻醉药,观察患者的各项监护指标,并视情况指导护士或亲自进行急救处理。

(2) 麻醉护士:患者进入检查室后,麻醉护士指导患者以正确的姿势侧卧于检查床上。在患者的右前臂寻找合适的静脉开放进行补液。测量患者的基础血压、心率、氧饱和度等。如有异常,提醒麻醉医师做出相应的处理。麻醉医师开始静脉注药后观察患者的各项监护指标并进行记录,遵照麻醉医师的要求对患者进行上呼吸道的管理,保证患者上呼吸道的通畅。检查结束后,观察患者的生命体征,如有异常提醒麻醉医师做出处理。待患者完全清醒后扶其下床并将其交给所陪同的家属、嘱咐术后的注意事项。

(3) 辅助护士:患者进入检查室并侧卧于检查床上后,先给患者进行鼻导管吸氧,帮助患者咬上口圈,随后于患者左上臂绑好血压袖袋,夹上氧饱和度探头。内镜检查期间,协助内镜检查医师做好摄片、取活检、冲洗等工作。

(4) 内镜医生:按常规内镜检查操作,但需认识到患者处于麻醉状态,对肌体的损伤性刺激反应不足,操作更应该轻柔。特别是肠镜检查过程中,不能因为患者无痛苦反应而粗暴、盲目操作,以免造成穿孔等严重并发症。同时应注意内镜下图像表现,及时提醒麻醉师采取处理措施。必要时暂时停止插镜或者退出内镜,等生命体征稳定后再继续进行内镜诊疗。

二、仪器设备与药品

开展麻醉内镜的医疗单位必须具备以下基本麻醉设备。

1. 麻醉设备

(1) 气管内插管全套器具:咽喉镜、气管导管、管芯、面罩、牙垫等。

(2) 供氧设施。

(3) 附件:开口器、拉舌钳、鼻(口)咽通气道、人工呼吸器等。

(4) 正压机械通气设备。

(5) 微量注射泵:每个手术台应配1～2台。

(6) 输血、输液装置。

(7) 麻醉记录台、听诊器等。

(8) 有条件的单位应配置麻醉机、呼吸机。

2. 监护仪器

(1) 心电监护仪(示波、记录装置)、脉搏血氧饱和度仪,每个手术台配备1台。

(2) 有条件的单位应配置心电除颤仪(胸外、胸内除颤电极)。

3. 常备药品

(1) 静脉麻醉药:丙泊酚、氯胺酮等。

(2) 局部麻醉药:利多卡因、布比卡因等。

(3) 镇痛药及拮抗药:镇痛药:吗啡、哌替啶、芬太尼、舒芬太尼、阿芬太尼、曲马朵等。拮抗药:纳洛酮。

(4) 血管扩张药:硝普钠、硝酸甘油、乌拉地尔、三磷腺苷等。

(5) 神经安定药:地西泮、咪哒唑仑、氟哌利多、异丙嗪等。拮抗药:氟吗泽尼。

(6) 抗胆碱药:东莨菪碱、阿托品。

（7）强心药：毛花苷 C（西地兰）、毒毛花苷 K、氨力农、地高辛。

（8）拟肾上腺素能药：肾上腺素、去甲肾上腺素、苯肾上腺素、麻黄碱、异丙肾上腺素、间羟胺、多巴胺、多巴酚丁胺。

（9）抗肾上腺素能药：艾司洛尔、酚妥拉明、拉贝洛尔等。

（10）中枢兴奋药：尼可刹米、洛贝林、二甲弗林（回苏灵）等。

（11）抗心律失常药：利多卡因、苯妥英钠、普萘洛尔（心得安）、溴苄胺等。

（12）钙通道阻滞药：维拉帕米（异搏定）、尼莫地平、硝苯地平。

（13）止血药：对羧基苄胺、氨基己酸、巴曲酶（立止血）、凝血酶、鱼精蛋白、维生素 K 等。

（14）水、电解质及酸碱平衡用药：氯化钠溶液、葡萄糖氯化钠溶液，葡萄糖溶液、氯化钾、葡萄糖酸钙、乳酸钠、碳酸氢钠、乳酸钠林格液、氯化钙。

（15）血浆代用品：血定安、贺斯、水合葡萄糖、右旋糖酐 40、706 羟乙基淀粉。

（16）脱水药：甘露醇。

（17）利尿药：呋塞米、利尿酶。

（18）抗凝血药：肝素。

（19）激素类药：地塞米松、氢化可的松等。

4. 诊疗用房

开展麻醉内镜应保证诊疗用房，除软性内镜室的基本要求外，还要根据具体条件设置麻醉内镜操作室、麻醉恢复室，具体要求如下：

（1）有条件的单位应设置单独的麻醉内镜检查室，也可与普通内镜室合用。面积原则上不小于 25 平方米（房间内安排好检查、急救等设备后，要保证检查床有 360°自由旋转的空间）。

（2）检查室应放置内镜检查、吸引、供氧等基本检查设备。呼吸机、心脏除颤机和急救药品。同时具备紫外线消毒、通风换气、冷暖空调和稳压电源等基本设备。

（3）必须建立麻醉恢复室，也称麻醉后监护病房（post-anesthetic care unit），是对手术结束后的患者进行短时间严密观察和监护的场所，对保证患者麻醉后安全和提高医疗质量非常重要。麻醉恢复室床位数不小于 3 张，面积不小于 30 m²，应设置心电监护仪、呼吸机、急救车、输液吸氧及负压吸引设备和监护人员办公台。

三、麻醉管理

1. 岗位职责

（1）麻醉前要详细了解病情，认真准备麻醉器械、用具和药品。

（2）严格执行麻醉操作规程和消毒灭菌制度。

（3）麻醉期间不得擅自离开工作岗位，不得兼顾其他工作和谈论无关事宜。

（4）麻醉期间要严密观察病情变化，做好术中监测和麻醉管理，如突然发生病情骤变，应迅速判断其临床意义，并及时向上级医师报告，同时告知术者，共同研究，妥善处理。

（5）认真填写麻醉记录单，记录要全面，清晰，准确。

（6）麻醉结束，须待全麻苏醒和病情稳定后，方可离开胃镜室，并认真做好交接班。

（7）写好麻醉小结及随访记录。

2. 麻醉前访视、讨论制度

（1）患者预约内镜或行内镜检查的当天由麻醉医师访视患者，详细询问病史，认真检查患者，全面了解病情和所要进行的内镜检查类型，严格麻醉内镜的禁忌证和适应证，拟定麻醉方案及麻醉用药。

（2）向患者介绍麻醉方法和患者必须注意与配合的事项，以取得患者信任和解除患者的思想疑虑。

（3）麻醉前，如遇特殊情况的患者，麻醉医师负责向上级医生报告患者情况和麻醉方案，并作重点讨论，并将讨论情况记录在册，必要时向医务处报告、备案。

（4）麻醉前讨论的重点是麻醉方案选择和对可能发生的问题提出积极的防范措施以及特殊病例的特殊处理。

（5）麻醉前访视意见和讨论内容记录在麻醉前小结或病历上。

（6）完成患者或家属在麻醉协议书上的签字手续。

（7）对患者术前准备不足，应予调整检查时间，以确保患者医疗安全。必要时协助手术医师进行围手术期的治疗。

3. 差错事故防范制度

（1）经常开展安全医疗教育，只有小手术没有小麻醉，树立预防为主思想，全心全意为患者服务。实行医疗安全责任制，要坚守岗位，集中精力，疑有意外先兆，立即妥善处理。

（2）按照各级医师职责和实际业务技术能力，安排手术患者的麻醉工作，特殊及重患者要转诊至上级医院诊治。

（3）充分做好麻醉前准备的病情判断，严格检查各种麻醉器械设备，确保抢救器具完好和抢救药品齐全。

（4）严格遵守各项操作规程和消毒隔离制度，定期检查实施情况，防止差错事故。

（5）严格查对制度。麻醉期间所用药物及输血输液要做到"三查七对"，对药品、剂量、配制日期、用法、给药途径等要经两人查对，特别要注意最易搞错的相似药物或相似安瓿。用过的安瓿等应保留到患者出检查室后丢弃，以便复查。

（6）使用易燃易爆麻醉药，严防起火爆炸，各种麻醉气体钢瓶颜色要标志醒目。

（7）上岗工作不到一年或尚未取得执业医师资格和执业注册者不能独立担任主麻。严禁没有学历、非麻醉专业医师和未经过专业培训的人员担任麻醉工作，不允许一位麻醉医师同时实施两台麻醉。

（8）新技术的开展、新方法的使用和新药品的引进，必须经科主任同意并经医院批准，并按照认真讨论后的预定方案实施。

4. 药品管理制度

（1）麻醉用药均凭处方领取，麻醉结束当日，由麻醉医师书写处方，专人统一领取。

（2）麻醉药品实行"专人负责、专柜加锁、专用账册、专用处方、专册登记"的管理办法，定期清点，保证供应。

（3）麻醉药品哌替啶、吗啡、芬太尼等应严格管理制度，各级医师必须坚持医疗原则正确合理使用，凡利用工作之便为他人或自己骗取、滥用麻醉药品，其直接责任者由医院予以行政处罚。

（4）使用药品时应注意检查，做到过期药品不用、标签丢失不用、瓶盖松动不用，说明不详不用，变质混浊不用，安瓿破损不用，名称模糊不用，确保用药安全。

5. 麻醉后随访、总结制度

（1）对每位实施麻醉内镜麻醉后的患者地址及联系方式实行详细登记，并告知患者麻醉师联系方式。对特殊患者采取上门或电话随访。

（2）每次随访结果详细记录在麻醉记录单上，发现不良情况应继续随访。

（3）遇有与麻醉有关的并发症，应会同内镜医生共同处理或提出处理意见，且随访至病情痊愈。

（4）如发生麻醉意外事故、差错等，应分析病情，协同处理，必要时请相关科室会诊讨论并向医务处报告。

（5）每例麻醉患者，均要认真总结，要有麻醉前、麻醉中和麻醉后的完整记录,以积累资料和总结经验、教训。

6. 仪器、设备保管制度

(1) 各手术间的麻醉用具管理由当天在该手术间实施麻醉者负责并实行上岗、下岗后的检查核对工作,如有丢失或损坏,应及时报告、处理或补充。

(2) 贵重仪器设备由专人负责保管,定期维修和校准仪表数据,并详细登记和建档。

(3) 麻醉机用后应关闭各种开关,取下各种衔接管、螺纹管、呼吸囊,彻底用清水冲洗后晾干,特殊感染应按特殊感染的常规处置。

7. 麻醉用具消毒制度

(1) 麻醉咽喉镜、气管导管等清洗后用甲醛熏蒸或浸泡于2%戊二醛溶液60分钟,再用清水冲洗干净。

(2) 螺纹管、呼吸囊等用清水冲洗后挂在麻醉机上晾干,紫外线消毒房间时一并消毒。

(3) 注射器、输液器、硬膜外导管、牙垫、通气道等推广一次性用品。

8. 麻醉协议书签字制度

(1) 麻醉协议书签字制度对提高麻醉医疗质量、保证医疗安全、密切医患关系、减少医疗纠纷将起到积极的作用。

(2) 麻醉前向患者或家属介绍麻醉方法、麻醉前准备、麻醉过程以及可能出现的麻醉风险与处理对策,以取得患者的信任和合作,取得家属的理解和支持,并完成在麻醉协议书上签字,包括患者或家属和麻醉医师都签字。

(3) 麻醉协议书的内容必须详细,包括麻醉意外和可能发生的并发症等。

(4) 麻醉协议书为医患之间提供了法律依据,作为麻醉内镜资料归档。

9. 内镜操作管理

（1）严格掌握麻醉内镜的适应证、禁忌证，对麻醉内镜申请单严格把关，不存侥幸心理。

（2）掌握麻醉内镜操作特点。因患者麻醉后无保护性反射，对疼痛的反应降低或丧失，操作时要轻柔准确，不可盲目操作。无痛肠镜要遵循"循腔进镜"的原则，少用或不用"滑行进镜"法。

（3）术中要注意患者的反应，出现严重窒息、呛咳、低血压等危重情况时，要及时终止操作，协助麻醉师抢救，维持生命体征。

（陈　洁　李兆申）

---------------- 参 考 文 献 ----------------

1. 刘俊杰，赵俊.现代麻醉学[M].第2版.北京：人民卫生出版社，2.1999.

2. 杨浩波，胡志勇，蔡宏伟，等.咪唑安定、芬太尼和异丙酚用于结肠镜检查[J].中国内镜杂志，2003，9(1)：54-55.

3. 张秩群，姚礼庆，周平红，等.异丙酚在肠镜中的应用价值[J].中国内镜杂志，2001，1(5)：49-51.

4. Rex DK, Overley C, Kinser K, et al. Safety of propofol administered by registered nurses with gastroenterologist supervision in 2000 endoscopic cases[J]. Am J Gastroenterol, 2001,97：1159-1163.

6. Heuss LT, Schnieper P, Drewe J, et al. Conscious sedation with propofol in elderly patients：a prospective evaluation[J]. Aliment Pharmacol Ther, 2003, 15；17(12)：1493-1501.

7. Nurse-administered propofol versus midazolam and meperidine for upper endoscopy in cirrhotic patients[J]. Am J Gastroenterol, 2003，98(11)：2440-2447.

8. Heuss LT, Schnieper P, Drewe J, et al. Safety of propofol for conscious sedation during endoscopic procedures in high-risk patients-a prospective, controlled study[J]. Am J Gastroenterol,

2003，98(8)：1751-1757.

第九节　消化内镜操作患者的术前准备

　　本文总结了现有的消化内镜操作患者术前准备的基本方法。所有内镜操作术前准备的目的是为了尽可能进行一次安全、舒适、精确及全面的检查。一次成功的内镜检查有赖于操作者及技术人员的技术、自信度及患者平静、合作、积极的态度两方面的配合。

　　患者疾病的性质及临床状况可能会影响操作的时机性和饮食的选择或者药物学的准备。因此，患者的评估内容和医疗记录的回顾应该包括既往史、药物治疗情况、手术史、既往内镜检查情况、药物过敏史及有无出血倾向等。

　　另外，为保护患者的自主决定权，在内镜操作前必须对患者进行告知，并获取操作同意书。知情同意书上必须包括将采取何种操作、预期的不适及操作的潜在风险性及益处，诸如麻醉药物的使用、探查的其他可行方法等。要给患者提问题的机会，需尽力向患者阐明在特殊状况下可能导致操作无法顺利进行的情况。

一、内镜操作的药物辅助治疗

　　内镜操作前和操作过程中的药物疗法可被用于减少消化道的分泌物或者活动力，降低患者的紧张情绪或不适感，及产生遗忘作用。其指导原则是必须保障患者的舒适感和安全。在特殊情况下推荐采取全麻或者有麻醉科医师在场指导。

　　任何操作所需的麻醉药剂量是根据患者的年龄、先前的用药情况、相关的疾病、患者的紧张程度、操作的类型及持续时间而变化的。应采用能达到所需效果的最小剂量。内镜操作最常采用的是静脉麻醉。静脉导管便于药物剂量的控制,以及静脉内液体、鸦片类和苯二氮䓬类镇静药物的特殊拮抗剂的注入。近来丙泊酚的使用成为一大热点。同镇静剂和(或)其他麻醉药相比,丙泊酚起效快,维持时间短,苏醒快而完全,醒后无不良回忆的特点。

操作者和助手必须对给药后出现的不良反应保持警惕。内镜操作团队必须掌握心肺复苏的技能,并备有心肺复苏所需的器材及药物。在患者离开内镜室或复苏区域之前,专业人员必须确保其意识已足够清醒。应告知患者在麻醉效果完全消失之前需要限制并警惕各种活动,以及检查后预期发生的情况,如有,还需告之随后可能进一步采取的措施。患者应被告知不能驾驶,操作重型或有潜在危害性的机器,或做涉及法律相关性的决定。患者还应被告知需谨慎服用其他药物或是饮酒。因使用镇静剂,患者可能在操作后不易记住这些说明,故在内镜操作前先对患者进行宣教是有益处的。由于适度镇静后的麻醉持续时间是因人而异的,故而书面的说明书是有必要的。还需提供术后潜在不良结果及并发症的相关症状的说明。应给予患者书面的说明,告知在并发症发生后应采取的措施,包括 24 小时可接通的急救中心的电话号码。当使用镇静剂后,患者必须在具备法律能力的成年人陪同下才能离开复苏区域。

二、上消化道内镜操作

患者在操作前需禁食至少 6 小时,禁水至少 4 小时(必需服药时可饮一小口水)。如果怀疑存在胃清空的问题,则需禁食更长的时间。对某些较为简单的操作,单纯的咽部局麻即可,尤其是在使用小管径内镜时。咽部麻醉通常采用的是 20% 的苯佐卡因喷洒,或者其他局部作用的试剂。尽管这种操作通常来说很安全,仍有关于终身受损反应,如局部使用苯佐卡因后出现的高铁血红蛋白血症的报道陆续发表。

对于持续时间久的检查,孕妇及高度紧张的患者,需要快速起效的镇静剂和(或)麻醉剂。给予胆碱能拮抗剂(如阿托品)能减少唾液、胃液分泌和蠕动,或许还具有降低血管迷走神经反应的可能性。然而,内镜操作前药物准备价值的对照研究不支持胆碱能拮抗剂作为常规药物来使用。对于某些需保证胃十二指肠动力的胃肠轻瘫患者的操作,羟嗪胰高血糖素可能有用。

三、结肠镜检查

在检查前结肠应清除粪便。有慢性便秘或近期钡餐检查的患者可能需要更长时间的肠道准备。为做好结肠镜前肠道准备,患者应被告知停用含铁的药物。结肠镜检查有 3 种被广泛接受的肠道准备方法。

在短时禁食后,口服 2～4 L 含有特殊均衡电解质的灌洗溶液(以聚乙二醇为基础的),以每小时摄入 1～2 L 的速度,可保证充分的肠道准备。因为在结肠镜操作中,可能会采取电烧灼,故而肠道准备的溶液(口服灌洗或灌肠剂)应不含有甘露醇或其他会发酵的碳水化合物,因其可转化为爆炸性气体。如果患者无法摄入大量的液体,胃管内输液是一种安全、有效的替代给药方式。为防止过度的钠吸收,在肠道准备前及准备过程中,每隔数小时就应摄入不含碳水化合物的食物或液体。在摄入溶液之前的 30 分钟给予一种促运动的试剂,可以防止腹部膨胀、饱胀感及恶心、呕吐的发生。由于这些溶体对循环血容量的影响很小,对于患有严重系统性疾病的患者而言是安全的。

另一种可行的方法是采用小容量的、缓冲的、口服磷酸钠为基础的缓泻剂。这种方法患者更易耐受。与聚乙二醇灌洗溶液相比,具有相似或更高的清肠效率。该方法通常在肠镜检查前夜及检查的当天上午摄入总量的缓泻剂。然而,有一项研究表明,在结肠镜检查的前一天只要分次,间隔数小时地给予总量为1.5盎司的泻药,效果亦可。

尽管磷酸钠溶液更易为患者接受,但在使用该溶液的患者中发现存在非特异性的口疮样黏膜损伤。这些损伤在内镜下的表现类似于克隆恩病。由于存在误诊的可能性,故而有学者认为在行结肠镜检查以评估慢性腹泻或怀疑为炎症性肠病的患者中不宜使用。

第三种方法是采用胶囊形式的以磷酸钠为基础的轻泻剂。目前磷酸钠片剂既不带有令人不快的口味,又能够提供等同于溶液中泻盐的剂量。在结肠镜检查的前夜,将3片药片分成7份,每隔15分钟用237 ml(8盎司)的清水送服。次日清晨,在检查前3~5小时,再以同样方法服下另外的20颗药片。与聚乙二醇的肠道准备相比,磷酸钠药片具有相似的清肠效力,但患者更易接受,且胃肠道副作用少。

数项研究也提示可能发生水及电解质转移,从而导致脱水和血清电解质紊乱。对于那些对容量转移敏感的患者,诸如充血性心衰、肾功能不全及可能发生磷酸盐或钠过度吸收的患者,建议应避免使用磷酸钠轻泻剂。

有些患者可能需要比较长时间的肠道准备,大部分患者给予流质或无渣饮食24~48小时后再服用泻药或灌肠,可以得到满意的肠道准备效果,但此法耗时较长,并且在实施过程中若不注意液体平衡的话可能会导致低血容量及脱水发生。尤其在患有心肺疾病及老龄的患者中应尤为当心。强力导泻药及清洁灌肠对于那些身体虚弱、有部分结肠梗阻、下消化道大出血、炎症性肠病的患者往往是不适用的,并且比较危险。

肠镜检查时通常患者会有明显的不适,因此常常用到麻醉剂及镇静剂;抗胆碱能制剂曾经被用来减少肠镜检查时的心血管不良反应及结肠痉挛,但是后来的研究并未证实其有效性,相反使用抗胆碱能制剂可能会导致腹胀及持续的结肠胀气。

四、乙状结肠内镜检查

通常一包到两包泻药即可获得良好的乙结肠及直肠的肠道准备效果,但对于便秘的患者准备过程可能稍长。活动性结肠炎症及腹泻的患者有时不适宜作肠道准备,这类患者甚至可以不用特别进行肠道准备就可进行肠镜检查。

乙状结肠镜检查通常不需要使用镇静剂,某些患者可能需要使用肛周局部麻醉剂,对于特别紧张焦虑的患者、患有严重肛周疾病的患者及儿童,有时需要小剂量口服或局部应用麻醉剂及镇静剂来帮助其顺利完成检查。

尽管乙状结肠活检相对比较安全,但若要行电切术时,应做好彻底的肠道准备。

五、ERCP

胃肠准备与其他上消化道内镜检查基本相同,由于该检查耗时较长可能会对患者带来不适,因此需常规使用持续静脉麻醉剂和(或)镇静剂。在操作过程中及操作后应密切观察患者的生命体征及神志情况。术中应用胰高血糖素可以减少十二指肠的活动。对于曾有过有静脉增强造影剂全身反应的患者,ERCP术中使用碘造影剂是安全的。但是对那些有造影剂过敏史的患者,术前应预防性使用皮质激素防止过敏反应。若患者最近做过其他增强影像学检查,在ERCP之前(通常在操作前一天)应行腹部影像学检查,以确定之前的造影剂是否已经完全清除干净,若未完全排净,则可在操作前一晚使用比较温和的导泻药将之前的造影剂排净。

当术前考虑患者可能存在胆道梗阻时,应在术前使用抗生素。抗生素对于造影剂是否有积极的作用,目前尚未被证实。

六、超声内镜

超声内镜的胃肠道准备方法与之前的几种内镜检查相比基本一致,由于操作通常耗时长于一般的上消化道内镜检查,因此应使用大量的镇静剂,以保证检查顺利。

对于要做内镜下细针穿刺的患者,以检查前无需特殊准备;有凝血功能障碍的患者,以应注意其凝血的相关指标。在做诊断性穿刺时,通常应有一位细胞病理学医师协助,以确保取到足够的组织。囊性病变的穿刺有较高的并发症,尤其是感染,因此应适当预防性使用抗生素,但目前没有相关的对照研究数据。

七、注意事项

绝大多数内镜医生目前使用电子监护设备来监测脉搏、血压、氧饱和度、二氧化碳浓度以及持续的心电图变化。监测的程度应与患者的临床情况相符合,在使用镇静剂时通常需要给予吸氧。对于有心血管疾病及相关疾病的患者,以及服用氟哌利多的患者,应考虑行术前心电图检查。

大多数内镜操作无需预防性应用抗生素,即使在有心血管缺陷的患者中,预防性应用抗生素也仅仅用于某些高风险的特殊操作,如为行过瓣膜置换术的患者进行食管扩张。

大多数内镜操作前无需检测凝血功能。但对于有出血素质、慢性肝炎或血液病,可能干扰血液凝固的患者,需行该项检查。使用抗凝剂的患者行诊断性内镜检查是安全的,在大多数情况下,无需调整抗凝剂的剂量。然而,在具有潜在出血可能的高风险性操作(如息肉切除术)中,应提倡在电切除前临时停药。在 ASGE 关于内镜操作的抗凝及抗血小板治疗的指南中,有关于使用抗凝治疗、阿司匹林或其他非甾体类抗炎药物患者行内镜检查治疗的相关讨论。内镜治疗中使用电手术设备不是安装心脏起搏器患者的禁忌。植入式心脏除颤器患者在进行电烙术时,应关闭除颤器。必须有仔细的心脏监护,并备有心肺复苏的设备。

必要的心脏病药及降压药应在检查前以少量水送服。目前没有关于糖尿病药物治疗的对照试验可供用于指导,应个体化考虑。目前有一种可行方法,在平常用药时间,给予半量清晨胰岛素剂量,随后在该早晨的较早时间段行内镜操作,术后在给予另一半胰岛素剂量时进食。口服降糖药通常在患者恢复其正常进食后才使用。

(董育玮 宛新建)

参 考 文 献

1. Practice guidelines for sedation and analgesia by non-anesthesiologists[J]. Anesthesiology, 1996,84: 459 - 471.

2. Huang YY, Lee HK, Juan CH, et al. Conscious sedation in gastrointestinal endoscopy[J]. Acta Anesthesiol Taiwan, 2005, 43: 33 - 38.

3. Kulling D, Fantin AC, Biro P, et al. Safer colonoscopy with patient-controlled analgesia and sedation with propofol and alfentanil[J]. Gastrointest Endosc, 2001,54:1 - 7.

4. 孙涛,李欣.异丙酚静脉麻醉辅助内镜检查的临床应用现状[J].中华消化内镜杂志,2006,23(2): 156 - 158.

5. 王莉,李艳华,郭强,等。丙泊酚不同方式输注在无痛肠镜检查中的比较[J].中华消化内镜杂志,2006,23(4): 135 - 137.

6. Vargo JJ, Zuccaro G, Dumot JA, et al. Gastroenterologist-administered propofol for therapeutic upper endoscopy with graphic assessment of respiratory activity: a case series [J]. Gastrointest Endosc, 2000,52: 250 - 255.

7. ASGE. Guidelines for the use of deep sedation and anesthesia for GI endoscopy[J]. Gastrointest Endosc, 2002,56: 613 - 617.

8. Wurdeman RL, Mohiuddin SM, Holmberg MJ, et al. Benzocaine-induced methemoglobinemia during and outpatient

procedure[J]. Pharmacotherapy, 2000,20: 735 - 738.

9. Gunaratnam NT, Vazques-Sequeiros E, Gostout CJ, et al. Methemoglobinemia related to topical benzocaine use: is it time to reconsider the empiric use of topical anesthesia before sedated EGD[J]? Gastrointest Endosc, 2000,52: 692 - 693.

10. Kastenberg D, Chasen R, Choudary C, et al. Efficacy and safety of sodium phosphate tablets compared with PEG solution in colon cleansing: two identically designed, randomized, controlled, parallel group, multicenter phase Ⅲ trials [J]. Gastrointest Endosc, 2001,54: 705 - 713.

11. Abaskharoun R, Depew W, Vanner S. Changes in renal function following administration of oral sodium phosphate or polyethylene glycol for colon cleansing before colonoscopy [J]. Can J Gastroenterol, 2007,21: 227 - 231.

12. Cappell MS, Friedel D. The role of sigmoidoscopy and colonoscopy in the diagnosis and management of lower gastrointestinal disorders: technique, indications, and contraindications[J]. Med Clin North Am, 2002,86: 1217 - 1252.

13. 李淑德, 许国铭, 李兆申. 老年人上消化道内镜检查进展[J]. 胃肠病学, 2004,9(6): 368 - 369.

14. Eisen GM, Baron TH, Dominitz JA, et al. Guideline on the management of anticoagulation and antiplatelet therapy for endoscopic procedures [J]. Gastrointest Endosc, 2002, 55: 775 -779.

第十节 内镜下组织取样分析的基本要求

组织病理学评价有助于区分恶性肿瘤、炎症和感染性疾病。组织活检标本取自内镜检查中发现的可疑病变部位。有时对内镜下看似正常的部位,通过活检病理分析仍能提供有意义的信息。组织分析有时也用来验证内镜检查的结果及治疗效果。当内镜检查发现一特异性病变时,在对治疗无帮助的情况下可不做组织分析。对有潜在出血倾向,如凝血障碍的患者,禁止行组织活检。

一、操作技术

许多技术和设备可用来获得足够的组织标本。最常用的组织活检方法是用活检钳夹取组织,而多点活检有助于提高诊断的阳性率。另外,活检块大小、活检部位和标本定位、固定、染色都很重要。活检钳都需要一个至少 3.6 mm 大小的内镜活检孔道,可活检到 2~3 倍孔道大小面积的组织,活检标本一般都是黏膜组织,有时跳跃式活检也能取到黏膜下组织,但通常不能取到深层组织。而联合应用各种技术有助于提高诊断的精确性,细胞刷检是活检钳取样的有意义的补充,有助于恶性肿瘤和炎症的诊断。圈套器可行大息肉的摘除,超声内镜引导下胰腺组织细针穿刺(EUS-FNA)有助于上皮下和胃肠道外组织如淋巴结和胰腺肿块的取样。

二、食管

95%的食管恶性肿瘤均可由活检诊断,活检需要 8~10 块组织,活检时加用细胞刷有助于提高诊断的阳性率,只有少数食管肿瘤因梗阻缺乏足够视野,故对病变部位进行活检难以获得病变组织。

食管炎症最常见是反流性食管炎,多见于胃食管反流病患者,但是反流性食管炎病理改变是非特异性的,其诊断不依赖于病理学检查,在送病理时,应提供可靠的临床资料,表明取材部位。内镜下见到的侵蚀性改变一般与组织学高度相符,但孤立性红斑不是诊断食管炎的可靠指标。相反,那些有反流症状,而内镜检查表面看似正常的食管黏膜,组织学检查可以是异常的(可表现为多形核细胞和嗜酸性细胞浸润)。

Barrett 食管(BE)是指正常鳞状上皮黏膜被化生的小肠黏膜上皮取代,即 BE 病变必须是在胃食管交界线以上,出现含杯状细胞的特殊柱状上皮,需由内镜活检才能诊断。Barrett 食管是食管癌的高危因素,准确地活检取材对于确诊 BE 病变和随访其癌变潜能有重要意义。发生 BE 时,Z 线上移,内镜取材应在 Z 线远端和胃食管交界之间。活检取材一般采用沿病变整个长轴每隔 1~2 cm 环周取材 4 块,但此种方法国内甚少使用。Barrett 食管可通过内镜下亚甲蓝染色进行靶向活检,长节段的 BE 有多量的肠化,几乎呈弥漫性着色,短节段 BE 因有胃型上皮化生,染色呈局灶或斑点状。此外,高清晰度放大内镜定位活检也有助于短片段 Barrett 食管的诊断。严重溃疡性食管炎往往掩盖了原先存在的 Barrett 黏膜,而且炎症导致的不典型增生和异型增生很难鉴别,这些情况下需积极治疗食管炎,才能进一步明确组织病理学结果。

食管黏膜高度异型增生和腺癌也需要活检来诊断,高度异型增生者每 2 cm 取材较 1 cm 取材可能会漏诊 50% 的恶性肿瘤。活检时提倡转动吸引技术,即张开的活检钳靠近内镜头端,活检钳往管壁前进并转动抽吸再夹紧取得活检组织。

食管散在病变可行内镜下黏膜切除术(EMR),这种技术是在黏膜下注射盐水使病变隆起,然后用圈套烧灼切除,该技术已成功用于 Barrett 食管病变和良性食管肿瘤切除。

感染性食管炎常见于免疫功能低下患者,如接受免疫抑制治疗,应用激素、肿瘤以及糖尿病或艾滋病患者。真菌性食管炎内镜表现为黏膜白斑,刷检细胞学分析较组织活检更为敏感,病毒性食管炎表现为溃疡,活检需取自溃疡中央和边缘部位,艾滋病患者需多点活检增加阳性率(多达 10 块组织),而对于巨细胞病毒,组织学分析较病毒培养更敏感。

三、胃

胃部肿瘤可以表现为溃疡性、息肉样、黏膜下损害或者胃皱襞肥厚，对息肉样肿块和溃疡行夹取活检是最有效的诊断方法，对溃疡边缘四点及溃疡基底部多点活检是必要的，加用刷检细胞学检查能提高阳性率。对息肉样病变也应进行活检，技术条件许可下对大于 2 cm 的息肉应摘除，术后应常规抑酸治疗。

内镜下黏膜切除术（EMR）可以用来对胃黏膜肥厚的组织取样，也可以治疗胃肠道早期癌。EMR 的切除方法是内镜下在病变处黏膜下注射液体，使病变基底隆起，然后再进行切除。早期胃癌行 EMR 术适用于经超声内镜检查肿瘤直径小于 20 mm 并局限于黏膜者。EMR 治疗后仔细观察创面是否有肿瘤残留并按时随访，切除的组织 HE 染色后，立体显微镜观察切缘的正常组织是否完整。

胃癌取材适当是取得癌组织的关键，凹陷性病变在内缘四周及凹陷的基底部取材，隆起性病变应在基底部及顶部取。重视第一块标本取材部位、增加活检标本数、尽可能深取、分散取材可提高活检的阳性率。皮革胃又称 Borrmann IV 型胃癌，不易取得癌组织而造成假阴性，镜下取组织活检时应在最可疑处取活检，有条件可行胃黏膜大块活检或黏膜切除术（EMR），以期取得黏膜下组织，不具备条件可行"隧道式活检法"，即在同一部位连续向下逐层钳取组织来明确诊断。

对于消化性溃疡、胃黏膜组织相关淋巴瘤（MALT 淋巴瘤）、潜在发展为胃癌患者，应进行幽门螺杆菌检测。镜下活检标本应取自胃窦小弯靠近胃角处。检测方法包括快速尿素酶试验、典型弯曲菌的组织学检查和培养。快速尿素酶试验具有廉价、特异性高、能在检查后 1 小时内出报告等优点，但敏感性低。标本进行组织学检查时，应注意有无炎症细胞和典型弯曲菌，细菌检查需特殊染色。若有显著炎性细胞浸润而未发现细菌时,应进行血清学检查、尿素呼气试验或粪抗原检测。近期接受质子泵抑制剂、抗生素治疗或消化道出血患者,组织敏感性较差,应在胃窦及胃体部多点活检,进行快速尿素酶试验或其他检查方法。

四、小肠

对怀疑有小肠病变的患者进行活检是必须的。内镜活检具有操作时间短,能进行多点活检的优势。弥散性黏膜病变者应在十二指肠球部远端至少取 3 块活检组织,以免误诊为 Brunner 腺。小肠活检对于精确诊断肠黏膜吸收不良综合征具有参考标准,怀疑腹腔疾病时,即使血液学筛选检查阳性,仍然需进行小肠活检。在十二指肠活检中,取自十二指肠球后的组织在一个有乳糖的检测板上进行培养,可用来检测是否有十二指肠乳糖酶缺乏症。

小肠感染性疾病的诊断组织学检查是非常重要的。蓝氏贾第鞭毛虫和其他许多原虫病原体可引起小肠黏膜炎性改变,在上皮表面发现成熟体、滋养体或其生活周期的组成部分,有助于作出寄生虫感染的特异性诊断,但需与嗜酸性细胞胃肠炎相鉴别。

对于免疫缺陷患者,如器官移植术后及 HIV 感染者,在小肠活检标本中常可发现贝氏等孢子球虫、隐孢子虫、环胞菌及微孢子等,另外,还可发现巨细胞病毒、真菌如念珠菌、组织胞浆菌和鸟-胞内分枝杆菌复合菌组。如果需要采取较大的组织标本时建议使用大的杯状活检钳,而不是传统活检钳,采取后用针把标本从活检钳上移到固定液中,而不用抖动的方式,以免丢失黏附在黏膜上皮表面的渗出液。

十二指肠肿瘤也需内镜和活检来诊断,由肿瘤大小和位置来决定选用前视或侧视内镜进行取样。33%~100%的家族性腺瘤性息肉病患者有十二指肠、空肠和胃息肉,家族性腺瘤性息肉病患者的胃息肉大多数是胃底腺息肉,没有恶变倾向,但仍需活检排除腺瘤。十二指肠息肉一般是典型的腺瘤,常发生在壶腹或周围区域。由壶腹周围腺瘤发展而来的腺癌是公认的实体瘤,它是除结直肠癌以外,家族性腺瘤性息肉病患者最为常见死因,应密切随访。虽然有个别报道十二指肠乳头部位活检并发胰腺炎的发生,但与远离乳头的十二指肠腺瘤在内镜下活检和摘除相关的并发症非常罕见。

五、大肠

内镜下肉眼看到的病变是组织病理学评价的保证,如果病变太多,应进行有代表性的活检进行组织学分析。尽管对于结肠息肉样病变的恶性潜能仍有争议,但目前观点认为结肠肿瘤与先前存在的腺瘤样息肉是密切相关的。

内镜和活检能区别不同原因引起的结肠炎,确定肠管累及的程度可有助于炎症性肠病的治疗。急性血性腹泻患者肠管获取的标本,有助于区别急性自限性结肠炎、初发或复发的慢性溃疡性结肠炎和缺血性肠炎。溃疡性结肠炎和克罗恩病是大肠癌的危险因素,全结肠炎患者一般为 7～10 年,左半结肠炎大约 15 年病程患癌危险性增加,这些患者要定期随访,内镜下常用的活检方法是在全结肠和直肠上每隔 10 cm 肠壁的 4 个象限上取活检,左半结肠炎患者应在炎症邻近肠壁取活检标本,以评估疾病范围。回肠末端的活检有助于克罗恩病、感染性回肠炎和淋巴结节性增生等疾病的鉴别。

乙状结肠镜筛查发现的小息肉应活检摘除,较大的息肉在结肠镜检查时摘除。对于慢性结肠炎合并异型增生的患者,如肿块性病变范围较大,且伴不规则狭窄时应做外科处理,结肠炎肠段发现典型的腺瘤时应摘除,其周边黏膜应活检。大肠腺瘤完全摘除后,若其周边黏膜活检正常,不需进一步治疗,但要定期随访。理论上因为息肉恶变的诊断有可能在单块甚至多块活检中漏掉,组织学活检应该依赖于整块切除下来的息肉组织，一般来说，如果大于0.5cm的息肉样病变应该完整切除下来进行组织学检查。

对于慢性腹泻患者，当肠镜下总体看起来正常时，很难确定在哪里进行活检及需要几块活检组织。慢性水样腹泻内镜和微生物检查正常时，通过组织学特征可诊断显微镜下肠炎，可曲乙状结肠镜进行活组织检查足以诊断该疾病。

六、总结

组织取样技术包括活检钳夹取、刷检细胞学、圈套摘除和细针抽吸活检（FNA）等。组织取样进行组织病理学分析，对于鉴别恶性肿瘤、炎症和感染性疾病是有益的。

（陆影颖　宛新建）

------------------ 参 考 文 献 ------------------

1. Faller G, Borchard F, Ell C, et al. Histopathological diagnosis of Barrett's mucosa and associated neoplasias results of a consensus conference of the Work Group for Gastroenterological Pathology of the German Society for Pathology on 22 September 2001 in Erlangen[J]. Virchows Arch, 2003, 443: 597-601.

2. Guelrud M, Herrera I, Essenfeld H, et al. Enhanced magnifying endoscopy: a new technique to identify specialized intestinal metaplasia in Barrett's esophagus[J]. Gastrointest Endosc, 2001, 53: 559-565.

3. Sharma P, Topalovski M, Mayo MS, et al. Methylene blue chromoendoscopy for detection of short-segment Barrett's esophagus[J]. Gastrointest Endosc, 2001, 54: 289-293.

4. Wo JM, Ray MB, Mayfield-stokes S, et al. Comparison of methylene blue-directed biopsies and conventional biopsies in the detection of intestinal metaplasia and dysplasia in Barrett's

esophagus: a preliminary study[J]. Gastrointest Endosc,2001,54:
294 -301.

5. Norton ID, Geller A, Petersen NBT, et al. Endoscopic surveillance
   and ablative therapy for periampullary adenomas [J]. Am J
   Gastroenterol,2001,96: 101 - 106.

6. Kaokkanen M, Myllyniemi M, Vauhkonen M, et al. A biopsy-
   based quick test in the diagnosis of duodenal hypolactasia in upper
   gastrointestinal endoscopy[J]. Endoscopy,2006,38: 708 - 712.

7. Wong RKH, Horwhat JD, Maydonovitch CL. Sky blue or murky
   waters: the diagnostic utility of methylene blue[J]. Gastrointest
   Endosc,2001,54: 409 - 413.

8. Okubo K, Yamao K, Nakamura T, et al. Endoscopic ultrasound-
   guided fine-needle aspiration biopsy for the diagnosis of
   gastrointestinal stromal tumors in the stomach[J]. J Gastroenterol,
   2004,39: 747 - 753.

第三章

各种内镜诊疗的质控要求

第一节 结肠镜操作的质控要求

目前,在临床工作中,结肠镜已经成为一项常见的检查项目,但其检查的质量随着检查医师的不同而有很大变化。结肠癌的检出率在内镜医生和非内镜医生之间有很大差别,即使在内镜医生之间也有所不同。最近的一项研究表明,检查时间延长时,结肠息肉的检出率明显增加。结肠镜退镜水平的高低也与结肠息肉的检出率密切相关。另外一项有所变化的是并发症的发生率,尤其是穿孔,穿孔发生率的报道变化很大,从 1/500 至 ＞1/4 000。因此,对结肠镜检查和治疗过程提出质控要求势在必行,需对包括结肠镜检查前的准备、结肠镜检查适应证、结肠镜随访时间、检查过程、检查报告、治疗过程和并发症等一系列过程提出相应的质量控制要求。

一、结肠镜检查前的准备工作

结肠镜检查前的准备工作应该包括患者病史的询问、体格检查,需询问患者的家族史和患者的基础疾病,了解有无出血倾向和麻醉禁忌证等,从而将检查治疗的危险性降至最低。而结肠镜检查医生也需熟知结肠镜检查的适应证,其相应的诊断价值,以及两次结肠镜检查的间隔时间;高危和正常人群开始结肠镜筛选检查的年龄以及随访间隔时间(表 3-1)。

目前认为,正常人群的结肠镜筛选检查于 50 岁时开始,每 10 年进行一次结肠镜检查是可行的,有证据表明,间隔 10 年检查一次结肠镜,在检查成本和结肠癌的检出率之间取得最佳平衡。通常,便纸血染、缺铁性贫血、粪隐血试验阳性以及上消化道内镜检查未见明显病变的黑便等临床表现者,均强烈提示存在结肠肿瘤或息肉。

现在已逐渐发现,结肠息肉摘除以后的患者复查结肠镜时间间隔太短。结肠中仅存在增生性息肉的患者较正常人群行结肠镜检查的间隔时间应无差别,但当整个结肠均散在多枚息肉(通常超过 20 枚)则为例外。

溃疡性结肠炎及克罗恩病患者当开始出现症状时,就必须开始随访结肠镜,若有结肠癌家族史或原发性硬化性胆管炎病史时,检查间隔的时间必须缩短。原发性硬化性胆管炎患者自诊断为无症状的溃疡性结肠炎之日起,就必须开始结肠镜的随访。仅患有溃疡性结肠炎的患者,其结肠镜随访间隔时间与正常人群相同。

和其他内镜检查前相同,知情同意书需在检查前由患者或委托人签署,且需在进行检查的同一天。知情同意书必须包括以下内容:检查的风险性、益处和其他替代方法。内镜检查的风险性主要包括:出血、穿孔、感染、镇静麻醉药物的副作用、漏诊等。

表 3-1　结肠镜检查的适应证和随访间隔时间

适 应 证	随访间隔时间
出血	
粪隐血阳性	无需随访
便血	无需随访
缺铁性贫血	无需随访
上消化道内镜检查阴性的黑便	无需随访

续　表

适　应　证	随访间隔时间
筛选	
正常人群	10 年(50 岁时开始)
有 1 位 60 岁或以上的一级亲属患有癌症或腺瘤	10 年(40 岁时开始)
有 2 位患有癌症或腺瘤的一级亲属或 1 位小于 50 岁罹患癌症或腺瘤的 1 级亲属	5 年(40 或 30 岁时开始)
小于 50 岁时即有子宫内膜癌或卵巢癌病史	5 年
遗传性非息肉性结直肠癌(20～25 岁时起病)	1～2 年
腹痛,排便习惯改变	如果初次检查未见异常,同正常人群
乙状结肠镜检查异常(大的息肉或＜1 cm 的腺瘤性息肉)	同腺瘤摘除术后
息肉摘除术后	
1～2 枚＜1 cm 的管状腺瘤	5 年
随访正常或仅发现增生性息肉	5 年
≥3 枚腺瘤或为乳头状腺瘤,≥1 cm 或为高级别上皮内瘤变	3 年
多发腺瘤或分次切除的＞2 cm 的广基息肉	根据临床发现短期内随访
癌症根治术后	未发现息肉者 3 年,否则同腺瘤随访
溃疡性结肠炎和克罗恩病,病程＞8 年的全结肠炎或＞15 年的左半结肠炎	症状出现后 20 年内每 2～3 年,20 年后每年 1 次

　　患者的肠道准备情况对检查能否完成、完成时间以及检查的准确性影响很大,差的肠道准备可延长进镜和退镜时间,并降低息肉的检出率,且肠道准备差也会明显缩短结肠镜随访的间隔时间,

可发现 5 mm 及更大的息肉作为判断肠道准备充分的指标。

因此,对结肠镜检查前的准备工作的质控要求主要在:

(1) 了解结肠镜的适应证。

(2) 知情同意书需包括结肠镜检查和治疗时可能的并发症。

(3) 合理选择结肠息肉摘除术和结肠癌根治术后结肠镜随访的间隔时间。

(4) 合理选择炎症性肠病的结肠镜随访间隔时间。

(5) 在检查报告中需描述肠道准备情况。

二、结肠镜检查过程

结肠镜检查过程的质量评定包括到达盲肠和详细检查结肠黏膜。进镜至盲肠可提高检查的准确性,减少重复结肠镜或钡剂灌肠等检查的费用,详细检查结肠黏膜可减少结肠癌的漏诊率,而发现结肠癌病变是大部分结肠镜检查最主要的目的。

(一) 进镜

观察结肠需能进镜至整个结肠,从而详细观察黏膜的变化。结肠镜进镜的目的是安全到达盲肠,即结肠镜的头端越过回盲瓣,到达盲肠,使操作者能充分观察回盲瓣近端的盲肠。由于包括盲肠在内的脾曲近端结肠的肿瘤发病率较高,因此,结肠镜到达盲肠可避免行钡剂灌肠和再次结肠镜检查。有经验的结肠镜医生顺利进镜至盲肠的成功率在 90% 以上,这也是结肠镜操作培训的目的之一,需除外因肠道准备不充分和肠道严重炎症而终止检查的一部分病例。

由于很大一部分的结肠新生物均位于近端结肠,因此,结肠镜达到盲肠有其必要性。检查报告中须注明盲肠的标志性结构——回盲瓣和阑尾开口。当不能确定是否到达盲肠时,需观察到回盲瓣的瓣膜结构或者是末端回肠黏膜的特征性表现,有经验的结肠镜医生能 100% 肯定已到达盲肠。报告中需有盲肠的照片。由于盲肠结构的变异,不是所有病例的照片均能证实到达盲肠,但在大部分病例中已足以证实,在结肠镜质控系统中也可用来评估结肠镜医生。证实到达盲肠的最佳照片是有在一定距离内拍摄的阑尾开口。末端回肠的照片如果可见绒毛、环形黏膜皱襞和淋巴滤泡,也可进一步证实。

因此,对结肠镜进镜过程的质控要求主要在于:结肠镜到达盲肠的成功率。

(二) 退镜

大部分结肠镜检查医生是在退镜时检查结肠。虽然检查非常仔细,但直径小的息肉的漏诊率非常高,偶尔也会错过直径超过1 cm的息肉。研究发现:大于1 cm息肉的漏诊率为0~6％,6~9 mm息肉的漏诊率为12％~13％,而小于5 mm息肉的漏诊率为15％~27％;另外两项大样本研究发现,结肠癌的漏诊率为5％和4％。专家建议,除外活检和息肉摘除的时间,退镜过程一般应至少6~10分钟。对于少部分在进镜时进行检查的医师来说,在结肠镜报告中应注明该种观察方式,并注明结肠镜进入直肠、到达直肠和自肛门退出的时间。报告应同时注明肠道准备情况和肠道准备不充分时对结肠镜检查医生观察的影响。

结肠息肉的检出率可评估结肠镜检查医生的水平。健康无症状大于50岁的筛选人群中,男性和女性的息肉检出率应该分别为大于25％和15％。质控检查时,腺瘤的检出率可作为评估结肠镜医生的一项重要指标,主要原因是:检出结肠中的新生物是结肠镜检查的目的所在,而部分结肠癌的发生与结肠镜的漏诊有关,而在不同的检查医生,其息肉的检出率有明显差别。因此,由某些经验并不十分丰富的结肠镜医生进行检查,可能降低了结肠癌的检出率。结肠镜医生技术的差异是结肠癌漏诊的重要因素,一项研究表明,结肠镜专业医生结肠癌的漏诊率为3％,而非专业医生则为13％。加拿大最近的一项研究表明,漏诊的结肠癌多位于右半结肠,在家庭医生或非专业结肠镜医生检查时,漏诊率更高。研究发现仔细观察皱襞、脾曲、肝曲、回盲瓣和直肠瓣的近端,可明显增加息肉的检出率。肠道准备充分、吸尽肠道液体、肠道扩张良好以及花费足够的时间进行检查也可增加息肉的检出率。退镜时间大于 6 分钟,大于 1 cm 息肉的检出率为 6.6%,而小于 6 分钟时,检出率仅为 3%。

与结肠息肉发生有关的因素主要包括:年龄和性别,结肠新生物的家族史也起一定作用。美国的相关研究发现,25%～40% 大于 50 岁的人均有结肠息肉。较大息肉的检出率与所有息肉的检出率呈正相关,因此,可以此作为适合的评估指标,结肠镜医生大息肉的检查率达到质控要求,表明其退镜技术已合乎要求,对于这些结肠镜医生来说,次要的评估指标如退镜时间等,则不再十分重要。

但对于那些息肉检出率很低的医生来说,退镜时间则是质控评估的重要指标。为测定退镜时间,需在检查报告中注明到达盲肠和结肠镜退出肛门的时间。检测低漏诊率的结肠镜医生的平均退镜时间发现,当退镜时间大于 6 分钟时,较大息肉的检出率明显升高,因此,质量控制对退镜时间提出了标准:当无肠道外科手术史时,平均退镜时间不得小于 6 分钟,但由于患者肠道长度的不同,对某些患者这些标准可能并不合适,当肠道长度相对较短以及肠道准备情况很好时,虽然仔细检查,但时间可能仍小于 6 分钟。

退镜过程中的质控要求在于:

(1)退镜时间应至少在 6～10 分钟。

(2)无症状患者息肉的检出率。

(三)活检和结肠息肉摘除术

一名结肠镜检查医生应该熟练掌握活检和结肠息肉摘除技术。黏膜病理有结肠炎改变(胶原性和淋巴细胞性结肠炎)的患者在结肠镜下的黏膜可无明显异常,需在无明显病变的结肠处进行活检方可做出该诊断。因此,所有因慢性腹泻而行结肠镜检查的患者都应行病理活检。但目前对活检部位以及活检组织的多少仍无定论。但对近端结肠进行活检有助于胶原性结肠炎的诊断。

对结肠和末段回肠进行系统性活检可帮助鉴别溃疡性结肠炎和克罗恩病,并有助于明确疾病的分级。在随访结肠镜时,需进行全面活检有助于早期发现结肠癌。有证据表明,需建立一种活检模式以增加对溃疡性结肠炎癌变检测的敏感性。这一模式包括:在结肠,每间隔10 cm,四壁分别取活检。溃疡性结肠炎随访时,在报告中需注明平坦黏膜活检部位和数量、息肉样病变的内镜下表现、活检情况和是否摘除,在隆起性病变周围的平坦黏膜最易发生异型增生,故需另外进行活检,以排除散发息肉的存在。

最近的研究报道,结肠镜检查异常的患者如结肠镜下见到瘢痕、假性息肉形成及鹅卵石样改变等,结肠癌的发生率较正常黏膜者为高,因此,结肠黏膜正常的患者结肠镜随访的间隔时间可相对延长。近年来临床应用的色素内镜和靶向活检对异型增生的检出率较一般活检为高,但仍需进一步的临床研究进行评价。

常规结肠镜检查时发现息肉一般应由同一的检查医生进行息肉摘除。但是,对于有一定难度的息肉,应由更有经验的结肠镜医生进行息肉摘除。有经验的内镜医生能摘除大部分小于2 cm的无蒂息肉,因此,这类息肉很少进行外科手术切除。但在某些病例,由于息肉的部位不适合切除,由有经验的内镜医生进行操作更加可行。

质量控制要求对于需外科手术切除的息肉需在检查报告中提供照片。在外科手术切除前,应由有经验的内镜医师会诊进一步明确外科手术切除的必要性,当确定需外科手术切除时,应提供息肉内镜下的照片和大小以及病理诊断。

三、并发症

结肠镜检查越来越普及,因此,减少其并发症的发生率也越来越重要。结肠镜检查的知情同意书需包括 4 种类型的可能副作用：穿孔和随后可能需要外科手术进行修补；遗漏大的新生物；息肉摘除出血；通常与镇静药物有关的心肺功能障碍。

穿孔是结肠镜检查时和检查后短期内最严重的并发症，其中约有 5% 可有致命。穿孔的发生率目前仍有很大差别，无症状普查患者时穿孔的发生率非常低，其原因主要是一般没有可能导致穿孔的基础病理情况如假性肠梗阻、缺血性肠病、严重的结肠炎、放射性肠炎、肠腔狭窄、菜花型结肠癌、肠憩室病、长期激素治疗等。穿孔一般有两种类型，诊断性穿孔一般发生于结肠镜进镜时，通常在直乙结肠区强行进镜所致的机械性损伤，一般在肠壁造成撕裂伤，在检查时即可发现，此外，结肠充气过度也可造成气压伤，从而引起机械性穿孔。气压伤穿孔是盲肠内气体压力过高所致，通常在结肠镜通过狭窄部位后发生，或是回盲瓣关闭的严重的结肠憩室病。进镜时尤其是在穿过狭窄部位后谨慎充气，以二氧化碳代替空气，确保充气泵在肠腔内压力超过结肠壁所能承受的压力时停止持续充气状态等措施可避免气压伤所致的穿孔。在结肠镜试图通过良性或恶性狭窄时也可发生机械性穿孔。避免机械性穿孔最主要的原则是在感觉抵抗严重时勿强行进镜。肠腔充盈欠佳的患者需检查腹部充盈情况，以早期发现穿孔，在通过结肠狭窄部位后，需小心充气。有机械性狭窄的患者在检查后易出现结肠的明显扩张，且很难自行排气，此时应密切观察或在内镜下进行排气。通过狭窄部位时需小心谨慎。导丝引导下更易通过狭窄部位，对周围黏膜的损伤也较小。换用小儿结肠镜或上消化道内镜可有助于通过狭窄或明显扭曲变形的部位。

结肠息肉摘除后由于电灼伤也可发生穿孔，近端结肠大息肉摘除后最常发生穿孔。现在，内镜医生在息肉摘除时常在黏膜下层注射生理盐水，虽然对何种息肉需行黏膜下注射仍无定论，但在实验研究中发现，黏膜下注射可减少对黏膜固有层的电灼伤，但随机临床研究并未证实这一点。结肠镜医生应熟练掌握黏膜下注射生理盐水这一技术。

无对照的研究提示，热活检钳夹的应用增加了并发症的发生率，活检钳夹摘除息肉降低了息肉的根除率。冷圈套器套扎而不用电凝可完全摘除小的息肉，而并发症发生率极低，套扎后可引起即刻出血，但通常无临床意义。

出血是结肠息肉摘除术最常见的并发症。出血可分为两种，即刻息肉摘除术中出血和延迟出血。通常电切或混合电流与即刻出血的发生有关，而单纯低电流电凝治疗却使延迟出血的发生率增加。在临床实践中，应用电凝或混合电流很常见，而单用电切治疗息肉很少。内镜下息肉摘除术的出血发生率应低于1%。如果发生率大于1%，需由专家或相关机构进行质控检查，以明确息肉摘除技术是否合乎规定。通常，出血的发生与息肉的大小和部位有关，近端结肠的息肉摘除时，更易出血。近端结肠大于2 cm的息肉摘除后出血的发生率可能大于10%。黏膜下注射肾上腺素可减少即刻出血的发生，但对延迟出血无预防作用。低电流电凝所致的即刻出血发生率很低，且有经验的内镜医生可完善处理即刻出血，因此，在黏膜下注射中无需使用肾上腺素。很多专家都倾向在摘除宽蒂息肉前在息肉根部预先注射肾上腺素，或用可放式圈套器套扎治疗。两项研究证实了可放式圈套器治疗的益处。通常，非手术治疗可止住大于90%的结肠息肉摘除术后出血。内镜下可有效处理摘除术后即刻的出血，很少需要外科手术干预。宽蒂息肉摘除后其根部有即刻出血时，可在内镜下套扎根部10～15 min可使出血动脉收缩，从而起到止血的作用。此外，也可用钛夹或注射肾上腺素后多极电凝治疗止血。

延迟出血通常有自限性。当患者有其他基础疾病或离医院很远时，应住院观察。对出血已停止的患者重复行结肠镜检查是可行的，但需由内镜医生慎重决定。持续排出新鲜血液时一般为动脉出血。重复结肠镜检查可不用再肠道准备。治疗通常应用钛夹或多极电烧灼联合注射。多极电烧灼治疗通常电流要小。结肠息肉摘除后出血部位包括明显的血管活动性出血、无明显出血的血管、有或无出血的血凝块。反复出血发生极少。

当患者存在某些基础疾病时，结肠镜检查和息肉摘除术的危险性增加，因此，在进行术前准备时，需进行系统评估，需对影响术中镇静药物使用和手术并发症的危险因素进行检查，其中，心肺功能尤为重要。对心肺功能存在问题的患者可减少镇静药物的剂量并进行术中和术后的心电监护。结肠镜的活检和息肉摘除术引起菌血症的可能很小，但在存在罹患心内膜炎危险因素时，可预防性使用抗生素，术前单剂量应用抗生素即可。肝硬化腹水患者行结肠镜检查后穿孔可引起腹膜炎，因此也可预防性使用抗生素，在装有人工关节或矫形假体的患者并不需要预防性使用抗生素。华法林的抗凝治疗与息肉摘除术后出血有关，但与活检后出血无关，因此，在围手术期时需注意在抗凝和血栓形成之间保持平衡。

质控要求：

（1）100%病例在结肠镜治疗前有知情同意书。

（2）知情同意书中需注明 4 种并发症。

（3）镇静药物不良反应的发生率低于 1%。

（4）严重不良反应的发生率＜1/300。

（5）息肉摘除术后穿孔的发生率＜1/100，筛选检查时的发生率＜1/2 000。

（6）降低息肉摘除术后出血的发生率。

四、总结

结肠镜检查的有效性依赖于高质量的操作，而适当地应用结肠镜检查可降低结肠癌的发病率和死亡率。结肠镜检查统计结果的差异提示，进行完善良好的质量控制可帮助结肠镜医生掌握更好的结肠镜技术、完善检查报告、安排合适的进一步辅助检查,以改善患者预后。

(徐 刚 刘 枫)

参 考 文 献

1. Minoli G, Meucci G, Bortoli A, et al. The ASGE guidelines for the appropriate use of colonoscopy in an open access system[J]. Gastrointest Endosc,2000,52：39 - 44.

2. Mysliwiec PA, Brown ML, Klabunde CN, et al. Are physicians doing too much colonoscopy? A national survey of colorectal surveillance after polypectomy[J]. Ann Intern Med, 2004,141：264 -271.

3. Higuchi T, Sugihara K, Jass JR. Demographic and pathological characteristics of serrated polyps of colorectum [J]. Histopathology,2005,47：32 - 40.

4. Froelich F, Wietlisbach V, Gonvers JJ, et al. Imjpact of colonic cleansing on quality and diagnostic yield of colonoscopy：the European Panel of Appropriateness of Gastrointestinal Endoscopy European Multicenter Study[J]. Gastrointest Endosc, 2005, 61：378 -384.

5. Rabeneck L, Souchek J, El-Serag HB. Survival of colorectal cancer patients hospitalized in the Veterans Affairs Health Care System[J]. Am J Gastroenterol, 2003,98：1186 - 1192.

6. Rex DK. Still photography versus videotaping for documentation of cecal intubation：a prospective study[J]. Gastrointest Endosc, 2000,51：451 - 459.

7. Rex DK, Rahmani EY, Haseman JH, et al. Relative sensitivity of colonoscopy and barium enema for detection of colorectal cancer in clinical practice[J]. Gastroenterology,1997,112：17 - 23.

8. Bressler B, Paszat LF, Vinden C, et al. Colonoscopic miss rates

for right-sided colon cancer: a population-based analysis [J]. Gastroenterology,2004,127:452-456.

9. Robertson DJ, Greenberg ER, Beach M, et al. Colorectal cancer in patients under close colonoscopic surveillance[J]. Gastroenterology, 2005,129:34-41.

10. Sanchez W, Harewood GC, Petersen BT. Evaluation of polyp detection in relation to procedure time of screening or surveillance colonoscopy[J]. Am J Gastroenterol, 2004,99:1941-1945.

11. Rutter M, Saunders BP, Wilkinson KH, et al. Cancer surveillance in longstanding ulcerative colitis: endoscopic appearances help predict cancer risk[J]. Gut, 2004,53:1813-1816.

12. Woltjen JA. A retrospective analysis of cecal barotrauma caused by colonoscope air flow and pressure[J]. Gastrointest Endosc, 2005, 61:37-45.

13. Deenadayalu VP, Rex DK. Colon polyp retrieval after cold snaring [J]. Gastrointest Endosc,2005,62:253-256.

14. Hurlstone DP, Sanders DS, Cross SS, et al. Colonoscopic resection of lateral spreading tumours: a prospective analysis of endoscopic mucosal resection[J]. Gut, 2004,53:1334-1339.

15. Rex DK, Petrini JL, Baron TH, et al. Quality indicators for colonoscopy[J]. Gastrointest Endosc, 2006,63:S16-S28.

第二节 结肠镜教学和培训的基本要求

光导纤维内镜自1957年问世以来发展迅速,因其能直接观察胃肠道黏膜,已经成为胃肠病学科诊断、治疗及科研的重要工具。其中结肠镜检查在诊断和治疗直肠-结肠疾病中具有重要作用,对于从事胃肠病专业研究的人员,掌握结肠镜操作技术既是内镜继续教育的一个重要组成部分,又是临床工作不可缺少的主要内容。

2004 年美国的统计资料显示结肠镜检查数量超过 1 400 万例/年。2001 年上海地区的结肠镜检查数量达到 4 万例/年。国内具有资质的结肠镜专业医生或护士的数量仍然是相对不足的,与逐年增加的结肠镜检查数量和质量要求相矛盾。此外,由于不同地区、医院等级、培训和考核机制不健全等因素影响,造成重复检查和延误治疗、漏诊、误诊率增高、安全性降低和并发症增高及医疗资源浪费等现象出现。因此,需要建立安全的、准确的和完整的结肠镜培训和教学体制,对于结肠镜检查和治疗在国内的开展、普及和发展具有深远的意义。

一、结肠镜培训教学机构和人员

(一) 结肠镜培训教学机构

一般以具有培训或教学资质和设备的医院内镜中心为结肠镜培训和教学的场所,并可成立相关机构,配备必需的仪器设备、教学人员和辅助人员、专业和完整的培训流程及培训后的技能考核和认证。结肠镜培训和教学单位必须拥有一定数量的电子结肠镜、显示器、电脑和录音录像设备。同时必需配备有用于结肠镜操作教学的模型和模拟操作流程的模拟器,它们是早期结肠镜教学过程的一项重要工具,能帮助监督和指导结肠镜实践。建议每个单位至少有 2 位特定的专业结肠镜培训教学医师(以下简称结肠镜教师),并以他(她)为培训教学核心分别成立教学组(team);每组设定 1 或 2 个专门的培训课程。英国消化内镜学会要求结肠镜培训教学机构必须每年至少完成 300 例以上结肠镜检查。此外,理想和正规的结肠镜培训单位同时应具有下列相关的人员:有资质的结肠镜专业护士,结肠镜培训教学记录员和结肠镜专业技术人员。

结肠镜培训和教学单位需建立相关的结肠疾病的病理学教学资料图库(包括病理载玻片、结肠疾病病理图像)和结肠镜影像资料(图片、照片、CD/DVD),它们是结肠镜教学的宝贵资源,对于演示和说明结肠镜操作技术和方法是有价值的。这些资料主要用于辅助培训,尤其在教学的早期,能提供直观的、视觉上的指导;同样,对于一位结肠镜学员来说,不可能在培训或教学过程中接触到所有的治疗方法和病理学疾病,因此主要通过这些资料来完善结肠镜疾病诊断学和治疗学。

在某些无相关体制和经验的国家和地区,建立和认证结肠镜培训教学单位是一项困难的工作。包括建立统一的内镜监查、审核机构或组织、团体;建立内镜考核认证机构;制定考核认证流程、规范和标准等等。申请结肠镜培训教学单位的过程对于该单位是利弊兼有的。例如,建立结肠镜培训单位必须达到相应的标准,如必须具备一些现代的设备,那么推荐者可通过它获得资金用于改建、完善本单位的内镜设备,因此认为建立结肠镜培训单位,可以提高该单位的学术影响和水平、增进与同专业领域人员的交流、缩小不同国家地区之间的差异,对于医疗单位和内镜从业人员都产生积极的影响。

结肠镜培训单位的教学水平,都将以它所培训出的结肠镜学员的技能水平为评判标准,通过培训中心的权威专家或审核机构对学员进行评判考核,给出鉴定意见并反馈给相关机构和单位,从中可区分培训单位的教学质量。一般有资质的、具有优良教学经验的培训单位,往往容易培训出大量优秀的学员。经鉴定符合优质的培训单位,可通过人员交流和媒体网络等宣传途径,在该地区产生一定的影响力。同样,也建议学员在培训期间可以尝试加入不同的培训单位学习。如果整个地区都接受和欢迎培训的风气,那么结肠镜实践和培训的标准往往也可达到高度一致。最后,必需认同的是培训单位必须具有高度的教学职责,保证对学员提供优质和专业的培训,在培训末期提供学员技能评估鉴定也是必要的。

(二) 结肠镜培训教师

结肠镜培训教师通常是严格从专职担任结肠镜检查和治疗工作并且达到一定水平的内镜专业医生中选拔出来的。结肠镜教师的确认和结肠镜培训单位的确认是同等重要的,但两者又是密切相关的。在理想的情况下,所有结肠镜教师需参加专业的结肠镜培训和教学课程的培训,并颁发具有结肠镜培训和教学资格的证书,才能被允许带教学员。目前国内外的内镜学会正越来越重视这方面的工作,例如英国在完善结肠镜培训体制方面就做得比较先进,值得我们借鉴和学习。

结肠镜教师必需熟练掌握结肠镜诊断和治疗的专业知识和技术,同时当学员在结肠镜学习过程中操作失败时,教师必需有能力接替和完成结肠镜操作。要求对结肠镜教师进行定期严格的考核,考核内容包括结肠镜操作技能评估(包括完成率、完成时间、患者舒适度和并发症),结肠镜培训的成功率和方法等。但是,评判一个结肠镜教师的优秀与否,不能片面地强调其教育资格或操作能力,一个好的教师最可贵的是能否抓住基本的教育技巧。好的教师有显著的特征:首先,他们有强烈的让学员学习的愿望;第二,他们坚持基本的原则和设定特定的目标;第三,他们能认识到结肠镜技巧是多维的,始终保持有耐心和积极性;最后也是最重要的,他们会给出正面的反馈和正确的评估。

当面对掌握一种新的技能时,大多结肠镜学员是无意识无能力的;大多结肠镜教师是无意识有能力的。然而,紧接着结肠镜教师需因此重新定位和定义自身结肠镜实践和经验的每一步骤,逐渐变成有意识有能力的,从而引导学员从有意识无能力到达有意识有能力的阶段。上述过程是技能培训教学过程的一个基本步骤。

(三) 结肠镜学员

结肠镜学员可能来自不同的地区和部门,学习结肠镜前他

(她)们可能从事不同的专业,主要包括胃肠病学内科医生、外科医生、影像学医生和护士。学员往往有不同的基础专业知识、期望和目标,但重要的是,每个学员培训结束都将从事或参与结肠镜方面的工作,并将培训所学的专业知识和技能应用于将来的工作实践中。

由于消化内镜的专业性较强,往往对参加内镜培训的学员有一定的要求。一些国家(如巴西和美国)要求医学院学生在学习期间就掌握消化内镜知识,并将内镜知识加入到胃肠病学科的终末考试中;另外一些国家(如澳大利亚和英国)要求只有在胃肠疾病专科工作数年后的人员,才有机会进一步培训消化内镜专业知识和技能。由于结肠镜技术的特殊性,不同的国家和地区对挑选结肠镜学员的要求也不同。许多培训单位同时进行上消化道和下消化道的内镜培训,而有些单位仅对已经掌握了上消化道内镜技术的人员进行结肠镜培训。国际内镜学会认为两者之间没有优势差异,如果学员已经掌握了基本的器械操作技巧,则可以较早就开始结肠镜培训。

在我国,随着消化内镜的广泛开展,已经初步形成了一个完整的体系。结合我国的具体国情和医疗环境,一般挑选出的结肠镜学员来自从事消化学科的医生和消化内镜护理人员,并具有相关的理论和基础知识。大多培训单位也是对已经掌握胃镜技能的优秀学员,进一步予以结肠镜培训;少数因特殊情况或工作需要,直接对学员进行结肠镜培训。

二、结肠镜培训教学流程和基本要求

1971 年 Wolff 和 Shinya 首次报道了用可曲式纤维内镜首次对结肠做了完整的检查。接着出现了电子内镜,原理是采用电荷耦合器件和四路顶端操控;能在高清晰电视(HDTV)上产生放大的图像,分辨率是一般的电视影像 4 倍以上;同时内镜仪器能注气、吸气/水、通过工作槽插入活检钳或圈套器。电子结肠镜操作过程是利用可屈曲的内镜(头端有一小的摄像头),在直视的情况下逐渐进镜,从肛门直肠进入结肠,一直到达标志性的阑尾开口或回肠末端,然后逐渐退镜并观察结肠黏膜的一系列完整的过程。目前结肠镜检查已经成为诊断结肠直肠疾病的金标准。

(一) 结肠镜培训教学的基本要求

任何结肠镜培训课程或计划的目标都是对学员提供最大程度的帮助,使学员能胜任安全、完整、准确地独立完成结肠镜检查,达到或完成 90%以上的盲肠插管率,最大程度仔细地观察结肠黏膜,同时必需综合考虑患者舒适和安全因素。结肠镜培训内容必须同样包含有结肠-末端回肠的病理学知识和结肠镜治疗的理论和实践。随着培训的进行,所有的学员必须尽可能广泛地接触所有关于结肠镜诊断和治疗的操作,包括结肠出血治疗、狭窄扩张治疗、不同的内镜操作和一些先进的技术,如黏膜标记、止血夹使用、黏膜染色、EMR 和支架术等。

1993 年 Marshall 等报道熟练的内镜医生能够达到 90%的回盲部插镜成功率。然而,结肠镜操作时间和达到回盲部的成功率主要依赖于内镜医生的专业技能水平。2005 年 Harewood 报道高水平内镜医生(往往从事结肠镜工作超过 9 年者)可达到 94%以上的回盲部插镜率;而新手(一般结肠镜操作<200 例/年)仅能达到 88.5%。目前对结肠镜培训的要求也是希望学员尽可能达到 90%以上的回盲部插镜率,这也不是一朝一夕能达到的,需要学员逐步累积实践经验才能完成。

对于结肠镜培训期间参与和完成的操作数量,也有一定的要求。在英国要求参加结肠镜培训的学员,每年最少参与 100 例以上结肠镜操作,培训的首个 2 年最少要完成 200 例结肠镜操作。按具体的情况,大型的培训单位有较多的结肠镜学员,则要求达到数倍于上述要求的结肠镜操作数量;而参加短期培训的学员则必须增加全年结肠镜操作数量。

培训教学方法可借鉴外科实践教学法。在外科实践时，多年来采用4步教学法：① 用正常的速度，教师按步骤做示教示范；② 伴有详尽完整的解释说明和解答学生问题，教师做示教示范；③ 带着学生，由教师示教，描述每一步骤和关键内容时解答疑问，教师提供必要的校正；这一步必须持续到教师认为学生已经充分理解了操作并满意为止；④ 在操作前学生描述每一关键步骤，然后学生在密切监督下实施操作。这一方法可以应用和借鉴于结肠镜教学的很多情况中，如旋镜操作、减少襻产生或回盲瓣插入，最终使学员能逐步掌握结肠镜操作的基本动作(包括找腔，跟腔，滑进，定位，拉镜，结圈，防襻和变换体位)。

良好培训效果的基础是学生和教师的相互关系。重点在于教师的预期和鼓励，可使学员快速达到成功，甚至超越学员个人的目标。教师在教学时，应根据不同的阶段、课程和内容，采用不同的方法。如结肠镜实践教学初期，采用边点评边示教是很重要的；但此后当学员独立操作时，应尽量少用，仅在特殊操作时采用。而对学员而言，学习的过程是循序渐进的，也应该根据不同的时期、课程而采用不同的方法，如新手开始实践操作时，必需尝试跟随示教的步骤，学会自己解决问题；在培训阶段尤其是实践初期，要求学员保持详细记录培训过程的习惯，记录结肠镜操作经验体会，包括盲肠和末端回肠的插镜率，遇到的病理疾病和操作过的治疗及过程，这将为学员增长经验和专业知识提供一份永久的记录。这些初级的基本训练，会成为一座今后通往结肠镜实践的桥梁。

最后，所有消化内镜培训都应该建立在一个多学科的环境中，综合内科学、外科学、病理学和放射学知识，才能更好地理解和掌握结肠镜技能。因此定期组织多学科的讨论或会议，交流经验和分享成果，对于提高结肠镜培训质量很有价值。

（二）培训教学流程和内容

1. 培训初期

在一些国家,参加结肠镜培训前需先进行基础的结肠镜或消化内镜技术教学。课程中主要提供器械结构和功能,清洁消毒和该检查的适应证、禁忌证和并发症等相关知识的介绍。任何结肠镜操作培训课程都应包括:安全镇静、镇痛的原则,预防性使用抗生素指征,患者知情同意书和电热疗法的理论和实践。在结肠镜培训实践前,建议培训单位组织一些正式的结肠镜专业知识和技能方面的讲解和视频课程,包括结肠镜的发展历史、结肠镜的构造原理、结肠-末端回肠解剖学和病理学、结肠-末端回肠内镜下特征、结肠镜检查及治疗适应证、禁忌证和并发症、结肠镜操作的基本原则、注意事项和不同的插镜方法介绍、结肠镜治疗学方法。

要求学员通过这些课程学习,初步了解和认知结肠镜技术的理论知识,为以后的实践教学课程打下扎实的基础。根据以前的经验,这些课程传输的信息常常只有到实践教学中,才能更深刻地被理解和掌握,尤其是结肠镜治疗操作如活检、息肉切除术等更是如此。因此,建议教师和学员在实践活动后,定期地复习和回顾视频资料或文本,加深记忆和理解。

2. 培训中期

培训中期,主要是掌握基本的器械操作技能和实践阶段。美国消化内镜学会建议在实践教学早期,无论是在模型、模拟器或患者身上进行实践操作,教师应该对学员一对一教学。掌握结肠镜实践技能需要长期的过程和高度的重视,中间可以有短期的间断。

先进的结肠镜培训单位,早期可通过教学模型或模拟器来帮助学员学习基本的结肠镜操作技能和流程,而避免在患者身上直接开始结肠镜操作。在模型或模拟器上实践,或使用特殊的位置成像器是很有帮助的。成像器可使学员自己感觉镜子进退与镜子在屏幕上实际方位之间的联系,对于识别襻和避免或处理襻有重要的帮助。在模型或模拟器上实践,也可对学员感受旋镜操作和避免乙状结肠成襻起到帮助作用。

模拟器或成像器目前尚未在临床实践中广泛应用,大多数关于结肠镜操作基本要领和注意事项还是将在患者身上的实践操作中得到体会和巩固。当患者参与时,他们的舒适和安全是首要的,良好的沟通将缓解焦虑和减少不适。患者需被告知,得到患者的赞同和知情同意书,并作视频记录。挑选合适的患者是很重要的,必须尽可能避免失败的风险。这也不是说仅挑选那些做过乙状结肠切除术的患者,但患者既往有过腹部、盆腔外科手术,或既往有过失败的结肠镜检查者不适合,需排除。当教师对学员达到一定的满意度时,可尝试让学员独立完成完整的结肠镜检查。教师需密切观察和提供指导,但避免代替操作,我们称为"袖手旁观教学"。教师需尽量避免学员产生害怕失败或怕丢脸(在新手中很常见)的行为,建议安排有丰富经验的护士或技术员辅助学员插镜。

因为结肠镜教学,着重于完成有序的准确的一系列结肠镜动作,包含操纵旋钮,顺时针或逆时针旋转退镜解襻,改变患者体位和按压腹部等,所有动作都是建立在学会对器械的"感觉"来完成的。教师在这一阶段,应注重于给学员提供频繁和及时的反馈意见,包括肯定称赞正确的操作和对学生错误的地方讲解正确的操作要领。如果学员仍不能进步,教师应鼓励他复习回顾视频教材或文本,从中选择最适合的动作,而不是告诉他怎么做。每次当学生做完较生疏的操作后,立刻给予点评(注意哪些做得好的地方,哪些需进一步改进等)是可取的,同时也将在学员脑海中留下深刻的印象。当学员遇到操作失败、患者不能耐受或需立即予以治疗等情况而对学员是困难的时候,需教师替代其完成结肠镜操作或需完成特别的操作,建议学员将镜子充分退出并在教师指导后再尝试让学员进镜,但前提是必须保证不增加患者不适和并发症,否则建议由教师替代完成。成人学习过程中建立反射是很重要的,所以,记录操作过程,随后播放(没有教师的情况下)是很有用的。当学员的经验增加后,他们可能接触到大量的疾病和治疗性结肠镜操作,但那些基础的结肠镜教学原则仍是相同的。在教师和学员之间建立一种密切的关系,给予有规律、基本和前瞻性的反馈是很受欢迎的。

3. 培训后期

培训后期,往往是学员经验的累积和技能的成熟阶段。这一时期,往往不强调教师必须密切地一对一教学或监督。教师可以和学生在同一操作室内,或邻近的操作室。但学员进行难的和新的(相对于学员来说)治疗操作,需教师始终在场并密切监督。当学员需要进一步培训儿科结肠镜检查时,英国内镜学会建议,至少要进行 50 例有监督情况下的 12 岁以下患者的结肠镜操作,才能开始撤除教师监督,让学员独立操作。

在培训后期的任何阶段,都可以对学员的操作技能或水平进行鉴定,并可对其达到的技术水平做出标记(如可对学员的下列能力做评分:旋镜,或识别和解除襻)。以前结肠镜培训完成,建议仅以完成的结肠镜数为考核标准。目前认为,仅用数量来衡量是否胜任结肠镜是不明智的。英国推荐,当学员已经完成连续 100 例结肠镜操作,且达到 90% 的阳性盲肠插镜率,可认为培训合格。但对于结肠镜操作来说,由于受多种因素干扰和影响,因此建立一组严格的公认的考核标准是必要的。完成率当然仅是结肠镜专业技能的一个指标,准确性、舒适度和无并发症同样重要。在培训的最后阶段,要求学员必须对基本的治疗性操作和结肠、末端回肠病理也有全面的掌握,但这可以因培训要求和目标而异。

非正规的培训或教学可能会出现,教学支持在学员操作不成熟时就撤除,或在教学进程中突然中断造成灾难性的后果。因此建议,当学员操作水平能逐步达到上述胜任水平时,教学进程才能逐渐地撤除或终止。

(三)结肠镜培训中模拟器的应用和发展

现代的模拟器应用,可在培训时避免患者接受延长和痛苦的操作,减少在学习过程中在患者身上操作的数量。模拟器能精确地复制实践过程,探索选择的过程,有相适应的软件,可增加对病理学的认知和治疗技术等方面的研究。新的模拟器甚至可容易地评估肠黏膜被检测的百分率和遗漏的病变数量;尤其能教会学员谨慎仔细地退镜,避免遗漏病变。精益求精的模拟器目前尚没有,仍需对它们的价值做详细的评价,但它们不容置疑是今后的趋势,最终将用于先进的培训、评估和认证,并用于优化培训资源。

辅助医学培训而使用的模拟现实(Virtual Reality,VR),即用户可以与模拟现实交互,近年来发展迅速。VR模拟器通过程序设计,使计算机形成三维互动界面,达到操作者与计算机的双向感应。操作者可以实时对计算机产生的脚本积极调整。模拟器程序对医学培训可起到两方面的帮助作用:辅导和面试技巧,获取技术技能。最初的技术-技能模拟器集中于对医学生和住院医生的培训,随着VR的发展,目前VR模拟器已转而集中于对医生技能的评估。近年来VR训练器广泛应用于外科领域,也逐步应用于可曲式内镜、膀胱镜、腹腔镜等检查的培训。随着近年来推出的多种内镜模拟器,VR技术在内镜学领域走在前沿。作为一种教学工具,VR技术的潜在优点是无穷的。模拟器最终能为内镜培训提供一种更安全、有效和成本效率更佳的环境。除了作为一种教学工具的作用外,也考虑将VR模拟器应用于测试水平。由于VR模拟器被用于资格测定,它的构造必须是合格的。模拟器必须能区分医生的不同技能水平,并且能提供一种准确的机制用于对操作者的操作评分。2002年Ferlitsch等首次研究设计了消化道引导可曲式内镜检查构造,将复杂的程序设计数据点收集后分析,可显著地区分有经验的和初学的操作者。2005 年 Felsher 等也进一步证实,消化道引导可曲式内镜检查构造是有效的,在有经验的和初学的队列中显示有显著的操作差异。

三、结肠镜培训考核和认证

既往的结肠镜技能培训和考核往往是建立在以患者为基础的传统方式上,忽略了患者的安全风险和舒适。近期随着医学进步,将计算机与离体动物模型结合建立模拟器,并将其应用到结肠镜的培训和考核过程中。尽管近几年出现的一些模拟器改进了结肠镜培训方法,但它们对结肠镜操作技巧的考核和认证仍意义不大。目前的结肠镜认证评估方法是自然形成的,因不同的学习、教学人员和患者的参与而产生较大的主观差异,且需要监督很长时间才能做出分级评判。因此,很多机构和学者都在探寻新的具有客观性、可复制性的结肠镜技能评估法,能代替在患者身上进行结肠镜操作的考核方法。2007 年美国学者 Robert 等研究出以离体牛结肠为动物模型基础的结肠镜操作模拟法,可良好地反映实际结肠镜操作技能,易于细分结肠镜操作水平的等级,尤其显著的是,个体模拟插管时间与实际患者插管时间有显著相关性。因此推测该模型可作为一种有效的结肠镜技能考核与认证的工具。值得一提的是,Robert 等为结肠镜模拟操作技能评估制定了一组参数,用于等级化结肠镜操作技能(表 3-2),这一系列指标能直观反映和量化结肠镜操作技能,可推荐应用于结肠镜学习人员的培训技能考核或认证结肠镜资格。但它们不能反映结肠镜检查中对病理学疾病的认知技能。Robert 提出了进一步的研究工作将开发一些新的模拟器,能复制出部分肠道疾病,用于考核结肠镜学习人员识别疾病和判断何时终止困难的结肠镜检查的能力。

表 3-2　结肠镜操作考核认证技能指标

考核指标	单位
成功盲肠插管率	%
最大插管深度中位数*	1～8
到达直乙连接;脾曲;肝曲;盲肠时间	分钟
到达最大插入点时间	分钟
从盲肠退镜时间	分钟
到达盲肠镜身长度	cm
直视黏膜率	%
黏膜检查质量**	1～8

*最大插管深度中位数 1～8 代表直肠、乙状结肠、降结肠、脾曲、横结肠、肝曲、升结肠和盲肠。

**黏膜检查质量 1～8 代表镜子损伤黏膜强度。

四、单人操作法的培训和要求

结肠镜的插入方法分成以日本学者田岛为代表的双人操作法和以美籍日本学者 Shinya(新谷)为代表的单人操作法两大派系。单人操作法略后于双人操作法,由美国兴起,时至今日从理论到操作技术都日趋成熟和完善。单人操作法,由于术者可以随时感知插镜中的阻力,只要不盲目推进则具有极大的安全性;由于随时缩短肠管,不使肠管过度伸长和反复抽吸肠内气体,既可避免延伸肠管、加剧弯曲和结襻,又可使肠管缩短和直线化,不仅有利于快速进镜而且也可减轻或避免腹胀和疼痛,以至熟练者可以在 2～10 分钟内毫无痛苦地送镜达盲肠。目前单人操作法在国际上成为结肠镜插入法的主流趋势已成定局。我国从 20 世纪 70 年代初开展结肠镜诊疗技术以来,一直是双人操作,由助手依术者的提示进退结肠镜;术者只调节上下左右角度和旋转镜身,部分地参与退镜操作。80 年代后,逐渐有少数结肠镜医生开始尝试单人操作法,但仍不成熟,主要由于在结肠镜培训和教学方面单人操作法培训仍占少数。

1997年,由日本学者工藤进英主编的《结肠镜插入法》中提到日本的结肠镜单人操作法培训方法和概况,可用于国内借鉴和参考。

(一) 结肠镜插入水平和等级划分

根据"轴保持缩短法"将结肠镜插入的水平划分成5级水平(表3-3)。

表3-3　结肠镜插入水平和等级划分

水　平	应用"轴保持缩短法"的插入阶段	等　级
1级	毫无概念,停留于循腔进镜法	初级者
2级	以推进法为主,当内镜前端通过脾曲后开始进行缩短操作	
3级	能够控制内镜,当内镜前端到达降结肠后进行缩短操作的插入阶段	中级者
4级	不形成襻曲下通过SD移行部,全程应用"轴保持短缩法"	高级者
5级	最高级别,内镜插入时无多余动作,1~5分钟能够插入盲肠	

根据内镜插入的技术水平划分和定义不同等级的人员,在结肠镜操作时有严格的要求和区分。

1. 初级者

指那些将要开始或已经从事结肠镜检查不久的医生,往往检查例数小于300例,回盲部插入成功率处于不稳定状态。此阶段的目标是对肠道走行简单的患者,能够确实地将内镜插入盲肠。处于1级水平者,只允许将内镜插入到乙状结肠;处于2级水平者常给患者造成痛苦,应使用较柔软的结肠镜和采用α襻法插入。

2. 中级者

一般来说相当于检查例数超过 300 例以上,对于结肠走行规律的患者能够确保插入成功,但仍有约 1/3 患者插入较困难。此阶段的目标是对 90% 以上的患者能够顺利进行全结肠镜检查。处于 3 级水平者常会给患者带来痛苦,应尽可能不用 α/N 襻法插入;4 级水平者,应使用较硬的结肠镜和开始就应以乙状结肠的缩短为目标。

3. 高级者

指在短时间内确保 95% 以上的患者都能进行全结肠镜检查的医生,但即使达到高级者,当遇到有腹部手术史或乙状结肠冗长的患者都需要花费一定时间,即 C 型走行乙状结肠的插入手法尚未达到熟练程度。此阶段目标是对几乎所有病例都能在 5 分钟左右,最长 10 分钟以内抵达盲肠,提高轴保持缩短法的精度和可靠性。

(二) 结肠镜培训规划

日本设定的结肠镜培训的规划分 5 阶段(表 3-4)。一般来说,培训中心(即胃肠镜中心)对初学者的培训是按照以下步骤进行的,第一个月见习,第二个月从事健康检查的乙状结肠镜检查,第三个月进入全大肠镜的检查阶段(结肠镜检查每天进行)。全结肠镜检查要求在规定的 10 分钟内完成,超时就要移交给高级者。

表 3-4 结肠镜培训规划表

第 1 阶段	见习高级者的操作,图像记忆训练学习,结肠疾病诊断及结肠病理,内镜下形态基础知识
第 2 阶段	进行乙状结肠的内镜检查,了解其基本技术,早期大肠癌诊断学的实施
第 3 阶段	开始进行全大肠内镜检查及其基本技术的实践,以 10 分钟为限,超时由高级者替换

续　表

第 4 阶段　进行全大肠内镜检查,应用基本技术,进行热凝固及息肉切除
　　　　　的实践

第 5 阶段　进行全大肠内镜检查,行内镜下黏膜切除术(EMR, EPMR)等
　　　　　内镜的治疗

　　注:1. 全部过程应在高级者的指导监督下进行。
　　　　2. 对所有内镜下切除及术后标本均行病理诊断,并与内镜诊断对比研究。

(三) 结肠镜检查培训要求和注意事项

　　1995 年日本的结肠镜检查回盲部插管成功率仅在 70％以上,平均时间为 10～20 分钟。作为结肠镜检查医生的理想目标为平均 10 分钟以内,几乎 100％地到达盲肠。

　　由于单人操作法主要依赖操作者的感受和判断,与双人操作法有一定区别。单人操作法要求右手不要离开内镜,能够不使用右手而只用左手熟练地进行角度操作是非常重要的。初级者培训除了要求学习基本的旋转和角度的协调,缩短肠管,推进和位置确认的操作技能;更重要的是把握好向高级者移交的时机,一旦意识到不能准确进行轴保持操作、错误操作及检查时间超过 10 分钟,应请教高级医生判断原因并接替操作。对于初级者的目标就是早日达到中级水平,单人操作水平达到一定程度熟练阶段,即 10 分钟左右到达盲肠的成功率在 80％以上。中级者的培训目标是以肠管确实短缩为目标,而不应一味图快;要求沉着耐心地进行镜身取直短缩法的操作规范,避免镜身偏离方向,在保证不给患者带来痛苦的同时,尽可能短时间地精确高效地完成插入。

　　培训中重要的一点是结肠镜操作技术的养成,正确的技术来自对内镜操作的正确的思考方式和不懈地努力,开始时尽可能模仿高级者的正确动作,再将之转化成自己的技术。在学习中,掌握结肠镜插入的每个技巧的过程是基本操作技术的连续过程,将学

到的技术牢记在脑海中才能更上一层楼，因此尽量避免间断。在此基础上，结肠镜医生还需要持有经常不断提高自身技术水平的坚强信念；缺乏这种觉悟的人，只能限于乙状结肠镜检查的程度，而全结肠镜检查从一开始就应交给高级者。

（徐铭益　宛新建）

参 考 文 献

1. Seeff LC, Richards TB, Shapiro JA, et al. How many endoscopies are performed for colorectal cancer screening[J]? Gastroenterology, 127 (2004),1670 - 1677.

2. 许国铭. 上海市消化内镜调查报告[J]. 中华消化杂志,2001,21 (9)：519 - 521.

3. Teague R, Soehendra N, Carr-Locke D,et al. Setting standards for colonoscopic teaching and training[J]. J of Gastroentrology and Hepatology, 2002,(17)：S50 - 53.

4. Marshall JB, Barthel JS. The frequency of total colonoscopy and terminal ileal intubation in the 1990s[J]. Gastrointest Endosc, 1993,39(4)：518 - 520.

5. Harewood GC. Relationship of colonoscopy completion rates and endoscopist features[J]. Dig Dis Sci, 2005,50(1)：47 - 51.

6. Ferlitsch A, Glauninger P, Gupper A, et al. Evaluation of a virtual endoscopy simulator for training in gastrointestinal endoscopy[J]. Endoscopy, 2002,34：698 - 702.

7. Felsher JJ, Olesevich M, Farres H, et al. Validation of a flexible endoscopy simulator[J]. Am J of Surg, 2005,189：497 - 500.

8. Robert E, Sedlack MD, Todd H, et al. Validation of a colonoscopy simulation model for skills assessment[J]. Am J of Gastroenterol, 2007,102：64 - 74.

第三节 结肠镜操作中的并发症及其防治

结肠镜操作的并发症在临床较为多见。最近国外有文献报道,诊断性结肠镜的并发症(主要是出血和穿孔)发生率为0.35%,也有报道为0.3%。结肠镜下息肉摘除并发症发生率约为2.3%,少于开腹结肠切除和息肉摘除,后者发生率为14%～20%,并有5%的死亡率。息肉摘除的并发症同样包括诊断性结肠镜的并发症,另外还包括急性或迟发性出血、息肉摘除部位的穿孔和息肉摘除术后凝固综合征等。近年来,随着设备、电子手术技术和诊疗经验的提高,结肠镜检查和息肉摘除的并发症发生率逐年降低。无症状人群结肠镜筛查并发症发生率为0.2%～0.3%,包括出血、穿孔、心肌梗死和脑血管意外。尽管能更准确地获取操作后立即出现的并发症的数据,因为没有报道,迟发性并发症仍然被低估。

一、结肠镜诊疗中常见的并发症

(一) 与肠道准备相关的并发症

结肠镜检查前清洁肠道是为了更好地观察结肠黏膜,另外,还可以降低肠腔内有潜在爆炸性气体的浓度。已报道的肠道内气体爆炸的并发症极少。一组研究发现尽管只用标准的磷酸苏打灌肠行乙状结肠镜检查前的准备,有10%的患者肠腔内有可燃气体氢气和甲烷,而用聚乙二醇行肠道准备的患者没有可燃气体。其他研究发现用甘露醇行肠道准备有肠道气体爆炸的潜在危险。常用的肠道准备有两种类型:含有聚乙二醇(PEG)的平衡盐液和非聚乙二醇液如枸橼酸镁和磷酸盐(口服磷酸苏打)。在老年人、肾功能不全或淤血性心衰的患者,两种准备方法都可能引起致命性水电解质紊乱。口服肠道准备的其他少见并发症有呕吐引起的贲门黏膜撕裂综合征(Mallory-Weiss tears)、食管穿孔和吸入性肺炎等。用磷酸盐行肠道准备可能引起炎症性肠病患者肠黏膜的内镜及组织学改变。

(二) 与肠镜操作相关的并发症

1. 穿孔

结肠镜操作过程中出现的结肠穿孔可能来自结肠镜对肠壁的机械损伤、气压伤或直接由于治疗所致。穿孔的早期症状有持续性腹痛和腹胀,后期症状主要由腹膜炎所致,包括发热和白细胞升高,胸腹平片发现膈下有游离气体。CT 检查优于立位平片,因此,对怀疑有穿孔,而胸腹平片检查又没有发现有游离气体的患者,应考虑腹部 CT 检查。诊断性和治疗性结肠镜穿孔发生率差别不大。一组 25 000 例结肠镜诊疗,诊断性结肠镜穿孔发生率为 0.2%,其中 6 000 例结肠息肉摘除穿孔发生率为 0.32%。而另一组 5 000 例结肠镜诊治报告发现,诊断性结肠镜穿孔发生率为 0.12%(4 例),息肉摘除者穿孔发生率为 0.11%(2 例)。对 1 172 例患者的 1 555 个息肉摘除的回顾分析报告发现只有 1 例 1 cm 大小的有蒂息肉摘除后发生沉默型穿孔。一组 591 例患者结肠镜下摘除息肉 1 000 个无穿孔发生。一组 777 例患者摘除息肉 2 019 个息肉,有 2 例发生穿孔(0.3%)。而另一组 3 196 例的结肠镜筛查前瞻性研究无穿孔发生。

2. 出血

结肠镜诊治后出血归于下消化道出血范畴,其发生后可能需要输血、住院、重新行结肠镜或手术。出血可能在息肉摘除后很快发生,也有在操作后 29 天才出现。出血部位可以通过内镜检查或红细胞核素扫描确定。报告的息肉摘除术后出血的发生率为 0.3%~6.1%。美国消化内镜协会(ASGE)的调查发现 25 000 例诊断性结肠镜出血发生率为 0.09%,6 000 例息肉摘除者出血发生率为 1.7%。一组 1 795 个息肉摘除后有 48 个息肉摘除处发生出血(2.7%)。一组报告 0.64%的息肉摘除后发生出血(0.85%的患者),其中 10 例患者中有 3 例需要输血。另一系列 591 例患者行 1 000 个息肉摘除,有 8 例发生小的出血(1.4%)。其他研究者报道息肉摘除后立即出现出血者为 1.5%,迟发出血为 1.9%。尽管热活检、冷活检和圈套电烧灼的出血率有差别,但没有研究者证实这一观点。

3. 息肉摘除术后凝固综合征

已有报道在息肉摘除的过程中,由于电凝固对肠壁的损伤,可引起 0.51%~1.2%的患者有跨膜的烧伤,引起息肉摘除术后凝固综合征。这一综合征一般发生在结肠镜后 1~5 天,典型表现有发热、局限性腹痛、腹膜炎征候和白细胞增多,放射检查没有游离气体。6 篇报道中有 5 篇报道的病例息肉位于结肠右侧壁,并均为无蒂息肉。识别这种情况非常重要,因为这一情况无需手术治疗。

4. 其他并发症

结肠镜诊疗的其他少见并发症包括脾破裂、急性阑尾炎、肠系膜血管撕裂引起的腹腔内出血。如果用于消毒的戊二醛没有清洗干净也会引起化学性结肠炎。结肠镜下息肉摘除的并发症还包括菌血症、腹膜后脓肿、皮下气肿、圈套器将正常肠黏膜套入。与结肠镜有关的死亡也有报道,已报道的 83 725 例操作有 5 例死亡(0.006%)。

(三) 结肠镜染色后的并发症

如果发现病灶后不准备立即经内镜摘除,或需要定位行内镜随访,用可以永久存在的染料(如印度墨水)在结肠病灶附近刺纹,从而使随后的外科手术或内镜随访容易定位。注射永久存在的天然墨水,也需要考虑操作的安全性。一组 55 例用印度墨水结肠刺纹的患者,平均 36 个月后活检复查,发现 6 例患者结肠有轻度慢性炎症,1 例有增生改变。一组 7 例患者行结肠刺纹标记后 1 天到 7 周行手术治疗,发现组织学改变有结肠黏膜下和浆肌层组织坏死、水肿、中性粒细胞浸润等。结肠刺纹标记后也有发生伴有腹膜炎的结肠脓肿的报道。有关这一主题的综述报告结肠刺纹标记并发症发生率约为 0.22%。动物实验中将印度墨水稀释（1∶100）到内镜和腹腔镜可见的程度，在注射后 7 天到 1 个月行腹腔镜下手术，没有发现明显的组织学改变。最近报道对 113 例患者行 188 处注射一种新的碳基永久标记物，没有并发症发生。

（四）结肠镜检查失败后钡剂灌肠造影的安全性

假如没有发生穿孔，患者已经做了充分准备，而结肠镜检查失败，可以考虑当天行钡剂灌肠造影检查。而结肠镜下息肉摘除术后或结肠行深的活检（直肠除外）后 5 天内行钡剂灌肠检查是不安全的。然而有关这一措施重要性的资料很少。另外，结肠息肉摘除后立即行结肠 CT 成像（仿真肠镜）是否安全还不清楚。

二、结肠镜诊疗并发症的危险因素及防治

（一）并发症的危险因素

既往肠镜检查和体格检查表明检查前用药和凝血机制异常会增加出血的危险性。尽管一组 4 735 例息肉摘除用纯切电流和凝固或混合电流发生的出血相近，但一般认为用纯切电流可能会增加出血的危险。随着内镜医生经验的增加，息肉摘除术后出血发生率会降低。息肉的大小与穿孔发生的关系还不清楚，然而，认为右侧无蒂息肉穿孔发生率最高，因为这些区域结肠壁最薄。

（二）并发症的预防

尽管做了最大的努力，在结肠镜检查或息肉摘除时总有发生并发症的危险，然而，一些措施可以使并发症的发生最少化。准确地收紧切除息肉的圈套需要有一定的经验。不适当地延迟关闭圈套器会导致息肉茎部干燥，从而使圈套器不能完全闭合。相反在关闭圈套器之前烧灼不够就容易引起出血。另外，要非常小心避免将正常黏膜收入圈套器。用生理盐水或去甲肾上腺素注射到息

肉基底或息肉下使息肉抬高,并增加了息肉与黏膜下层分离的程度,已将这种方法作为一种降低息肉摘除术后出血危险的技术,尤其用于位于结肠右侧大的无蒂息肉的摘除,同时也降低了热损伤的深度。也有用金属夹或可分离的圈套器等机械方法预防息肉切除相关的出血。对于有凝血障碍的患者,要推迟检查或纠正凝血异常更为合适。因为这些并发症并不常见,因而也没有对照研究证明这些方法的优点。为减少出血,可考虑以不用电烧灼的小圈套器替代热活检钳治疗小的息肉。

(三) 并发症的治疗

所有单纯穿孔的患者均需考虑手术处理,尽管穿孔通常需要手术修复,部分病例也可考虑非手术处理,沉默型穿孔或局限性腹膜炎没有脓肿形成的征兆,且保守治疗有效的患者可以避免手术。腹腔镜下穿孔修补也是可行的。所谓的微小穿孔是指发现比较早(息肉摘除后 6～24 小时),表现为局限性的腹痛和腹肌紧张,而没有弥漫性腹膜炎的刺激症状。这类患者的处理为肠道休息、静脉使用抗生素和观察临床表现有无恶化。尽管有报道将穿孔处夹子闭合,但这种方法目前还没有被推荐。

息肉摘除术后出血通常比较明显,可以通过结肠镜进行治疗。用于消化道出血的治疗方法,除标准的内镜治疗(如注射治疗、热凝固和电凝固)外,近来有套扎、环内结扎和止血夹等用于临床。非内镜下处理方法包括血管栓塞和手术。处理息肉摘除术后出血并非都需要进入重症监护病房。

息肉摘除术后凝固综合征通常用静脉内补液、使用广谱抗生素和禁食到症状消失等措施,也有通过口服抗生素在门诊治疗获得成功的报道。

三、总结

总之,结肠镜检查的并发症虽然少见,但不可避免,发生率一

般在 0.35% 以下。因为有发生并发症的可能就要建立知情告知
制度。操作并发症包括穿孔、出血、息肉摘除术后凝固综合征、感
染、准备相关的并发症和死亡,治疗性结肠镜并发症发生率多于诊
断性结肠镜。与结肠息肉摘除相关并发症的危险因素包括息肉的
部位和大小、操作者的经验、息肉摘除的技术和使用的凝固电流的
种类。大而无蒂息肉下注射盐水可以减少热损伤的深度,从而降
低了并发症的发生。并发症的早期识别和及时处理可以降低患者
的死亡率。针对不同的并发症采用不同的治疗方法,如息肉摘除
术后凝固综合征采用支持治疗,出血后在肠镜下注射或电凝止血,
手术修补单纯的穿孔。考虑到危险因素,及时识别潜在的并发症,
并采取合理的处理使危险性降到最小,可以促进患者的转归。

(季大年　宛新建)

-------------------- **参 考 文 献** --------------------

1. Silvis SE, Nebel O, Rogers G, et al. Endoscopic complications:
results of the 1974 American Society for Gastrointestinal
Endoscopy survey[J]. JAMA,1976,235:928-930.

2. Nelson DB, McQuaid KR, Bond JH, et al. Procedural success and
complications of large scale screening colonoscopy[J]. Gastrointest
Endosc,2002,55:307-314.

3. Johnson SM. Colonoscopy and polypectomy[J]. Am J Surg,1978,
136:313-316.

4. Bigard M, Gaucher P, Lassalle C. Fatal colonic explosion during
colonoscopic polypectomy [J]. Gastroenterology, 1979, 77:
1307-1310.

5. Imperiale T, Wagner DR, Lin CY, et al. Risk of advanced
proximal neoplasias in asymptomatic adults according to the distal
colorectal findings[J]. N Engl J Med,2000,343:169-174.

6. Brooker JC, Saunders BP, Shah SG, et al. Treatment with argon

plasma coagulation reduces recurrence after piecemeal resection of large sessile colonic polyps: a randomized trial and recommendations[J]. Gastrointest Endosc, 2002,55: 371 - 375.

7. Rosen L, Bub D, Reed J, et al. Hemorrhage following colonoscopic polypectomy [J]. Dis Colon Rectum, 1993, 36: 1126 -1131.

8. Parra-Blanco A, Kaminaga N, Kojima T, et al. Colonoscopic polypectomy with cutting current: is it safe [J]? Gastrointest Endosc,2000,51: 676 - 681.

9. Anderson M, Pasha T, Leighton J. Endoscopic perforation of the colon: lessons from a 10-year study [J]. Am J Gastroenterol, 2000, 95: 3418 - 3422.

10. Nivatvongs S. Complications in colonoscopic polypectomy: an experience with 1555 polypectomies[J]. Dis Colon Rectum,1986, 28: 825 - 830.

11. Folwaczny C, Heldwein W, Obermaier G, et al. Influence of prophylactic local administration of epinephrine on bleeding complications after polypectomy[J]. Endoscopy,1997, 29: 31 -33.

12. Norton I, Wang L, Levine SA, et al. Efficacy of colonic submucosal saline solution injection for the reduction of iatrogenic thermal injury[J]. Gastrointest Endosc,2002,56: 95 - 99.

第四节　超声内镜的设备与技术操作

一、简介

超声内镜检查术（endoscopic ultrasonography）是将微型高频超声探头安置在内镜顶端,当内镜插入体腔后,通过内镜直接观察腔内的形态,同时又可进行实时超声扫描,以获得管道层次的组织学特征及周围邻近脏器的超声图像,从而进一步提高了内镜和超声的诊断水平。

声波在介质中传播时,由于介质对声波的吸收、散射及声束扩散导致在传播过程中出现衰减。体表超声在检查时常受到骨骼、腹壁脂肪及肠腔内气体的干扰,从而限制了它对含气器官的检查。超声内镜探头在检查时直接接触靶器官,从而避免了上述干扰因素,但此种探头频率比普通体表超声要高,通常在5 MHz以上,一般为7.5～12 MHz。

超声内镜(endoscopic ultrasound, EUS)问世于1980年,美国Dimagno首先报道了超声内镜用于检查动物消化道试验,第一台超声内镜是将超声探头ACMI FX-5结合到侧视纤维胃镜Olympus GF-B3的远端。1988年,日本Olympus公司开发了360°扇形扫描可在7.5 MHz和12 MHz之间切换的GF 2UM3超声胃镜及7 MHz的超声微探头。此后20年来超声内镜不断更新发展,目前已成为消化系统疾病诊断的一项重要检查方法。超声内镜有不同的分类方法,按其应用范围可分为超声胃镜(同时可检查食管、胃和十二指肠)、超声肠镜、超声支气管镜等。按超声探头换能器(transducer)的运动方式可分为机械旋转式(mechanical rotation)和电子触发式(electronic pulse),后者换能器由相控阵的压电陶瓷晶体组成,可以结合多普勒超声,用于检测血流。按超声探头扫描方式可分为线阵式(curved linear array, CLA)超声内镜和扇形扫描(radial scanning)超声内镜,近年已有三维(3-D)超声内镜出现。按器械结构可分为纤维超声内镜、电子超声内镜、多普勒超声内镜、经内镜的微超声探头等。常规EUS有2 mm左右的活检钳道,可通过此钳道做活组织检查及细针穿刺活检(fine needle aspiration, FNA)。

EUS检查方法类同内镜检查,检查时需向腔内注入无气水(灌注法)或向水囊内注水(balloon)或两者相结合进行超声检查,否则超声探头换能器与胃肠道黏膜面之间没有良好的超声介质,而不能产生超声图像。近年来有应用凝胶样物质作为超声介质的报道。

二、超声内镜的器械设备

(一)超声探头

超声探头是超声内镜的重要组成部分,由于进入体腔内,因此超声探头甚小。超声探头有两种,一种是探头固定于内镜前端,外有水囊,注入无气水后可直接探查。水囊为一次性使用,以往都是乳胶制品,近年来已有各种不同水囊(包括非乳胶水囊)的出现。此类探头超声可分为扇形扫描和线阵式扫描探头(radial and linear endosonographic probes),参见图3-1。频率通常为5~

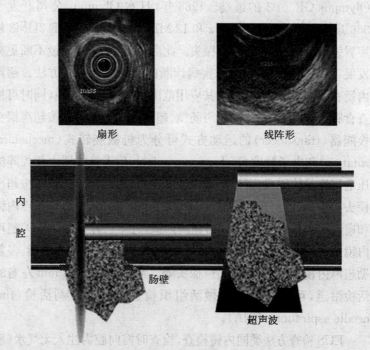

图3-1 扇形和线性扫描超声内镜图像比较

12 MHz,直径为 9～13 mm,主要用于消化道及邻近脏器(如胆囊、胰腺、纵隔、腹腔淋巴结等)的检查。由于超声内镜镜身的直径比普通内镜粗,往往不能通过狭窄病变。而且由于探头频率低,以及内镜视野为斜视,因而对于早期或微小病变则不能很好显示。早期的超声探头为机械式扇形扫描(图 3 - 2A),换能器垂直于内镜轴,产生 360°扇形扫描图像。近年来电子式扇形扫描探头(图 3 - 2B)应用越来越广泛。而线阵式超声内镜则应用线性换能器,产生和内镜长轴平行的图像,可以在实时超声监控下进行 FNA 操作以及介入治疗,如 Pentax EG - 3830UT 治疗型线阵式超声胃镜(图 3 - 3),其工作钳道直径达 3.8 mm;Olympus GF - UCT140 - AL5 治疗型线阵式超声胃镜的工作钳道直径达 3.7 mm。由于线阵式超声内镜的探头均为电子触发式,因此可以行多普勒超声检查,尤其在 FNA 操作时避免损伤血管。至今几乎很少有研究比较这两种扫描方式的准确性,但是有研究发现对于胰腺癌和食管癌分期,此两种扫描方式的准确性相似。

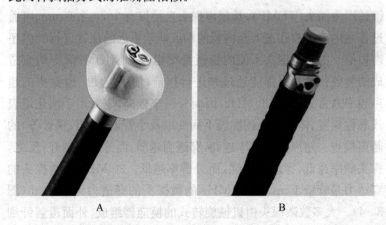

A   B

图 3 - 2 扇形扫描超声胃镜

A. Olympus 机械旋转式扇形扫描超声胃镜(BF - UM40) B. Olympus 电子扇形扫描超声胃镜(GF - UE160 - AL5)。后者换能器是电子触发式,因此不能旋转

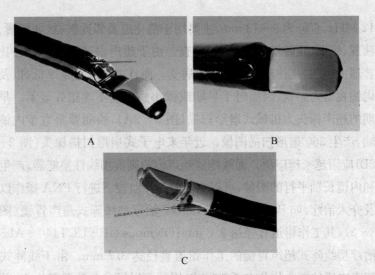

图 3-3　各种线阵式超声胃镜

A. Pentax 线阵式超声胃镜(FG-38UX)　B. Pentax 治疗型线阵式超声胃镜(EG-3830UT)　C. Olympus 线阵式超声胃镜(BC-UC160F)

　　另一种超声探头为微探头(miniprobe,表3-5),又称为经内镜超声微探头(TEMP),其超声探头直径仅有 1.7～2.6 mm,可通过普通内镜活检孔送入至内镜前端或前端更远的位置进行腔内超声扫描。由于微探头不使内镜镜身增粗,因此对于肿瘤等病变造成的管腔狭窄几乎都能通过并进行扫描,使用方便。微探头的超声频率通常为 12～30 MHz,因而分辨率极高,主要用于消化道表浅恶性病变、体积较小的黏膜下病变以及小管道(如胆、胰管等)的超声检查。超声探头频率越高,穿透力越弱,而分辨率越好;反之,探头频率越低,穿透力越强,而分辨率越低。30 MHz 的微探头的穿透力是管壁 1 cm,而 12 MHz 的微探头的穿透力为 2.9 cm(图3-4)。大多数微探头由机械旋转式的换能器组成,外面覆盖纤细的弹性塑料,有的微探头前端有水囊外鞘(图 3-5A、B)。目前已有新型的双相微探头,可以同时进行扇形和线性扫描。应用微探头超声检查,可通过向腔内注入无气水或向微探头前端的水囊内注水或两者相结合进行超声检查。需要注意的是,如果检查食管病变,采用水灌注法,则应将检查的床头抬高至少 30°以防止误吸。微探头还能进行诸如胆管、胰管等小管道的超声探查,又称管腔内超声(intraductal ultrasound,IDUS)。IDUS 可以通过经皮或逆行性经乳头途径操作。后者首先进行 ERCP 检查,引入导丝到病变处,然后在 X 线透视下,通过导丝引导插入微探头进行超声检查(图 3 - 6)。没有导丝引导的微探头也可以进行检查,但是通常 20%的患者需要进行乳头括约肌切开术。胰管的 IDUS 操作比胆总管的更加困难,尤其在胰管没有扩张或者弯曲的情况下。

表 3-5　各种超声内镜微探头比较

生产商	微　探　头	超声频率(MHz)	最大外径(mm)	双相扫描	水囊外鞘	工作长度(mm)
Olympus	UM - 2R/- 3R	12/20	2.5	−	+	2 140
	UM - G20 - 29R(带导丝,用于 IDUS)	20	2.9	−	−	2 140
	UM - S20 - 20R	20/30	2.0	−	+	2 140
	UM - S30 - 20R					
	UM - S30 - 25R	30	2.5	−	+	2 140
	UM - BS20 - 26R	20	2.6	−	+	2 140
	UM - DP12 - 25R	12/20	2.5	+	−	2 200
	UM - DP20 - 25R					
	UM - DG20 - 31R	20	3.1	+	−	2 210
Fujinon	PL1726 - 12/- 15/- 20	12/15/20	2.6	+	−	1 700
	PL1926 - 12/- 15/- 20	12/15/20	2.6	+	−	1 900
	PL2220 - 12/- 15/- 20	12/15/20	2.0	+	−	2 200
	PL2226 - 7.5/- 12/- 15/- 20	7.5/12/15/20	2.6	+	−	2 200
	PL2317B - 12/- 15/- 20	12/15/20	2.6	+	−	2 300
	P2012/P2015/P2020/P2025	12/15/20/25	2.0	+	−	2 200
	P2612/P2615/P2620/P2625	12/15/20/25	2.6	+	−	2 200
	PL - 2226B - 7.5	7.5	2.6	+	+	2 200
	PL - 2317B - 12/- 15/- 20	12/15/20	1.7	+	+	2 300

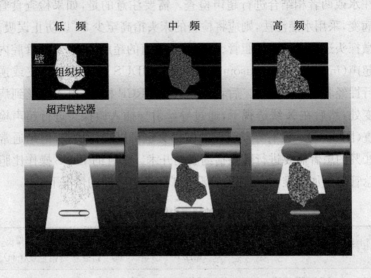

低频　　　　　中频　　　　　高频

壁
组织块
超声监控器

图 3-4　超声探头频率与管壁穿透力的关系图解

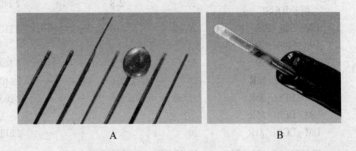

A　　　　　　　　　　B

图 3-5　微探头
A. 超声内镜微探头　B. Olympus 20 MHz 微探头
UM 3R 插入普通内镜活检钳道

目前世界上主要有三家超声内镜生产商,Olympus,Pentax 和 Fujinon(表 3-6、3-7、3-8)。前两家能提供一系列完整的 EUS 器械设备和超声主机。内镜生产商与超声生产商(如 Aloka,Hitachi,Toshiba)之间通常有良好的合作,有利于新型超声内镜的不断开发和发展。近年来超声技术的发展,如超声造影(contrast-enhanced sonography)、彩色和能量多普勒以及三维超声重建技术等结合超声内镜检查,能提供更加清晰可信的超声图像,进一步提高诊断准确性和介入治疗可行性。

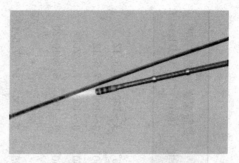

图 3-6　直径 2.9 mm 导丝引导的微探头
Olympus UM-G20-29R

用于胆、胰管 IDUS 超声检查

(二) 超声内镜引导下细针穿刺及活检设备

超声内镜引导下细针穿刺(EUS-guided fine needle aspiration,EUS-FNA),对于诊断胃肠道内外肿瘤和判断胃肠道周围淋巴结的良恶性是一种非常敏感的方法,尤其适用于胃肠道恶性肿瘤(如食管癌、直肠癌)、肺癌的 TNM 分期以及胰腺良恶性病变的诊断,也适用于胃肠道黏膜下肿瘤,通常为胃肠道间质瘤(gastrointestinal stromal tumors,GIST)和平滑肌瘤的诊断。有报道 EUS-FNA 的检出率为 90%~95%,敏感性和特异性分别为 90%和 100%。甚至直径仅 5 mm 的病变也可以进行 EUS-FNA 操作。不同文献报道 EUS-FNA 的诊断准确率在 85%和 95%之间,而判断淋巴结良恶性的准确率则大于 90%。

进行 EUS-FNA 操作,可以选用不同的线阵式超声内镜,有些超声内镜有抬钳器(elevator),有利于穿刺针位置的固定(表 3-9)。具体选用哪种超声内镜进行操作,需要综合考虑以下因素:抬钳器的应用与否,内镜远端的弯曲度和长度,内镜远端直径,工作钳道直径以及超声影像的质量。

表 3 - 6 Olympus 超声内镜

型号	镜身直径(mm)	工作钳道直径(mm)	弯曲度(上下)	弯曲度(左右)	镜身长度(mm)	视野/斜视角度	视野深度(mm)	超声频率(MHz)
机械式扇形扫描								
GF UM20(纤维内镜)	13.2	2	130°/90°	90°/90°	1 055	30°/45°	3~100	7.5/12
GF - UM130	12.7	2.2	130°/90°	90°/90°	1 250	130°/50°	3~100	7.5/12
GF - UMQ130	12.7	2.2	130°/90°	90°/90°	1 250	100°/50°	3~100	7.5/200
GF - UM160	12.7	2.2	130°/90°	90°/90°	1 250	1C0°/50°	3~100	6/9/10/20
电子式扇形扫描								
GF - UE160 - AL5	11.8	2.2	130°/90°	90°/90°	1 250	100°/55°	3~100	5/6/7.5/10
线阵式(CLA)								
GF - UCT160 - OL5	14.6	3.7	130°/90°	90°/90°	1 250	100°/55°	3~100	7.5
GF - UC160P - OL5	14.2	2.8	130°/90°	90°/90°	1 250	100°/55°	3~100	7.5
GF - UCT140 - AL5	14.6	3.7	130°/90°	90°/90°	1 250	100°/55°	3~100	5/6/7.5/10
GF - UC140P - AL5	14.6	2.8	130°/90°	90°/90°	1 250	100°/55°	3~100	5/6/7.5/10
GF - UCT140 - DO5	14.6	3.7	130°/90°	90°/90°	1 250	100°/55°	3~100	7.5
GF - UC140P - DO5	14.2	2.8	130°/90°	90°/90°	1 250	100°/55°	3~100	7.5

续 表

型　　号	镜身直径（mm）	工作钳道直径（mm）	弯曲度（上下）	弯曲度（左右）	镜身长度（mm）	视野/斜视角度	视野深度（mm）	超声频率（MHz）
GF-UC30P（纤维内镜）	13	2.8	130°/90°	90°/90°	1 260	80°/50°	3～100	7.5
超声支气管镜（BF-UC160F-OL8）	6.2	2.0	120°/90°	—	600	80°	2～50	20

表 3-7　Pentax 超声内镜

型　　号	镜身直径（mm）	工作钳道直径（mm）	弯曲度（上下）	弯曲度（左右）	镜身长度（mm）	视野/斜视角度	视野深度（mm）	超声频率（MHz）
电子式扇形扫描								
EG-3630UR	12.1	2.4	130°/60°	60°/60°	1 250	120°/前视	3～150	5/7.5/10
线阵式（CLA）								
EG-3630U	12.1	2.4	130°/130°	120°/120°	1 250	130°/60°	3～150	5/7.5
EG-3830UT	12.8	3.8	130°/130°	120°/120°	1 250	120°/50°	3～150	5/7.5/10
FG-34UX（纤维内镜）	11.5	2	130°/130°	120°/120°	1 250	105°/60°	3～150	5/7.5
FG-36UX（纤维内镜）	12.1	2.4	130°/130°	120°/120°	1 250	105°/60°	3～150	5/7.5
FG-38UX（纤维内镜）	12.8	3.2	130°/130°	120°/120°	1 250	105°/60°	3～150	5/7.5

表 3 - 8　Fujinon & Toshiba 超声内镜

线阵式(CLA)	镜身直径(mm)	工作钳道直径(mm)	弯曲度(上下)	弯曲度(左右)	镜身长度(mm)	视野/斜视角度	视野深度(mm)	超声频率(MHz)
Fujinon EG - 250US Type708FA	12.1	2.8	160°/160°	120°/120°	1 254	120°/30°	8~100	5/7.5/10
Toshiba PEF - 708A(纤维内镜)	12.1	2.8	160°/160°	120°/120°	1 257	105°/21°	5~100	5/7.5/10

表 3 - 9　常用于 FNA 的超声内镜特点比较

	镜身直径(mm)	工作钳道直径(mm)	内镜长度(mm)	超声频率(MHz)	抬钳器
Olympus &. Aloka					
GF - UC140P - AL5	11.8	2.8	1 250	5.6/7.5/10	+
GF - UCT140 - AL5	12.6	3.7	1 250	5.6/7.5/10	+
Pentax &. Hitachi					
EG - 36U	12.1	2.4	1 250	5/7.5	+
EG - 3836UT	12.8	3.8	1 250	5/7.5	+
Fujinon &. Toshiba					
PEF - 708FA	12.1	2.8	1 257	5/7.5/10	—

细针穿刺活检装置最早是在 20 世纪 90 年代初由丹麦学者 Peter Vilmann 和 Soren Hancke 设计,目前所使用的 FNA 穿刺针虽然有所差异,但是都是基于相同的制造原理,因此这种 FNA 穿刺针称为 Hancke-Vilmann 针(图 3-7),由德国 Medi-Globe 公司生产。坚硬的不锈钢穿刺针是整个 FNA 装置的核心,穿刺针通过手柄处的活塞装置进行操作,

图 3-7 可多次使用的"Hancke-Vilmann"穿刺针(Medi-Globe)

手柄可以通过按钮或螺帽锁定装置进行锁定或释放。穿刺针由金属螺旋外鞘固定在手柄上,手柄通过 Luer-lock 与内镜工作钳道的入口处固定。当手柄锁定时,金属螺旋外鞘伸出内镜工作钳道远端处 4～5 mm,这样可以避免穿刺针损伤内镜工作钳道(图 3-8)。穿刺针内有针芯,最初尖端是圆的以避免损伤工作钳道,目前针芯

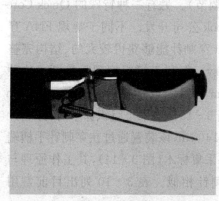

图 3-8 金属螺旋外鞘伸出工作钳道远端,以保护穿刺针不损伤内镜

也有斜面的。用于 FNA 操作的穿刺针直径规格由粗至细从 18 G 到 25 G,其中 22 G 最为常用,19 G 直径较粗,主要用于组织活检和介入治疗,25 G 穿刺针的直径最小(图 3-9)。穿刺针可有不同的外鞘设计,有金属螺旋外鞘(有的包被 Telfon)、塑料外鞘以及完全由 Telfon 制成的外

鞘。有些穿刺针外鞘可以通过穿刺针手柄调节长度,以适应不同长度的超声内镜工作钳道(图3-10)。当外鞘固定在超声内镜工作钳道内时,外鞘远端可伸出工作钳道约1 cm,穿刺针外伸可达4～6 cm,大多数装置都可以调控穿刺针长度以避免无意中穿刺过深。因此进行FNA操作时,必须选择超声内镜与穿刺针相匹配的器械设备。Wilson Cook公司开发的穿刺针尖端涂有激光成分(Echo-Tip,图3-11),可以增强FNA操作时的超声显像。最初的穿刺针都为不锈钢成分,近年来已有镍钛记忆合金穿刺针代替,以避免FNA操作时穿刺针弯曲折叠。Olympus公司生产的弹簧击发活检装置已经被应用

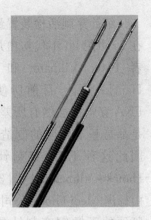

图3-9 Wilson Cook公司生产的FNA穿刺针

从左至右为:19 G"Quick-Core" Trucut穿刺针(EUSN-19-QC),22 G穿刺针(EUSN-3),20 G喷射穿刺针用于腹腔神经丛麻痹治疗(EUSN-20-CPN)

(Power Shot,图3-12),通过金属弹簧击发可以将穿刺针弹出不超过3 cm(穿刺深度可以调节)。另有一种特殊的Quick-Core Trucut穿刺针,由Wilson Cook公司开发。不同于常规FNA穿刺针进行细胞学检查,Trucut穿刺针能够获得较大的、结构完整的组织条块(core tissue biopsy),有利于组织病理学诊断。这种穿刺针先端部有长达20 mm的组织取样槽(tissue or specimen tray)和19 G的外切鞘管(图3-13),当采集组织标本时,穿刺针可外伸达8 cm,塑料外鞘长140 cm,该装置通过在穿刺针手柄端的弹簧击发装置作为动力来采集标本(图3-14),其工作原理与目前临床上常用的肝脏穿刺针相似。表3-10列出目前常用FNA穿刺针的特性。

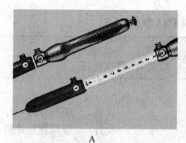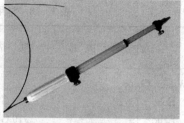

A B

图 3 - 10 穿刺针,均可以调节穿刺针外鞘长度

A. Wilson Cook 公司的 Echo-Tip 穿刺针 B. Medi-Globe 公司的 Sono-tip II穿刺针

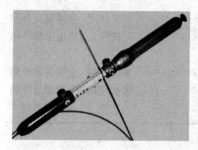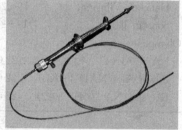

图 3 - 11 Wilson Cook 公司的 Echo-Tip
穿刺针

针尖涂有激光材料

图 3 - 12 Olympus 公司的 Power
Shot 穿刺针

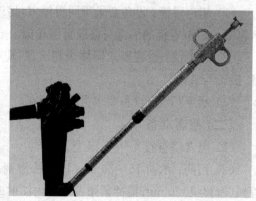

图 3 - 13 Trucut 穿刺针

组织取样槽和 19 G 外切鞘管

图 3 - 14 Trucut 穿刺针弹簧击发装置

表 3-10　常用 FNA 穿刺针

生　产　商	规　格	外鞘长度调节	一次性/多次使用	外鞘材质
Wilson Cook				
Echo-1-22	22 G	＋	一次性	塑料外鞘
Echo-19	19 G	＋	一次性	金属螺旋外鞘
Echo-25	25 G	＋	一次性	细,可弯曲
EUSN-19-QC/Trucut	19 G	＋	一次性	塑料外鞘
Medi-Globe				
Hancke-Vilmann	19-22 G	－	多次使用	金属螺旋外鞘
Sonotip Ⅱ	19-22 G	＋	一次性	涂层金属外鞘
Olympus				
NA-10 J-1	22 G	－	多次使用	金属螺旋外鞘
Power Shot(NA11 J-KB)	22 G	＋	多次使用	金属螺旋外鞘
Ez-shot(NA-00H-8022)	22 G	－	一次性	硬塑料外鞘

三、EUS 操作方法

(一) 仪器设备

(1) 超声胃镜:设备要求类同胃镜室,另设一车(或台)安放超声胃镜。超声胃镜的消毒与普通胃镜相似。

(2) 超声仪:设置要求同体表超声仪,应有专人负责操作、测量、摄影与录像。

(3) 超声肠镜:设备要求类同肠镜室。

(二) 患者准备

(1) 患者需空腹 4～6 h 以上。

(2) 用药:术前 15～30 min 口服祛泡剂;肌内注射丁溴东莨菪碱(解痉灵)20 mg;精神紧张者可肌内注射或缓慢静脉注射地西泮(安定)5～10 mg;咽喉部局部喷雾麻醉剂(2％丁卡因或 1％达克罗宁)。

(3) 体位：通常患者取左侧卧位，双下肢微曲，解开衣领，放松腰带，头稍后仰。

(4) 技术准备：通常需 2~3 人，术者操作 EUS，助手操作超声仪。首先术者必须熟练掌握一般消化道内镜的操作技术和内镜下逆行胰胆管造影术的操作要点，并具有一定的体表超声经验和超声解剖知识。

(5) 水囊准备：每次插镜前均应仔细检查探头外水囊有无破损及滑脱，并反复注水测试，排尽囊中气泡。原则上水囊为一次性用品，故对多次使用的水囊应及时更换。

(6) 行超声肠镜检查者，术前应清洁灌肠。

(三) 操作步骤

1. 超声探查方式

较多采用以下 3 种方式，即：① 直接接触法：将内镜顶端超声探头外水囊的空气抽尽后，直接接触消化道黏膜进行扫描。该法偶应用于食管静脉曲张或食管囊性病变的检查；② 水囊法：经注水管道向探头外水囊内注入 3~5 ml 无气水，使其接触消化道壁以显示壁的层次及其外侧相应的器官；该法最常用，根据需要调节注入水囊内的水量，适合于所有病变的检查；③ 水囊法合并无气水充盈法：超声胃镜插至检查部位后，先抽尽胃内空气，再注入无气水 300~500 ml，使已充水的水囊浸泡在水中。该法适合胃底、胃体中上部及周围邻近脏器的检查，持续注水也可用于十二指肠病变的检查。

2. 超声胃镜的操作

通常情况下，疑及消化道病变而未做过常规胃镜检查者，超声胃镜术前均应作胃镜检查。具体操作方法有两种：① 观察消化道局部病变，可直接经水囊法或水充盈法将探头靠近病灶，进行超声扫描；② 观察消化道邻近脏器可将探头置于下述部位进行显示，胰腺：胰头部(十二指肠降部)、胰体和尾部(胃窦、胃体后壁)；胆

道:下段(十二指肠降部)和中段(胃窦部);胆囊:十二指肠球部或
胃窦近幽门区;肝脏:肝右叶(十二指肠、胃窦部)、肝左叶(贲门
部、胃体上部);脾脏:(胃体上部)。

不断改变探头的位置与方向可以获得不同切面的超声图像。
常用方法有:① 通过调节内镜角度旋钮改变探头的方向;② 通过插
镜或退镜调节探头的位置;③ 通过旋转镜身寻找病灶进行超声扫
描;④ 改变患者体位。胃底和胃体部还可用内镜镜头倒转手法。

3. 超声微探头的操作

微超声探头的基本组成是外鞘和换能器。工作频率常用为
7.5~30 MHz,但目前已开发出 60 MHz 的超高频微超声探头。
声束与导管长轴垂直线成 10°角发射和接收,扫描范围 360°,轴向
分辨率 0.1 mm,穿透深度 2~3 cm。其测量系统采用数字化电子
计算机系统。

(1) 导入方式:微超声探头的导入方式依被插入器官的不同
而异:① 上消化道:采用经胃镜活检孔导入法或经胃管导入法;
② 胆管:采用 ERCP 经乳头的胆管内超声检查、经胆道镜导入法
和经 PTCD 导入法;③ 胆囊:采用经乳头的胆囊内超声检查;
④ 胰管:采用 ERCP 经乳头导入法或直接暴露胰管导入法;⑤ 下
消化道:采用经结肠镜活检孔导入法,肛管检查可直接经肛门
插入。

(2) 显示方法:微超声探头的超声图像显示方法依被检查器
官的不同而异:① 食管:食管上段采用直接接触法;食管中下段
采用持续水注法;② 胃:贲门部采用持续水灌注法;胃底及胃体上
部采用水浸法;胃体中下部、胃角和胃窦采用持续水灌注法;幽门
部采用直接接触法或持续水灌注法;③ 十二指肠:十二指肠各段
均采用持续水灌注法;④ 十二指肠乳头:采用直接接触法;⑤ 胆
管和胰管:因为有胆汁和胰液分泌,可采用直接接触法;⑥ 下消化
道:多采用水浸法;高位病灶也可采用持续水灌注法;肛管采用直

接接触法。微超声探头检查过程中,通常需变化患者体位,借以获得最佳图像。

4. 超声肠镜操作

检查方法与普通电子肠镜相似。探头插入足够深度后,向水囊内注入 3~5 ml 无气水。然后边退镜边进行实时超声扫描,对可疑部位可通过插镜与退镜重复检查。

5. 多普勒超声内镜

超声内镜具有超声多普勒功能者称之为多普勒超声内镜,目前比较新而又实用的系统是彩色多普勒超声内镜(ECDUS)。ECDUS 除具有 EUS 功能外,还有彩色多普勒(color Doppler,CD)的功能,能够检测血流速度和血流量并能显示血流方向。临床主要用于:

(1) 食管、胃底静脉曲张:

1) 显示血管:ECDUS 能清楚显示食管静脉的血流、胃左静脉和食管曲张静脉的连续性及奇静脉和上腔静脉等。

2) 预测硬化治疗后静脉曲张的复发:曲张的静脉经硬化治疗后如食管壁内外的静脉血流、供给这些血流的胃左静脉和胃短静脉的血流消失,或者即使供给路存在而作为侧支的食管旁静脉变得很清楚,那么曲张静脉就不易复发。

3) ECDUS 引导下作硬化治疗:本法的最大优点是注射针能直接而确切地穿刺到静脉上,并注入硬化剂,同时用彩色多普勒观察血流变化,可大致估计硬化剂注入量。

(2) 胆囊疾病:当胆囊隆起性病变的最大径超过 10 mm 时,ECDUS 对其的血流显示达 73%,通过对最高血流速度、血流方向及有无异常血流的检测,可以鉴别胆囊癌与息肉。

(3) 胰腺肿瘤:ECDUS 具有 EUS 及 CD 的双重优点,因此,不仅能清楚显示胰腺及胰腺肿瘤,而且在胰腺癌的血管浸润,特别是门静脉的完全闭塞和高度狭窄等的诊断方面具有较高的价值。

通过对胰腺肿瘤血流的分析,ECDUS 能够对胰腺癌和胰腺其他良性占位病变进行鉴别,尤其是对小胰腺癌的诊断更具价值。

6. 超声图像的调节方法

（1）检查任何部位均先用低倍圆图,呈现病灶后再逐级放大。

（2）显示局部病灶可取放大的半圆图。

（3）频率切换：观察消化道或其外邻近器官时均先用 7.5 MHz,待初步显示病灶后再切换成 12 MHz 以反复比较显示。7.5 MHz 显示病灶实质回声较好,12 MHz 显示消化道壁或病灶近场的边界较好。

（四）术后处理

超声胃镜或超声肠镜检查,术后处理同普通胃镜或肠镜检查,无须特殊处理。

四、EUS – FNA 操作技术

（一）患者准备

大多数 FNA 操作可以在门诊进行,对于正在服用抗凝药物或已知或潜在有出血危险疾病的患者,需要进行实验室凝血功能检查。患者准备事项同常规超声内镜。患者在接受检查时,最好处于镇静状态,通常使用的镇静药物为咪哒唑仑（Midazolam）和芬太尼（Phentanyl）。在麻醉师监控下也可以使用丙泊酚（Propofol）。

（二）操作过程

在 FNA 操作前,操作者应清楚穿刺的组织特性,因为不同组织细针穿刺的难易程度不同（表 3 – 11,数字 9 代表最难,1 为最容易）。超声内镜换能器应位于准备穿刺病变组织的上方,由于换能器和穿刺针之间的角度非常小,病变的超声图像最好处于冠状面。穿刺针手柄处的活塞安全锁定,以保证穿刺针完全处于外鞘内时,整个穿刺针装置插入超声内镜工作钳道,手柄通过 Luer-lock 在超声内镜工作钳道入口处锁定。操作者可以通过下列两种方式,确

保穿刺针外鞘保护整个超声内镜
工作钳道,避免穿刺针损伤工作钳
道。一种是在内镜直视下,外鞘伸
出工作钳道远端 3～5 mm 后,再
推进穿刺针;另一种是在超声监视
下控制外鞘的位置。只有在内镜
远端处看到外鞘和手柄锁定在工
作钳道时,才能推进穿刺针。当穿
刺针在超声实时监控情况下,操作
者应保持换能器和胃肠道表面的

表 3-11　不同组织 FNA 穿刺的难易程度比较

9. 胃壁(黏膜下肿瘤)
8. 胰头肿瘤
7. 胰周淋巴结
6. 胰体和胰尾肿瘤
5. 胃周淋巴结
4. 肾上腺
3. 肝脏病变
2. 纵隔淋巴结
1. 体积大的纵隔肿瘤

稳定接触。在穿刺胰头时,应尽量拉伸超声内镜,类似 ERCP 操作
时的内镜位置,否则很难进行穿刺。如果拟穿刺病变不在穿刺针
焦点范围内(图 3-15A),可以通过回退内镜(图 3-15B1),调节内
镜旋钮变动内镜先端(图 3-15B2)以及使用抬钳器(图 3-15B3)
以完成准确穿刺。毫无疑问当病变比较深在时,使用抬钳器是很

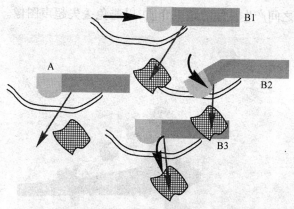

图 3-15　FNA 操作

　　FNA 操作时,如果病变不在穿刺针焦点范围内(A),可以通
过回退内镜(B1);变动内镜先端(B2);使用抬钳器(B3)以完成
准确穿刺

好的解决办法,但是应该考虑到抬钳器的应用使穿刺针扭紧,由于带针芯的穿刺针本身又比较坚硬,而使穿刺过程中穿刺针来回移动变得更加困难。大多数情况下可以通过调节内镜旋钮,控制穿刺针的准确位置。如果针芯是圆形的,通常超出针尖 1~2 mm,因此当穿刺针准备穿刺前,针芯必须向后回退约 5 mm;而斜面的针芯则不需要回退。当穿刺针到达病变中心最佳位置时,拔出针芯,将 10 ml 注射针管固定在穿刺针上,并向后抽吸以产生负压(图3-16),穿刺针在超声实时监控下来回移动 5~10 次,以获取足够的细胞学标本。如果穿刺时使用抬钳器而遇到阻力,当穿刺针尖在病变中心时,可以松开抬钳器以利于穿刺。如果穿刺组织比较坚硬时,可以采用"打孔"技术以获取标本。一旦穿刺质地坚硬的肿瘤组织而穿刺针严重弯曲时,应该及时更换新的穿刺针,否则弯曲的穿刺针很容易损伤周围脏器尤其血管。有时候当穿刺针向前推进准备穿刺时,可导致换能器离开黏膜面而不能产生超声图像。在这种情况下,当穿刺针刚接触黏膜面时就予水囊注水,使换能器和黏膜之间产生良好的超声介质,以避免丢失超声图像。当穿刺

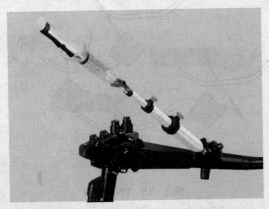

图 3-16　FNA 操作时,穿刺针固定于超声内镜,注射针管负压抽吸

结束针尖仍在病变处时,缓慢负压吸引,穿刺针回退到外鞘内并锁定在安全位置,然后释放锁定钮将整个穿刺针装置从工作钳道拔出。当超声内镜检查发现多处病变时,操作者需要决定哪些病变进行 FNA 以及先后顺序,必须结合肿瘤 TNM 分期的知识。如果使用同一穿刺针,怀疑远处转移的病灶应最先穿刺,其次是周围淋巴结,最后是原发病灶,否则顺序颠倒有可能引起肿瘤分期过高的假阳性结果。FNA 穿刺次数取决于现场(on-site)是否有细胞病理学家和病变的组织学特性。如果细胞病理学家在检查现场,穿刺次数由获取足够的标本决定;如果现场没有细胞病理学家,通常情况下 3～4 次,其中胰腺肿块 3～6 次,淋巴结或肝脏转移病变 2～3 次,胸/腹水 1 次,对于分化良好的肿瘤或实质性胰腺肿块有时可能需要穿刺 10 次。

(三) 细胞涂片

FNA 活检后,一般情况下推荐立即通过注射针管用空气将穿刺标本推送到载玻片上。另一种方法是将针芯再次缓慢引入到穿刺针内,将穿刺标本推送到载玻片上。这样在穿刺针内产生高压,能控制标本一滴一滴地送到载玻片上,可以获得较多数量的高质量标本,甚至可获得细胞块用甲醛固定,用于组织病理学检查。标本固定方法通常为空气自然干燥,一些细胞病理学家希望将标本立即乙醇(酒精)固定并染色,包括改良的 Giemsa 法、Diff-Quick 和巴氏染色(Papanicolan)。近年来有报道应用 EUS - FNA 细胞标本进行流式细胞学和免疫细胞化学检查法,可以提高淋巴瘤的诊断率。也有应用分子和基因技术,如定量分析 K-ras 基因,鉴别诊断胰腺癌和慢性胰腺炎;PCR 多基因分析来评估胰腺癌的生物学特性。

FNA 操作后,获得的标本最好由细胞病理学家现场进行细胞学诊断。曾有研究比较发现现场细胞学诊断检出率总体高于非现场细胞学诊断,但胰腺恶性肿瘤的检出率并没有显著差异(现场

56％,非现场49％)。也有报道非现场细胞学诊断亦得到较好的诊断结果。

(四) Trucut 活检术

EUS-FNA 检查准确性取决于使用的器械设备、操作者的经验和技术熟练程度以及细胞病理学家现场与否等因素。FNA 技术本身存在一定缺陷。如操作过程中需要细胞病理学医师现场进行细胞快速固定、HE 染色和病理学诊断,这并非所有医疗机构均能做到。细胞学判断亦受到穿刺后病灶内出血和穿刺过程中带出的正常消化道细胞的影响。高分化的肿瘤有时单靠细胞学检查亦很难作出正确判断,尤其是对胃肠道间质瘤(GIST)和淋巴瘤的诊断。由于常规 FNA 无法采集完整的组织样本,加上组织结构受到一定程度的破坏,限制了 EUS-FNA 诊断的敏感性。现在 EUS-FNA 存在的上述问题可被最近在 EUS 引导下 Trucut 活检术(EUS-guided Trucut biopsy, EUS-TCB)所克服,又称为组织活检(core tissue biopsy)。EUS-TCB 采用的 Trucut 活检针(19 G)直径较 EUS-FNA 常用的细针(22 G)粗,与单纯的细胞学检查相比,能获得较大的结构完整的组织条块,有利于组织病理学诊断。研究证明 EUS-TCB 对起源于软组织、乳腺、肺、淋巴结、胰腺、肝脏、肾脏、肾上腺、脾脏、前列腺和其他部位的实质性病灶的诊断安全准确,对消化道黏膜下病变、淋巴瘤和胰腺实质性肿瘤的诊断更具有良好的应用价值。

EUS-TCB 操作时,必须先将连接手柄的弹簧击发装置后拉至发射位置。同 EUS-FNA 穿刺针一样,可调性螺帽锁定装置可事先帮助确定穿刺针进针的深度。发现病灶后,在 EUS 直视下将穿刺针(包括内部的组织取样槽和外切鞘管)小心伸出。穿刺针刺入目标组织后,将已回拉的弹簧手柄轻轻向前推出,使内部带组织取样槽的活检针深入组织内部直至有阻力感,弹簧手柄再往前推出即可击发弹簧装置,使外切鞘管弹出切取组织标本。决定穿刺深度时必须注意取样槽的长度(20 mm)及其前端长 5 mm 的针尖。穿刺活检前应通过调节内镜旋钮和抬钳器位置使内镜尽量处于伸直状态,以利于穿刺。超声监控下可清晰辨认组织取样槽和外切鞘管,使操作者分辨出穿刺位置和深度。穿刺活检完毕后,将整个穿刺针回缩至导管内。然后将整个 TCB 装置从内镜上卸载下来。

收取标本时,先放松螺帽锁定装置,伸出整个活检针(包括内部的取样槽和外切鞘管)。弹簧再次回拉至击发位置,并缓慢向前推出至有阻力感,使带取样槽的针推出外切鞘管,显露出已切取的组织条块。小心挑取组织块轻轻接触载玻片,留在载玻片上的印迹经自然干燥后进行快速固定、染色,由细胞病理学家当场进行显微镜检,组织块放入甲醛液固定、石蜡包埋 HE 染色,行组织病理学检查,必要时行免疫组织化学染色检查。

EUS-TCB 与 EUS-FNA 相比存在自身的技术特点和缺陷。如穿刺目标组织时,应尽量避免使用内镜抬钳器,并及时调整内镜先端部的弯曲角度,使内镜先端部尽量处于伸直状态,这样有利于防止穿刺针过度弯曲。其次,患者体外部分的内镜镜身也应尽可能处于伸直状态,从而有利于获取最佳组织标本。此外与 EUS-FNA 相比,EUS-TCB 装置在十二指肠降段行穿刺活检时往往效果不佳,由于肠腔弯曲使外切鞘管在弹出时受到阻碍,所获得的组织样本体积小,往往呈片段状,甚至导致活检失败。TCB 装置在十二指肠球部和胃窦大弯侧行穿刺活检时也可能遇到相似的情况,但通过调整内镜位置仍可获得理想的组织。考虑到 EUS-TCB 穿刺针取样槽的长度加上针尖的长度,在穿刺直径小于 2.5 cm 的小病灶以及非常接近胃肠壁的病灶时,应特别注意穿刺针的位置和深度。穿刺这些病灶时不能将穿刺针全部伸出,这样可安全地获取样本。亦可通过将穿刺针穿透组织行活检,所采集到的组织同时包括了目标组织和其深部的组织成分,但这种方法的安全性与目标深部组织的性质有关。Trucut 活检针装置在使用过程中也可能对内镜造成一定程度的损伤。

Mayo Clinic 2004 年的一项对 30 例怀疑或已知恶性肿瘤患者行 EUS 检查和肿瘤 TNM 分期的前瞻性研究发现,EUS - TCB 对恶性肿瘤的检出率是 84%,5 例 EUS - TCB 检查失败的病灶再行 EUS - FNA,4 例明确了诊断,提示 EUS - FNA 可作为 EUS - TCB 失败后的补救措施。所有患者无并发症发生。MUSC 的一项研究发现 EUS - TCB 的诊断准确性和安全性与 EUS - FNA 相似,推荐常规仍应用 FNA 检查。

综合目前的研究结果,EUS - TCB 是一种安全有效的方法,尤其适用于对 GIST、淋巴瘤和胰腺实质性肿瘤的诊断,所需的穿刺次数明显少于 EUS - FNA,并能获取较大的组织标本更有利于病理诊断。但 EUS - TCB 也存在自身技术上的缺陷,需要今后进一步改进设计。如应用顺应性更好的材料,缩小穿刺针的直径,缩短组织取样槽的长度,改进弹簧击发装置等,使操作更简单方便,并能应用于经十二指肠进行的活检以及有效获取较小病灶的组织样本。

(徐 敏 金震东)

参 考 文 献

1. Rösch Thomas. Endoscopic ultrasonography: equipment and technique[J]. Gastrointest Endosc Clin N Am, 2005,15: 15 - 31.

2. DiMagno EP, Buxton JL, Regan PT, et al. Ultrasonic endoscope [J]. Lancet, 1980,1: 629 - 631.

3. Strohm WD, Phillip J, Hagenmuller F, et al. Ultrasonic tomography by means of an ultrasonic fiberendoscope [J]. Endoscopy, 1980,12:241 - 244.

4. Shah JN, Ahmad NA, Beilstein MC, et al. Clinical impact of endoscopic ultrasonography on the management of malignancies [J]. Clin Gastroenterol Hepatol, 2004,2: 1069 - 1073.

5. Merritt CRB. Physics of ultrasound[M]// Rumack CM, Wilson SR, Charboneau JW. Diagnostic Ultrasound. 3rd ed. St. Louis: Elsevier Mosby, 2005: 3 – 34.

6. Mallery S, VanDam J. Overview of echoendoscope design and mechanics for interventional endosonography[M]// Bhutani MS. Interventional Endoscopic Ultrasonography. Amsterdam: Harwood Academic Publishers, 1999: 1 – 7.

7. Fritscher-Ravens A, Knoefel WT, Krause C, et al. Three-dimensional linear endoscopic ultrasound-feasibility of a novel technique applied for the detection of vessel involvement of pancreatic masses [J]. Am J Gastroenterol, 2005, 100: 1296 –1302.

8. Soon MS, Soon A, Schembre DB, et al. Prospective evaluation of a jellylike conducting medium for catheter US probe imaging of esophageal and duodenal lesions[J]. Gastrointest Endosc, 2005, 61: 133 – 139.

9. Yusuf TE, Tsutaki Shinichi, Wagh MS, et al. The EUS hardware store: state of the art technique review of instruments and equipment[J]. Gastrointest Endosc, 2007,66: 131 – 143.

10. Gress F, Savides T, Cummings O, et al. Radial scanning and linear array endosonography for staging pancreatic cancer: a prospective randomized comparison [J]. Gastrointest Endosc, 1997,45: 138 – 142.

11. Siemsen M, Svendsen LB, Knigge U, et al. A prospective randomized comparison of curved array and radial echoendoscopy in patients with esophageal cancer[J]. Gastrointest Endosc, 2003, 58: 671 – 676.

12. Chak A, Catanzaro A. Innovative methods of biliary tract diagnosis: intraductal ultrasound and tissue acquisition [J]. Gastrointest Endosc Clin North Am, 2003,13: 609 – 622.

13. Kasono K, Hyodo T, Suminaga Y, et al. Contrast-enhanced

endoscopic ultrasonography improves the preoperative localization of insulinomas[J]. Endocr J, 2002,49: 517 - 522.

14. Becker D, Strobel D, Bernatik T, et al. Echo-enhanced color- and power-Doppler EUS for the discrimination between focal pancreatitis and pancreatic carcinoma[J]. Gastrointest Endosc, 2001,53: 784 - 789.

15. Vilmann P, Saftoiu A. Endoscopic ultrasound-guided fine needle aspiration biopsy: equipment and technique[J]. J Gastroenterol Hepatol, 2006,21: 1646 - 1655.

16. Mortensen MB, Pless T, Durup J, et al. Clinical impact of endoscopic ultrasound-guided fine needle aspiration biopsy in patients with upper gastrointestinal tract malignancies. A prospective study[J]. Endoscopy, 2001,33: 537 - 540.

17. Vilmann P, Hancke S, Henriksen FW, et al. Endoscopic ultrasonography with guided fine needle aspiration biopsy in pancreatic disease. A new diagnostic procedure[J]. Gastrointest Endosc, 1992,38: 172 - 173.

18. Vilmann P, Hancke S, Henriksen FW, et al. Endosonographically guided fine needle aspiration biopsy of malignant lesions in the upper GI tract[J]. Endoscopy, 1993,25: 523 - 527.

19. Levy MJ, Jondal ML, Clain J, et al. Preliminary experience with an EUS-guided Trucut biopsy needle compares with EUS-guided FNA[J]. Gastrointest Endosc, 2003,57: 101 - 106.

20. Ribeiro A, Vasquez-Sequeiros E, Wiersema LM, et al. EUS-guided fine-needle aspiration combined with flow-cytometry and immunocytochemistry in the diagnosis of lymphoma [J]. Gastrointest Endosc, 2001,53: 485 - 491.

21. Tada M, Komatsu Y, Kawabe T, et al. Quantitative analysis of k-ras gene mutation in pancreatic tissue obtained by endoscopic ultrasonography-guided fine needle aspiration: clinical utility for diagnosis of pancreatic tumor[J]. Am J Gastroenterol, 2002,97:

2263 - 2270.

22. Takahasi K, Yamao O, Okubo K, et al. Differential diagnosis of pancreatic cancer and focal chronic pancreatitis by using EUS-guided FNA[J]. Gastrointest Endosc, 2005,61: 76 - 79.

23. Klapman JB, Logrono R, Dye CE, et al. Clinical impact of onsite cytopathology interpretation on endoscopic ultrasound-guided fine needle aspiration[J]. Am J Gastroenterol, 2003,98: 1289 - 1294.

24. Brugge WR. Endoscopic ultrasound-guided pancreatic fine-needle aspiration: a review [J]. Techniques in Gastrointestinal Endoscopy, 2000,2: 149 - 154.

25. Ginès A, Wiersema MJ, Clain JE, et al. Prospective study of a Trucut needle for performing EUS-guided biopsy with EUS-guided FNA rescue[J]. Gastrointest Endosc, 2005,62: 597 - 601.

26. Varadarajulu S, Fraig M, Schmulewitz N, et al. Comparison of EUS-guided 19-gauge trucut needle biopsy with EUS-guided fine-needle aspiration[J]. Endoscopy, 2004,36: 397 - 401.

27. Storch I, Jorda M, Thurer R, et al. Advantage of EUS Trucut biopsy combined with fine-needle aspiration without immediate on-site cytopathologic examination[J]. Gastrointest Endosc, 2006, 64: 505 - 551.

28. 孙波,Levy MJ. 内镜超声引导下 Trucut 活检与细针穿刺的比较 [J]. 胃肠病学,2006,11: 109 - 112.

第五节　超声内镜操作的准入要求

内镜超声检查术(endoscopic ultrasonography,EUS)是将高频超声探头安置在内镜顶端或利用微型超声探头通过内镜活检通道随内镜进入体腔,在内镜直接观察腔内形态的同时进行实时超声扫描,以获得管道层次的组织学特征及周围邻近脏器的超声图像,从而进一步提高了内镜和超声的诊断水平。EUS自发展以来,很快得到了认可并逐渐普及开来。目前,超声内镜已广泛应用于消化道及胆胰疾病的诊断和治疗,EUS也得到了迅速的发展,从最初的单纯性EUS诊断到EUS穿刺活检(EUS-FNA),并进一步发展到EUS注射治疗(EUS-FNI)。EUS的发展对操作者的技术要求也越来越高,不仅要求有熟练的内镜操作技术,还要有熟练的超声技术和基础知识。因此,EUS的准入标准必须在熟练的内镜操作基础之上。但至今为止国内还没有一个详尽明确的超声内镜操作的准入标准。1998年美国消化内镜学会(ASGE)根据MEDLINE文献分析及专家共识制定了《超声内镜执业资格指南》。各国在参考这一指南过程中,又根据大量的临床对照研究加以确定和必要的修订,在临床实际情况和指南有所差异时作了不同程度的调整。

一、EUS及其认证过程的相关术语

(1) 行医资格(clinical privileges):指由当地权威机构授予的可以进行特殊检查或临床服务的资格。

(2) 职业技能(competence):指通过培训和实习取得的最低限度的技术水平、认识和专业技能,要求能安全有效地完成某些操作。

(3) 认证过程(credentialing process):对具有行医执照的独立行医者提供医疗服务资格评估和确认的过程。目的是评估独立行医者的个人执照、基础知识、培训或实习情况、专业技能、进行操作和提供所需医疗服务的能力。

(4) 证书(credentials):经过一段时间的学习和培训后所取得的具有一定临床技能的证明文件。

(5) 内镜超声检查术:是指经内镜将超声传感器导入消化道管腔,以获取消化道管壁、管壁病变以及消化道周围结构超声图像的相关技术。

（6）超声内镜（endoscopic ultrasound, EUS）：由纤维内镜或电子内镜与超声传感器相结合用于消化道腔内超声检查的仪器。

（7）腔内微型超声探头（catheter ultrasound probe）：经标准内镜活检管道插入超声传感器，进行腔内超声的微型探头。

（8）超声内镜引导的细针穿刺（EUS guided fine needle aspiration, EUS-FNA）：在 EUS 实时超声引导下用细针对消化道或其邻近病变进行穿刺抽吸，以获取诊断性标本的方法。

二、超声内镜操作初级资格的规定

超声内镜操作有别于其他内镜操作，如结肠镜检查术、乙状结肠镜检查术、食管胃十二指肠镜检查术、经内镜逆行胰胆管造影术等。掌握超声内镜不仅需要一定的识别能力，还需要一定的操作技能。因此，超声内镜资格的认定需要具有相应的培训证书，包括正规的住院医生或进修医生的培训，或其他相似的培训证书。重新认证超声内镜资格亦同样需要提供相应的技能水平证书。一般来说超声内镜操作初级资格的认证需要做到以下几个方面。

（1）能根据超声内镜声像图结合临床综合评价疾病。

（2）应接受过较好的全科或外科技能培训。

（3）必须完成至少 2 年的标准消化内科进修学习（或相当水平）并具有常规内镜操作证书。

（4）应全面了解各个患者的适应证、禁忌证、危险因素及风险收益。

（5）能清楚地介绍超声内镜操作过程并得到患者的知情同意书。

（6）应掌握 EUS 声像图中消化道及其周围组织的解剖结构特点，熟悉超声内镜的技术性能、工作状态及其附件。

（7）能够安全地插管至食管、幽门及十二指肠，以获得所需检查器官或病变的声像图。

(8) 能准确地分辨和解释超声内镜的声像图,并判断正常和异常的发现。

(9) 能正确地判断图像,如在肿瘤分期上所得到的结果与手术结果或超声内镜培训师所得到的结果相一致。

(10) 能记录超声内镜结果并与经管医生进行联系。

(11) 能够完整地执行所教的整个超声内镜操作过程。

(12) 应经过正规的进修或住院医生培训;需证明在上级医生指导下进行相当数量的操作病例。短期培训、动物模型和计算机模拟学习是有益的辅助,但不能替代指导性培训。通过经验和教训的自学是不被认可的。

新的超声内镜操作方法或现有操作较以前有较大的改进,超声内镜医生需学习掌握这些操作,并获取新的资格。培训、操作掌握的熟练程度随内镜医生的经验不同而有所差异。如果可能,将产生和形成客观的技术评判标准。

三、EUS 培训

EUS 的培训有正规性培训和非正规性培训两种,但不论是正规性或非正规性培训都包括认知学习、种类识别和熟练操作三个部分。认知学习包括评估并挑选合适的病例、评价疾病治疗的预期效果、影像学资料(CT、MRI)的回顾及对操作目的、风险和预期效果的认识。这些包括了所有胃肠道、胰腺及肺部肿瘤的诊疗所需的全部知识。

种类识别指识别判断 EUS 下正常和异常的表现,这是非常重要的一环。而正确判断必须经过不断的观察学习。首先,需要识别正常结构在 EUS 下的表现。一旦识别了正常胃肠道及胰腺等器官的不同外形、构造及比邻的关系,就能识别所面对的病例的种类。此外,为了在操作时能有效地避开血管,还必须高度注意和识别主要血管在 EUS 下的形态。其次，培训时要让学员记住各种病变形式，如胰腺的神经内分泌肿瘤和腺癌的区别。对于初学者而言，首先要注意观察正常器官及血管的形态，这个过程完成后再去认识病变形态。

熟练操作要经过一定数量的实际操作才能实现。在实际操作中，最重要的是应能够通过熟悉的解剖标志去识别其他表现，帮助 EUS 诊断。熟练操作者应同时掌握 EUS-FNA 及其他 EUS 介导的操作。

1. 正规培训

EUS 正规培训是指为期一年的集中培训，认知学习的内容一般为 EUS 教科书、肿瘤学教科书及论文评论的核心内容，同时还要通过与院内外患者的接触来完成。后者可使学员有机会接触大部分行 EUS 检查的患者，回顾患者的影像学资料，并讨论病例的最佳治疗方案。类型和图像判别的训练通常从识别教科书、DVD 及录像带中的 EUS 表现开始，但这些都不能代替对正常和异常表现的直接接触。在美国非常好的医疗机构，每年大约有 1 200 例的 EUS 操作，其中学员最多能做 500 例操作，而且他们还有机会观察各种 EUS 操作。操作培训需要在正确指导下逐渐增加 EUS 操作，使学员有机会接触各种 EUS 病例，包括胰管病变的 EUS 检查，但 EUS-FNA 应该在培训 2～3 个月并且操作了 50～70 例后开始接触。

目前，美国、日本这类的培训计划很多，而且都是由专业医疗中心联合学院举办的，其培训对象为有 3 年以上工作经验的消化内科医生。而目前国内能进行类似系统性 EUS 培训的医院或医疗中心非常少。其中做得比较好的有上海长海医院消化内镜中心的中华医学会消化内镜专科医生培训基地，该基地每期 EUS 培训为期 4 个月，内容包括体表超声学习与操作、诊断性 EUS 观摩与手把手教学、治疗性 EUS 观摩、EUS DVD 学习、EUS 读片会及 EUS 相关知识授课。经过培训，学员基本能独立完成诊断性 EUS 工作。

2．非正规培训

EUS 的非正规培训有很多种，通常包括逐渐的认知学习和间断的实践操作。认知学习多通过观察操作过程、观看录像等，并坚持通过书本、CD、录像带、DVD 等学习影像表现；实践操作多为短期（2~3 天）的、间断的，通常在动物模型上练习。国外最好的培训中心既有正规培训，也有短期培训。目前国内这种为期 2~3 天的短期培训比较多，已引起很多人的兴趣。通过短期培训，许多内科医生了解到利用 EUS 能达到什么目的，过程是什么，对 EUS 有个整体概念。国内有很多培训者经过这种初期学习就开始了实际操作，然后又继续培训以提高技术。

非正规培训中，种类识别的训练相对较难，通过 EUS 图像、录像带、网站及 DVD 学习固然有效，但这些仅能引导入门，最终学员仍需要熟悉数百例的 EUS 图像，以使记忆中的 EUS 资料足够多。从这方面说，有 3 年以上消化科工作经验的医生有一定的优势，他们对操作已有了潜意识的感觉，但仍需认真观看和学习内镜专家的操作。

非正规培训中，实践操作是最难施行的。有的在动物模型上开展，有的通过模拟操作进行，有的跟那些已学成的同事学习；在较好的医疗中心或者可以在专家指导下对患者进行操作。原则上，在初期学习后应不断练习操作，但这点很难做到，只能在课外完成，亦即是远程教学。

在我国，为了普及 EUS，已经连续 12 年每年举行一次全国性 EUS 学术研讨会，同时进行 EUS 手把手的短期培训。此外，在各种消化内镜学术会议上也都有 EUS 的演示和讲座。北京及上海地区还经常举办 EUS 沙龙和论坛，开展区域性研讨活动，这些会议极大地促进和提高了全国的 EUS 的普及和应用水平。

四、不同部位及不同病变 EUS 操作资格的规定

超声内镜在不同的解剖位置有不同的适应证。这包括对黏膜

恶性病变(食管、胃、结肠、直肠)的评价与分期,对黏膜下病变的判定以及胰腺、胆管病变的评估,并可行超声内镜引导细针穿刺。可检查一处或多处病变。资格的认证应分别考虑每个区域,培训必须满足资格所要求的主要方面。即使进行了大量的操作也不一定能保证其能胜任。获得良好技能所需的指导下操作的数量在不同受训者有差异。因此,任何时候均应根据客观标准和直接观察来判断其熟练程度。

在评价其技术能力之前,应完成一定基本数量的操作病例,见表3-12。这些数字代表了最低标准,并不能代表其所具备的技能。这些数字来源于超声内镜培训的研究、已发表的专家观点、Ad Hoc超声内镜协会的共识及美国消化内镜学会(ASGE)执行委员会的标准。

表 3-12　超声内镜技能培训所需的最少病例数

部位/病变	所需病例数
黏膜肿瘤(如食管癌,胃癌,直肠癌)	75
黏膜下病变	40
胰胆疾病	75
超声内镜引导下细针穿刺	
非胰腺疾病*	25
胰腺疾病**	25

注:1. 要胜任黏膜和黏膜下病变显像,建议在指导下至少完成125例检查。

2. 要全面胜任各种EUS检查,建议在指导下至少完成150例操作,其中应包括75例胰胆疾病检查、50例EUS-FNA。

* 壁内病变或淋巴结病变,必须能胜任黏膜的EUS操作。

** 必须能胜任胰胆EUS操作。

1. 黏膜肿瘤

评价食管、胃和十二指肠肿瘤,要求安全插管至食管、幽门和十二指肠,以准确获得病变图像,识别淋巴结病变须特别注意腹腔轴线周围。一项前瞻性研究表明,对上述部位成功插管需 1~23 次操作培训(中位数为 1~2 次),能成功显像胃或食管壁则需培训操作 1~47 次(中位数 10~15 次)。探查腹腔轴线需要指导操作 8~36 次(中位数 25 次)。有两篇文章报道了食管癌分期的学习进程。Focken 等发现在完成 100 例检查后才能获得对病变分期足够的准确率。Schlick 等发现至少完成 75 例操作后才能达到 T 分期 89.5% 的准确率。这两篇文章都是关于自学的操作者,也说明通过例数较少的正规培训获得熟练技能是可能的。美国超声内镜协会的一项调查表明,使胃成功显像平均需 44.3 例,平均 42.9 例可达到成功显像食管,平均 37.1 例可成功显像直肠。我们认为一旦某一解剖位置(如食管癌)上达到培训要求,那么其他部位培训所需的病例数就有可能减少。因此,要达到准确评估黏膜肿瘤及其良恶性,至少需在上级医生的指导下完成 75 例 EUS 操作,其中至少 2/3 病例为消化道疾病。

2. 黏膜下病变

超声内镜适用于判断黏膜下病变的性质,如肿瘤、静脉曲张、肥大的胃黏膜皱襞,并判定病变位于腔内或腔外。对能准确判断黏膜下病变所需的培训操作病例数尚无研究,ASGE 培训委员会推荐为 40~50 例。

3. 胰胆声像图

专家共识认为胰腺、胆管、胆囊和壶腹部的精确显像和判断对技术的要求比腔内病变要高。达到胰胆病变成功显像所需的培训病例数可能高于其他解剖位置。前瞻性研究表明,胰腺成功显像需 15~74 例(中位数 34 例),胆、胰管显像需 13~135 例(中位数 55 例),壶腹部显像需 13~134 例(中位数 54 例)。美国超声内镜协会的调查发现,达到胰胆正确显像技术要求需操作 94 例,而达到介入治疗技术要求需操作 121.9 例,而另一些专家认为需操作 150 例才能达到介入治疗应用水平。

4. 超声内镜引导下细针穿刺

超声内镜引导下细针穿刺(FNA)与标准超声内镜显像相比更复杂,危险性更大。FNA 检查的 3 个部位是:壁内病变、消化道周围淋巴结病变和胰腺疾病。在这些部位中,技术最难、并发症风险性最高的是胰腺病变和胰腺囊肿。因此,认为胰腺和非胰腺FNA 的应用是不相同的。成功、安全的 FNA 首先要求能准确获得普通 EUS 超声声像图。达到行 EUS-FNA 所需的病例数还未见研究。超声内镜与 ERCP 一样都使用侧视镜,需结合内镜和 X 线图像。对于治疗性 ERCP,本指南建议在 75 例诊断性病例的基础上,至少有 25 例在上级医生的指导下进行。对于非胰腺的FNA(如壁内病变和淋巴结病变),指南还建议学习者应能进行操作 EUS 显像黏膜肿瘤,并至少在上级医生的监督下进行 25 例非胰腺病变的 FNA 操作。对胰腺 FNA 则推荐培训能正确操作EUS 显示胰胆管,并至少在上级医生的指导下完成 25 例胰腺病变的 FNA。

5. EUS 技能综合培训

一旦在某一部位的 EUS 操作达到临床所需的技能要求(如黏膜肿瘤分期),其他部位(如黏膜下肿瘤)达到所需技能的操作病例数可能会减少。操作者如有意在多个部位掌握所需技能,必须进行包括各种临床病理学等多方面的培训。对那些只希望掌握黏膜和黏膜下病变显像而不想达到胰胆疾病显像者,只需在上级医生的指导下完成 100 例操作。而对要求综合全面掌握 EUS 者,需指导培训至少 150 例操作,其中 50 例的 EUS-FNA,至少 75 例的胰胆疾病检查。

五、重新认证超声内镜执业资格准则

重新认证的目的是为了继续确保临床正确诊断所需的技能、持续提高 EUS 检查质量和保证患者的安全。

（1）确保 EUS 临床技能的要求：确保操作熟练所需相应病例的证明材料，材料包括操作记录或患者记录，还包括客观记载的病例数、成功操作和并发症情况。

（2）检查质量持续提高的统计总结。

（3）通过参加教育活动得到的继续教育培训证书。

总结和证明材料将严格用于继续提高操作者检查质量和内镜资格认证。

（靖大道　赖跃兴）

参 考 文 献

1. ASGE. Guidelines for credentialing and granting privileges for gastrointestinal endoscopy[J]. Gastrointest Endosc, 1998, 48: 679 - 682.

2. Boyce HW. Training in endoscopic ultrasonography [J]. Gastrointest Endosc, 1996, 43: S12 - 15.

3. ASGE. Guidelines for training in endoscopic ultrasound[J]. Gastrointest Endosc, 1999, 49: 829 - 833.

4. ASGE. Renewal of endoscopic privileges [J]. Gastrointest Endosc, 1999, 49: 823 - 825.

5. Chak A, Cooper GS. Procedure-specific outcomes assessmnet for endoscopic ultrasonography[J]. Gastrointest Endosc Clin North Am, 1999, 9: 649 - 656.

6. Hoffman B, Wallace MB, Eloubeidi MA, et al. How many supervised procedures does it take to become competent in EUS? - Results of a multicenter three year study [J]. Gastrointest Endosc, 2000, 51: A139.

7. Fockens P, Van den Brande JHM, van Dullemen HM, et al. Endosonographic T-staging of esophageal carcinoma: a learning curve[J]. Gastrointest Endosc, 1996, 44: 58 - 62.

8. Schlick T, Heintz A, Junginger T. The examiner's learning effect

and its influence on the quality of endoscopic ultrasonography in carcinoma of the esophagus and gastric cardia[J]. Surg Endosc, 1999,13: 894 - 898.

9. Hoffman BJ, Hawes RH. Endoscopic ultrasound and clinical competence[J]. Gastrointest Endosc Clin North Am, 1995,5: 879 -884.

10. Lightdale CJ. Indications, contraindications and complications of endoscopic ultrasonography[J]. Gastrointest Endosc, 1996,43: S15 -18.

11. Dill JE. EUS training and credentialing[J]. Gastrointest Endoc, 2004,59(7): 934.

12. Lightdale CJ. EUS training in the USA[J]. Endoscopy, 1998, 30Suppl 1: A19 - A21.

13. 江学良,杜奕奇,金震东,等. 超声内镜教育[M]//金震东,李兆申. 消化超声内镜学. 北京:科学出版社,2006:8 - 15.

14. ASGE. Principles of training in gastrointestinal endoscopy[J]. Gastrointest Endosc, 1999,49: 845 - 850.

15. ASGE. Tissue sampling during endosnography[J]. Gastrointest Endosc, 1998,47: 1998.

16. Gress FG, Hawes RH, Savides TJ, et al. Endoscopic ultrasound-guided fine-needle aspiration biopsy using linear array and radial scanning endosonography[J]. Gastrointestinal Endoscopy, 1997, 45: 243 - 250.

17. Fleischer DE. Advanced training in endoscopy[J]. Gastrointest Endosc Clin North Am, 1995,5: 311 - 322.

18. ASGE. Methods for privileging for new technology in gastrointestinal endoscopy[J]. Gastrointest Endosc, 1999, 50: 899 -900.

第六节　超声内镜培训的基本要求

超声内镜将内镜技术和超声技术有机结合,要求操作者需同时熟练掌握内镜技术和超声技术,其技术熟练程度、对病变的识别能力都直接影响到诊断和治疗的正确性、有效性和安全性。因此如何认定超声内镜技术熟练程度、如何规范不同等级操作者的培训目标、要求并制定行之有效的培训计划显得非常必要。根据美国消化内镜学会(ASGE)制定的《超声内镜执业资格指南》,并基于目前的一些重要综述和专家共识,我们撰写了超声内镜培训的基本要求,并需要根据临床实际情况加以确定和必要的调整。

一、超声内镜资格认定

超声内镜医生资格认定的目的是为了提高医疗质量和超声内镜操作的安全性。资格认定包括初级资格认定和重新认证。

超声内镜资格认定需要具有相应的证书,包括正规的住院医生或进修医生的培训,或其他相似的培训证书。重新认证超声内镜资格需继续提供水平证书。

1. 超声内镜初级资格的规定

获取超声内镜资格有别于其他内镜操作,如结肠镜检查术、乙状结肠镜检查术、食管胃十二指肠镜检查术、经内镜逆行胰胆管造影术等。内镜操作能力包括感性认识和实践操作两部分。掌握超声内镜不仅需要一定的识别能力,还需要一定的操作技能。

超声内镜的初级资格认定应包含以下条件:

(1) 医生应经过正规的进修或培训,并进行合理的综合医疗或外科训练。受训者应完成至少 24 个月标准的消化内科进修学习(或相当程度)并具有常规内镜操作培训合格证书;超声内镜培训至少需 3～6 个月。短期培训、动物模型和计算机模拟学习是有益的辅助,但不能替代实际操作培训。仅仅根据经验和教训的自学是远远不够的。

(2) 能够熟练掌握消化道内镜(包括前视镜及侧视镜)的操作技术,能安全地插管至十二指肠,以保证超声内镜检查时获得所需检查器官或病变的声像图。

(3) 需具备腹部超声的知识,以便能准确地分辨和解释超声内镜的声像图,并判断正常和异常的发现。

(4) 应熟知内镜操作的适应证、禁忌证,能全面分析对患者的危险因素以及检查利弊;能清楚地介绍超声内镜操作过程并得到患者的知情同意书。

(5) 全面了解镇静剂/麻醉药的药理作用、药代动力学特点和副作用。

(6) 熟悉超声内镜的结构、技术性能、工作状态及其辅助技术,包括活组织检查、细胞学检查、图像摄影等。

(7) 能结合消化道及其周围组织的解剖结构来理解,正确识别、解释内镜检查结果,识别 EUS 声像图特点,能根据超声内镜声像图结合临床来综合评价疾病,能正确地判断图像,如在肿瘤分期上使超声内镜培训者所得到的结果与手术结果相一致。

(8) 可对内镜检查结果和内镜治疗方法进行文字描述,并可与相关人员进行该方面的交流。

(9) 能够完整地执行所教学的整个超声内镜操作过程,需证明在上级医生指导下完成操作病例的数量。

需强调的是,内镜操作方面的培训力度需足够。主观臆断不能确定是否具备内镜检查的能力。只要情况允许,需通过客观指标评价和实际操作演示。受训者需经过一段时间在监督下进行操作,而后才可独立操作,此阶段所完成的操作例数视具体情况而定。在判断初学者何时具备内镜操作能力方面,更需要运用客观指标来进行评价,而非单主观指标。就拿 ERCP 来说,要把导管插入十二指肠乳头内,通常把 80％的成功率作为最低限。一项前瞻性研究显示,初学者至少要在监督下操作 180 例,远远超过常规规定的 75 例。另外,对于结肠镜检来说,在监督下操作的例数也远大于之前普遍接受的阈例数。目前尚无适用于所有内镜检查的关于操作者操作能力的特定评价方法。理应研究出与内镜发展相适应的评价指标。甚至在成功找出客观评价指标后,仍需在一段时间内由经验丰富的内镜操作者考察其操作能力及其综合分析检查结果的能力。

超声内镜技能培训所需的最少病例数见下表 3-13。

表 3-13 超声内镜技能培训所需的最少病例数

部位/病变	所需病例数
黏膜肿瘤(如食管癌、胃癌、直肠癌)	75
黏膜下病变	40
胰胆疾病	75
非胰腺疾病 EUS-FNA*	25
胰腺疾病 FNA**	25

* 壁内病变或淋巴结病变,必须能进行黏膜的 EUS 操作。
** 必须能进行胰胆 EUS 操作。

黏膜和黏膜下病变显像,建议至少指导培训 125 例。完整、全面 EUS 检查,建议指导培训至少 150 例操作,其中 75 例的胰胆疾病检查,50 例的 EUS-FNA。

这些数字代表了最低标准,并不能代表其所具备的技能。这些数字来源于超声内镜培训的研究、已发表的专家观点、美国消化内镜学会(ASGE)执行委员会的标准。

还需指出,超声内镜在不同的解剖位置有不同的适应证。这包括对黏膜恶性病变(食管、胃、结肠、直肠)的评价与分期,对黏膜下病变的判定以及胰腺、胆管病变的评估,并可经超声内镜引导行细针穿刺(FNA)。资格的认证应分别考虑每个区域，培训必须满足资格所要求的主要方面。有时即使进行了大量的操作也不能保证受训者能胜任此项工作。获得良好技能所需的指导下操作的数量在不同受训者有差异。任何时候，应根据客观标准和直接观察来判断其熟练程度。

2. 重新认证超声内镜执业资格准则

重新认证的目的是为了继续确保临床正确诊断所需的技能、持续提高检查质量和保证患者的安全。新的超声内镜操作方法较以前有较大的改进，超声内镜医生需学习掌握这些操作获取新的资格。

经操作培训达到的熟练程度随内镜医生的经验不同而有所差异。如果可能，将产生和形成客观的技术评判标准。如在一些专业超声内镜培训中心，超声内镜对肿瘤进行分期的准确性可达80%，但一般的 EUS 检查者低于这一水平，特别是对直肠癌和胃癌的分期准确率较低。

确保 EUS 临床技能的要求：

（1）确保操作熟练所需相应病例的证明材料，材料包括操作记录或患者记录，还包括客观记录的病例数、成功操作、治疗性干预和并发症情况。

（2）检查质量持续提高的统计学总结。

（3）参加有关教学活动得到的继续教育培训证书。

（4）总结和证明材料将严格用于继续提高操作者检查质量和内镜资格认证。

二、对不同类型病变培训的基本要求

1. 黏膜肿瘤

评价食管、胃和十二指肠肿瘤要求安全插镜至食管、幽门和十二指肠，以准确获得病变图像，识别淋巴结病变须特别注意腹腔干周围。一项前瞻性研究表明,对上述部位成功插镜需 1～23 次操作培训,能成功显像胃或食管壁则需培训操作 1～47 次(中位数 10～15 次)。探查腹腔干需要指导操作 8～36 次(中位数 25 次)。有两篇文章报道了食管癌分期的学习进程。Focken 等发现在完成 100 例检查后才能获得对病变分期足够的准确率。Schlick 等发现至少完成 75 例操作后才能达到 T 分期 89.5% 的准确率。这两篇文章都是关于自学的操作者,也说明通过例数较少的正规培训获得熟练技能是可能的。美国超声内镜协会的一项调查表明,使胃成功显像平均需 44.3 例,平均 42.9 例可达到成功显像食管,平均 37.1 例可成功显像直肠。我们认为一旦某一解剖位置(如食管癌)上达到培训要求,那么其他部位培训所需的病例数就有可能减少。因此,要达到准确评估黏膜肿瘤及其良恶性,至少需在上级医生的指导下完成 75 例 EUS 操作,其中至少 2/3 病例为消化道疾病。

2. 黏膜下病变

超声内镜适用于判断黏膜下病变的性质,如肿瘤、静脉曲张、肥大的胃黏膜皱襞,并判定病变位于腔内或腔外。对能准确判断黏膜下病变所需的培训操作病例数尚无研究,ASGE 培训委员会推荐为 40～50 例。

3. 胰胆声像图

专家共识认为胰腺、胆管、胆囊和壶腹部的精确显像和判断对技术的要求比腔内病变要高。达到胰胆病变成功显像所需的培训病例数可能高于其他解剖位置。前瞻性研究表明,胰腺成功显像需 15～74 例(中位数 34 例),胆、胰管显像需 13～135 例(中位数 55 例),壶腹部显像需 13～134 例(中位数 54 例)。美国超声内镜协会的调查发现,达到胰胆正确显像技术要求需操作 94 例,而达到介入治疗技术要求需操作 121.9 例,而另一些专家认为需操作 150 例才能达到介入治疗应用水平。

4. 超声内镜引导下细针穿刺

超声内镜引导下细针穿刺(FNA)与标准超声内镜显像相比更复杂,危险性更大。FNA检查的3个部位是:壁内病变、消化道周围淋巴结病变和胰腺疾病。在这些部位中,技术最难、并发症风险性最高的是胰腺病变和胰腺囊肿。因此,认为胰腺和非胰腺FNA的应用是不相同的。成功、安全的FNA首先要求能准确获得普通EUS超声声像图。达到行EUS-FNA所需的病例数还未见研究。超声内镜与ERCP一样都使用侧视镜,需结合内镜和X线图像。对于治疗性ERCP,美国消化内镜学会(ASGE)建议在75例诊断性病例的基础上,至少有25例治疗操作在上级医生的指导下进行。对于非胰腺的FNA(如壁内病变和淋巴结病变),ASGE建议学习者应能进行EUS显像黏膜肿瘤,并至少在上级医生的监督下进行25例非胰腺病变的FNA操作。对胰腺FNA则要求受训者能正确操作EUS显示胰胆管,并至少在上级医生的指导下完成25例胰腺病变的FNA。

5. EUS技能综合培训

一旦在某一部位的EUS操作达到临床所需的技能要求(如黏膜肿瘤分期),其他部位(如黏膜下肿瘤)达到所需技能的操作病例数可能会减少。操作者如有意在多个部位掌握所需技能,必须进行包括临床病理学等多方面的培训。对那些只希望掌握黏膜和黏膜下病变显像而不想达到胰胆疾病显像者,只需在上级医生的指导下完成100例操作。而对要求综合全面掌握EUS者,需指导培训至少150例操作,其中50例的EUS-FNA,至少75例的胰胆疾病检查。

(杨文卓 刘 枫)

参 考 文 献

1. ASGE. Guidelines for credentialing and granting privileges for

gastrointestinal endoscopy[J]. Gastrointest Endosc, 1998, 48:
679 - 682.

2. ASGE. Principles of training in gastrointestinal endoscopy[J].
Gastrointest Endosc, 1999,49:845 - 850 .

3. ASGE. Guidelines for credentialing and granting privileges for
endoscopic ultrasound [J]. Gastrointest Endosc, 2001, 54:
811 -814.

4. ASGE. Role of endoscopic ultrasonography [J]. Gastrointest
Endosc, 2000,52:852 - 859.

5. Chak A, Cooper GS. Procedure-specific outcomes assessmnet for
endoscopic ultrasonography[J]. Gastrointest Endosc Clin North
Am,1999,9:649 - 656.

6. Hoffman B, Wallace MB, Eloubeidi MA, et al. How many
supervised procedures does it take to become competent in EUS? -
Results of a multicenter three year study [J]. Gastrointest
Endosc, 2000, 51:A139.

7. Krakamp B, Jamssen J, Menzel, et al. Requirements and
recommendations for performing endoscophies-comments by the
working group on endoscopic ultrasound in North Rine Westphalia
[J]. Z. Gastrornterol, 2004,42:157 - 166.

8. Fockens P, Van den Brande JHM, van Dullemen HM, et al.
Endosonographic T-staging of esophageal carcinoma: a learning
curve[J]. Gastrointest Endosc, 1996, 44:58 - 62.

9. Schlick T, Heintz A, Junginger T. The examiner's learning effect
and its influence on the quality of endoscopic ultrasonography in
carcinoma of the esophagus and gastric cardia[J]. Surg Endosc,
1999,13:894 - 898.

10. Hoffman BJ, Hawes RH. Endoscopic ultrasound and clinical
competence[J]. Gastrointest Endosc Clin North Am, 1995, 5:
879 -884.

11. Lightdale CJ. Indications, contraindications and complications of

endoscopic ultrasonography[J]. Gastrointest Endosc, 1996,43: S15 -18.

12. ASGE. Tissue sampling during endosnography[J]. Gastrointest Endosc, 1998,47:1998.

13. Gress FG, Hawes RH, Savides TJ, et al. Endoscopic ultrasound-guided fine-needle aspiration biopsy using linear array and radial scanning endosonography[J]. Gastrointestinal Endoscopy, 1997, 45: 243 - 250.

14. Fleischer DE. Advanced training in endoscopy[J]. Gastrointest Endosc Clin North Am, 1995,5: 311 - 322.

15. ASGE. Methods for privileging for new technology in gastrointestinal endoscopy[J]. Gastrointest Endosc, 1999,50:899 - 900.

16. Alternatlve Pathways to Training in Gastrointestinal Endoscopy [J]. Gastromtest Endosc, 1996, 43:658 - 660.

17. ASGE. Methods of Granting Hospital Privileges to Perform Gastrointestinal Endoscopy[J]. Gastrointest Endosc, 2002,55: 780 -783.

第七节　超声内镜的操作并发症

超声内镜和内镜超声引导下细针穿刺术(EUS-FNA)对胃肠及非胃肠肿瘤的诊断及恶性程度评估是准确安全的。另外,为了诊断和治疗目的,EUS-FNA 已经被应用于从囊肿及假性囊肿中抽吸并收集液性物质。EUS-FNA 不同于其他内镜手段之处是可以穿过胃肠腔进入不易到达的腔隙、器官和淋巴结,而这些组织器官大多毗邻大的血管结构。由于超声传感器的加入,超声内镜有着独特的光学及机械部件。正因为如此,超声内镜在操作中发生的并发症类型及范围不同于其他内镜。

本指南将关注于 EUS 和 EUS-FNA 特异性的并发症。在标题为"上消化道内镜的并发症"与"结肠镜的并发症"中,与麻醉镇静和标准内镜手法相关的并发症也要被涉及。

一、超声内镜的机械与光学部分

超声内镜大致分两类:环扫和纵轴。环扫包含一个旋转的机械超声发生装置或一个环形的非旋转的电子超声发生器,它们产生垂直于内镜长轴的超声图像。纵轴(有时也指线阵)超声内镜生成的超声图像是电子超声发生器产生的,平行于内镜长轴的单一平面。EUS-FNA 只能在纵轴中应用,因为只有该种超声内镜能够在穿刺中实时监测穿刺针的运动。另外,超声小探头通过标准内镜的工作钳道进行扫描也是十分有效的。当前应用的超声内镜都是把超声发生器置于内镜的末端。光学和超声发生器部分都是固定不易变形的,这就导致超声内镜的头端比其他部分更坚硬,接近超声发生器的地方就有一个更长的不可弯曲部分,长度接近 4 cm。

当前应用的大多数超声内镜为斜视镜。在胃肠道观察的视角类似于十二指肠镜,因此,它的插入和进境(特别是在食管中)是半盲的。

综上所述,超声内镜的这些机械和光学上的不同特性导致了超声内镜操作上更加困难和并发症的发生。

二、常见并发症

(一) 穿孔

应用常规上消化道内镜进行的检查,穿孔发生率为 0.03%。文献报道结肠镜检查穿孔的发生率在 0.12%～0.32%之间。有摘要报道在 3 006 例 EUS 检查中出现 2 例食管穿孔,发生率为 0.07%。有综述报道 86 名医生在 43 852 例超声内镜检查中发生颈段食管穿孔 16 例（发生率为 0.03%），死亡 1 例（死亡率为 0.002%）。大部分（94%）穿孔患者年龄超过 65 岁，44%患者既往有内镜插管困难。16 例穿孔患者中有 15 例（94%）接受的是环扫超声内镜检查。16 例穿孔患者中有 12 例是由培训时间少于 1 年的初学者或助理医生实施的上消化道超声内镜检查。15 例穿孔患者中有 2 例患者接受了外科治疗。

食管癌和食管狭窄是导致食管穿孔增加的一个独立相关因素。在评价食管癌分期的超声内镜检查中约有近 1/3 的患者因食管恶性狭窄限制了超声内镜的通过，也限制了超声内镜全面评估肿瘤浸润深度和腹腔干淋巴结的能力，进而降低了对肿瘤 TN 分期的精确性。由经验丰富的内镜医生对经过狭窄预扩张的食管癌患者进行超声内镜检查，并没有发现扩张与穿孔之间有相关性。超声探头可通过的范围和穿孔并发症也存在相关性。

现有一种超声内镜，它具有更细的锥状头端，内部装有线控的非光学部件（MH-908；Olympus America Corp.，Melville，NY），在 30 例患者中应用，显著增强了对恶性梗阻的分期评价，而没有出现穿孔的并发症。

简要地说，有限的资料显示超声内镜和常规内镜穿孔的发生率没有显著区别。操作者的经验不足、患者的高龄、食管插入的困难都是食管穿孔的风险因素。十二指肠穿孔在超声内镜检查中也有报道，但还没有系统的研究。超声内镜检查在肠道内穿孔情况还没有足够有效的数据。

（二）内镜超声引导下细针穿刺术相关并发症

细针穿刺术可以从肿块或相邻淋巴结获取组织，也可以从囊性结构（胰腺囊肿）中获取内容物进行分析。另外，细针穿刺也可以通过细针注射，例如乙醇（酒精）、皮质类固醇、麻醉剂等，来进行腹腔神经丛阻断或松解。

大多数细针穿刺针规格在 19~22 G 之间。最近，切割活检针已经被设计应用于超声内镜。通过弹射切割外壳和组织盘,在病变的核心部位获取更大的组织。少量资料显示经验丰富的操作者应用细针穿刺并没有导致并发症的增多,然而,一篇报道称一例纵隔肿块患者进行切割活检针穿刺后出现感染并发症。

(三) 感染并发症

诊断性内镜检查很少发生菌血症。一些早期研究表明其发生率为 0～8%(ERCP 的胆道梗阻患者除外)。超声内镜和 EUS-FNA 的并发症——菌血症发病率已经在 3 个各自独立的试验中进行研究,这不包括直肠超声内镜检查。这项包含超过 250 名患者的研究并没有发现上消化道超声内镜检查后菌血症的发生率有明显增加,没有一名患者出现细菌感染的临床表现或发病征兆。在 327 名接受 EUS-FNA 的患者中有一例链球菌脓血症报道,这发生在胰腺假性囊肿患者接受细针穿刺术后,虽然患者术前接受过抗感染预防用药,术后接受抗感染治疗。另外的研究报道,EUS-FNA 后发热症状发生率为 0.4%～1%。在对纵隔囊肿进行 EUS-FNA 也存在感染危险,无论细菌还是真菌,如果感染发生,将可能导致纵隔炎伴随或不伴随脓血症。有一篇报道发现,内镜超声引导下腹腔神经丛阻滞术后发生腹膜后脓肿。没有经直肠细针穿刺术后发生直肠周围脓肿的报道。

基于以上这些资料,EUS-FNA 后发生菌血症的风险是低的,和诊断性内镜检查的发生率是相当的。实性肿块和淋巴结细针穿刺术前预防应用抗生素不被推荐。一些专家推荐直肠周围行 EUS-FNA 后 48 小时内应该行预防性抗菌治疗。囊性病变行 EUS-FNA 后出现发热症状和菌血症的风险是增加的,推荐术后短期应用抗生素预防。

(四) 胰腺炎

在胰腺肿块、囊肿或胰管细针穿刺的患者中,EUS-FNA 导致的医源性胰腺炎的风险是升高的。这也包括细针直接穿过胰腺组织。文献报道胰腺 EUS-FNA 相关性胰腺炎发病率在 $0\sim2\%$。一项研究对 100 名接受 EUS-FNA 的患者进行医源性胰腺炎的评估,所有的患者在细针穿刺术前和术后 2 小时留取血液标本,并分析其淀粉酶和脂肪酶的水平,发现胰腺炎发病率为 2%。

(五) 出血

出血作为 EUS-FNA 后并发症只是在有限的范围内被报道。一项研究表明 2 例胰腺疾病患者接受 EUS-FNA 后临床出现明显出血症状,其中一例死亡。文献报道轻度的腔内出血发生率为 4%。另一项历时超过 13 个月的,对接受 EUS-FNA 患者的研究,特别评估了腔外出血这一并发症。在 227 名患者中有 3 例出现腔外出血,发生率为 1.3%。这些病例分别发生在胰岛细胞癌肿块、食管癌患者的恶性淋巴结、胰腺假性囊肿患者中。所有这些病例,通过超声都观察到出血,并通过内镜进行压迫止血(试图进行压迫止血)。

(六) 胆汁性腹膜炎

胆汁性腹膜炎是 EUS-FNA 后极少发生的并发症。一名接受 EUS-FNA 的胰头部肿块伴胆道梗阻患者出现了胆汁性腹膜炎,这名患者在胆总管末端出现了一个不易觉察的穿孔,最终接受了剖腹手术。在一项通过应用 EUS-FNA 直接从胆囊获取胆汁,并试图鉴别胆囊微小结石病的研究中,在 3 名患者中有 2 名发展成胆汁性腹膜炎。在 6 例胆囊实质性肿块患者的研究中发现,接受 EUS-FNA 是安全的。

(七) 腹腔神经丛阻滞/松解相关的并发症

超声内镜下腹腔神经丛阻滞(应用于慢性胰腺炎患者)或腹腔神经丛松解(应用于胰腺癌患者)是一种有效的止痛方法。这种技术包括在内镜超声引导下通过细针穿刺把皮质类固醇(神经阻滞)或无水乙醇(神经松解)和局麻药物混合注入腹腔神经丛。这种治疗的并发症包括短暂性腹泻($4\%\sim15\%$),短暂性直立性低血压

（1%），短暂性疼痛加重（9%）和形成脓肿。患者术前术后应给予足够的静脉补液以预防和减少直立性低血压的发生率。文献报道经皮行腹腔神经丛松解的并发症包括局部疼痛（96%），腹泻（44%），低血压（38%）和下肢无力伴或不伴感觉异常，截瘫，穿孔，慢性胃轻瘫，腹膜后出血，呃逆（膈肌受损引起）和血尿（肾脏受损）。这些并发症并不是经皮或外科手术路径所独有的，内镜超声引导的方法也可以发生的。内镜超声引导下腹腔神经丛注射还没有死亡的病例报告。

三、小结

综合目前国内外专家意见及研究报道，总结出以下观点：（A）前瞻性对照试验；（B）观察性研究；（C）专家评论。

● 超声内镜在应用中有着与常规前视内镜不同的机械和光学特性，要求在应用中特别注意以减少并发症的发生。（C）

● 同常规内镜相比较，由有经验的超声内镜医生进行的超声内镜检查，发生穿孔并发症的概率并没有增高。操作者经验的缺乏，患者高龄，食管插入困难，食管肿瘤向腔内突出导致食管狭窄都是穿孔的风险因素。（B）

● 超声内镜的大多数并发症是与细针穿刺相关的。（B）

● 内镜超声引导下细针穿刺术后发生菌血症的风险是低的。（A）

● 实性肿块或淋巴结细针穿刺术前不需要预防应用抗生素。唯一例外的可能是经直肠进行的细针穿刺术，虽然临床没有提供关于常规应用抗生素的资料。（B）

● 囊性病变（胰腺或纵隔）行内镜超声引导下细针穿刺术后出现发热和感染并发症的风险是增加的，推荐术后预防应用抗生素。（B）

● 胰腺内镜超声引导下细针穿刺术后胰腺炎发病率在1%～2%。（B）

● 临床明显出血和胆汁性腹膜炎是内镜超声引导下细针穿刺术后极少发生的并发症。(B)

● 超声内镜下腹腔神经丛阻滞或腹腔神经丛松解导致的并发症占超声内镜并发症的大部分,但同经皮腹腔神经丛阻滞或腹腔神经丛松解比较是更加安全的。(B)

(任大宾　杨秀疆)

参 考 文 献

1. Eisen GM, Baron TH, Dominitz JA, et al. Complications of upper GI endoscopy [J]. Gastrointest Endosc, 2002, 55: 784 -793.

2. Dominitz JA, Eisen GM, Baron TH, et al. Complications of colonoscopy[J]. Gastrointest Endosc, 2003,57: 441 - 445.

3. Waring JP, Baron TH, Hirota WK, et al. Guidelines for conscious sedation and monitoring during gastrointestinal endoscopy[J]. Gastrointest Endosc, 2003, 58: 317 - 322.

4. Rathod V, Maydeo A. How safe is endoscopic ultrasound? A retrospective analysis of complications encountered during diagnosis and interventional endosonography in a large individual series of 3006 patients from India [abstract][J]. Gastrointestinal Endosc, 2002, 56: AB169.

5. Raut CP, Grau AM, Staerkel GA, et al. Diagnostic accuracy of endoscopic ultrasound-guided fine-needle aspiration in patients with presumed pancreatic cancer[J]. J Gastrointest Surg, 2003, 7: 118 - 126; discussion 127 - 128.

6. Wiersema MJ, Levy MJ, Harewood GC, et al. Initial experience with EUS-guided trucut needle biopsies of perigastric organs[J]. Gastrointest Endosc, 2002,56: 275 - 278.

7. Levy MJ, Jondal ML, Clain J, et al. Preliminary experience with an EUS-guided trucut biopsy needle compared with EUS-guided

FNA[J]. Gastrointest Endosc, 2003,57: 101 - 106.

8. Larghi A, Verna EC, Stavropoulos SN, et al. EUS-guided trucut needle biopsies in patients with solid pancreatic masses: a prospective study[J]. Gastrointest Endosc, 2004,59: 185 - 190.

9. Wildi SM, Hoda RS, Fickling W, et al. Diagnosis of benign cysts of the mediastinum: the role and risks of EUS and FNA[J]. Gastrointest Endosc, 2003,58: 362 - 368.

10. Levy MJ, Norton ID, Wiersema MJ, et al. Prospective risk assessment of bacteremia and other infectious complications in patients undergoing EUS-guided FNA[J]. Gastrointest Endosc, 2003,57: 672 - 678.

11. Janssen J, Konig K, Knop-Hammad V, et al. Frequency of bacteremia after linear EUS of the upper GI tract with and without FNA[J]. Gastrointest Endosc, 2004,59: 339 - 344.

12. Ryan AG, Zamvar V, Roberts SA. Iatrogenic candidal infection of a mediastinal foregut cyst following endoscopic ultrasound-guided fine-needle aspiration[J]. Endoscopy, 2002,34: 838 -839.

13. Hoffman BJ. EUS-guided celiac plexus block/neurolysis [J]. Gastrointest Endosc, 2002,56(Suppl): S26 - 28.

14. Hirota WK, Petersen K, Baron TH, et al. Guidelines for antibiotic prophylaxis for GI endoscopy[J]. Gastrointest Endosc, 2003,58: 475 - 482.

15. Schwartz DA, Harewood GC, Wiersema MJ. EUS for rectal disease[J]. Gastrointest Endosc, 2002,56: 100 - 109.

16. Eloubeidi MA, Chen VK, Eltoum IA, et al. Endoscopic ultrasound-guided fine needle aspiration biopsy of patients with suspected pancreatic cancer: diagnostic accuracy and acute and 30-day complications [J]. Am J Gastroenterol, 2003, 98: 2663 -2668.

17. Gress F, Michael H, Gelrud D, et al. EUS-guided fine-needle aspiration of the pancreas: evaluation of pancreatitis as a

complication[J]. Gastrointest Endosc，2002，56：864－867.

18. Chen HY，Lee CH，Hsieh CH. Bile peritonitis after EUS-guided fine -needle aspiration［J］. Gastrointest Endosc，2002，56：594 -596.

19. Jacobson BC，Waxman I，Parmar K，et al. Endoscopic ultrasound-guided gallbladder bile aspiration in idiopathic pancreatitis carries a significant risk of bile peritonitis［J］. Pancreatology，2002，2：26－29.

20. Jacobson BC，Pitman MB，Brugge WR. EUS-guided fine needle aspiration for the diagnosis of gallbladder masses[J]. Gastrointest Endosc，2003，57：251－254.

21. Levy MJ，Wiersema MJ. EUS-guided celiac plexus neurolysis and celiac plexus block[J]. Gastrointest Endosc，2003，57：923－930.

22. Schmulewitz N，Hawes R. EUS-guided celiac plexus neurolysis：technique and indication［J］. Endoscopy，2003，35：S49－53.

第八节　ERCP 操作的质量控制

ERCP 是一项技术要求很高、操作风险很大的内镜技术，主要由消化内镜医生进行操作。因此，它需要严格的针对性培训与充足的操作体验来提高成功率与安全性。目前，ERCP 已经从单纯的诊断过渡到以治疗为主的操作。ERCP 及其相关的介入对治疗一系列胰胆疾病，如胆管取石、恶性梗阻性黄疸等，具有显著的疗效。本文参照国内外有关文献，系统地阐述了 ERCP 操作的相关质控指标，以帮助广大 ERCP 从业人员能自觉主动地提高操作水平、改善诊疗质量。

一、术前质控要求

其他一些内镜操作术前最基本的质控要求也同样适用于

ERCP 技术,本文重点介绍一些特殊的 ERCP 术前质控要求。

1. 掌握适当的适应证

ERCP 操作之前必须严格掌握适应证,见表 3-14 所示。每例操作之前必须将患者情况与适应证进行分析比较。在临床上不适宜行 ERCP 操作的情况如下:① 一些腹痛患者,经一系列实验室及非创伤性影像学检查未发现存在胰胆疾病,这种情况下 ERCP 诊断价值不大,但并发症风险却很高。当然,对于需要行肝胰壶腹括约肌测压的患者可考虑行 ERCP 检查。② 胆囊切除术之前的常规检查,只有在手术之前从临床及影像检查提示有胆管炎、胆系梗阻或者胆管结石的情况下才考虑行 ERCP 检查。③ 对于存在可切除的远端胆管恶性梗阻的患者,在术前进行姑息性胆管引流。研究表明,术前胆系减压治疗并不能改善术后的疗效,而且还会导致术前和术后的并发症。只有在下列情况考虑行术前 ERCP 操作:急性胆管炎、严重瘙痒可能会导致手术延迟。

表 3-14 ERCP 的适应证

1) 胆系梗阻引起的黄疸
2) 临床、生化和影像检查提示胰胆管疾病
3) 临床症状或体征提示胰腺恶性疾病,但直接的影像结果提示正常或不能明确
4) 不明原因的胰腺炎
5) 慢性胰腺炎或胰腺囊肿的术前评估
6) 肝胰壶腹括约肌(奥狄括约肌)测压
7) 内镜下肝胰壶腹括约肌(奥狄括约肌)切开术:胆管结石、乳头部狭窄或肝胰壶腹括约肌(奥狄括约肌)功能失调引起临床症状、便于放置胆管支架或气囊扩张、Sump 综合征、胆总管囊肿、不宜外科手术的壶腹癌、便于进入胰管等
8) 支架置入治疗良恶性狭窄、瘘口、术后胆瘘、巨大胆总管结石
9) 管腔狭窄的气囊扩张、鼻胆管引流
10) 在适当的病例进行假性囊肿的引流
11) 从胰胆管进行组织取样
12) 胰腺的介入治疗

2. 签署手术的知情同意书

ERCP 术前告知应该强调 5 项可能的并发症：① 胰腺炎；② 乳头括约肌切开后出血；③ 感染性并发症，通常包括胆管炎，也可能为胆囊炎或胰腺积液的感染；④ 心肺方面的副反应，通常与镇静药有关；⑤ 穿孔，应告知患者，假如发生穿孔可能需要外科手术进行修补。ERCP 的并发症与其他内镜操作有所不同，出血是内镜下括约肌切开后最常见的并发症，据报道其发生率达 0.8%～2%。穿孔可能由导丝造成，也可能由切开导致，内镜导致的穿孔一般发生于离乳头较远的部位，ERCP 中总的穿孔发生率据报道可达到 0.3%～0.6%。

3. 评估内镜操作的困难

术前确认 ERCP 的困难等级，如表 3-15 所示。尽管这种分级方法尚有缺陷，有待进一步完善，但基本可以推测，困难程度越高手术的成功率越低、并发症发生率越高。通常情况下，针对所有患者，有资格的 ERCP 专家在处理困难等级为 1 级的操作时，其成功率达到 80%～90%。因此，那些操作技能较差的 ERCP 医生不应去处理困难等级为 2 级或 3 级的患者。

表 3-15 ERCP 的困难程度

	诊 断 性	治 疗 性
1级	选择性深插管，诊断性取样	胆管括约肌切开术，小于 10 mm 结石，瘘口和低位肿瘤的支架术
2级	Billroth Ⅱ 术后的诊断，小乳头的插管	大于 10 mm 的结石，肝门部肿瘤的支架术，良性胆管狭窄
3级	胰胆管测压，Whipple，Roux-en-Y 术后，胰胆管内镜	Billroth Ⅱ 术后的治疗，肝内胆管结石，胰腺疾病的治疗

4. 预防性使用抗生素

应该按权威性指南的要求在术前使用抗生素。ERCP 术后的胰腺炎发生率通常在 1%～7%，许多因素，包括患者、操作等相关的因素均可影响 ERCP 术后胰腺炎的风险，因此进行内镜操作时应考虑到适当时使用抗生素。术后胆管炎的发生率一般小于1%，并发胆囊炎的比例为 0.2%～0.5%。总之，已知或合并胆系梗阻的患者，包括原发性硬化性胆管炎、胆胰瘘、胰腺假性囊肿或胰腺坏死等，其内镜操作过程中感染的风险明显增加，所以应在术前接受抗生素预防治疗。

二、术中的质控要求

ERCP 术中过程从使用镇静剂开始，到退出内镜结束，其最基本的操作质控要求包括：患者的监控、药物处理、复苏措施、相关解剖标志和病变的图像留取等。现将与 ERCP 操作和原发疾病密切相关的质控要求介绍如下。

1. 插管成功率

只有具备一定的 ERCP 操作技术，才能保持对目标胰胆管插管的高成功率，以及较低的并发症发生率。因此，操作者需要接受足够的训练以及持续的操作体验。目标管腔的插管是成功进行ERCP 诊疗的基础。只有导管的前端插进乳头并进入到目标管腔才能进行深插管，只有这样才能对目标的胰胆系统有效造影，以及使用器械进行治疗操作。成功的插管造影避免了第二次 ERCP 以及 PTC。

1990 年以来的研究提示，对于进行熟练的 ERCP 操作的医生，其插管的成功率可持续保持在 95% 以上。ERCP 培训的目标是：插管的成功率应达到 80% 以上。尽管对 ERCP 操作来说，总的适当的插管成功率应 ≥90%，但对大多数 ERCP 医生的要求是：插管的成功率不得低于 85%。当我们计算插管成功率时，应排除以下情况造成的插管失败：麻醉不足、胰管十二指肠切除术（Whipple 手术）、Billroth Ⅱ 术后、胃空肠吻合术、胆管空肠吻合术后以及十二指肠梗阻等。另外,由于胃内容物大量潴留以及难以获取足够的镇静所造成的操作失败也应排除。

操作报告应该说明是否进行了深插管,而且须特别说明在插管中使用的附件类型,其中尚应包括 X 线照片。内镜下发现的病变照片也应在报告中反应。当常规的插管方法失败时,也可使用括约肌预切开后插管。预切开需要一定的操作技巧,还可能会增加 ERCP 术后的并发症。大多数有经验的内镜专家在处理10%~15%的患者时不会依赖预切开,这种方法尚不足以作为正常插管的替代技术。

ERCP 操作的成功不仅仅依靠成功的插管。插管成功后尚需要其他一些操作技术,其中包括通过狭窄部位、取出结石、置入支架等等。对大多数一般的 ERCP 操作(取石、解除胆系梗阻、胆瘘的支架治疗等),技术的成功率≥85%。操作失败可能会导致并发症(胆管炎、胰腺炎),需要接受另外的治疗(PTC、手术、再次ERCP),而且会增加费用。研究表明,ERCP 失败所产生的费用是很大的。

2. 胆总管结石的取石治疗

胆总管结石是 ERCP 手术最常见的适应证之一,急性胆管炎和急性重症胆石性胰腺炎患者需要快速有效地解除胆系梗阻并行胆管清理。按目前的要求,通过应用括约肌切开术、气囊或网篮取石术,合格的 ERCP 手术医生应该能够成功地清除>85%患者的胆总管结石。当标准的技术方法取石失败时,机械碎石法可将取石的成功率提高至 90%以上,少数患者需要更加先进的取石手段,如液电碎石、激光碎石或体外震波碎石等,这些方法可将取石的成功率提高至接近 100%。

3. 胆总管分叉以下部位梗阻的支架置入

其适应证主要包括:胰腺癌、无法取出或巨大的胆总管结石、良性的狭窄(慢性胰腺炎、胆管术后改变)。胰腺癌伴梗阻性黄疸的减黄治疗是 ERCP 的主要适应证之一。胆系梗阻在以下情况下应及时解除：合并胆管炎，肝内胆管经受了内镜器械的操作，并有造影剂充盈。对于非肝门部位的胆管梗阻，合格的 ERCP 内镜医生应该能够置入胆管支架进行解除，而且成功率可达到 80%～90%。

三、术后的质控要求

术后阶段从退出内镜开始到患者康复出院，基本的内容包括：完成操作报告、对患者的指导、病理随访、确定患者的满意度、与其他相关部门的联络等。ERCP 术后的质控指标主要包括：

1. 报告的完成

内镜报告应记录：成功的插管，相关的荧光影像，内镜的图像等。完整的 ERCP 报告应包括具有代表性的内镜和放射学照片，这样就可以反映手术操作的具体过程。适当的报告还具有法医学的依据。另外，还为相关的医务人员提供临床诊疗的依据。

2. 并发症发生率

对所有患者应及时记录并发症情况，如 ERCP 相关的胰腺炎、出血、穿孔和胆管炎等。目前，临床报道的 ERCP 术后胰腺炎发生率差异较大。存在这样大的差异主要是由于随访频率的不同，以及其他一些相关的因素，如患者的易感性、操作的类型和内镜医生等。通常情况下，胰腺炎的发生率为 1%～7%。操作医生应告知患者，胰腺炎可能非常严重，使得住院时间延长，甚至需要外科手术或导致死亡。

在接受 ERCP 手术的患者中，只要具有正常的解剖结构，其穿孔发生率一般小于 1%。穿孔可能发生于食管、胃或十二指肠的机械性破裂，大多由于器械的损伤、乳头切开或导丝的穿透等。那些因外科手术而发生解剖结构改变的患者（如 Billroth Ⅱ）在接受

ERCP操作时,当内镜穿过输入襻时发生穿孔的风险显著升高。这类穿孔通常发生于腹腔内,需要外科手术的干预。

　　主乳头括约肌切开后出血的发生率大约为2%。增加切开后出血风险的危险因素包括凝血功能障碍、术前活动性胆管炎、术后3天内抗凝治疗、内镜医生操作例数过少等。然而,当采取其他治疗措施时术后出血的风险显著增加,例如乳头切除术和透壁的假性囊肿引流术等。假如未行括约肌切开术或透壁的穿刺(如单独的支架放置等),诊断性或治疗性ERCP术后主乳头出血的风险接近于零,甚至在一些接受抗凝治疗的患者也是如此。

　　ERCP术中可能会发生心肺方面的不良事件,部分与镇静止痛有关。内镜医生在ERCP术前必须做好充分的准备以处理心肺方面的不良反应,术中做好密切的监护,最常用的镇静止痛方法主要是联合应用地西泮、哌替啶或麻醉药。目前,不建议由内镜医生单独使用丙泊酚进行手术麻醉。

四、总结

　　ERCP的效果取决于高的成功率和低的并发症发生率,操作技能与ERCP效果直接相关。临床实践表明,只有经过科学合理的ERCP培训,以及持续的质量改善才能减少操作的并发症,提高治疗效果。因此,持续的质量控制与改善是ERCP发展的基础。需要说明的是,上述所有的质控要素并非适用于任何的ERCP操作,内镜医生应视具体情况而定。

　　上述质控要求应定期进行修订,根据内镜技术的发展而不断进行质量改善。各内镜中心应定期对ERCP诊疗结果进行归纳总结,一方面可作为内镜医生的培训材料,另外也为内镜技术的质量改善提供依据。

(宛新建　李兆申)

参 考 文 献

1. Sivak MV Jr. Trained in ERCP[J]. Gastrointest Endosc, 2003, 58:412 – 414.

2. Carr-Locke DL. Overview of the role of ERCP in the management of diseases of the biliary tract and the pancreas[J]. Gastrointest Endosc, 2002,56(Suppl 6):S157 – 160.

3. Hawes RH. Diagnostic and therapeutic uses of ERCP in pancreatic and biliary tract malignancies[J]. Gastrointest Endosc, 2002,56(Suppl 6):S201 – 205.

4. Eisen GM, Hawes RH, Dominitz JA, ct al. Guidelines for credentialing and granting privileges for endoscopic ultrasound[J]. Gastrointest Endosc, 2002,54:811 – 814.

5. Faigel DO, Pike IM, Baron TH, et al. Quality indicators for gastrointestinal endoscopic procedures: an introduction [J]. Gastrointest Endosc, 2006,63(Suppl):S3 – 9.

6. Adler DG, Baron TH, Davila RE, et al. Standards of Practice Committee of American Society for Gastrointestinal Endoscopy. ASGE guideline:the role of ERCP in diseases of the biliary tract and the pancreas[J]. Gastrointest Endosc, 2005,62:1 – 8.

7. Johanson JF, Cooper G, Eisen GM, et al. American Society of Gastrointestinal Endoscopy Outcomes Research Committee. Quality assessment of ERCP: endoscopic retrograde cholangiopacreatography[J]. Gastrointest Endosc, 2002,56:165 –169.

8. Pasricha PJ. There is no role for ERCP in unexplained abdominal pain of pancreatic or biliaryorigin[J]. Gastrointest Endosc, 2002, 56(Suppl 6):S267 – 272.

9. NIH state -of-the -science statement on endoscopic retrograde cholangiopancreatography (ERCP) for diagnosis and therapy[J]. NIH Consensus State Sci Statements, 2002,19:1 – 26.

10. Nathan T, Kjeldsen J. Schaffalitzky de Muckadell OB. Prediction

of therapy in primary endoscopic retrograde cholangiopancreatography [J]. Endoscopy, 2004,36:527 - 534.

11. Isenberg G, Gouma DJ, Pisters PW. The on-going debate about perioperative biliary drainage in jaundiced patients undergoing pancreaticoduodenectomy[J]. Gastrointest Endosc, 2002,56:310 - 315.

12. Mallery JS, Baron TH, Dominitz JA, et al. Standards of Practice Committee, American Society for Gastrointestinal Endoscopy: Complications of ERCP [J]. Gastrointest Endosc, 2003, 57: 633 -638.

13. Cotton PB. Income and outcome metrics for the objective evaluation of ERCP and alternative methods[J]. Gastrointest Endosc, 2002,56(Suppl 6):S283 - 290.

14. Hirota WK, Petersen K, Baron TH, et al. Standards of Practice Committee of the American Society for Gastrointestinal Endoscopy: guidelines for antibiotic prophylaxis for GI endoscopy [J]. Gastrointest Endosc,2003,58:475 - 482.

15. Harewood GC, Baron TH. An assessment of the learning curve for precut biliary sphincterotomy[J]. Am J Gastroenterol, 2002, 97:1708 - 1712.

16. Katsinelos P, Mimidis K, Paroutoglou G, et al. Needle -knife papillotomy:a safe and effective technique in experienced hands [J]. Hepatogastroenterology, 2004,51:349 - 352.

17. Perdue DG, Freeman ML. ERCOST Study Group. Failed biliary ERCP: a prospective multicenter study of risk factors, complications, and resource utilization [abstract] [J]. Gastrointest Endosc, 2004,59:AB192.

18. Carr-Locke DL. Therapeutic role of ERCP in the management of suspected common bile duct stones [J]. Gastrointest Endosc, 2002,56(Suppl 6):S170 - 174.

19. Freeman ML, Guda NM. Prevention of post-ERCP pancreatitis:

a comprehensive review[J]. Gastrointest Endosc, 2004, 59:
845 -864.

20. Cheng CL, Sherman S, Fogel EL, et al. Endoscopic snare
papillectomy for tumors of the duodenal papillae[J]. Gastrointest
Endosc, 2004, 60:757 - 764.

21. Baron TH, Harewood GC, Morgan DE, et al. Outcomedifferences
after endoscopic drainage of pancreatic necrosis, acute pancreatic
pseudocysts, and chronic pancreatic pseudocysts[J]. Gastrointest
Endosc, 2002, 56:7 - 17.

22. Waring JP, Baron TH, Hirota WK, et al. American Society for
Gastrointestinal Endoscopy Standards of Practice Committee:
guidelines for conscious sedation and monitoring during
gastrointestinal endoscopy[J]. Gastrointest Endosc, 2003, 58:
317 -322.

23. Vargo JJ, Zuccaro G Jr, Dumot JA, et al. Gastroenterologist-
administered propofol versus meperidine and midazolam for
advanced upper endoscopy: a prospective, randomized trial[J].
Gastroenterology, 2002, 123:8 - 16.

第九节 ERCP 风险、预防及处理对策

ERCP 是风险最大的内镜操作。在技术、临床、误诊的发生
以及工作人员方面都存在潜在的风险,但是主要还是与不利临
床事件的发生相关。通过对并发症及其严重程度的统一定义以
及一系列前瞻性的研究工作,明确了不同情况下 ERCP 操作的
危险程度以及相关的危险因素。这些研究进程使得 ERCP 在不
同临床事件的利弊发生率更为明确,也有助于与患者沟通,帮助
他们作出更好的选择。同时近 30 年,多方面的经验使我们在如
何减少并发症的发生,以及如何处理不同情况下的并发症有更

权威的说明。

本章着重于描述 ERCP 的风险、危险因素、处理方法,以及为如何处置不利事件提供导向。

一、ERCP 的风险

风险是指事情出错的可能性,假定有很明确的计划时,最好定义为偏离计划的可能。患者对计划的事前告知和了解在术前同意书中都应罗列出来。出现的偏差通常考虑为"意外"。

ERCP 的意外事件分为 4 种类型:

- 医务人员的风险
- 技术上的故障
- 临床准备不足
- 并发症的发生

(一) 内镜医生和相关医务人员的风险

内镜室没有危险,但是对进行 ERCP 操作的医生和相关医务人员来说存在风险。有感染传播的可能性,但是通过穿隔离衣、戴手套以及佩戴防护镜等预防措施和严格的消毒操作规程是完全可以预防的。

适当的预防接种也是需要的。极少数医务人员对 ERCP 过程中使用的物品如:戊二醛、乳胶手套等会过敏。

辐射的危险性可以通过学习、防护以及对放射量的检测而降低到最小。一些年长的 ERCP 医生有头颈方面的病患,主要是长期低头看纤维内镜造成的,而当操作视频和 X 线的监视器不紧邻时这种情况就更为严重。有些频繁进行 ERCP 操作的人员会抱怨有"弹响指"。一位加拿大的外科医生发现 114 例 ERCP 操作医生中 50% 有骨骼肌肉疾病。

(二) 技术上的失败

不是所有的 ERCP 操作过程都一帆风顺。有时可能很难到达乳头，或者难以插入所需要进入的管腔，或者不能完成所有必要的治疗操作。失败的概率由多种因素决定，如专业技能、病变的复杂性及难度、明确的意图、操作失败的危险后果等。

（三）临床治疗失败

操作的成功决定临床治疗的成功，但是临床治疗的成功却并不能决定操作的成功。操作过程的完成是技术上的，并不一定有好的结果，尤其是没有明确的适应证时。

我们的目的是更有利于患者，但是如何界定这一点也相当困难。在一些取石、支架治疗低位胆管肿瘤时，操作的成功通常能保证临床治疗的成功，至少中短期内是如此的。但是这类患者存在诸如结石复发、支架堵塞等问题，这在后面还将详细描述，因此对成功的判断就取决于时效性。这对于区别针对同一问题的首次失败和二次失败有一定的意义。

对于复发性胰腺炎，括约肌功能失调所致疼痛等周期性发作的疾病，判断介入治疗是否成功也是比较困难的。这些患者的真实疗效通常要经过数月或数年后才能明确。此外，这些疾病的临床表现不完全，比如减少胰腺炎的发作或减少疼痛的程度。但是如何精确了解疼痛减轻的程度，它们可能每天或每周都不一样。减轻到什么程度才算是治疗有效也很难界定。这一领域的发展有待于我们制定一定的标准，对结果作出界定以及更客观的随访观察。生活质量的评估也将包括其中。我们制定一个疼痛负荷记分系统，和检测病患消化质量的仪器一同用于连续的观察患者。

二、未预期的临床不良事件——并发症

意外事件是指内镜医生和患者所没有预料到的事情，它们在知情同意书中没有列出来。很少有检查结果比预期的好，例如疑似恶性肿瘤的黄疸患者检查后发现是可以治疗的良性疾病（如：结石引起的黄疸）。多数检查过程中出现的结果都是不利的，有的

就是并发症。

（一）什么时候的不利事件是并发症

有些不利事件比较轻微，如：一过性的低氧血症可以通过吸氧解决，短暂的出血可以止血。这些事件通常不能看作是并发症，但是通常为了提高操作和医疗的质量我们都将其记录在案。

对于临床不良事件定义为并发症是主观的，同时也是很重要的，因此有意义数据的收集和对照是十分必要的。1991 年曾就 ERCP 并发症的定义开过共识会议。同时提供了有关 ERCP 各方面的规则、定义，尤其是括约肌切开的并发症方面的资料。

1. 并发症的界定

（1）不良事件。

（2）可归因于操作过程。

（3）需要住院治疗。

共识会议同时也对一些常见并发症的定义作出了推荐（表 3 - 16）。并不是所有的并发症有相同的意义，因此根据需要住院的时间长短以及需要外科手术或（和）重症监护的程度，共识会议也制定了严重程度的标准（表 3 - 16）。

表 3 - 16　ERCP 操作和治疗过程中主要并发症的界定分级系统

	轻	中	重
出血	临床出血(不仅仅是内镜下的)，血红蛋白的降低 < 30 g/L，不需要输血	输血 < 4 个单位，不做血管造影介入治疗或外科手术	输血 > 5 个单位或介入治疗(血管造影或外科手术)
穿孔	可能或是很少的液体渗漏，通过补液或吸引治疗可以愈合，疗程 < 3 天	任何明确的穿孔，使用医药治疗 4 ～ 10 天	使用医药治疗超过 10 天，或者需要介入治疗(经皮或手术)

续　表

	轻	中	重
胰腺炎	术后 24 小时淀粉酶超过正常的 3 倍,需要入院治疗或延长入院治疗 2～3 天的临床胰腺炎	需要入院治疗4～10 天的胰腺炎	入院治疗超过 10 天,出血坏死性胰腺炎,蜂窝织炎,假性囊肿形成或介入治疗(经皮引流或手术)
感染(胆管炎)	体温＞38℃,24～48小时	发热或脓毒血症需要入院治疗超过 3天,需要内镜或经皮介入	感染性休克或外科治疗
网篮嵌顿	网篮可以自动释放或通过内镜取出	经皮介入治疗	外科手术治疗

2. 严重性的标准

(1) 轻度:需要 1～3 天的住院日。

(2) 中度:需要 4～9 天的住院日。

(3) 重度:需要超过 10 天的住院日或外科手术或 ICU 监护。

(4) 致命:操作过程导致死亡。

这些概念和定义被广泛接受,包括对 ERCP 结果分析也使用上述的标准。此外,对于预测结果的好坏也具有重要的意义。如果外科医生和介入科的医生使用相同的标准,那么在一些正规的随机研究中对没有相关上下文时,进行结果比较就相对简单。

并发症:① 不利、不可预测的事件;② 可归因于操作过程(包括准备过程);③ 严重到需要入院治疗或延长入院时间。

任何需要入 ICU 的患者或是需要手术的,都认为是严重的患者。

（二）临床不利事件的类型

不能预测的不利事件可以广泛地分为四类。

（1）设备故障。

（2）药物治疗与镇静过程相关。

（3）直接事件：在内镜操作过程中发生（例如：出血、穿孔和胰腺炎等等）。

（4）间接事件：操作过程中导致其他脏器，如：心、肺、肾功能障碍。由于在术后几天患者已经回家或是转到其他医疗机构后才出现明显的症状，所以间接事件不易被发现和记录。

（三）不利事件发生的时间和病因

大多数的不利事件在操作过程中或是术后不久就可以明确，也有一些是在术前发生（例如：与准备过程相关），一些在较迟才出现（例如：括约肌切开术后迟发性出血）。

在术前或术中出现的不利事件，注明检查是否需要提前结束或是能否完成是十分重要的。

1991 年的共识会议提出了"归因于操作过程"的概念。病因并不能都明确，尤其是对于一些迟发的不利事件。如果在 ERCP 术后一周或两周以后发生，那么心肺事件是否相关或者只是有某些相关因素（例如：由于操作过程而停止或中断了一些重要的药物治疗）。

对于这方面，共识会议建议直接事件，即使是在术后数周后出现也应该归因于操作过程（例如：迟发性出血）。此外同意将术后3 天内发生的间接事件如：心肺问题的发生也归因于操作过程。

如上所提及的，如何报道 ERCP 失败后采取相应措施时（如：经皮的介入治疗）发生的并发症。

三、总体并发症的发生率

在 1991 年共识意见之前发表的并发症的发生率，由于缺乏统一标准而难以解释。许多综述和病案系列报道连续发表。一些近来的单个或多中心的资料总结在表 3 - 17 和表 3 - 18 中。

总之,在 ERCP 操作的过程中 5%～10% 的患者会出现并发症。然而,这些全球性的数据并不十分严格,并且来自不同的操作程序和不同疾病背景的患者。适应证及疾病不同,并发症发生的危险性存在明显差异,因此我们需要更为详细的数据资料。根据自己的疾病资料,患者应当被告知可能发生并发症的危险性。

表 3 - 17　ERCP 并发症的发生率

第一作者	Loperfido	Masci	Tzovaras	Halme	Farrell	Lizcano	Vandervoort
年限	1998	2001	2000	1999	2001	2004	2002
ERCPs(例数)	3 356	2 444	372	813	1 758	507	1 223
并发症(%)	4.0	5.0	5.0	3.9	3.5	10.8	11.2
诊断病例(%)	1.4			1.8	2.1	17.0	
治疗病例(%)	5.4		1.3	9.1	4.6	7.4	
30 天死亡率(%)			0.3		2.2		
相关死亡率(%)				0.3	0.35	0.8	0.2
胰腺炎(%)	1.3	1.8		1.8		5.5	7.2
出血(%)	0.8	1.2		0.8		1.6	0.8
穿孔(%)	0.6			0.8		1.4	0.08
感染(%)				0.7		1.6	0.8
危险增加因素							
年轻		√					
缺乏经验	√						
失败/困难		√					√
括约肌功能不全							√
预切开	√	√					

表 3 - 18　近期大量病案报道胆道括约肌切开后的并发症

第一作者	Cotton[a]	Barthet	Freeman	Rabenstein
年限	1998	2002	1996	1999
括约肌切开术	1 921	658	2 347	1 335

续　表

并发症(%)	5.8	7.7	9.8	7.3
30 天死亡率(%)	0.2	0.9	0.2	
相关死亡率(%)	0.1		0.04	
胰腺炎(%)		3.5	5.4	
出血(%)		1.2	2.0	
穿孔(%)		1.8	0.3	
感染(%)		1.2	1.5	
危险增加因素				
年轻				
缺乏经验		✓		✓
失败/困难			✓	
括约肌功能不全		✓	✓	
预切开		✓	✓	
肝硬化			✓	

　　a　仅有胆道结石。

　　在早期出血、穿孔和感染是 ERCP 和胆道括约肌切开术最常见的并发症,而现在胰腺炎则更为常见。这主要是随着操作培训和诊疗技术的提高而降低了出血、穿孔和感染的危险性,此外由于 ERCP 的适应证更为广泛而使胰腺炎的发生率增加,例如:不明原因的腹痛、括约肌功能不全以及复发性胰腺炎等较危险的病例也成为适应证。

四、一般危险因素

　　内镜医生应当清楚增加 ERCP 危险性的因素。这些因素既是普通的也是特殊的。普通的危险因素包括:内镜医生个人或团队的技术水平、患者的临床状况以及操作过程的精确程度。

　　对于特殊危险因素的详细内容以及如何减少它们的方法介绍将在后面叙述。这里我们仅对一些关键部分进行讨论。

(一) 操作者相关因素

数据表明有经验的内镜医生即使是处理较为复杂的病例时，其操作的成功率高于没有经验的操作者，而并发症的发生率则低于他们。这表明操作培训、信任度的建立以及知情同意的重要性。缺乏经验会导致技术上失败的危险性，而失败也导致了后续干预措施的危险性增加。一项研究表明，失败的 ERCP 操作并发症的发生率是成功操作的 3 倍(21.5％对 7.3％)。缺乏经验和不良后果之间的联系主要通过外科手术得以证实。

(二) 患者相关因素：临床状况、适应证以及并存疾病

目前对于可能影响 ERCP 操作危险性的患者因素的分析得到了更多重视。

1. 年龄

年龄本身并不是 ERCP 并发症的危险因素。目前有些研究证实了婴儿、小儿和老人进行诊断和治疗性 ERCP 的安全性。

2. 疾病及相关情况

在已患有严重疾病(例如：急性胆管炎)和一些患有基础疾病的患者中不利事件更容易发生。重要的基础疾病包括心肺功能不全(会增加镇静和麻醉的危险性)，免疫抑制性疾病和凝血功能障碍(包括治疗引起的凝血障碍)。如果有统一的标准和评分体系来反映危险程度，将有助于 ERCP 危险程度的分析，但是目前出版的文献资料中没有适用于 ERCP 的。美国麻醉协会(ASA)的评分标准经常用于外科手术中镇静和麻醉危险性的评价，但是并不适用于 ERCP 的操作。这是由于其危险性与操作的适应证更为相关。处理妊娠患者结石时，选择 ERCP 操作更为安全。

3. 适应证

ERCP 的危险性在一些具有良好适应证的患者(例如：胆道结石、胆瘘以及低位肿瘤)中是比较小的。而 Freeman 等的研究表明原因不明的腹痛患者(怀疑括约肌功能不全)进行 ERCP 操作

的危险性则较大。2002 年美国国立卫生研究院的 ERCP 会议上
着重强调了这点。不幸的是 ERCP 在那些最不具有良好适应证的
患者中危险性是最大的。

4. 解剖结构因素

一些病例中乳头旁憩室也被认为是一种危险因素。采取适当
的预防措施,有埋藏式起搏器和除颤后的患者也可以安全地治疗。

早期认为正常管径的胆道会增加 ERCP 术后胰腺炎的危险
性,但是目前认为括约肌功能不全会增加其危险性,其中不包括有
结石的患者。

5. 特殊并发症的危险因素

特殊并发症的危险因素将在后续部分详细讨论。例如:毕罗
Ⅱ式胃切除术后,会增加输入襻穿孔的危险性,凝血障碍和特定的
药物治疗会增加出血的危险性。同样由于引流不畅,肝门部肿瘤
和硬化性胆管炎会增加特殊并发症发生的危险性。

(三) 操作过程

1. 诊断或治疗

许多人认为治疗性的 ERCP 要比诊断性操作危险。在一些研
究中是这样的,危险性的比例分别是:5.4% 对 1.4%,9.1% 对
1.8%,4.6% 对 2.1%;但是在另外的小样本研究中的比例则是
7.4% 对17%。

不论是诊断还是治疗,镇静、心肺事件和插管所带来的危险性
是相同的。治疗性操作过程存在其独特的危险性,比如:括约肌
切开后的出血和穿孔,或者在假性囊肿引流时所致的感染。这些
并发症是严重的,因此治疗性操作导致严重并发症的危险性比较
大。值得注意的是我们自己的研究表明:治疗性和诊断性 ERCP
所致并发症的危险性是相当的,而严重或致死性并发症的发生率
则是治疗性 ERCP 稍高于诊断性 ERCP(0.7% 对 0.3%)。如果没
有立即给予适当的后续治疗在一些患者进行诊断性 ERCP 是比较

危险的(例如：恶性梗阻性黄疸的患者或证实有括约肌功能不全的患者)。我们诊断性的操作过程是指那些不包括任何治疗的操作,有时会出现技术上的失败。有基础治疗意向的分析结果则会十分不同。当考虑到个体的危险性时,特殊治疗操作的含义有待商榷;这里给出部分详细说明。

2. 胆管括约肌切开术

胆管括约肌切开术是世界范围内最普通的治疗性 ERCP 程序。因此,许多有关危险性的文献,主要是在有结石的病例中,都会特别指出胆管括约肌切开术的危险性。典型病例提示整体的致死率是 5.3%～9.8%,但是病因相关的致死率则低于 1%。南卡罗来纳大学 10 余年 1 043 例胆管括约肌切开取石患者,并发症的发生率是 2.6%。其中仅 7 例(0.5%)是严重的并发症,1 例(0.07%)死亡。同期其他适应证中 2 021 例胆管括约肌切开患者总的并发症的发生率是 7.5%,严重并发症是 0.6%,没有死亡。

3. 胰管括约肌切开术

主乳头和副乳头的胰管括约肌切开术较胆管括约肌切开使用少,但是目前也有逐渐增加的趋势。在牵拉型括约肌切开和使用针状刀预切时可能胆、胰管都被切开。较少有研究分析其特殊的并发症。南卡罗来纳大学 1 615 例胰管括约肌切开的患者中总的并发症的发生率是 6.9%,多数患者同时进行了胆管括约肌切开,80%的患者是胰腺炎患者。只有 1 例括约肌切开穿孔,3 例严重的并发症(占 0.2%),没有相关的死亡病例。

4. 括约肌预切开术

结石嵌顿的患者使用针状刀预切开是安全有效的,同时也是多数人进行胰管括约肌切开的主要原因,毕罗Ⅱ式胃切除术后行胆管括约肌切开也使用该方法。但是预切开仅作为胆道使用技术是有争议的。许多文献认为对有良好适应证的患者,专家进行预切开是安全有效的。但是也有大量的证据表明经验不足的内镜医生,尤其是没有强烈的指征时,使用预切开是有风险的。一些研究(包括相当有经验的内镜中心)表明预切开至少会增加胰腺炎和穿孔发生的危险性。研究表明预切开的声誉不佳,主要是因为它在进行了许多其他操作后被当作最后的策略,而如果在早期使用也许是安全的。然而,对于标准操作程序来说,预切开是最糟糕的选择。

文献描述了多种预切开的方式,包括在胰管内使用标准牵拉型的括约肌切开术。在某中心使用该方法有良好的经验,但是仍被认为是不得已的选择。

数据表明没有经验的内镜医生要尽量避免预切开,尤其是治疗没有胆管病理学依据的疾病时。

5. 括约肌重复切开

对于结石复发和狭窄的患者有时需要重复进行胆管和胰管括约肌切开。第二次的操作是否会增加危险性取决于适应证及首次切开的尺度。比较两次切开的病例和首次切开的患者发现出血和穿孔的发生率有明显的增加,分别是从 1.7% 增加至 5% 以及从 1% 增加至 8%;但是胰腺炎的发生率则从 5.5% 降至 1%。这些因素将在特殊危险因素部分进一步讨论。

6. 括约肌球囊扩张

越来越多年轻的患者腹腔镜胆囊切除术后使用内镜下取石术,虽然括约肌切开危险性较小,但是目前使用球囊扩张乳头代替括约肌切开,进一步减少操作危险的技术引发了研究兴趣。这项技术主要是有发生胰腺炎的危险,在后面部分会进行讨论。

7. 内镜下乳头切除术

随着内镜医生对息肉切除术、黏膜切除术以及复杂 ERCP 操作程序的熟悉和自信程度的增加,越来越多使用主乳头切除术治疗腺瘤。目前各种技术(包括胰腺临时支架的放置)都有很好的使用,但是仍然要注意有明确的适应证和复发的可能。急性的危险包括出血、胰腺炎和穿孔。70 例大样本研究中并发症的发生有 10 例,占 14%,其中出血 4 例,胰腺炎 5 例,轻微穿孔 1 例;中期随访 7 个月有 1/3 的患者复发腺瘤。

8. 支架

胆道支架在治疗肿瘤和胆瘘中已广泛使用。虽然胰腺癌可以减少胰腺炎的发病,但是支架放置所造成的危险和 ERCP 的其他操作程序是一样的。在许多病例中胆道括约肌小切开不是必需的,但是由于可以减少胰腺炎的发生以及利于两根支架的摆放,在处理乳头肿瘤时是明智的选择。

不论 ERCP 还是经皮操作中,当胆道支架引流不充分或是放置失败时,较危险。当肝门部病变时,发生并发症和操作失败的危险性是增加的。支架(包括胰管支架)的特殊危险性将在后面进一步讨论。

9. 假性囊肿引流

通过胃壁或十二指肠进行内镜下假性囊肿引流,发生出血、穿孔和感染的危险性都很大。

五、减少 ERCP 的危险

减少特殊危险的方法将在相关章节中详细讨论,但是有几种一般策略需要了解。当然增强内镜医生和辅助团队的临床和技术经验,严格按照标准操作程序有助于减少危险的发生。由于不是所有的并发症都会发生,因此确保患者和家属了解主要的危险是十分必要的。

(一) 知情同意书

内镜医生必须明确操作的利大于弊,并能够让患者充分了解情况。正式的知情同意书就是让患者明白操作潜在的利弊,并且了解操作的局限性以及操作中可能存在的变化,这是我们和患者之间的契约。许多机构签署"知情同意书"是医疗-法制程序,但是实际上它更是一种教育过程。就事论事是十分重要的。作为医生想要安慰紧张的患者说"一切都没问题"，但是这样做既不诚实也不明智。

1. 宣教资料

内镜医生和患者及其家属详细讨论操作细节是无可取代的程序，并且可以通过文字、视频或网络相关的教育资料进一步加强。适当的宣教材料可以从国家机构和许多网站获得，这些资料也同样适用于各个地区。知情同意的签署必须备案和见证。对于择期操作的病例要至少提前一天签署知情同意书，这样有时间来复习病情以及做术前准备。无论宣教过程多么详细，操作前患者必须有机会询问内镜医生或相关人员。

2. 人道

对待患者我们强调适度礼貌和人情关怀的重要。对于内镜医生和协作人员来说是熟悉或常规性的事情，对一些患者尤其是经历了特别不幸事件的患者来说就是十分痛苦的经历。

(二) ERCP 的术后护理

1. 入院

ERCP术后，多数患者通常都会留院观察一夜，这样便于护理人员确保患者有充足的液体摄入（主要是静脉内），以及及时发现预示重要并发症的一些临床症状。但是过夜的留观会增加患者及家属的经济负担以及其他一些负担。一些研究对需要收住入院的因素进行了评估。多数 1 级操作的患者（简单的结石和支架放置）是不需要住院的，但是当危险性高于一般水平（如：括约肌功能不全）或操作比较困难或患者比较虚弱没有可联系的陪同人员时，收住入院是明智的选择。对于家离医院 1~2 个小时远程的患者，在当地医院过夜是比较折中的办法。恢复期早些进行血清学检测可以了解是否有继发性胰腺炎，但是并不作为常规的检查项目。

2. 早期开放饮食

患者由于操作的原因需要禁食因而乐于恢复饮食,但是我的实践经验建议直到胰腺炎的主要危险过去的次日早晨,都只吃流质饮食。然而,近期的随机研究表明早期开放饮食并不是胰腺炎的危险因素。

六、不良事件的处理

所有做 ERCP 的内镜医生都会碰到并发症。如上所述每种并发症都需要足够的认识和处理,但是有一些比较重要的处理方法。

(一) 提高认识和行动力

对所有并发症有效处理的关键是早期诊断和迅速做出关键的处理。延误处理在法律上和医疗过程中都是危险的。在操作后疼痛不适的患者都应该仔细地检查,没有仔细评估前不能保证没有问题。如果在 ERCP 术后你没能够随访患者,那么要确保看护人员清楚你所做的操作和处理。做适当的实验室检查和拍片检查,参考相关的文献资料,请教相关领域的专家处理意见。任何可能需要外科介入处理的患者要早期请外科会诊。有时需要让患者在特殊的中心观察,或到大的医疗中心观察,需要这样做时,要保持和患者的联系和对患者的关注。不关心患者及其家属,有时会导致医疗诉讼。

(二) 专业的方法和沟通

当发生严重并发症时,内镜医生会觉得沮丧。你的沮丧是可以理解和值得同情的,但是保持镇静和面对现实是很重要的。过度的辩白会造成不良影响。千万不要妄图掩盖事实。不良的沟通是发生不快和医疗纠纷的主要原因。记住要真实地告诉患者及其陪同人员可能发生的并发症。知情同意方面这是十分重要的法律程序。在这种情况下明确可疑的并发症是合适和正确的做法,比如说"看上去这里好像穿孔了,之前我们说过发生的可能性很小,但是不幸的是现在发生了这种情况。我想我们现在应该这样做"。

通知和联系其他家属和指定医生、监护人以及你的险情处理顾问
也是明智的。

（三）文件记录

在第一时间真实仔细地记录发生的事件，不要回顾性地增
加记录。许多诉讼结果主要依赖于文件记录的质量或是缺乏
记录。

七、突出问题和未来的趋势

目前 ERCP 两大课题是操作的质量以及如何减少或杜绝术后
胰腺炎的发生。这两者并非全无联系，正如我们所知即使是高危
险性的患者，专家处理时发生并发症的概率都比较低。因此，我们
必须努力增加经验。

长期以来一些专家建议少量的内镜医生进行 ERCP 的训练，
这样他们的技术在进行操作后或操作前都可以得到提高。由于多
种原因，这种趋势将长期存在。首先随着非侵入性操作的发展（尤
其是 MRCP），诊断性的 ERCP 将逐渐被取代。这意味着 ERCP
的医生能否经常预先看见一些疑似需要治疗的病例。他们必须准
备好接受挑战，同时也可以对一些有疑问的病例进行选择（如：乳
头肿瘤和疑似括约肌功能不全）。第二，Freeman 和同事以及一些
其他学者的初期研究使内镜医生和律师对确定的高风险行为，例
如临时决定的预切开，有更好的认识。第三，许多内镜医生不缺乏
诸如肠镜筛选等让他们感兴趣和忙碌的操作。最后是由于患者更
为老练，他们知道不是所有的干预者都是相同的，如同外科记录的
资料，他们会要求提供相关的资料以帮助做出选择。

所有的干预措施都会带来危险，如果有合适的适应证，换而言
之当有实际的好处时是可以进行干预的。对好的结果预测需要对
主要的结果进行预期。我们需要不同临床中心对 ERCP 患者进行
仔细客观和有组织的组群研究，以及与其他的处理方法如：外科

手术的随机对照研究。

因此，今后我们期待能有少量但是受过很好培训和经验丰富的 ERCP 从业者，他们和他们的病患对每例疾病的利弊都有很好的了解。

（张　丽　宛新建）

参 考 文 献

1. Knudson K, Raeburn CD, McIntyre RC Jr, et al. Management of duodenal and pancreaticobiliary perforations associated with periampullary endoscopic procedures[J]. Am J Surg, 2008, 196 (6):975 - 981; discussion 981 - 982.

2. Nagar AB, Gorelick F. Prevention of post-ERCP pancreatitis: a little antacid might go a long way[J]. Gut, 2008, 57 (11): 1492 -1493.

3. Anderson DJ, Shimpi RA, McDonald JR, et al. Infectious complications following endoscopic retrograde cholangiopancreatography: an automated surveillance system for detecting postprocedure bacteremia[J]. Am J Infect Control, 2008,36(8):592 - 594.

4. Costamagna G, Familiari P, Marchese M. Endoscopic biliopancreatic investigations and therapy[J]. Best Pract Res Clin Gastroenterol, 2008,22(5):865 - 881.

5. Rácz I, Rejchrt S, Hassan M. Complications of ERCP: ethical obligations and legal consequences[J]. Dig Dis, 2008,26(1):49 -55.

6. Buscaglia JM, Simons BW, Prosser BJ, et al. Severity of post-ERCP pancreatitis directly proportional to the invasiveness of endoscopic intervention: a pilot study in a canine model[J]. Endoscopy, 2008,40(6):506 - 512.

7. Güitrón-Cantú A, Adalid-Martínez R, Gutiérrez-Bermúdez JA, et al. Complications in diagnostic and therapeutic endoscopic cholangiopancreatography[J]. Prospective studyRev Gastroenterol

Mex, 2007,72(3):227 - 235.

8. Andriulli A, Annese V. Risk of post-endoscopic retrograde cholangiopancreatography pancreatitis and ways to prevent it: old myths, a current need? The case of allopurinol [J]. Clin Gastroenterol Hepatol, 2008,6(4):374 - 376.

9. Reddy N, Wilcox CM, Tamhane A, et al. Protocol-based medical management of post-ERCP pancreatitis [J]. J Gastroenterol Hepatol, 2008,23(3):385 - 392.

10. Lai CH, Lau WY. Management of endoscopic retrograde cholangiopancreatography-related perforation[J]. Surgeon, 2008, 6(1):45 - 48.

11. American Society for Gastrointestinal Endoscopy. Standards of Practice Committee. Complications of ERCP[J]. Gastrointest Endosc, 2003, 57 (6): 633 - 638.

12. Freeman ML. Adverse outcomes of endoscopic retrograde cholangiopancreatography: avoidance and management [J]. Gastrointest Endosc Clin N Am, 2003, 13 (4): 775 - 798.

13. Garcia-Cano Lizcano J, Conzalez Martin JA, Morillas Arino J, et al. Complications of endoscopic retrograde cholangiopancreatography: a study in a small ERCP unit[J]. Rev Esp Enferm Dig, 2004, 96 (3): 155 - 162.

14. Mallery JS, Baron TH, Dominitz JA, et al. Complications of ERCP[J]. Gastrointest Endosc, 2003, 57: 633 - 638.

15. Farrell RJ, Mahmud N, Noonan N, et al. Diagnostic and therapeutic ERCP: a large single centre's experience[J]. Ir J Med Sci, 2001, 170 (3): 176 - 180.

16. Mitchell RM, O'Connor F, Dickey W. Endoscopic retrograde cholangiopancreatography is safe and effective in patients 90 years of age and older[J]. J Clin Gastroenterol, 2003, 36 (1): 72 - 74.

17. Cotton PB. ERCP is most dangerous for people who need it least [J]. Gastrointest Endosc, 2001, 54 (4): 535 - 536.

18. Alsolaiman M, Cotton P, Hawes R, et al. Techniques for pancreatic sphincterotomy: lack of expert consensus [J]. Gastrointest Endosc, 2004, 59 (5): AB210.

19. Delhaye M, Matos C, Deviere J. Endoscopic technique for the management of pancreatitis and its complications[J]. Best Pract Res Clin Gastroenterol, 2004, 18 (1): 155 – 181.

20. Mavrogiannis C, Liatsos C, Papanikolaou IS, et al. Safety of extension of a previous endoscopic sphincterotomy: a prospective study[J]. Am J Gastroenterol, 2003,98 (1): 72 – 76.

21. Desilets DJ, Dy RM, Ku PM, et al. Endoscopic management of tumors of the major duodenal papilla: refined techniques to improve outcome and avoid complications [J]. Gastrointest Endosc, 2001, 54: 202 – 208.

22. Zadorova Z, Dvofak M, Hajer J. Endoscopic therapy of benign tumors of the papilla of Vater[J]. Endoscopy, 2001, 33: 345 –347.

23. Fujita N, Noda Y, Kobayashi G, et al. Endoscopic papillectomy: is there room for this procedure in clinical practice[J]? Digestive Endoscopy, 2003, 15: 253 – 255.

24. Cheng C, Sherman S, Fogel EL, et al. Endoscopic snare papillectomy of ampullary tumors: 10-year review of 55 cases at Indiana University Medical Center [J]. Gastrointest Endosc, 2004, 59 (5): AB193.

25. Linder JD, Tarnasky P. There are benefits of overnight observation after outpatient ERCP [J]. Gastrointest Endosc, 2004, 59 (5): AB208.

26. Freeman ML, Guda NM. Prevention of post-ERCP pancreatitis: a comprehensive review[J]. Gastrointest Endosc, 2004, 59 (7): 845 –864.

27. Masci E, Mariani A, Curioni S, et al. Risk factors for pancreatitis following endoscopic retrograde cholangiopancreatography: a meta-analysis[J]. Endoscopy, 2003, 35: 830 – 834.

28. Urbach DR, Rabeneck L. Population-based study of the risk of acute pancreatitis following ERCP [J]. Gastrointest Endosc, 2003, 57 (5): AB116.

29. Maeda S, Hayashi H, Hosokawa O, et al. Prospective randomized pilot trial of selective biliary cannulation using pancreatic guide-wire placement[J]. Endoscopy, 2003, 35: 721 -724.

30. Singh P, Gurudu SR, Davidoff S, et al. Sphincter of Oddi manometry does not predispose to post-ERCP acute pancreatitis [J]. Gastrointest Endosc, 2004, 59 (4): 499 - 505.

31. MacIntosh D, Love J, Abraham N. Endoscopic sphincterotomy using pure-cut current does not reduce the risk of post-ERCP pancreatitis: a prospective randomized trial [J]. Gastrointest Endosc, 2003, 57: AB189.

32. Stefanidis G, Karamanolis G, Viazis N, et al. A comparative study of postendoscopic sphincterotomy complications with various types of electrosurgical current in patients with choledocholithiasis[J]. Gastrointest Endosc, 2003, 57 (2): 192 -197.

33. Fujita N, Maguchi H, Komatsu Y, et al. Endoscopic sphincterotomy and endoscopic papillary balloon dilatation for bile duct stones: a prospective randomized controlled multicenter trial [J]. Gastrointest Endosc, 2003, 57: 151 - 155.

34. Arnold JC, Benz C, Martin WR, et al. Endoscopic papillary balloon dilation vs. sphincterotomy for removal of common bile duct stones: a prospective randomized pilot study[J]. Endoscopy, 2001, 33: 563 - 567.

35. DiSario JA, Freeman ML, Bjorkman DJ, et al. Endoscopic balloon dilation compared with sphincterotomy for extraction of bile duct stones[J]. Gastroenterology, 2004, 127: 1291 - 1299.

36. Bergman JJGHM, van Berkel A-M, Bruno MJ, et al. A randomized trial of endoscopic balloon dilation and endoscopic sphincterotomy for removal of bile duct stones in patients with a

prior Billroth Ⅱ gastrectomy[J]. Gastrointest Endosc, 2001, 53 (1):19 - 26.

37. Wehrmann T, Stergiou N, Schmitt T, et al. Reduced risk for pancreatitis after endoscopic microtransducer manometry of the sphincter of Oddi: a randomized comparison with the perfusion manometry technique[J]. Endoscopy, 2003, 35: 472 - 477.

38. Andriulli A, Caruso N, Quitadamo M, et al. Antisecretory vs. antiproteasic drugs in the prevention of post-ERCP pancreatitis: the evidence-based medicine derived from a meta-analysis study [J]. JOP, 2003, 4: 41 - 48.

39. Sherman S, Blaut U, Watkins JL, et al. Does prophylactic steroid administration reduce the risk and severity of post-ERCP pancreatitis: a randomized prospective multicenter study [J]. Gastrointest Endosc, 2003, 58: 23 - 29.

40. Budzynska A, Marek T, Nowak A, et al. A prospective, randomized, placebo-controlled trial of prednisone and allopurinol in the prevention of ERCPinduced pancreatitis[J]. Endoscopy, 2001, 33: 766 - 772.

41. Testoni PA, Bagnolo F, Andriulli A, et al. Octreotide 24h prophylaxis in patients at high risk for post-ERCP pancreatitis: results of a multicenter, randomized, controlled trial[J]. Aliment Pharmacol Ther, 2001, 15: 965 - 972.

42. Sudhindran S, Bromwich E, Edwards PR. Prospective randomized double -blind placebocontrolled trial of glyceryl trinitrate in endoscopic retrograde cholangiopancreatographyinduced pancreatitis[J]. Br J Surg, 2001, 88: 1178 - 1182.

43. Moreto M, Zaballa M, Casado I, et al. Transdermal glyceryl trinitrate for prevention of post-ERCP pancreatitis: a randomized double-blind trial[J]. Gastrointest Endosc, 2003, 57: 1 - 7.

44. Schwartz JJ, Lew RJ, Ahmad NA, et al. The effect of lidocaine sprayed on the major duodenal papilla on the frequency

of post-ERCP pancreatitis [J]. Gastrointest Endosc, 2004, 59: 179-184.

第十节 ERCP 相关并发症的临床解析

一、ERCP 术后胰腺炎

胰腺炎目前为止是 ERCP 和括约肌切开术最常见的并发症。我们对于危险因素的理解主要基于 Freeman 的早期研究,他同时发表了一些范围较全面的综述。本章节主要讨论一些主要因素。

(一) 定义

ERCP 术后几个小时几乎所有患者的血清淀粉酶和脂肪酶的水平都会升高,甚至有时没有进行胰管操作时也会增高。虽然这提示胰腺被激惹,但是和临床胰腺炎的发作并不相关。胰腺炎的发生率主要和用于诊断的标准相关。共识意见统一了 ERCP 术后胰腺炎的定义。ERCP 术后胰腺炎是表现为典型的疼痛,24 小时内血清淀粉酶或脂肪酶至少升高 3 倍,症状明显需要收住入院治疗(包括目前或计划住院)的临床疾病。严重程度的分级:需要住院<3 天的为轻度;住院 4~9 天的为中度;超过 10 天或患者需要特殊看护或外科手术的为重度。

这一定义被广泛使用,但是由于入院策略的不同,可以入院的外观表现发生率也不相同,目前还存在一些争论。有时无论是临床上还是统计结果时,对于操作后长期胰腺部位疼痛逗留在院的患者难以处理。除非患者情况在术后明显恶化,我们不把这类情况归为并发症。

(二) ERCP 术后胰腺炎的发生率

除了有关 ERCP 并发症的主要综述和研究外,还有大量有关

ERCP 术后发生胰腺炎危险性的文献报道。发生率从 1%～40%波动很大。这样大的幅度主要是由于定义的不同、完整的数据收集以及不同的病案混杂造成。在使用共识意见的近期研究中发生率波动在 2%～9%。加拿大 97 810 例 ERCP 的大样本创新研究中胰腺炎的发生率是 2.2%,其中年轻患者和女性患者发生的危险性较高。

我们南卡罗来纳大学的研究中胰腺炎总的发生率小于 3%,并且有逐年减少的趋势,而在危险性较高疑似括约肌功能不全的患者中发生例数则有所增加。ERCP 术后胰腺炎的病例中约 75%是轻度的。轻度的并发症是令人失望和不便的,但是在医疗上不严重也不会危及生命。有 13 例患者发生重症胰腺炎,占 0.13%。在所有病例中它们十分危险,并且在我们的研究中 1 例致死。由于上述原因,如何更好地了解真正的危险因素以及如何减少它们成为研究的热点。

(三) 胰腺炎的危险因素

任何 ERCP 的操作都有可能会引起胰腺炎,但是有特定的因素会增加发生胰腺炎的危险性。在表 3-19 中有一些来自 Freeman 等的研究数据。这些因素与患者和操作过程都是相关的。

表 3-19　ERCP 术后胰腺炎发生的危险因素

增加危险	患 者 相 关	操 作 相 关
是	年轻 女性 疑似括约肌功能不全 复发性胰腺炎 没有慢性胰腺炎 曾经有 ERCP 术后胰腺炎	胰腺造影术 胰管括约肌切开术 括约肌球囊扩张术 困难的置管术 括约肌预切开
可能	没有结石 胆红素水平正常 低水平的内镜操作者	胰腺腺泡化 胰腺细胞刷检 ERCP 术中疼痛

续 表

增加危险	患 者 相 关	操 作 相 关
否	胆管小或正常	治疗和诊断的比较
	壶腹周围的憩室	胆管括约肌切开术
	胰腺分裂	括约肌测压
	变态反应	壁内的注射
	先前失败的 ERCP	

1. 增加危险性的患者因素

与男性比较女性和年轻患者发生胰腺炎的危险性要明显增高,特别是在缺乏客观的胆囊和胰腺的病理依据时,对疑似括约肌功能不全的患者进行 ERCP 操作。在多数研究中曾有复发性胰腺炎或 ERCP 术后胰腺炎病史的患者发生胰腺炎的危险性也会增加。与早期的研究不同的是,正常或较小直径的胆管不是发生胰腺炎独立的危险因素。

2. 增加胰腺炎发生危险的操作因素

(1) 胰腺操作:在胰管入口粗暴操作或反复注射造影剂的胰腺操作程序,可以增加发生胰腺炎的危险性,有时可以通过腺泡化和尿路照片得以证明。以前的研究表明管道压力的增高是重要的危险因素,副胰管未闭的患者术后胰腺炎发生的危险性并不增高。目前研究了多种插管的方法,但是没有新的统一的标准。

(2) 括约肌测压:长期以来,括约肌测压被认为是引起胰腺炎的重要因素。然而目前明确的是,测压只是胆道括约肌功能不全的替代品,实际引起胰腺炎的是后者。一些研究表明放置临时支架或行胰管切开减轻括约肌压力后临床表现会减轻。当疑似括约肌功能不全时(如:胆囊切除术后的疼痛),经验性地进行括约肌切开治疗比进行测压要危险性大。

(3) 括约肌切开术:有些研究表明与诊断性 ERCP 相比较,标准的胆管括约肌切开并不增加胰腺炎整体的发病率。目前已发表的文献中并没有说明单纯的括约肌切开可以减低胰腺炎的发生率。

在专家操作时,对有良好适应证的患者进行括约肌预切开是有效和安全的。但是也有一些研究表明括约肌预切开会明显增加胰腺炎发生的危险性。在 Freeman 等进行的多中心大样本前瞻性研究中,预切开后并发症的发生率是 24.3%,其中重症胰腺炎的发生率是 3.6%。

在相关研究中心对多种不同的适应证,胰腺括约肌切开的使用率是增加的。在我们中心 1 615 例使用胰管括约肌切开的患者,胰腺炎的发生率是 5.6%(主要是对括约肌功能不全和临时支架的病例)。

(4)胆管括约肌扩张:使用球囊扩张胆管括约肌来替代括约肌切开来去除胆管结石,被认为有望减少长期和短期的危险性。早期的病例研究出现一些有希望的结果,但是这项技术有引起胰腺炎的可能。一些随机研究比较了标准括约肌切开和球囊扩张的危险性。一些年龄较大的患者,胆管扩张和大结石的病例研究表明括约肌切开和球囊扩张短期危险的发生是相近的。对结石较小,胆管相对正常的年轻患者保留括约肌功能的概念是很有吸引力的。美国一项多中心研究表明,这类患者(腹腔镜胆囊切除术后)胰腺炎的发生危险是增加的,有两例死亡。这样至少在美国达成了一致的意见,球囊扩张技术只有在特殊的病例中使用,例如凝血功能障碍,毕罗Ⅱ式手术的患者。这些限制性的建议随着预防胰腺炎技术的提高(例如:结合球囊扩张和使用药物或摆放支架预防)会有所改变。

(5)胆管支架:对于疑似括约肌功能不全在胆管括约肌放置临时支架是一种治疗手段。这项技术会引起胰腺炎,要尽量避免。

一些内镜医生在通过狭窄段放置胆管支架时会常规进行括约肌切开,便于今后替换支架的操作以及避免刺激胰管开口引发胰腺炎的危险性。近来肝门部肿瘤的一些患者需要行括约肌切开，放置多个支架有一些良性结果的报道。其他情况不需要进行保护性的括约肌切开。

(6) 胰管支架：由于不同的适应证和不同的操作方法以及和胰管切开等操作相关，放置胰管支架引起胰腺炎确切危险性很难检测。

3. 结合患者和操作相关因素

这些危险因素通常是附加的。例如在疑似括约肌功能不全的患者进行预切开会导致 35.3％的并发症，其中评估为严重的不少于 23.5％。在同组关于 ERCP 术后胰腺炎的研究表明，血清胆红素正常、胆管结石和容易插管的女性患者有 5％的危险会发生胰腺炎。如果插管困难，危险性会增加到 16％；如果没有发现结石危险性会增加到 42％（尤其是怀疑有括约肌功能不全的）。在 ERCP 术后发生重症胰腺炎的患者是不幸的，有些会进行法律诉讼。

(四) ERCP 术后胰腺炎的预防

1. 避免 ERCP 操作，尤其是高风险患者

因为对于许多病例 ERCP 是较好的处理策略，ERCP 术后胰腺炎不能通过避免操作而完全预防，不幸的是同样也不适用于回顾性的研究。随着 MRCP 和超声内镜等影像技术的成熟，ERCP 目前已经可以几乎完全作为治疗手段。在腹痛、血生化指标正常或轻度改变，CT 或 MRCP 检查正常的患者，只有小于 10％的患者会通过 ERCP 发现客观的病理证据。对于疑似括约肌功能不全的患者，根据中心的介绍，最好的处理方式是测压，有经验的处理如：放置胰管支架等都可以减少胰腺炎发生的危险性。

2002 年美国国立卫生研究所关于 ERCP 研讨会的共识意见，强烈反对对不明部位腹痛的患者进行 ERCP 检查，认为诊断性 ERCP 对这类患者毫无作用。明确是典型的括约肌功能不全的患

者(年轻,健康女性)是 ERCP 引起重症胰腺炎甚至死亡的高危因素。事实上许多病例,发生并发症的危险性已经超过了 ERCP 操作的益处。因此,如果进行 ERCP 操作,必须和诊断性的胆管括约肌测压,适当的括约肌切开以及适当的胰腺支架的放置联合使用。ERCP 协同括约肌测压和括约肌切开应当在特别的转诊中心进行,或随机对照研究治疗操作时间和检测对临床结果的影响。当需要进行 ERCP 操作时,有几种方法可以减少操作程序的危险性。

2. 机械操作因素

注意上述提及的机械操作因素可以减少危险的发生。轻柔的选择性插管和少量造影剂的注射会有所帮助。内镜医生自己控制造影剂的注射,能够更好地控制这一重要的可变因素。使用导丝比使用造影剂更为谨慎,但是是否会减少危险性并没有得到证实。重要的是知道何时终止操作。对于操作者和患者来说,ERCP 操作失败感觉不好,但是发生重症胰腺炎则更糟。持续操作和预切开等比较危险的程序通常是在有强烈的适应证时使用,主要是有胆胰疾病的客观依据已经需要内镜下治疗时使用。

当进行测压时最好使用除尘导管系统。在今后微传感器技术的使用可能会更加安全。目前括约肌切开的类型并不是影响胰腺炎发生率的主要因素,但是在胰管开口处避免过度电凝是明智的。

3. 造影剂

大量的研究表明,不同的造影剂对 ERCP 的过程没有特别好或坏的影响。

4. 药物预防

建议和试验性作为 ERCP 术后胰腺炎预防的药物清单很长,种类很多。包括抗生素,肝磷脂,皮质类固醇激素,硝苯地平,奥曲肽(善得定)和生长激素衍生物,三硝基甘油,利多卡因喷雾剂,加贝酯,胰泌素,细胞因子抑制剂以及非类固醇类消炎药。除了静脉输注加贝酯以外,目前为止双氯灭痛是比较有希望的预防药物。

后者需要进一步的评估,不仅是因为它比较简单,而且在 ERCP 术后可以选择性应用。胰泌素对术后胰腺炎的预防最初的数据是很有意义的。

至少在西方国家,没有一种在研药物被证实是完全有效和在常规治疗中是实用的。报道表明奥曲肽类似物在日本广泛用于 ERCP 术后胰腺炎的预防。

5. 胰管支架预防胰腺炎

目前大量证据表明至少在有经验的研究中心,胰管内临时支架的放置可以减少高危患者如:疑似或明确有括约肌功能不全的患者,ERCP 术后胰腺炎发生危险性,这种认识是近 15 年来 ERCP 最重要的进展。首次的评估不具说服力,但是我们团队 1998 年的一项随机研究却显示良好的结果。80 例疑似括约肌功能不全的患者在测压后行胆道括约肌切开随机分为两组,一组放置 5 Fr 的临时胰管支架(第二天拔除),一组不放支架。胰腺炎的发病率从 26% 降至 7%。两次移除支架的操作,已经被放置 1～2 周内可以自动排出的小支架的技术替代。我们使用 8～12 cm 没有弯度的 3 Fr 的支架(这样支架的顶端在管道的直线部分)。不像大而硬的支架,这类支架不会引起任何管道的损伤。从 20 世纪中开始我们研究的对象,以及疑似括约肌功能不全的患者都常规进行这些工作。2002～2003 年这类患者胰腺炎的发病率为 5.8%。在进行广泛的胰腺操作时,在其他情况下我们也使用 3 Fr 的支架。

许多中心的研究也进一步肯定了这项技术。一项重要的要求是在胰管深处放置小的金属支架需要较高技术水平,因此这项技术的安全性和价值在没有经验的人手中还没有证实。

6. 进食和监测

前面我们讨论过术后监测的必要和适当饮食控制减少 ERCP 的危险性。

(五) ERCP 术后胰腺炎的诊断和处理

在 ERCP 术后 1~2 小时多数患者都会有上腹部的压迫和饱胀感。通常这是由于过度充气造成的,通常短期内可以恢复。相反胰腺炎的患者则会在 4~12 小时后症状明显,并且伴有典型的胰腺病疼痛和恶心、呕吐。患者有心动过速、上腹部触痛明显、肠鸣音减弱或消失。血清淀粉酶和脂肪酶升高,白细胞水平比淀粉酶的水平更能预见严重程度。如果出现明显的疼痛和腹肌紧张(尤其是血清淀粉酶或脂肪酶的浓度没有明显的升高)要考虑穿孔的诊断。腹部平片在一些病例中有诊断价值,但是 CT 检查更敏感。ERCP 术后患者严重程度的划分和治疗与自发性胰腺炎是一样的。充分的止痛和补液是关键。一些专家使用奥曲肽的类似物,但是没有对照药物说明其优势。对疑似穿孔的患者 24 小时内要进行 CT 扫描,如果临床好转慢和发热加重时也要进行 CT 扫描。除非胰腺感染证实是经皮穿刺引起的,一般情况不使用抗生素。少数发展为胰腺假性囊肿和胰腺坏死的患者需要经皮穿刺行外引流,或进行内引流,或进行外科清创,并需要转到特殊的研究中心治疗。

(六) ERCP 术后胰腺炎

结论:胰腺炎目前是 ERCP 术后最常见的并发症,有可能会十分严重。即使是专家操作也很难完全避免。经验不足的操作者对没有很好适应证的患者进行操作时容易发生。当指征不明确时,有经验的临床医生在建议或进行 ERCP 操作前通常使用侵入性较小的处理方式,让患者充分明白操作的利弊和自身必须承担的风险,并在获得同意后介绍他们去有经验的中心。多数情况下,有经验的操作和胰腺小支架的使用可以将胰腺炎的发生率控制在 5% 以下,但是仍不能完全避免胰腺炎的发生。

二、穿孔

ERCP 操作可以导致四种不同类型的穿孔。它们分别是:

① 由导丝或其他机械设备所致管道和肿瘤的穿孔,称为"穿透";
② 十二指肠后的穿孔,与括约肌切开有关;③ 内镜检查所致的食管、胃、十二指肠的穿孔;④ 支架相关的穿孔。

这些类型的穿孔有不同的原因和结果。

(一)管道和肿瘤"穿透"

导丝和一些使用导丝的附件(如:括约肌切开刀,导管和扩张器)能够穿过胆管和胰管系统(或是新切开括约肌边缘的区域)。乳头部位肿瘤的患者插管时容易发生。这些偶然事件很少报道,因此对它们发生的频率也不清楚。在一些疑难病例用力插管时,尤其是由肿瘤造成胆管扭曲或其他原因造成管道分裂时容易发生。坚硬的导丝可能更危险;通常使用可旋转的导丝比较安全,它们更容易找到腔道。胆管和胰管狭窄患者过度使用球囊扩张时,偶尔会导致管道的断裂。注射造影剂后 X 线片会出现一些报警信号。

谨慎的插入设备可以减少穿孔发生,同时要了解潜在的问题。直接识别问题,找到正确的管腔和完成操作(如:放置支架)可以满意地解决问题。实际上出现不利结果是不常见的。

(二)括约肌切开相关的穿孔

在括约肌切开后出现的穿孔通常是十二指肠后的,腹膜后腔出现气体或造影剂可以明确诊断。

1990 年以前 12 000 例胆管括约肌切开的患者穿孔发生率是1.3%,这些患者中 27%通过手术治疗,总的死亡率是 0.2%。此后多数报道括约肌切开穿孔的发生率<1%。三项研究报道较高的穿孔发生率分别是 1.1%、1.8%和 2.2%。近十年南卡罗来纳大学 2 820 例胆管括约肌切开的患者仅 4 例穿孔,发生率是0.14%,其中 3 例手术,1 例死亡。

不复杂的括约肌切开的无症状患者进行常规 CT 扫描时发现10%的患者出现十二指肠周围和后腹膜少量的气体堆积,因此可能有一些我们没有意识到的无症状的微小穿孔患者。

1. 括约肌切开穿孔的危险因素

反复的胆道括约肌切开或大切开,以及在 1 点到 2 点钟以下的位置进行切开,发生穿孔的危险性大。乳头周围憩室患者穿孔发生的危险性不会更高。如上述讨论的,在有严格的适应证和专家的手中,括约肌预切开是相对安全和有效的;而在常规操作时预切开是比较危险的,例如:疑似括约肌功能不全。预切开后穿孔的发生率高达 5%,并且与预切开相关的穿孔通常包括在 ERCP 的诉讼案例里。

疑似括约肌功能不全的患者更易发生穿孔。这主要是由于胆道管径较小或正常,或患者的胆管结石一定程度上受保护(再发结石嵌顿或通过时胆管的扭曲和纤维化)。偶尔穿孔会因为用力拉出巨大结石,或至少曾经使用球囊扩张括约肌取石或没有行括约肌切开而取石。

在主乳头或副乳头进行胰管括约肌切开后发生穿孔的病例很少。在南卡罗来纳大学过去 10 年中 1 615 例胰管括约肌切开的患者仅 1 例发生穿孔。

2. 括约肌切开穿孔的认识

当遇到不寻常的区域显影或是 X 线图像显示造影剂出现在非十二指肠周围的解剖结构时,操作过程中穿孔就很明显。这表现为在充气或吸引时奇怪的影像结构不发生变化,而在十二指肠内造影剂是会发生改变的。穿孔后大量的注气,X 线透视检查会发现右肾和肝脏低缘的气体。许多病例当术后患者诉剑下疼痛时才发现穿孔。要与胰腺炎鉴别诊断,后者更为常见。术后立即出现疼痛时要考虑穿孔,胰腺炎通常在术后 4～12 小时发生。此外,症状比预期的严重或伴有肌卫和心动过速时也要考虑穿孔。数小时后少数患者会出现皮下气肿、纵隔气肿或气胸。白细胞计数通常很快升高。发现血清淀粉酶或脂肪酶正常或仅轻度升高而腹痛剧烈时,要高度怀疑穿孔。腹部 X 线平片可以提示十二指肠后的气体,但是 CT 平扫会更为精确,括约肌切开后有严重腹部症状的都应在 24 小时内做上述检查。

3. 减少括约肌切开后穿孔发生的危险性

很显然减少括约肌切开后穿孔发生危险性的最好的方法是减少高风险技术的使用,例如过度的切开,偏离轴线的切开,括约肌切开前的扩张和预切开等等。

4. 括约肌切开穿孔的处理

穿孔是有生命危险的事件,提高对其认识和有效的处置方法是十分重要的。患者需要禁食,充足的补液和营养支持并且通常使用抗生素治疗。多数专家提及放置胃或十二指肠引流管。一些内镜专家建议放置胆道支架或鼻胆管引流来减少腹膜后的感染,但是并没有证实是常规的操作,多余的操作会使病情更为严重。

手术? 多数外科医生提倡穿孔后立即手术。但是外科探察经常找不到穿孔的部位,而通过放置腹膜后的引流管结束手术。经验报道包括外科研究示:外科手术通常是不必要的,许多腹膜后的穿孔是进行保守治疗的。重要的是只有早期发现的穿孔,内科治疗才有效。

除了非手术治疗在治疗穿孔方面的优势,在有条件手术的早期阶段,进行手术治疗也是明智的。患者的处理应当在一天内完成。我们提及的立即或早期手术治疗是指当残留胆道疾病本身需要手术治疗。因此当患者有胆囊结石时立即进行胆囊切除和放置引流管是合理的。但是大多数穿孔发生在很少或没有遗留病症的患者身上(例如:清除残留结石或括约肌功能不全),除了穿孔本身没有更多的手术适应证。如果早期处理,保守治疗通常是有效的,但是经皮或手术干预治疗通常在积液、右肾脓肿形成或结肠周围脓肿形成时的随后几天或几周内进行。由于感染后期进行手术通常比较困难,所以需要放置多个引流管和进行转换操作。一些患者可能需要长时间住院或经历多次手术。有使用多个夹子成功治疗穿孔的报道。

(三) 偏离乳头的穿孔

内镜引起的穿孔可以发生在内镜经过的任何地方。十二指肠镜侧视的特点会使咽喉部有憩室的老年患者发生穿孔的危险性增加。缺乏病症的情况下很难接受发生在食管或胃的内镜穿孔,但是常有此类事件的报道。在十二指肠很少会发生穿孔,通常是在用力通过狭窄段和肿瘤引起的显著扭曲时发生。首批治疗性可视十二指肠镜远端头部较长,经常在用力取石的操作中引起穿孔。

内镜下毕罗Ⅱ式胃切除术后和一些复杂的旁路操作的患者有发生输入襻穿孔的危险。本文中报道6%,甚至有20%的发生率。

穿孔通常发生于过度扭曲镜身,而由内镜顶端穿透造成的较少。通过谨慎的内镜操作可以避免穿孔,尤其是对一些有结石病变而进行姑息性操作的患者。由于存在较高的难度和显著的危险性,一名专家建议所有毕罗Ⅱ式术后患者和一些进行复杂操作的患者都要到特殊的中心进行治疗。

与括约肌切开术相比,内镜引起的穿孔发生率不明确,但是应当是十分低的。在我们的研究中其发生小于1∶1 000,且多数是在输入襻发生。

1. 对内镜穿孔的认识和处理

由于操作过程中患者腹部和胸部会出现明显的压迫感和临床表现,内镜穿孔的诊断通常是比较明确的。X线照片会显示腹膜后或纵隔内有气体。内镜穿孔通常需要外科干预,迅速的外科会诊是必需的。只有极少数病例是通过内科保守治疗。

2. 支架移动穿孔

很少有支架在胆管移动造成十二指肠、小肠或大肠穿孔和穿透的报道。几乎所有都发生在10个Fr的直型支架。那些从胆管移出发生在对面十二指肠肠壁的穿孔,有时可以通过内镜拔除处理,另一些则需要外科干预。

三、ERCP 术后的感染

内镜操作引起的普通感染如:心内膜炎,病毒感染在其他章节讨论。根据标准规定可以使用抗生素预防心内膜炎的发生。不同于其他的内镜操作,ERCP 往往会污染一些无菌区域。当胆道感染时(如:患者有结石或支架阻塞),进行胆道的操作会使感染局部或全身扩散。

根据共识意见 ERCP 术后的感染定义为:ERCP 术后 24~48 小时其他原因不能解释的体温持续高于 38℃。当患者需要住院 3 天以上或进一步内镜或经皮干预的处理时认为是中度感染,如果发展为感染性休克或需要外科手术则认为是重症感染。在近期病例中 ERCP 术后临床感染的发生率是低的,在 0.7%~1.6% 之间,但是菌血症的发生高达 27%。

(一) 医院内感染

对消毒的重要性没有充分认识 ERCP 操作的早期,有些病例发生了严重的院内感染,通常是假单胞菌属的感染。不幸的是在 ERCP 术后仍然有假单胞菌属感染的报道。几乎都是由错误的消毒方式造成的,都是可以预防的。

(二) 胆管炎

菌血症和败血症通常出现在胆道感染和引流不畅的患者。ERCP 术后,有结石和狭窄的患者没有充分引流,以及胆道支架阻塞的患者中容易发生。严格按照无菌操作规程操作,减轻胆管压力(在注射造影剂之前清理胆道),尽量清除胆道内结石或放置适当的支架充分引流,可以减少胆管的感染。在肝门部肿瘤和硬化性胆管炎的患者,由于不能对所有狭窄和阻塞的部分充分引流,因此这类患者 ERCP 术后发生败血症的危险性大。因此在制订治疗计划之前需要获得详尽的解剖影像学资料(CT 或 MRCP)。

(三) 胆囊炎

胆囊炎有时有特异的表现,在 ERCP 术后会很快发生,尤其是当胆管有结石或肿瘤时,偶尔会支架放置后发生。可以通过正规的经皮引流或外科手术处理。

(四) 胰腺的败血症

有胰腺假性囊肿的患者由于没有充分地消毒或充分地引流,会发生或会作为 ERCP 术后重症胰腺炎的一部分。

(五) 预防性抗生素

除了一些重要的文献和观点,预防性使用抗生素在预防 ERCP 术后胰腺炎中的作用不明确。虽然一项随机研究表明预防性使用抗生素是有益的,但是这项研究和其他一些研究表明胆道梗阻是感染的主要危险因素,有效的引流是最好的治疗方法。目前重症感染的发生率极低,因此进一步的随机研究没有太大帮助。

早期我们对所有临床或拍片提示有梗阻可以治疗的患者(90%的病例)都静脉使用抗生素治疗(通常是氨苄西林和庆大霉素),感染的发生率小于 1%。我们逐渐减少了预防性抗生素使用的适应证,并改为口服环丙沙星,感染的发生率没有增加。我们目前的治疗方法是 ERCP 术前发现有可能引流不完全的患者(如:复杂的肝门部肿瘤,硬化性胆管炎和假性囊肿)给予两倍剂量的环丙沙星口服,如果我们引流失败,那么术后要立即给予静脉用药。使用这种治疗策略我们中心临床感染的发生率很好地控制在 1%以下。有些建议可以在造影剂内混合抗生素,但是目前这种策略没有进一步证实。

(六) 迟发感染

支架阻塞是引起迟发胆道败血症的常见原因。患者会因为化脓性胆管炎病情很快进展而比较严重。由于这个原因,要充分告知患者和他们的看护者这一危险性,并在症状进展后要及时联系医生。也正因为如此,3～4 个月内更换塑料支架是常规的操作,尤其是对良性胆道狭窄的患者。对照研究中,恶性疾病引起胆道狭窄患者需要进行此项操作而不是等待梗阻症状出现。虽然没有得到进一步证实,但目前也是常规的操作。

四、ERCP 术后出血

临床发生于诊断性 ERCP 术后的明显的出血很罕见,通常是由于干呕或肿瘤患者活检以后,或是凝血障碍、或胆管静脉曲张的患者插管后发生。但是出血的主要原因是括约肌切开,或其他一些切开的操作,如:乳头切除术和假性囊肿引流。看见少量内镜下出血比较常见(如:括约肌切开后引起的渗血),但是临床相关的出血十分罕见。

出血可以立即出现,但是通常延迟到两周后出现。同时显著的出血通常表现为呕血和黑便,如果出血充满了胆管,患者通常表现为胆道的疼痛和胆管炎。

(一)出血的定义和适应证

对并发症的共识意见将出血定义为临床术语。可以通过操作过程中内镜止血的,即使是明显的出血也不作为并发症。出血的严重程度分级如下:① 轻度:不仅胃镜下而且临床上有出血的依据,血红蛋白的下降 $<30\,g/L$,不需要输血;② 中度:输血 <4 个单位,不需要血管造影介入治疗;③ 重度:输血超过 5 个单位,需要血管造影介入或外科手术治疗;④ 致命:由于出血引起死亡。在 ERCP 开始的 $10\sim15$ 年中,一些早期的文献和综述表明出血是括约肌切开最常见的并发症,20 000 例报道的括约肌切开病例中的发生率是 2.5%,有的甚至高达 11%。近来使用共识意见定义的研究,报道较低的发生率为 $0.8\%\sim2\%$。有研究表明如果持续跟踪血液参数,出血的发生率应当更高一些。超过半数的出血发生在 2 周以后。胆管括约肌切开后出血的发生率是 0.7%,多数是延迟发生的。

(二) 出血的危险因素和防范

出血在凝血障碍和(或)门静脉高压,肾衰竭以及反复括约肌切开的患者中更易发生。虽然会常规叫患者停用阿司匹林或其他一些影响血小板功能的药物,但是没有证据表明使用这些药物会使患者出血的危险性更高。立即有渗出的患者会或不会更经常发生延迟的出血。

预防:当前的趋势应当控制进行括约肌切开的操作,避免"拉链型"的切开。无论何时只要可能,都应该纠正凝血障碍。抗凝剂应当暂停使用,但是对临时需要使用肝素的量和时间还存在争议。新抗血小板药物的疗效有待明确,但是在允许的情况下,多数内镜专家建议停药10天以上。使用电流的类型可能与出血相关。研究表明使用 ERBE 发生器可以减少内镜下可视出血的发生,但是并不减少临床定义的出血发生的危险。另一研究表明使用初始的切割电流(减少胰腺炎发生的危险)的确会增加出血的危险。对于不可纠正的凝血障碍或严重的门静脉高压的患者可以使用球囊扩张来替代括约肌切开取石。

(三) 括约肌切开出血的处理

括约肌切开后立即出现的出血通常可以自发停止,除非有血管喷血,否则没有必要采取任何过激的行动。当需要治疗时,存在多种不同的处理意见。一些建议单极电凝止血,或就地注射造影剂,甚至使用止血夹止血。但是目前使用肾上腺素注射被认为是普遍和有效的方法。

我的经验是对于不明确的出血,先使用 1/100 000 的肾上腺素约 10 ml 喷洒出血点。这样可以暂时止住渗血,至少能够明确出血的部位。如果出血明确而且有持续渗出时,使用球囊压迫是下一步措施。使用可回缩的球囊充分打气后充盈胆管,用力向下拉至出血部位压迫 5 分钟左右。如果上述措施失败,那么就使用正规的硬化剂注射针头注射 1/10 000 稀释的肾上腺素。

可以注射1～5 ml,注意不要压迫胰管开口,因此,我建议只在括约肌切开的上缘进行注射,而不要深入其中。如果进行很多操作,比较好的做法是放置一根小的保护性胰腺支架。大量的出血很少见,内镜视野会很快消失。专业血管造影的处理是有效的。当其他处理都失败时,外科缝合是好的处理方法但是会发生再出血。

延迟性出血:通常发生在括约肌切开后2周,和处理其他发作性出血是一样的。由于患者有时是因为其他病因造成出血,所以确定出血的来源是很重要的。

五、支架放置的并发症

胆管和胰管支架可以因为放置时损伤,阻塞和移位造成问题。主要取决于它们的大小、性质和位置。放置胆管支架时括约肌切开不影响阻塞的发生率,但是可以减少胰腺炎发生的危险,至少在肝门部肿瘤的患者是这样的。

(一)胆管塑料支架的阻塞

放置支架后几个月内是难以避免的,并且会造成严重的胆管炎。近20年许多阻止这一并发症的方法近来证明是无效的。减少阻塞发生的常用方法是3个月左右更换一下胆管支架,这适用于胆管良性狭窄的患者。对于患有恶性疾病的患者和他们的看护者要告知其发生阻塞的可能,并且在出现首发的症状(通常是寒战)时采取紧急措施。可扩张的金属支架能使用较长时间但是发生阻塞的后果比较严重。

(二)支架移位

支架向外移位通常会引起十二指肠或远端小肠的损伤。支架向内移位通常很难取出,尤其是胰管支架。多数移位的支架可以通过球囊、异物钳、圈套器或网篮取出。很少需要外科手术纠正移位支架。

（三）支架引起的管道损伤

胆管内支架放置数月后会导致一些管壁的不规则和增厚。可以通过拍片明确，但是和临床的关系不大，会造成超声内镜的诊断困难。但是支架引起的管道损伤在胰腺中会造成重要的问题，尤其是胰管本来正常的患者。刺激支架的顶端尤其是弯曲的管道，或刺激支架的内部经常会导致管壁的不规则或者是临床上明显的狭窄。一些早期的研究表明这些损伤大部分可以通过支架的移除得以解决，但是对于一些纤维性狭窄则很难处理。明确有慢性胰腺炎的患者处理结石和狭窄时，放置较硬的 7 和 10 个 Fr 的胰管支架是合理的。但是在正常的管道应当使用较小的 3 或 5 个 Fr 软的支架比较合理，并且最好只放置数周。对胰管支架的选择最好是使其内侧端在管道直行的部分。

（四）胆囊炎

在恶性疾病放置胆管支架会发生胆囊炎。

六、网篮嵌入

从胆管内取巨大结石时会引起网篮嵌入。通常这种情况可以通过松开结石或使用紧急碎石器得以解决。预防此类问题的发生可以通过预测结石直径，超过 1 cm 时早期使用碎石器。在胰管内使用网篮要小心谨慎。碎石对于质地较软的结石和蛋白质黏液栓是有效的，但是对于胰腺钙化引起的结石可能效果不佳。网篮在管道内断裂和嵌顿的危险是存在的。

七、心肺并发症和镇静药意外

任何内镜操作过程都可能发生心肺并发症，特别研究了在ERCP 过程中的心肌缺血。一过性的缺氧和心律失常在 ERCP 的过程中偶尔会出现，但是由于认识充分处理得当，通常不引起临床不好的后果。在操作中或操作后引起严重的失代偿很罕见，通常是 ERCP 少量致死病例的原因。

心肺并发症的危险因素包括一些病前已知或不能预测的情况，问题通常与镇静和麻醉相关。过度镇静会引起严重的问题，尤其在年老体弱的患者，在监护不充分的情况下更容易发生（在黑暗的房间里不利于监护）。心肺并发症可以通过仔细的操作前评估，处理高危患者时与麻醉医师和心脏科医生很好地合作，对内镜操作医生和护士进行正规的镇静和复苏的培训以及仔细的监护来避免。

吸入性肺炎可以发生在任何一种内镜操作过程，确切的病因不明确，但是由于发病早期的认识不足，其发生可能比诊断的病例要多。

八、少见并发症

ERCP 术后还有其他一些不良事件的发生，包括：

（1）取出巨大结石后引起胆石性肠梗阻。

（2）肌肉骨骼的损伤（如：颞颌关节脱臼或肩部、牙齿的损伤）。

（3）血管造影。同时通过弯曲的导管尖端注射造影剂可以看到门脉系统和淋巴系统。X 线透视检查示造影剂快速移动。当同时也注射了空气，CT 平扫的结果令人担忧，但是没有报道后遗症。

（4）长期鼻胆管引流会造成鼻窦感染。

（5）使用肾毒性药物（如：庆大霉素）导致肾功能不全。

（6）鼻胆管或鼻胰管嵌顿或破裂。

（7）含碘造影剂的过敏反应。即使在 ERCP 过程中很少量的造影剂进入血流也会引起过敏反应的发生。对于有过敏的患者内镜检查应当采取相关的替代策略。

（8）硬化性胆管炎胆汁淤积增加。

（9）ERCP 中脾脏损伤有几例报道。

（10）脾脏和肾脏远端的脓肿以及其他部位的脓肿。

（11）葡萄糖-6-磷酸脱氢酶缺乏症造成的溶血和尿毒症造成的溶血。

（12）括约肌切开后胰腺癌扩散。

（13）针状刀括约肌切开后由胰、十二指肠动脉发展的假性动脉瘤。

九、ERCP 术后死亡

文献报道的 ERCP 术后死亡很难分析，因为研究包括了不同范围的患者和操作，一些对 30 天后的死亡和操作本身引起的死亡没有区分。一项研究表明很难将死亡归因于并存的疾病，活动性并发症和 ERCP 失败后进行其他程序造成的并发症。1991 年共识意见收集的资料报道 7 729 例括约肌切开的患者 103 例发生死亡（1.3%）。多数后续的研究报道死亡率低于 0.5%，其中两篇研究较高分别为 0.8% 和 1%。

在所有报道研究中引起死亡的常见并发症，胰腺炎、出血、穿孔、感染和心肺并发症引起的死亡数基本相等。在一些报道中穿孔没有及时诊断是引起死亡的主要原因。丹麦 9 例死亡后要求保险赔偿的患者，7 例是胰腺炎引起的，其中 2 例进行了预切开。

十、晚期并发症

ERCP 术后有些不利事件在数月甚至数年后才出现。

（一）诊断错误

诊断错误报道不足，也导致 ERCP 的并发症不能很好地认识，可能是由于内镜和放射科医生的技术不到家，或是对充分影像资料的解读错误。胆管结石可能因为造影剂充填不足而漏诊，尤其是一些不明显的部位，如：胆囊管残端，右侧肝内胆管的分支，或是在扩张的系统使用过浓的造影剂。相反的，管腔内的气泡会误认为是结石(在不需要括约肌切开时会造成严重的后果)。

显影不清或对解剖部位不熟悉会导致胆管损伤患者的漏诊或误诊。先天的胆胰引流认识不足。慢性胰腺炎的早期和导管内黏液性瘤常因显影不足而漏诊。胰腺分裂通常会因为腹侧的导管残留和背侧插管失败影响胰腺病因诊断而漏诊。

很少内镜操作者有放射科医生陪同进行 X 线透视和摄片,或是很快解释应该应用何种策略。放射科医生通常在事后对影像进行分析报告,会发现主要的偏差,这也是引起复杂事件的原因。给放射科医生提供详细的内镜报告是有帮助的,并允许放射科医生表达不同的意见。

(二)迟发感染

ERCP 可以传递非细菌性感染,潜伏期长可以隐藏其中的联系,但是没有报道证实。当胆管支架阻塞后有发生败血症的危险。患者表现为高热、寒战并且会很快恶化。任何放置支架的患者及其看护人员都应该被告知发生败血症的可能性,快速使用药物来解决是必需的。良性胆道狭窄放置塑料支架的患者建议 3～4 个月常规更换支架,而对于恶性狭窄则要采取不同的措施。内镜医生和放置支架的患者通常都通过提醒函保持联系。偶然患者会有意或无意中逃避再次操作,通常存在潜在严重并发症的可能。由于发生迟发性胆管炎的危险,对于难以取出的结石不提倡长期放置支架。

(三)括约肌切开的晚期效应

胆管括约肌切开的晚期不利效应引起较多关注。对出现乳头狭窄的患者进行括约肌切开,无论是再狭窄或是错误的诊断,发生胆囊症状有显著的危险。

括约肌切开几乎不可避免地会引起胆汁细菌感染,有可能是胆色素结石的潜在启动因素。一项研究表明外科括约肌成形术后胆管癌的发生率显著增加,但是斯堪的纳维亚的人群研究提示内镜下括约肌切开没有这种联系,多数患者在括约肌切开取石后随访 10 年以上。这项研究发生胆道问题发生概率从 5％到 24％,平均为 10％。阿姆斯特丹的研究发现概率最高达 24％,其中仅一例患者结石再发。在其他的研究中,一些患者偶发没有结石的胆管炎,甚至是没有括约肌切开后的狭窄所致的胆管炎。多数括约肌切开后的长期并发症可以通过内镜下解决,而重复的切开会带来较大的危险。虽然充分地引流,但一些患者每 6～12 个月后仍会再形成结石,需要持续地重复内镜下胆道冲洗。

(四) 胆囊存在的括约肌切开

许多患者在内镜下清除结石后很快就进行胆囊切除。但是有些患者没有进行手术,主要是由于手术风险比较大(尤其是进行腹腔镜胆囊切除术前)。一些研究检测了长期留置胆囊的危险性。报道了胆囊切除的必要性从 5％～33％之间,但是多数患者随访时间较短,关于这方面的研究近期有两篇报道。对 34 例急性胆源性胰腺炎患者行内镜下治疗,没有行胆囊切除术,平均随访 34 个月,仅有 11.6％发生胆道并发症。但是阿姆斯特丹的随机组群研究发现 120 例胆道括约肌切开而没有切除胆囊的患者,有超过 47％的患者发生了胆道症状而早期行胆囊切除的患者仅有 2％发生胆道症状。ERCP 过程中胆囊不显影提示胆囊管阻塞,是将来发生胆道疾病的预测因素,但是没有进一步证实。对于胆石性胰腺炎而胆囊没有残留结石的患者可以忽略该危险因素。

(五) 胰管括约肌切开

在报道的病例中胰管括约肌切开主要的危险是再狭窄,至少 20％的患者会发生。狭窄通常通过内镜下治疗,但是狭窄发生在乳头以下则即使是外科修复也很具挑战性。在将来随着更高的技术和新的支架的发明,该操作危险性是降低的。胰腺开口的狭窄引起复发性胰腺炎被作为胆管括约肌切开的远期并发症。

(张　丽　刘　枫)

参 考 文 献

1. Lo SK. Intramural incision during ERCP: turning a complication into a positive experience[J]? Gastrointest Endosc, 2008,67(4): 634-635. Epub 2008 Feb.

2. Jeurnink SM, Poley JW, Steyerberg EW, et al. ERCP as an outpatient treatment: a review[J]. Gastrointest Endosc, 2008, 68(1):118-123.

3. Lai CH, Lau WY. Management of endoscopic retrograde cholangiopancreatography-related perforation[J]. Surgeon, 2008, 6(1):45-48.

4. Wu HM, Dixon E, May GR, et al. Management of perforation after endoscopic retrograde cholangiopancreatography(ERCP): a population-based review [J]. HPB (Oxford), 2006, 8 (5): 393-399.

5. Campbell N, Sparrow K, Fortier M, et al. Practical radiation safety and protection for the endoscopist during ERCP[J]. Gastrointest Endosc, 2002,55 (4): 552-557.

6. O'Sullivan S, Bridge G, Ponich T. Musculoskeletal injuries among ERCP endoscopists in Canada[J]. Can J Gastroenterol, 2002,16 (6): 369-374.

7. Schutz SM, Abbott RM. Grading ERCPs by degree of difficulty: a new concept to produce more meaningful outcome data[J]. Gastrointest Endosc, 2000,51 (5): 535-539.

8. Cotton PB. Randomization is not the (only) answer: a plea for structured objective evaluation of endoscopic therapy [J]. Endoscopy, 2000,32 (5): 402-405.

9. Barthet M, Lesavre N, Desjeux A, et al. Complications of endoscopic sphincterotomy: results from a single tertiary referral center[J]. Endoscopy, 2002,34 (12): 991-997.

10. Freeman ML. Adverse outcomes of endoscopic retrograde

cholangiopancreatography[J]. Rev Gastroenterol Disord, 2002, 2 (4): 147 – 167.

11. Tzovaras G, Shukla P, Kow L, et al. What are the risks of diagnostic and therapeutic endoscopic retrograde cholangiopancreatography[J]? Aust N Z J Surg, 2000,70: 778 –782.

12. Vandervoort J, Soetikno RM, Tham TC, et al. Risk factors for complications after performance of ERCP [J]. Gastrointest Endosc, 2002,56: 652 – 656.

13. Garcia-Cano Lizcano J, Conzalez Martin JA, Morillas Arino J, et al. Complications of endoscopic retrograde cholangiopancreatography: a study in a small ERCP unit[J]. Rev Esp Enferm Dig, 2004, 96 (3): 155 – 162.

14. Misra SP, Dwivedi M. Complications of endoscopic retrograde cholangiopancreatography and endoscopic sphincterotomy: diagnosis, management and prevention[J]. Natl Med J India, 2002,15: 27 – 31.

15. Arenson N, Flamm CR, Bohn RI, et al. Evidence-based assessment: patient procedure, or operator factors associated with ERCP complications [J]. Gastrointest Endosc, 2002, 56: S294 –301.

16. Hui CK, Liu CL, Lai KC, et al. Outcome of emergency ERCP for acute cholangitis in patients 90 years of age and older[J]. Aliment Pharmacol Ther, 2004,19 (11): 1153 – 1158.

17. Cohen S, Bacon BR, Berlin JA, et al. National Institutes of Health State-of-the-Science Conference Statement: ERCP for diagnosis and therapy [J]. Gastrointest Endosc, 2002, 56: 803 –809.

18. Alsolaiman M, Cotton P, Hawes R, et al. Techniques for pancreatic sphincterotomy: lack of expert consensus [J]. Gastrointest Endosc, 2004,59 (5):AB210.

19. Berkes J, Bernklau S, Halline A, et al. Minor papillotomy in

pancreas divisum: do complications and restenosis rates differ between use of the needle knife papillotome (NKS) vs. ultratapered traction sphincterotome (UTS) [J]? Gastrointest Endosc, 2004,59 (5): AB207.

20. Harewood GC, Baron TH. An assessment of the learning curve for precut biliary sphincterotomy[J]. Am J Gastroenterol, 2002, 97: 1708 - 1712.

21. Raijman I, Escalante-Glorsky S. Is the complication rate the same for index versus repeat biliary sphincterotomy[J]? Gastrointest Endosc, 2004,59 (5): AB193.

22. Norton ID, Gostout CJ, Baron TH, et al. Safety and outcome of endoscopic snare excision of the major duodenal papilla [J]. Gastrointest Endosc, 2002,56:239 - 243.

23. Catalano MF, Linder JD, Chak A, et al. Endoscopic management of adenoma of the major duodenal papilla [J]. Gastrointest Endosc, 2004,59: 225 - 232.

24. Cheng C, Sherman S, Fogel EL, et al. Endoscopic snare papillectomy of ampullary tumors: 10-year review of 55 cases at Indiana University Medical Center [J]. Gastrointest Endosc, 2004,59 (5): AB193.

25. Giorgio PD, Luca LD. Comparison of treatment outcomes between biliary plastic stent placements with and without endoscopic sphincterotomy for inoperable malignant common bile duct obstruction[J]. World J Gastroenterol, 2004,10 (8): 1212 - 1214.

26. Friedland S, Soetikno RM, Vandervoort J, et al. Bedside scoring system to predict the risk of developing pancreatitis following ERCP[J]. Endoscopy, 2002,34:483 - 488.

27. Barthet M, Desjeux A, Gasmi M, et al. Early refeeding after endoscopic biliary or pancreatic sphincterotomy: a randomized prospective study[J]. Endoscopy, 2002,34 (7): 546 - 550.

28. Testoni PA. Why the incidence of post-ERCP pancreatitis varies considerably? Factors affecting the diagnosis and the incidence of this complication[J]. JOP, 2002,3 (6): 195 – 201.

29. Christoforidis E, Goulimaris I, Kanellos I, et al. Post-ERCP pancreatitis and hyperamylasemia: patient-related and operative risk factors[J]. Endoscopy, 2002,34: 286 – 292.

30. Schwacha H, Allgaier HP, Deibert P, et al. A sphincterotome-based technique for selective transpapillary common bile duct cannulation[J]. Gastrointest Endosc, 2000,5: 387 –391.

31. Singh P, Gurudu SR, Davidoff S, et al. Sphincter of Oddi manometry does not predispose to post-ERCP acute pancreatitis [J]. Gastrointest Endosc, 2004,59 (4): 499 – 505.

32. Lee SJ, Song KS, Chung JP, et al. Type of electric currents used for standard endoscopic sphincterotomy does not determine the type of complications[J]. Korean J Gastroenterol, 2004,43 (3): 204 –210.

33. Norton I, Bosco J, Meier P, et al. A randomized trial of endoscopic sphincterotomy using pure cut versus Endocut electrical waveforms [Abstract][J]. Gastrointest Endosc, 2002, 55: AB175.

34. DiSario JA, Freeman ML, Bjorkman DJ, et al. Endoscopic balloon dilation compared with sphincterotomy for extraction of bile duct stones[J]. Gastroenterology, 2004,127: 1291 – 1299.

35. Goebel C, Hardt P, Doppl W, et al. Frequency of pancreatitis after endoscopic retrograde cholangiopancreatography with iopromid or iotrolan: a randomized trial[J]. Eur Radiol, 2000, 10 (4): 677 – 680.

36. Andriulli A, Leandro G, Niro G, et al. Pharmacologic treatment can prevent pancreatic injury after ERCP: a meta-analysis[J]. Gastrointest Endosc, 2000,51: 1 – 7.

37. Manolakopoulos S, Avgerinos A, Vlachogiannakos J, et al.

Octreotide versus hydrocortisone versus placebo in the prevention of post-ERCP pancreatitis: a multicenter randomized controlled trial[J]. Gastrointest Endosc, 2002,55: 470 - 475.

38. Prat F, Amaris J, Ducot B, et al. Nifedipine for prevention of post-ERCP pancreatitis: a prospective, double-blind randomized study[J]. Gastrointest Endosc, 2002,56: 202 - 208.

39. Arvanitidis D, Anagnostopoulos GK, Giannopoulos D, et al. Can somatostatin prevent post-ERCP pancreatitis? Results of a randomized controlled trial[J]. J Gastroenterol Hepatol,2004,19: 278 - 282.

40. Schwartz JJ, Lew RJ, Ahmad NA, et al. The effect of lidocaine sprayed on the major duodenal papilla on the frequency of post-ERCP pancreatitis [J]. Gastrointest Endosc, 2004, 59: 179 - 184.

41. Singh P, Lee T, Davidoff S, et al. Efficacy of Interleukin 10 (IL10) in the prevention of post-ERCP pancreatitis: a meta-analysis [Abstract][J]. Gastrointest Endosc,2002,55: AB150.

42. Fogel EL, Eversman D, Jamidar P, et al. Sphincter of Oddi dysfunction: pancreaticobiliary sphincterotomy with pancreatic stent placement has a lower rate of pancreatitis than biliary sphincterotomy alone[J]. Endoscopy,2002,34: 280 - 285.

43. Freeman ML, Overby C, Qi D. Pancreatic stent insertion: consequences of failure and results of a modified technique to maximize success[J]. Gastrointest Endosc,2004,5: 8 - 14.

44. Enns R, Eloubeidi MA, Mergener K, et al. ERCP-related perforations: risk factors and management[J]. Endoscopy,2002, 34 (4): 293 - 298.

45. Zissin R, Shapiro-Feinberg M, Oscadchy A,et al. Retroperitoneal perforation during endoscopic sphincterotomy: imaging findings [J]. Abdom Imaging,2000,25 (3): 279 - 282.

46. Baron TH, Gostout CJ, Herman L. Hemoclip repair of a

sphincterotomy-induced duodenal perforation [J]. Gastrointest Endosc, 2000,52 (4)：566－568.

47. Katsinelos P, Dimiropoulos S, Katsiba D, et al. Pseudomonas aeruginosa liver abscesses after diagnostic endoscopic retrograde cholangiography in two patients with sphincter of Oddi dysfunction type 2[J]. Surg Endosc, 2002,16 (11)：1638.

48. Wilcox CM, Canakis J, Monkemuller KE, et al. Patterns of bleeding after endoscopic sphincterotomy, the subsequent risk of bleeding, and the role of epinephrine injection [J]. Am J Gastroenterol, 2004,99：244－248.

49. Perini RF, Sadurski R, Cotton PB, et al. Post-sphincterotomy bleeding after the introduction of a microprocessor-controlled electrocautery. Does the new technology make the difference[J]? Gastrointest Endosc,2005,61：53－57.

50. Park DH, Kim M-H, Lee SK, et al. Endoscopic sphincterotomy versus endoscopic papillary balloon dilatation for choledocholithiasis in liver cirrhosis with coagulopathy [J]. Gastrointest Endosc,2004,59 (5)：AB192.

第十一节　胶囊内镜的临床应用指南

以色列 Given 影像公司于 1999 年 1 月成功推出了满足临床应用要求的电子胶囊内镜（video capsule endoscope，CE）。2000年美国亚特兰大举行的消化疾病周上,播放了应用 CE 检查动物和人体胃肠道的录像,在毫无痛苦的情况下获得整个消化道尤其是小肠的影像学资料,为小肠疾病的诊断提供了新的方法,引起了广泛关注和兴趣。2001 年,CE 的初步临床试验完成,8 月获得美国 FDA 批准用于小肠疾病诊断。

一、CE 检查系统的基本构造和工作原理

CE 检查由三个主要部分组成：内镜胶囊、信号记录器和图像处理工作站。目前使用的 M2A 型 CE 大小为 26 mm×11 mm，其最外层为塑料外壳，两端为光学半球体。靠前半球体内侧周边装有 4 个白光发射二极管，用于照明；中央为成像光学凸透镜。透镜后衔接互补式金属氧化硅半导体显像（complementary metal oxide silicone，CMOS）芯片。胶囊正中央为 2 节氧化银电池，能维持内镜工作状态达 8 小时。闭合式环形信号发射器和环圈状天线紧贴后侧半球体。单个 CE 重量为 4 g，前视角度与普通推进式电子内镜相近，达 120°～140°。CE 进入人体后依靠消化道蠕动波向前移行，并在移动过程中以每秒拍摄和传输 2 幅图像的速度向外连续发射，由连接在受检者腰腹间的接收器将信号接受并储存记录。胶囊电池能量耗尽后拍摄和传输过程自然终止。记录仪中的图像信号下载到工作站后可供专职医生分析、解读。CE 在近 8 小时中可传输图像约 5 万幅，每例完整检查者平均下载时间为 2 小时以上，平均解读时间为 60～90 分钟。CE 通常在吞服后 24～48 小时排出体外。

二、CE 检查的适应证、禁忌证和并发症

1. 适应证

（1）经上消化道内镜、结肠镜和小肠放射造影等常规检查未能确诊的不明原因的胃肠道出血的诊断。

（2）评估炎性和浸润性病变的范围：如小肠克罗恩病。

（3）了解小肠吸收障碍的病变范围，如麦胶性肠病。

（4）其他：对小肠肿瘤及小肠动力障碍疾病的诊断，对小肠息肉（如家族性消化道息肉病）进行监测，协助进行慢性腹泻的病因诊断等。

2. 禁忌证

胃肠梗阻或假性梗阻为胶囊内镜的绝对禁忌证。

（1）已明确或怀疑小肠梗阻、狭窄或瘘管（接受外科手术者除外）。

（2）相对禁忌证：严重消化道动力障碍，如贲门失迟缓、胃轻瘫等。

（3）吞咽障碍性疾病。

（4）已安装心脏起搏器、除颤器或其他电子医学仪器设备者等。

3. 并发症

胶囊内镜的耐受性好，一般无并发症，临床应用十分安全。可能发生的并发症主要是胶囊内镜因消化道的狭窄而阻滞。胶囊内镜到达因病变引起狭窄的肠段，在狭窄近侧翻滚，最终通过狭窄肠段，需外科手术取出者罕见。胶囊内镜停留主要发生在克罗恩病、非甾体消炎药引起的溃疡和缺血性狭窄。另一问题是胶囊内镜通过迟滞，胶囊内镜可能因食管狭窄、胃轻瘫或幽门狭窄而滞留于食管或胃内。国内温小恒等在对43例患者进行胶囊内镜检查时，其中1例因胃轻瘫导致胶囊内镜停留在胃中，1例因炎性狭窄导致胶囊内镜滞留于狭窄近端。

三、方法

受检患者在检查前12小时、检查开始后4小时内应严格禁食。在检查前进行胃肠道清洁准备有助于提高图像的质量及盲肠的检查进度。吞服胶囊内镜后允许自由走动，但不要远离检查场所，患者在吞服胶囊内镜后7小时期间须处于监护之下。要求患者记录相关的腹部症状，如上腹痛、恶心、呕吐或其他胃肠道症状，并及时告知医护人员，并定时检查背带包上的闪烁灯以确定信号接收是否正常。患者避免剧烈运动。对胶囊内镜检查的患者不能行磁共振扫描，同时行 CE 检查的患者避免相互靠近，其他的电磁场所如业余无线电设备也可以干扰信号的接收。患者可以使用移动电话、传真和计算机。工作人员应尽量在光线偏暗的环境中分析、解读图像。

四、临床应用评价

1. 对不明原因胃肠道出血的诊断价值

胶囊内镜主要应用于各种不明原因的胃肠道出血,尤其是经传统方法如内镜、放射造影、螺旋 CT、核素扫描检查未能确诊的胃肠道急慢性出血。胶囊内镜对不明原因胃肠道出血部位及病因做出诊断的准确率在 55%~82%之间。Lewis 等报道,11 例疑有小肠出血的患者依次进行 CE 和小肠镜检查,两种检查结果的整体阳性率为 62%,小肠镜对病灶的检出能力不如 CE,在 9 例小肠镜检查未发现异常的患者中,CE 在远端小肠内检出病灶(56%)。CE 在检出小肠出血病灶上有一定价值。其诊断的疾病最常见的为血管畸形、静脉曲张、溃疡和肿瘤,少见的有 Crohn's 病、Dieulafoy 病、Meckel's 憩室炎、血液附着及肠管狭窄等。李运红等总结分析了 67 例胃镜、肠镜检查阴性的消化道出血患者,经消化道钡餐、肠系膜动脉造影、推进式小肠镜、胶囊内镜及剖腹探查(包括手术中肠镜)的检查结果。结果表明,不明原因消化道出血的病因诊断中,上、中消化道钡餐检查检出率为 17.6%,诊断率为 13.8%;肠系膜动脉造影检查检出率和诊断率均为 13.4%;推进式小肠镜检查检出率、诊断率均为 32%;剖腹探查及术中肠镜检出率和诊断率均为 83.3%;胶囊内镜检查检出率为 80.6%,诊断率为 67.7%。证实胶囊内镜检查对于不明原因消化道出血具有较高的检出率和诊断率,明显优于传统的检查方法。张齐联等利用国产 OMOM 胶囊内镜检查了 16 例消化道出血患者,结果 15 例有阳性发现,包括血管畸形、溃疡糜烂、钩虫和肿瘤等,其中有 4 例发现当时出血(肿瘤 1 例、钩虫 1 例、炎症 2 例),进一步说明胶囊内镜对于不明原因的消化道出血诊断率较高。

2. 对小肠克罗恩病的诊断价值

克罗恩病是一种胃肠道慢性炎性肉芽肿性疾病,可广泛累及整个消化道,其中小肠病变占 30%～40%,近年来其发病率在全球范围内尤其是在我国有普遍上升的趋势。目前对该病的诊断主要依赖于症状、体征和小肠 X 线检查及小肠镜检查。但对于轻型患者,尤其当炎症局限于黏膜层时,病灶往往会被遗漏。胶囊内镜对小肠疾病具有很高的检出率,有利于发现小肠克罗恩病患者的早期病变。

有研究表明,胶囊内镜可发现从黏膜增厚水肿、糜烂、溃疡、肉芽增生至肠腔狭窄等各种克罗恩病的典型病理改变,且病灶均呈节段性和不对称性分布,阳性率为 65%,早期轻型病变占 54%,阳性患者在临床上大多表现为大便隐血阳性、缺铁性贫血及发热伴腹痛,而阴性患者多表现为单纯腹痛或腹泻,说明临床表现对疾病的诊断具相当的意义。虽然胶囊内镜无法对病灶进行活检,但活检对克罗恩病的确诊意义仅在 33%左右,而通过对典型病灶进行的相关鉴别诊断和辅助检查,基本可排除传染性疾病(结核、伤寒)、血管性疾病(血管炎)、新生物(淋巴瘤)和药物(非甾体类抗炎药、氯化钾肠溶片)等引起的可能性。

国内戈之铮等对 20 例其他检查正常但临床症状疑似小肠克罗恩病的患者进行胶囊内镜检查,结果 20 例患者中共发现克罗恩病 13 例,胶囊内镜下表现包括黏膜糜烂(2 例)、口疮样溃疡(5 例)、肉芽肿性结节样病变(1 例)、大溃疡(2 例)和溃疡伴肠腔不完全狭窄(3 例)。提示胶囊内镜对经传统方法未能检出的疑似小肠克罗恩病具有较高的检出率,尤其是对疾病早期和对轻型患者的诊断具有明显优越性。

3. 对其他疾病的诊断价值

有报道经胶囊内镜检查确诊食管静脉曲张病例及反流性食管

炎病例。对胃、十二指肠溃疡及出血性胃炎（糜烂性胃炎、急性胃黏膜病变）病例的诊断亦有报道。

五、CE 的不足和未来

　　作为医学发展中的一种新技术，多数研究者对 CE 的表现和前景持肯定态度，但同时也应认识其不足之处：图像摄取的随机性；胶囊在小肠内靠肠蠕动被动向前运动，无法主动控制姿态，造成图像遗漏或失真；肠内液体和食物残渣均可影响图像质量；视野不足；存在一定的漏诊率；不能精确定位；不能进行活检和组织学检查；不能进行治疗；胶囊电池工作时间短；费用过高等。多数学者认为在下列方面应作更多的研究和改进。

　　在临床应用方面，需更准确地把握检查的适应证，进一步明确规范检查前肠道的准备方案，适当降低检查成本。

　　在内镜构造和仪器改进方面，未来的 CE 应该具有更广阔的视野角度、图像分辨率，应进一步提高清晰度、延长电池供能时间及内镜移动速度，改善内镜方向的控制。研制出有活检装置的 CE 更成为一种期待。

　　在图像解读和诊断方面，临床医生希望能将诊断时间缩短、效率提高，除了通过不同检查方法的比较验证提高诊断成功率和图像辨别能力以外，电脑软件技术的改进和高度智能化是一个不应忽略的领域。

（朱　峰　李兆申）

- - - - - - 参 考 文 献 - - - - - - - - - - - - - - - - - -

1. Iddan G, Meron G, Glukhovsky A , et al. Wireless capsule endoscopy[J]. Nature , 2000 ,405 :417.

2. Meron G. The development of the swallowable video capsule (M2A)[J]. Gastrointest Endosc , 2000 ,52 :817－819.

3. Gong F , Swain P , Mills T. Wireless endoscopy[J]. Gastrointest Endosc , 2000 ,51 :725 - 729.

4. 温小恒，陆星华，钱家鸣. 胶囊内镜在小肠疾病诊断中的应用研究[J]. 中华消化内镜杂志, 2005，22:199 - 200.

5. 钟捷，吴云林. 胶囊内镜的临床使用及价值评估[J]. 中华消化杂志,2003 ,23 :565 - 567.

6. Pennazio M, Santucci R, Rondonotti E, et al. Wireless capsule endoscopy in patients with obscure gastrointestinal bleeding：results of the Italian multicentre experience[J]. Gastrointestinal Endoscopy, 2002, 55：AB87.

7. Jensen DM, Dulai G, Lousuebsakul V, et al. Diagnostic yield of capsule endoscopy in patients with severe GI bleeding of obscure origin, subsequent recommendations, and outcomes [J]. Gastrointestinal Endoscopy , 2002, 55：AB127.

8. Janowski D, Toth L, Wolff R, et al. Video capsule endoscopy：early observations on its role in the diagnosis and management of obscure gastrointestinal bleeding[J]. Gastrointestinal Endoscopy, 2002, 55：AB128.

9. Lewis BS , Swain CP. Capsule endoscopy in the evaluation of patients with suspected small intestinal bleeding ：the results of the first clinical trial (abstract)[J]. Gastrointest Endosc , 2001 , 53 :AB70.

10. Scapa E, Jacob H, Lewkowicz S, et al. Initial experience of wireless-capsule endoscopy for evaluating occult gastrointestinal bleeding and suspected small bowel pathology [J]. Am J Gastroenterol, 2002, 97：2776 - 2779.

11. 李运红，徐肇敏，陈隆典等. 胶囊内镜对不明原因消化道出血的诊断价值[J]. 中华消化内镜杂志,2004，21:100 - 102.

12. 张齐联，年卫东，王化虹等. OMOM 胶囊内镜临床应用的初步评价[J]. 中华消化内镜杂志, 2005，22:86 - 89.

13. 戈之铮，胡运彪，萧树东. 胶囊内镜诊断小肠克罗恩病的应用研究[J].中华消化内镜杂志,2004,21:96-99.

14. Arguelles-Arias F, Caunedo A, Romero J, et al. The value of capsule endoscopy in pediatric patients with a suspicion of Crohn's disease[J]. Endoscopy, 2004, 36: 869-873.

15. Andre VG, Erik F, Alain S, et, al. A prospective comparative study between pushenteroscopy and wireless video cap sule in patients with obscure digestive bleeding[J]. Gastrointestinal Endoscopy, 2002, 55: AB88.

第十二节　推进式双气囊电子小肠镜的应用指南

小肠作为消化系统最长的器官,其病变起病隐匿,且位置相对较深,致许多小肠原发疾病诊断困难。传统的小肠疾病检查手段包括推进式小肠镜、全消化道造影、腹部 CT/MRI、核素扫描、数字减影血管造影等均存在许多缺陷。胶囊内镜的问世为小肠疾病的诊断提供了一种全新、无创且易为患者所接受的手段,但也存在一些局限性,如不能取活检病理检查,不能进行治疗,不能重复观察,定位诊断困难,无法控制其方向和速度,图像清晰度受肠道的清洁度、胃肠蠕动速度等诸多因素的影响等。对于小肠疾病的内镜检查,传统方法包括推进式小肠镜、探头式小肠镜、索带式小肠镜和术中小肠镜四类。目前绝大多数小肠疾病检查手段已发展为双气囊电子小肠镜(Double-balloon Enteroscopy, DBE)。双气囊电子小肠镜的应用使消化内镜对消化道的检查拓展至全部小肠,经口、经肛结合方式的双气囊电子小肠镜检查基本上完成了对整个消化道无盲区检查,具有检查范围广、图像清晰、操作可控、能取活检进行病理学检查、可行内镜下治疗等优点,显著提高了小肠疾病的诊断率,成为小肠疾病的重要检查方法。

2001 年,日本学者 Yamamoto 在世界上率先报道了使用推进式双气囊电子小肠镜进行全小肠检查。推进式双气囊电子小肠镜是在原先的推进式小肠镜外加上一个顶端带气囊的外套管,同时也在小肠镜顶端加装一个气囊。

一、构造原理和操作

推进式双气囊电子小肠镜(Fujinon EN 450P5/20)构造上与普通电子小肠镜基本相似,头端较普通内镜多一气孔。整套内镜操作系统由内镜、外套管、主机和气泵四部分组成。小肠镜内镜长 2.0 m,外径 8.5 mm,视角 120°;外套管长 1.4 m,外径 12.2 mm。2 个气囊分别连接于可根据气囊压力自动调整充气量的专用气泵,其中一个固定于镜身前端,充气后直径 2.5 cm,另一个固定于外套管远端,充气后直径 5 cm。气囊压力 5.6~8.2 kPa。通过2.2 mm 的工作钳道可向肠腔内充气、注水、吸引和钳取活组织行病理学检查。

1. 经口途径

操作前需先将外套管套在小肠镜身上,当内镜头部进入至十二指肠水平段后,将小肠镜前端气囊充气,使内镜头部不易滑动,然后将外套管沿镜身滑插至内镜前端后将外套管气囊充气。两个气囊均已充气后使得内镜、外套管与肠壁相对固定,然后缓慢拉直内镜和外套管;接着将内镜前端气囊放气,将内镜缓慢向深部插入至无法进镜,再次将内镜前端气囊充气,使其与肠壁相对固定,并同时释放外套管气囊,外套管沿镜身前滑。重复上述充气、放气、滑行外套管和钩拉等动作,即可使镜身缓慢、匀速地推进到深部小肠。

2. 经肛途径

检查要通过结肠和回盲瓣,操作难度相对较大,顺利通过回盲瓣是检查成败的关键。通过乙状结肠、脾曲、肝区时要尽量拉直镜身,防止结襻。通过回盲瓣时,尽可能抽吸气体,使盲肠腔变小、回盲部角度变钝,以利于镜身头端通过回盲瓣,镜身抵达回肠末端时不要急于进镜,因为小肠镜镜身通过回盲瓣时形成了一定角度,进镜反而会使镜身滑出回盲瓣,应稍微回拉镜身后再缓慢循腔进镜,给镜身气囊充气后轻柔滑进外套管,外套管头端气囊通过回盲瓣后充气,缓慢外拉取直镜身。之后即可按交替充气、放气、进镜、滑进外套管、反复钩拉等动作,使肠管像"撸袖套"般不断叠套到外套管上,同时使小肠镜不断进入小肠深部,完成对深部小肠的逆行检查。

DBE 检查通常需两名医生,一名主操作者负责插镜和控制旋钮方向,另一名负责托镜和插送外套管。同时需一名护士负责给药、观察患者和气泵操作。准备经口进镜检查的患者,检查前两天少渣饮食,检查前需要禁食 12 小时;准备经肛门逆行进镜检查的患者,需要严格按照结肠镜检查时清洁肠道的方法准备。作好碘过敏试验,以便需要时做造影检查;术前 10 分钟肌注丁溴东莨菪碱 10 mg、地西泮(安定)5 mg,口服消泡剂,口咽部行局部麻醉,亦可行其他镇静或麻醉。

二、适应证和禁忌证

1. 适应证
(1) 原因不明的消化道出血。

(2) 怀疑 Crohn's 病。

(3) 小肠造影有异常。

(4) 慢性腹痛、腹泻,怀疑有小肠疾病。

(5) 多发性家族性腺瘤样息肉病。

(6) 疑有小肠癌、黏膜下肿物。

(7) 术前诊断。

2. 禁忌证
(1) 胃镜或肠镜检查的禁忌证。

(2) 伴有腹膜炎。

(3) 肠粘连。

（4）肠道狭窄。

三、安全性

May 和 Yamamoto 等认为 DBE 检查是安全的，一般不会出现出血和穿孔等并发症。但近来国外文献陆续报道有消化道穿孔、急性胰腺炎、麻痹性肠梗阻等并发症，提示对于肠道黏膜多发弥漫性病变如活动性炎症、溃疡的患者应注意限制进镜深度及时间，以避免相关并发症的发生。

四、进镜途径的选择

进镜途径的选择一般按照患者的临床表现和辅助检查结果决定。如临床怀疑病变位于小肠上段，首选经口途径进镜；反之，如疑病变位于小肠下段，首选经肛途径进镜。当经口（经肛）进镜发现明确病灶并能解释临床表现时，可不必经另一端进镜检查；反之，必须经另一端进镜完成整个小肠的检查以尽可能明确病灶。当需从两端进镜检查者，前一次检查可在镜端所达到的肠道部位标注亚甲蓝（美蓝）或印度墨汁等，次日采用小肠镜从肛门进镜经回盲瓣进入回肠到达标注处，达到全小肠检查的目的。因为逆行操作技术上的困难，目前经验认为经口操作有一定的优势。欧洲4 个医学中心对 62 例患者进行 89 次 DBE 检查，口侧平均进镜长度（254±174）cm，平均检查时间（70±30）分钟；肛侧平均进镜长度（180±150）cm，平均检查时间（90±35）分钟。国内智发朝等认为经口途径患者耐受性较差，操作较容易；反之，经肛途径患者耐受性较好，但操作难度较大，耗时较长。

五、临床疾病诊断中的应用

（一）在小肠疾病诊断中的应用

May 对 137 例疑有小肠疾病的患者进行了 248 次 DBE 检查，

其中肠道慢性出血患者 90/137 例（66%），其他为包括腹痛等小肠疾病患者。经 DBE 检查阳性诊断 80%（109/137），经口进镜阳性发现 35/50 例（70%），经肛进镜阳性发现 6/7 例（86%），双侧进镜阳性发现 68/80 例（85%）。病因中血管异常占 40/109 例（37%），各种病因的炎症和溃疡占 29/109 例（27%），息肉和肿瘤占 27/109 例（25%），其他原因为 11%，没有发现相关病理证据的占 21/109 例（20%）。

（二）在诊断不明原因消化道出血中的应用

消化道出血作为临床常见病多数可以通过胃镜、肠镜明确原因。不明原因消化道出血（obscure gastrointestinal bleeding，OGIB）指常规胃镜和肠镜不能发现病灶而持续性或反复发作的消化道出血，病变多见于小肠，是临床实践中的一个难点。DBE 为 OGIB 的病因诊断提供了可靠手段。Heine 等对 275 例患者进行 DBE 检查，怀疑消化道出血的 168 例患者中经检查发现出血 123/168 例（73%），其中内镜治疗 61/123 例（55%）。孙波等对 152 例消化道出血（135 例为显性消化道出血，17 例为隐性消化道出血）进行了 191 例次 DBE 检查，检查发现可解释出血原因的病变共 115 例（75.7%）（102 例显性出血，13 例隐血）；最常见的病变为小肠肿瘤（39.1%）和血管扩张（30.4%）。钟捷等对 24 例可疑小肠出血患者分别接受 DBE 和胶囊内镜检查。DBE 首选进镜方式分为经口或经肛两种，首选方式检查后未发现病灶者，择期改换进镜方式再行检查。胶囊内镜采用以色列 GIVEN 公司产品。结果 24 例患者中 21（87.5%）例通过小肠镜检查发现阳性病灶。24 例患者行胶囊内镜检查后有 11 例（45.8%）有阳性发现。DBE 检查发现的阳性病灶均经活检病理和手术探查证实，其病因诊断准确率为 87.5%，远高于胶囊内镜诊断准确率（25%）。在耐受性评估方面，胶囊内镜和全麻下经口进镜的耐受性最佳。所有小肠镜和胶囊内镜检查者中未见操作相关的严重不良反应。

（三）在诊断小肠克罗恩病中的应用

克罗恩病(Crohn's disease,CD)可累及全消化道,临床表现多样化且缺乏特异性。当疾病仅累及上消化道或大肠时,常规胃镜和结肠镜可较明确地作出诊断;当病变仅发生于小肠时,临床诊断有时会很困难。钟捷等对 65 例临床怀疑小肠克罗恩病的患者进行 DBE 检查,并与先前进行的小肠钡灌(46 例)和胶囊内镜(22 例)检查结果进行对比分析。结果提示,46 例行小肠钡灌检查者中,24 例(52.2%)诊断为克罗恩病或疑似克罗恩病,最终经 DBE 确诊的病例数为 18 例,诊断准确率为 75.0%(18/24)。22 例胶囊内镜检查者中,14 例(63.6%)患者的检查结果为克罗恩病或疑似克罗恩病,最终经 DBE 确诊的病例数为 11 例,诊断准确率为 78.6%(11/14)。65 例患者中 58 例(89.2%)经单侧或双侧检查后诊断为克罗恩病,并最终经病理和临床随访确诊。可见 DBE 在克罗恩病的诊断率及准确率方面明显优于小肠钡灌和胶囊内镜,是诊断小肠克罗恩病的较为理想的方法,并能对病变范围和严重程度作出正确判断。另外 DBE 在克罗恩病治疗前后的疗效随访和决定治疗方案中很有实用价值。

（四）在小肠肿瘤诊治中的应用

小肠肿瘤占整个消化道肿瘤比例虽然不高,但以恶性居多,约占 2/3,临床诊断十分困难,误诊、漏诊率较高。DBE 作为全新的小肠疾病诊治新技术,检查范围和对小肠疾病诊断率均远高于传统的推进式小肠镜,其活检功能有望提高小肠恶性肿瘤的检出率和诊断准确性。多项对 DBE 和胶囊内镜的对比研究显示,在不明原因消化道出血、腹痛、腹泻或 X 线检查发现可疑病变者中,DBE 对小肠恶性肿瘤的检出率优于或与 CE 检查相当,特别适于恶性肿瘤等需结合活检病理作出诊断的小肠疾病的诊治。一项研究表明,12 例胶囊内镜怀疑小肠肿瘤者中,4 例经 DBE 确诊为恶性肿瘤,2 例为肠套叠,6 例为良性肿瘤;4 例不明原因腹泻患者胶囊内镜检查无异常发现，而 DBE 均检出淋巴瘤。因此，对于高度怀疑小肠恶性肿瘤者，DBE 也可作为首先考虑的检查方法；而对于 CE 检查怀疑小肠恶性肿瘤者，DBE 也是很好的补充检测手段。

六、临床疾病治疗中的应用

（一）小肠出血内镜下止血术

小肠出血的主要原因为血管畸形、血管瘤、小肠肿瘤、内镜治疗后并发症。常用的内镜下止血方法为氩离子凝固术、注射 1：10 000 肾上腺素生理盐水、金属钛夹钳夹。治疗前应明确出血的确切部位和出血的速度，小肠出血在水溶液中观察得最为清楚，为达到此效果可采用压力水枪向小肠腔内注水。May 等报道 8 例小肠出血或腹痛待查的患者，DBE 诊断血管畸形出血 2 例、Dieulafoy 溃疡活动性出血 1 例，均行氩离子凝固术（Argon Plasma Coagulation，APC）治疗。Manabe 等报道 31 例不明原因小肠出血患者，23 例明确出血部位，其中有 3 例行内镜下治疗，2 例为毛细血管扩张行热凝治疗，1 例为血管瘤行硬化剂治疗。

（二）息肉切除

操作方法同结肠息肉摘除术，小肠息肉摘除在操作时有一定难度，小肠壁相对较薄（2～4 mm），电凝时间长易引发穿孔。长蒂息肉摘除时，切除部位应与正常黏膜层有一定距离。电切过度易导致出血，金属钛夹止血在深部小肠完成有难度，主要与钛夹出钳道难度大（内镜盘曲）以及由此引发出血部位视野不清有关。DBE 十分适合于 Peutz-Jeghers 综合征患者的定期复查和息肉切除。Ohmiya 等报告 2 例 Peutz-Jeghers 综合征用非手术双气囊小肠镜进行全小肠息肉切除，通过经口的途径成功切除空肠的多发息肉，通过经肛门途径切除回肠息肉；18 个息肉全部切除未发生出血及穿孔，3 个大息肉（直径 > 30 mm）组织病理学是错构瘤伴腺瘤成分。

（三）肠腔狭窄治疗

DBE 可以对克罗恩病导致的肠腔狭窄或肠道膈膜狭窄进行全囊扩张。Singh 等回顾性分析与克罗恩病有关的上消化道狭窄及下消化道狭窄，通过内镜气囊扩张，扩张后在病变部位注射激素。狭窄定义是肠腔狭窄＜10 mm，内镜不能通过；技术成功率定义为狭窄扩张后内镜能通过；长期成功率要求为患者无症状，不再要求外科手术或内镜再次扩张。结果：4 年内在 17 例患者 20 个狭窄中进行 29 次狭窄扩张，技术成功率达到 96.5%（28/29）。10 个狭窄（34.5%）扩张到直径＜15 mm 和 19 个（65.5%）扩张到直径≥15 mm。长期成功率在＜15 mm 组中是 70%，在≥15 mm 组中是 68.4%。在 29 个狭窄扩张中发生 3 个穿孔（全部在结肠），并发症发生率 10%，无 1 例死亡。这种治疗方法似乎是安全和有效的，可以作为内科难治性克罗恩病相关的消化道狭窄的一种手术方法。

（四）早期肿瘤切除术

Kuno 等报告 1 例 Roux-en-Y 术输入襻十二指肠段早期癌，应用 DBE 诊断并用内镜下黏膜切除术（EMR）切除。

七、前景及不足

双气囊电子小肠镜由于进镜原理的创新性，通常可抵达回肠中下段，部分可达末端回肠，检查范围大大扩展，具有视野广、图像清晰和充气、吸引、活检等基本功能，并可行内镜下治疗。其上行和下行镜相结合的进镜方式能使整个小肠得到全面、彻底的检查，是目前多数小肠疾病检查最理想的手段。但是必须清醒意识到，双气囊电子小肠镜检查存在以下需要解决的问题。

（1）不能精确定位。由于小肠冗长，肠腔内没有固定的解剖学标记，导致小肠镜下定位非常困难，通常只能根据 X 线下透视内镜位置、小肠黏膜皱襞疏密、绒毛形态、血管分布和个人的经验等大致判断病变的位置。

（2）进镜深度仍然有限。目前双气囊小肠镜大多需要经口及经肛进镜"对接"才能完成全小肠检查，增加了检查时间和费用。

（3）双气囊小肠镜检查仍有盲区存在。肠黏膜折叠后方、肠瓣后方观察较为困难，退镜观察时肠管从外套管上滑脱过快等可能是遗漏病灶的原因。

（4）检查后能否引起小肠菌群生态的改变或细菌污染，治疗操作后是否会对患者今后产生不利影响，均需要长期的跟踪随访来了解。

（朱　峰　宛新建）

参 考 文 献

1. 张子其,陈孝,张建平,等. 胶囊内镜对小肠疾病的诊断价值分析[J]. 中华消化内镜杂志,2003,20:226-229.

2. Yamamoto H, Sekine Y, Sato Y, et al. Total enteroscopy with a nonsurgical steerable double-balloon method[J]. Gastrointest Endosc, 2001,53:216-220.

3. Yamamoto H, Sugano K. A new method of enteroscopy: the doubleballoon method[J]. Can J Gastroenterol, 2003, 17: 273-274.

4. May A, Nachbar L, Ell C. Double-balloon enteroscopy (push-andpull enteroscopy) of the small bowel: feasibility and therapeutic yield in patients with suspected small bowel disease[J]. Gastrointest Endosc, 2005, 62:62-70.

5. Yamamoto H, Kita H, Scenada K, et al. Links clinical outcomes of doube-balloon endoscopy for the diagnosis and treatment of small-intestinal disease[J]. Clin Gastroenterol Hepatol, 2004, 2: 1010-1016.

6. Heine CD, Hadithi M, Groenen MJ, et al. Double-balloon enteroscopy: indication, diagnosis yield, and complication in a

series of 275 patients with suspected small-bomel diseases[J]. Gastrointest Endosc, 2006, 38:42 - 48.

7. Atter A, Maissiat E, Sebagh V, et al. First case of paralytic intestinal ileum after double-balloon enterscopy[J]. Cut, 2005, 54:1823 - 1824.

8. Di Caro S, May A, Heine DC, et al. The European experience with double-balloon enteroscopy: indication, methodology, safety, and clinical impact[J]. Gastrointest Endosc, 2005, 62: 545 -550.

9. 智发朝, 肖冰, 姜泊, 等. 双气囊电子小肠镜在小肠出血诊断中的应用[J]. 中华消化内镜杂志, 2005, 22:19 - 21.

10. 孙波, 陈丽娜, 程时丹, 等. 双气囊小肠镜诊断不明原因消化道出血[J]. 诊断学理论与实践, 2006, 5:27 - 30.

11. 钟捷, 张晨莉, 马天乐, 等. 双气囊小肠镜与胶囊内镜诊断小肠出血病因比较[J]. 中华消化杂志, 2004, 24:741 - 744.

12. 钟捷, 张晨莉, 金承荣, 等. 双气囊小肠镜在诊断小肠克罗恩病中的价值[J]. 中华消化内镜杂志, 2006, 23:86 - 89.

13. 巫协宁, 周怡和, 朱国清, 等. 克罗恩病的治疗策略[J]. 中华消化杂志, 2005, 25(5) : 296 - 298.

14. Eliakim R, Adler SN. Capsule video endoscopy in Crohn's disease-the European experience[J]. Gastrointest Endosc Clin N Am, 2004, 14(1) : 129 - 137.

15. Friedman S. Comparison of cap sule endoscopy to othermodalities in small bowel[J]. Gastrointest Endosc Clin N Am , 2004, 14 (1) : 51 - 60.

16. Matsumoto T, Moriyama T, EsakiM, et al. Performance of antegrade double -balloon enteroscopy: comparison with push enteroscopy[J]. Gastrointest Endosc, 2005, 62 (3) : 392 - 398.

17. Matsumoto T, EsakiM, Moriyama T, et al. Comparison of cap sule endoscopy and enteroscopy with the double - balloon method in patients with obscure bleeding and polyposis[J]. Endoscopy, 2005, 37 (9) : 827 - 832.

18. HadithiM, Heine GD, JacobsMA, et al. A p rospective study comparing video capsule endoscopy with double -balloon enteroscopy in patients with obscure gastrointestinal bleeding[J]. Am J Gastroenterol, 2006, 101 (1) : 52 - 57.

19. Ga Y G, Delvaux M , Fassl ERI. Outcome of capsule endoscopy in determining indication and route for push-and-pull enteroscopy [J]. Endoscopy , 2006 , 38 (1) : 49 - 58.

20. Chong AK, Chin BW, Meredith CG. Clinically significant small bowel pathology identified by double -balloon enteroscopy but missed by cap sule endoscopy[J]. Gastrointest Endosc, 2006, 64 (3): 445 - 449.

21. May A, Nachbar L, Wardak A, et al. Double -balloon enteroscopy: preliminary experience in patients with obscure gastrointestinal bleeding or chronic abdominal pain [J]. Endoscopy, 2003, 35: 985 - 991.

22. Manabe N, Tanaka S, Fukumoto A, et al. Double -balloon enteroscopy in patients with GI bleeding of obscure origin[J]. Gastrointestinal Endoscopy,2006,64: 135 - 140.

23. Ohmiya N, Taguchi A, Shirai K, et al. Endoscopic resection of Peutz-Jeghers polyps throughout the small intestine at double - balloon enteroscopy without laparotomy [J]. Gastrointestinal Endoscopy,2005, 61: 140 - 147.

24. Singh VV, Draganov P, Valentine J. Efficacy and safety of endoscopic balloon dilation of symptomatic upper and lower gastrointestinal crohn's disease strictures[J]. J Clin Gastroenterol, 2005,39: 284 - 290.

25. Kuno A, Yamamoto H, Kita H, et al. Application of double - balloon enteroscopy though Roux-en-Y anastomosis for the endoscopic mucosal resection of an early carcinoma in the duodenal afferent limb[J]. Gastrointest Endosc,2004, 60: 1032 - 1034.

第十三节 孕妇和哺乳期妇女的
胃肠镜检查

　　国内大部分的内镜医生仍然认为,胃肠镜检查相对于孕妇而言,可能造成流产或对胎儿产生一定影响,而迄今为止,对孕妇消化道内镜检查的安全性和有效性并没有系统地进行研究,大部分该方面的研究均为小样本及回顾性,药物的安全性资料大都来源于动物实验,缺乏相关的临床研究。哺乳期妇女的胃肠镜检查安全性和有效性较正常人群并无差别,但由于检查期间应用的药物可能通过乳汁排出,而对婴儿产生不良影响。本章主要对此方面进行初步探讨。

一、孕妇的胃肠镜检查

（一）适应证

　　产科方面的研究表明,母亲的缺氧和低血压可引起胎儿缺氧,从而导致胎儿的死亡,因此胎儿对母体的缺氧和低血压非常敏感。母亲过量服用镇静药物可引起低灌流和低血压以及母亲的体位不正导致妊娠子宫压迫下腔静脉均可导致子宫的血流降低和胎儿缺氧。其他对胎儿的危险因素包括致畸(母亲服用的药物和 X 线透视检查)和早产。此外,内镜相关治疗虽然较放射检查和外科手术治疗相对安全,也有可能对胎儿造成不良影响,因此,须在证实不会对孕妇和胎儿造成伤害后方可进行。而知情同意术必须同时包括对孕妇和胎儿的不良反应两方面。孕妇内镜检查适应证主要有：

　　（1）大量的或持续性消化道出血。

　　（2）严重的顽固性恶心、呕吐或腹痛。

　　（3）吞咽困难和吞咽疼痛。

（4）严重的腹泻。

（5）急性胆源性胰腺炎、胆总管结石和急性胆管炎。

（6）胆道和胰管损伤。

胎盘早剥、临产、胎膜破裂和子痫等产科并发症为内镜检查禁忌证。

（二）内镜检查常用药物对孕妇的安全性

美国 FDA 根据药物对孕妇的安全性将药物分为 5 级，A、B、C、D 和 X 级，A 级和 B 级对于孕妇而言，是可以安全使用的药物，C 级药物的安全性目前未得到证实，D 级药物可能对胎儿造成不良影响，仅在益处明显高于可能出现的风险时方可使用，X 级药物孕妇禁用，这种药物分类国内也可作为参考。

国内的胃镜检查时，仅使用二甲基硅油和利多卡因等局部麻醉药物，而在结肠镜检查和 ERCP 时则需使用解痉药物和镇静药物。此外，近年来，国内业已开展了无痛内镜的检查，孕妇进行无痛内镜检查时，其麻醉也需由麻醉科医生执行。下文总结了内镜检查时一些常用药物对孕妇的安全性。

1. 二甲基硅油(C 级)

由于缺乏研究资料，因此二甲基硅油被归为 C 级药物，但目前认为，孕妇服用二甲基硅油是安全的。

2. 局部麻醉药物

包括利多卡因(B 级)在内的局部麻醉药物通常用于抑制呕吐反射使插管更舒适。在一项对 293 例怀孕前 3 个月应用利多卡因孕妇的研究表明，胎儿无畸形的发生。当必须使用利多卡因等局麻药物时，谨慎的做法是嘱咐患者以此漱口随后吐出而不是咽下。

3. 清肠药物

目前尚无孕妇服用聚乙二醇电解质散(PEG)的安全性的研究。PEG 溶液属于 C 级药物，同属 C 级的磷酸钠盐溶液可能会引起水电解质紊乱，需谨慎使用。

4. 哌替啶(B级)

2项大样本的研究均未发现哌替啶有致畸作用,因此,临床更倾向使用哌替啶,而不是能快速通过胎儿血脑屏障的吗啡(C级)和芬太尼(C级)。

5. 芬太尼(C级)

芬太尼起效时间和患者复苏时间均较哌替啶短,对大鼠的实验发现,芬太尼没有致畸形作用,但有胚胎致死作用,但在内镜检查时芬太尼一般应用剂量很小,目前认为仍然是安全的。

6. 纳洛酮(B级)

纳洛酮是一种阿片类受体的拮抗剂,起效快,在静脉注射后2分钟内即可通过胎盘,目前尚没有证据表明,纳洛酮有致畸形作用。但在阿片成瘾的孕妇,由于其可诱发阿片戒断综合征,因此禁用。有呼吸抑制、低血压和无应答等情况的孕妇需在密切监护下方可使用。同时也需考虑到纳洛酮代谢后再镇静发生的可能性。

7. 苯二氮䓬类药物(D级)

在怀孕早期(前3个月)持续应用地西泮(安定)与胎儿腭裂有关,而在怀孕后期则与神经行为异常有关,但有研究对这一观点提出疑问。地西泮(安定)在孕妇不能作为镇静剂使用。

咪哒唑仑虽然也是D级药物,目前未有其与先天异常有关的报道。当哌替啶镇静效果不佳时,咪哒唑仑是与其联合应用的首选苯二氮䓬类药物。但在情况允许时,在怀孕的前3个月,也应避免使用咪哒唑仑。

8. 氟马西尼(C级)

对此苯二氮䓬拮抗剂的安全性所知甚少。在大鼠及小鼠并未发现有致畸形作用,但其后代有轻微的神经行为异常。

9. 丙泊酚(B级)

由于丙泊酚的治疗指数较小和应用时需要密切监护,因此孕妇注射丙泊酚须由麻醉科医师执行。丙泊酚在怀孕前3个月应用的安全性目前尚无资料。

10. 胰高血糖素(B 级)

胰高血糖素是一种解痉药物,通常在 ERCP 时使用,并非孕妇禁用药物。

11. 肾上腺素(C 级)

肾上腺素是内镜治疗时常用的止血药物,但由于其可引起子宫血流减少,虽然肾上腺素与止痛剂联合应用时剂量很小,相对安全,但其作为内镜注射剂应用时的安全性仍未得到证实,因此,其止血作用需在考虑可能风险因素后方可进行。

12. 抗生素

大部分抗生素在怀孕时使用仍然是安全的,其预防性使用也与非怀孕患者相同。但某些抗生素由于其对胎儿的毒性作用而被禁用,而另外一些则在某些特定的怀孕时期方可安全使用。表 3-20 是一些常用的抗生素的分级。更具体的抗生素应用参见一些相关专业书籍。

表 3-20　孕期抗生素的安全性

可安全使用的药物	避免使用的药物	1～3 个月避免使用的药物	7～10 个月避免使用的药物
青霉素类	喹诺酮类	甲硝唑	磺胺类
头孢菌素类	链霉素		呋喃妥因
红霉素类(丙酸酯月桂硫酸酯类除外)	四环素类		
克林霉素			

(三) 胃肠镜检查

研究表明,上消化道内镜检查对孕妇而言是安全有效的,其过程与非孕妇患者相同。在一项对 83 例孕妇上消化道内镜检查的病例对照研究中证实,上消化道出血的诊断率为 95%。在这一研究中,上消化道内镜检查并不诱发早产和先天畸形。评价结肠镜检查安全性的研究样本数极小,因此对不良反应的发现意义也有限。在怀孕后期,孕妇行结肠镜检查时,不应采用仰卧或俯卧位。如果需腹部加压,注意用力柔和并避免直接压迫子宫。研究表明,上消化道内镜检查对孕妇而言是安全有效的,其过程与非孕妇患者相同。在一项对 83 例孕妇上消化道内镜检查的病例对照研究中证实,上消化道出血的诊断率为 95%。在这一研究中,上消化道内镜检查并不诱发早产和先天畸形。评价结肠镜检查安全性的研究样本数极小,因此对不良反应的发现意义也有限。在怀孕后期,孕妇行结肠镜检查时,不应采用仰卧或俯卧位。如果需腹部加压,注意用力柔和并避免直接压迫子宫。

在检查过程中,需注意的是,由于妊娠子宫可压迫主动脉和(或)下腔静脉,造成母亲低血压和胎盘灌流降低,因此所有的内镜检查中,怀孕 4~6 个月及 7~9 个月的患者在等待检查和复苏时均不能采用仰卧位。此时,可在右侧臀部放置枕头等物体避免该类情况的发生。患者也可采用坐位以避免对下腔静脉的压迫。大部分检查均在左侧卧位完成。孕妇更容易发生胃内容和分泌物的误吸。除了通常的患者监护外,也应加用胎儿监测。在内镜检查前须咨询产科医生。

(四) ERCP

ERCP 仅在以治疗为目的时方可进行。胆汁性胰腺炎、胆总管结石和胆管炎是通常的适应证,但在治疗不当时可能造成流产。现已有数项孕妇 ERCP 安全性的研究。胎儿需有放射线屏蔽措施,通常在孕妇的臀部和下腹部放置铅隔离衣,同时需注意射线由病患下方发射。子宫处放置射线测量装置。射线校准照射于检查部位,可减少胎儿的射线暴露。确定导管位置和胆总管结石时,应快速成像。避免应用 hard copy 的 X 线胶片,以避免过度曝光。在 ERCP 检查前应咨询放射科医生或医院辐射安全官员,以减少胎儿暴露于射线的时间。谨慎操作,使胎儿的射线暴露水平在可能致畸形的 0.05 Gy(5 rad)或 0.1 Gy(10 rad)以下。ERCP 仅可由经验丰富的内镜医生进行检查。

（五）电烧灼和电凝止血治疗

羊水是导电体，子宫不应位于接地板与电极导管之间。应该应用双极电灼，以避免散射电流刺激子宫。当进行乳头括约肌切开和电凝止血治疗时，电烧灼相对安全，但息肉摘除术仍需延迟至生产以后。

（六）小结

孕妇的内镜检查一般需遵循下列原则：

（1）必须有强烈的适应证，尤其是在高危妊娠时。

（2）怀孕的最初 3 个月内，尽量避免内镜检查，如果必须要进行内镜检查，尽可能延迟至怀孕的第 4 个月后。

（3）使用最低有效剂量的镇静药物。

（4）最好使用孕妇安全性为 A 和 B 级的药物。

（5）操作用时需少。

（6）采用左侧骨盆斜位或左侧卧位以避免压迫下腔静脉和主动脉。

（7）出现相关并发症时必须有产科专科医生协同处理。

二、哺乳期妇女

（一）适应证和禁忌证

哺乳期妇女进行诊断和治疗性内镜检查的适应证、准备工作、检查时的监护、射线暴露和内镜设备与一般患者无明显差别。由于在检查过程中所用的药物可能通过分泌的乳汁影响婴儿的发育，因此必须对此加以重视，如果某些药物可能通过乳汁进入婴儿体内，则母亲必须在药物的半衰期内避免哺乳。

（二）镇静药物和止痛药物

哺乳期妇女对镇静药物的敏感性和危险性与正常成年人

相同。

1. 咪哒唑仑

咪哒唑仑可从乳汁中排出。但一项研究发现,口服 15 mg 咪哒唑仑的 12 位哺乳期妇女,在服用药物 7 小时后,其乳汁中已不能测量到咪哒唑仑(<10 nmol/L)。咪哒唑仑及其代谢产物氧化咪哒唑仑在 2 名哺乳期妇女服药 4 小时后的乳汁内已不能检出。美国儿科学会目前认为,咪哒唑仑对婴儿的作用仍不确定,但值得关注。因此,在服药 4 小时内,应避免哺乳。

2. 芬太尼

芬太尼也能从乳汁排出,但其在乳汁中的浓度非常低,并不具备药理活性,且在用药 10 小时后,乳汁中即不能检出。因此,美国儿科学会认为,芬太尼在哺乳期也可安全使用。

3. 哌替啶

哌替啶在乳汁中可浓缩,且在用药 24 小时后仍可检出。研究发现,哌替啶可通过乳汁作用于婴儿,且可引起婴儿的神经行为异常。尽管如此,1983 年,美国儿科学会仍将哌替啶作为哺乳期的安全药物,但在情况允许时,建议使用芬太尼。

4. 丙泊酚

丙泊酚可从乳汁中排出,在用药后 4～5 小时,乳汁中的浓度达到高峰。丙泊酚小剂量口服时,对婴儿的影响不明确,但不建议在应用丙泊酚后仍持续哺乳。

5. 纳洛酮和氟马西尼

目前尚无纳洛酮和氟马西尼的安全性资料。

6. 抗生素

(1) 青霉素类和头孢霉素类药物:青霉素和头孢霉素类药物在乳汁中的含量很低,在哺乳期可安全使用。

(2) 氧氟沙星和环丙沙星:氧氟沙星和环丙沙星可从乳汁排出,但目前其毒性作用尚无研究。

（3）磺胺类药物：磺胺类药物可诱发核黄疸，因此在 2 个月以内的婴儿禁用。除此以外，在早产儿、患儿和葡萄糖－6－磷酸脱氢酶缺乏的婴儿也禁止使用。

（4）喹诺酮类药物：喹诺酮类药物可导致婴儿骨关节病，因此禁用。

三、总结

对于孕妇和哺乳期妇女进行内镜检查并非禁忌，但需有下列认识。

（1）孕妇进行内镜检查必须有强烈的适应证。

（2）怀孕的最初 3 个月内，尽量避免内镜检查，如果必须要进行内镜检查，尽可能延迟至怀孕的第 4 个月后。

（3）应用镇静药物前和内镜检查后必须证实胎心搏动的存在。

（4）使用最低有效剂量的镇静药物。

（5）最好使用孕妇安全性为 A 级和 B 级的药物。

（6）操作用时需少。

（7）需有产科医生在场进行监护。

（8）母亲和胎儿的监护需分别进行。

（9）孕妇在进行 ERCP 检查时，单用哌替啶进行镇静即可，如果需要，可用小剂量咪哒唑仑维持。

（10）无痛内镜的麻醉工作须由麻醉科医生进行。

（11）ERCP 本身是安全的，但需密切注意胎儿和母亲在射线下暴露的时间。

（12）内镜下治疗时，更倾向使用双极电灼，而不是单极电烧灼。单极接地板的放置需尽量减少通过羊水传导的电流。

（13）怀孕后期进行检查时和复苏期，孕妇需为侧卧位。

（14）孕妇和哺乳期时，喹诺酮类、链霉素和四环素禁用。

（15）哺乳期妇女进行上消化道内镜和结肠镜检查是安全的。

（16）哺乳期可安全使用芬太尼，芬太尼较哌替啶更安全。

（17）母亲在使用咪哒唑仑 4 小时内避免哺乳。

（18）使用丙泊酚后，避免持续哺乳。

（19）青霉素类、头孢菌素类和红霉素类药物在哺乳期可安全使用，而应避免使用喹诺酮类药物和磺胺类药物。

（徐 刚 刘 枫）

参 考 文 献

1. Ell C, Fischbach W, Keller R, et al. A randomized, blinded, prospective trial to compare the safety and efficacy of three bowel-cleansing solutions for colonoscopy [J]. Endoscopy, 2003, 35: 300－304.

2. Briggs GG, Greeman RK, Yaffe SJ. Drugs in Pregnancy and Lactation: A Reference Guide to Fetal and Neonatal Risk. 6th ed. Philadelphia: Lippincott Williams and Wilkins, 2002.

3. Cappell MS. The fetal safety and clinical efficacy of gastrointestinal encoscopy during pregnancy [J]. Gastroenterol Clin North Am, 2003, 32: 123－179.

4. Tham TCK, Vandervoort J, Wong RCK, et al. Safety of ERCP during pregnancy [J]. Am J Gastroenterol, 2003, 98: 308－311.

5. Johlin FC, Pelsang RE, Greenleaf M. Phantom study to determine radiation exposure to medical personnel involved in ERCP fluoroscopy and its reduction through equipment and behavior modifications [J]. Am J Gastroenterol, 2002, 97: 893－897.

6. Qureshi WA, Rajan E, Adler DG, et al. ASGE guideline: guidelines for endoscopy in pregnant and lactating women [J]. Gastrointestinal Endoscopy, 2005, 61: 357－362.

第十四节　小儿消化内镜检查

尽管小儿内镜检查的基本原则和技术与成人类似，但由于小儿与成人有着胃肠结构、组织病理的差异,使得小儿内镜检查逐渐发展成为一门专门学科。这门新兴学科需要儿科特定的技能训练、仪器设备和相关知识,从而使内镜操作更加安全舒适,最终促进患儿的健康。

1957 年,Basil Hirshowitz 发明了光纤胃镜 13 年后,第一篇关于小儿可曲式胃肠镜的文章被报道。最早的小儿内镜与小儿胃肠道不相适应,随着更细、更易弯曲的儿科专用设备的出现,儿科内镜得到了迅速的发展。目前的儿科消化内镜可以满足对上消化道、下消化道的直视、组织取样、治疗干预,而且这些操作甚至能应用于早产的新生儿。

患儿应该被看做一个解剖、生理、心理不断发育的特殊群体。小儿消化科医生需要熟悉了解多种不同于成人的先天或后天异常。本章将着重阐述小儿内镜和成人内镜的差异。

一、小儿患者及操作准备

(一)患儿准备

对于行内镜检查的小儿患者需要两个同等重要的准备工作:心理准备和医疗准备。检查前给予适当的心理准备能减少患儿的不安、焦虑,从而减少镇静剂的用量,保证患儿的安全。检查的必要性、怎样检查、在何地检查以及复苏的过程需要诚实而又准确地告诉患儿及其家长。

(二)医疗准备

需要对患儿详细询问病史、体格检查、做 ASA 分级评估(表3-21)。这将决定所行操作的类型、操作是否适合、操作地方(如手术室或内镜室)、人员和设备配置以及所需要的镇静剂用量。此外,实验室化验、影像学检查以及对家长或患儿期望值的评估对于做这些决定也有帮助。

表 3－21　美国 ASA 生理状态分级

ASA 分级	状　　　　态
1	正常健康病患
2	伴有轻度系统性疾病的病患
3	伴有严重系统性疾病的病患
4	伴有威胁到生命的严重系统性疾病的病患
5	垂死的病患,行手术才有希望存活

ASA:美国麻醉师协会。

(三) 禁食的建议

行麻醉下内镜检查传统上需要至少 8 小时的禁食时间,然而这对于婴儿、幼儿及其家长要求偏高(表 3－22)。因为这可能会导致婴儿脱水,对于潜在代谢紊乱的患儿会导致低血糖反应。目前越来越多的证据支持更宽松的禁食标准,这也得到了美国麻醉师学会的肯定,但这只能适用于接受麻醉和(或)行食管、胃、十二指肠镜检查(EGD)的所有儿童。

表 3－22　禁食预处理指南

摄　入　食　物	最少禁食时间(小时)
清水	2
早餐奶	4
婴儿奶粉	6
动物奶	6
便餐	6

摘自美国麻醉师协会对非麻醉师的镇静、止痛应用指南。

(四) 肠道准备

对于下消化道内镜检查患儿的肠道准备同成人基本一致,主要使用大容量灌肠或口服聚乙二醇的电解质平衡溶液。但这对于大多数儿童并不适用,因为其味道不适且溶液量多。一些患儿被收入院,通过放置胃管将溶液注入,但这增加医疗费用并且由于不适而难以被患儿接受。因此,大多数医院使用与家庭食谱结合的肠道准备试剂。对于小儿患者灌肠行肠道准备的最佳方案目前已取得一致(表 3 - 23、3 - 24)。

表 3 - 23　单独或联合应用于儿童肠道准备的常见泻药

药　　物	商　品　名	剂　　量*
清水		
聚乙二醇 平衡电解质溶液	Golytely, Nulytely	20 ml/(kg·h)(最大 1 升/h),直到排泄物清
聚乙二醇 非平衡溶液	Miralax	0～17.5 g,口服,bid×1～2 天
枸橼酸镁		2～4 ml/kg,口服,bid;最多 300 ml
镁乳		5～30 ml 口服,bid×1～2 天
双醋苯啶	Dulcolax	5～15 mg,口服/灌肠×1～2 天
口服磷酸钠	Fleets phosphosoda	15～45 ml,口服×1～2 倍剂量
灌肠用磷酸钠	Fleets Enema(成人)	每12～24 小时 1～2 倍剂量灌肠

* 推荐剂量,需要根据年龄、体形、是否合并使用等来调整剂量。

表 3–24　一个 6 岁儿童肠道准备的例子

操作前 2～3 天	镁乳 1 TPS 口服，bid
操作前 36 小时	澄清流质饮食
操作前晚	45 ml 磷酸钠口服，随后再饮 2～3 杯清水
操作前 4～6 小时	禁食

(五) 抗生素预防使用

　　美国心脏病协会与美国消化内镜协会发表了对于内镜操作前预防性使用抗生素的指南。内镜操作直接引起细菌性心内膜炎的风险很小，但在操作过程中或操作后的短时间内可能会引起一过性菌血症，这一般不会引起细菌性心内膜炎。上消化道内镜、结肠镜及乙状结肠镜检查引起菌血症的概率在 2%～5% 之间，黏膜活检及息肉摘除并不增加其风险。因此，对于行胃肠镜检查的无相关风险患者，无论是否行黏膜活检或息肉摘除都不必要预防细菌性心内膜炎。另外，对于免疫低下或安装有起搏器、假关节的患者也不推荐预防用抗生素。其他内镜操作如食管静脉曲张的硬化剂注射、狭窄的扩张或 ERCP 发生菌血症的可能性增加至 45%。细菌性心内膜炎的高风险因素包括植入人工心脏瓣膜、心内膜炎病史、手术相关或先天性体-肺循环分流、人工血管移植小于一年。这些患者行所有的内镜检查前需要预防性使用抗生素。然而，这些患者行内镜黏膜活检或息肉摘除时，是否需要进一步的使用抗生素预防，尚无足够的资料。

　　预防细菌性心内膜炎的抗生素种类及剂量如下：操作前半小时给予氨苄西林 50 mg/kg，im/iv (不超过 2 g) 和庆大霉素 1.5 mg/kg，iv/im (不超过 120 mg)；操作后 6 小时给予氨苄西林 25 mg/kg，im/iv 或阿莫西林 25 mg/kg，po。如果患者青霉素过敏，可以使用万古霉素来替代氨苄西林，并仍与上述剂量的庆大霉素结合使用。万古霉素 20 mg/kg，iv (不超过 1 g)，使用时间 1～2

小时,并在开始检查的 30 分钟内结束。

对于行经皮内镜下胃造瘘置管术的患儿都要预防性使用抗生素来减少发生软组织感染的风险。

(六) 知情同意书

同其他有创操作一样,对儿童患者行内镜检查前必须征得其知情同意。对于年龄小于 18 岁的患儿,需要征得其父母或法定监护人的知情同意。尽管患儿本人不能作出知情同意,但亦需要以合适的方式告知。

二、目前用于儿科患者的内镜操作

(一) 适应证和局限性

表 3-25、3-26 总结了儿科患者行胃肠镜的适应证。这些摘自北美儿科胃肠病、肝病和营养协会 1996 发表的文献。儿科患者上消化道内镜的主要适应证包括胃肠道出血、反复发作的上腹痛、恶心或呕吐、喂养或生长异常、腐蚀性物质或异物食入等。

表 3-25   儿科上消化道内镜适应证

诊断

- 摄入腐蚀物
- 胸痛
- 吞咽困难或吞咽痛
- 伴随体重减轻的早饱或厌食
- 拒食
- 胃肠失血
- 缺铁性贫血
- 恶心或持续呕吐

续 表

- 持续或复发的消化不良或胃灼热感
- 组织/液体取样
- 上腹痛
- 影像学异常的评价

周期性随访

- Barrett 食管
- 家族性腺瘤性息肉病综合征
- Gardener 综合征
- 静脉曲张的分级
- 遗传性扁平腺瘤综合征
- 小肠移植
- 息肉病
- 选择性黏膜疾病
- 选择性溃疡

治疗

- 肠内或饲管放置或更换
- 异物取出
- 注射治疗
- 内镜下肉毒杆菌毒素注射
- 内镜下皮质激素注射
- 硬化疗法
- 食管静脉套扎或硬化
- 气囊扩张
- 息肉摘除
- 狭窄扩张
- 上消化道出血

表 3 - 26   儿科下消化道内镜适应证

诊断

- 慢性腹泻
- 影像学异常的评价
- 胃肠道失血
- 术中损伤定位
- 缺铁性贫血
- 外科手术标记
- 放置了活动性导管
- 怀疑炎症性肠病
- 组织/液体取样

周期性随访

- IBD 治疗反应的评价

发育异常/恶性肿瘤

- 肠移植

治疗

- 持续出血的控制
- 息肉摘除
- 血管畸形
- 异物取出
- 经皮盲肠造瘘术
- 息肉摘除
- 乙状结肠扭转/肠套叠复原
- 狭窄扩张

儿科患者结肠镜检查的主要适应证包括胃肠道出血、不能解释的慢性腹泻、腹痛伴炎症性肠病(IBD)相关的全身症状及对 IBD 或息肉病患者发育不良的筛查。

与成人患者不同,小儿结肠镜适应证不包括体检,或实验室检查结果正常及无其他病史的便秘或慢性腹痛和大便习惯改变,因为没有潜在致病因素的情况下,儿童发生结直肠肿瘤的概率相当低。另外,对于小于 5 个息肉的无症状患儿不推荐随访结肠镜。

上消化道和下消化道内镜检查的绝对、相对禁忌证分别在表 3 - 27、3 - 28 中列出。需要指出的是结缔组织疾病如 Ehler-Danlos 综合征(又称皮肤弹性过度综合征)的患儿发生胃肠穿孔的风险增加。如果能通过无创检查获得相似的结果,尽量不要行内镜检查。尽管不是禁忌证,内镜不推荐于肥厚性幽门狭窄或简单的胃食管反流病患者或用于第一次出血前的血管曲张的治疗。同样,肠镜也不推荐用于急性自限性腹泻。儿科内镜的主要限制仍然为其规格大小。随着厂家制造出越来越小的内镜及其相关设备,越来越多的新生儿胃肠道检查得以实施。小儿胃镜插入部外径为 5 mm,用于诊断的重 900 g,用于经皮内镜下胃造瘘术(PEG)的重 2 100 g。

表 3 - 27　儿科 EGD 禁忌证

- 部分或完全性肠梗阻
- 腹膜炎
- 近期肠道手术
- 严重的吞咽损伤
- 严重的休克或呼吸性窘迫
- 怀疑穿孔
- 不配合的患者
- 未纠正的出血体质

表 3‐28 儿科患者结肠镜检查禁忌证

绝对

- 腹膜炎
- 怀疑肠穿孔

相对

- 循环功能不稳定
- 结肠大出血
- 中性粒细胞减少症/怀疑盲肠炎
- 部分或完全的肠梗阻
- 肠道准备差
- 近期肠道手术
- 中毒性巨结肠
- 未纠正的出血体质

(二) 患者镇静

对于儿科患者,行内镜检查基本上都需要镇静。镇静目标是抗焦虑、镇痛及将内镜操作遗忘。内镜操作人员的目标包括保证患者的安全、保证适合的内镜检查和治疗干预、保证设备安全、提高时间效率及减少患者费用。由于儿科内镜操作的类型和复杂性在增加,镇静的类型(全麻,深度、中度、轻度镇静)对于小儿消化科医生变得更加复杂。

由于麻醉方式的多样性、有效性和复杂性,通过什么方式能获得更好的麻醉尚有争论,并正在进一步地完善。当选择最适合的麻醉方案时需要考虑众多问题。偶尔情况下,行内镜操作的儿科患者不行麻醉。对于行上消化道内镜的幼婴一般不行麻醉,主要由于对麻醉剂在其体内药代动力学不明确。

对于大多数儿科内镜操作仍推荐使用镇静及止痛药。选择合适的镇静方案是复杂的,需要考虑患者的年龄、发育水平、操作的类型及预期操作时间、镇静方案的风险及利益、患者和患者家庭的期望等(表3-29)。医生可以选择不同的麻醉方案,但应该能比较清楚地了解达到预期镇静的剂量、如何监测患儿以及认识并治疗麻醉相关并发症。大多数内镜医生使用一种麻醉药(如芬太尼和哌替啶)和一种苯二氮䓬类(如咪哒唑仑)结合的方案来获得中度镇静。最近,"非传统"的镇静剂也被用于儿科内镜,包括丙泊酚、氯胺酮、七氟烷。尽管效果不错,但由于其经常会引起深度镇静并可以引起特定的气道问题,需要麻醉监护。

表3-29　选择适当的镇静方案时医疗因素外需要考虑的因素

患者相关因素

- 年龄

- 发育水平

- 既往经历

- 潜在因素

- 并存疾病

内镜医生相关

- 镇静训练的水平和类型

- 过去的经验

- 效率

操作相关

- 类型(如 EGDvs. ERCP)

- 复杂性(如诊断 vs. 治疗)

- 持续时间

机构相关

- 位置

- 护理和辅助人员的配备

- 政策

（三）内镜操作技术

所有的儿科内镜操作技术与成人类似，但也应该清楚地认识到两者之间存在显著的差异。

1. 食管、胃、十二指肠镜检查

食管、胃、十二指肠镜检查（EGD）是儿科胃肠病医生最常见的内镜操作。儿科上消化道内镜操作安全、创伤小。与成人相似，小儿 EGD 可在门诊操作，一般需要 15～20 分钟。超细内镜的出现，如 Olympus N30，插入部外径为 5.3 mm，甚至可以应用于 1.5 kg 的早产儿。婴儿的上消化道内镜准备有些差别。婴儿一般不需要牙垫，可以将内镜本身作为假乳头或者将整个内镜插入部通过一个顶端被切除的奶嘴瓶。一些机构根据实践经验废弃了对于婴幼儿使用咽喉局部麻醉法，因为这种方法使得患者比较痛苦，同时效果也不佳。

与盲探插管术相比，直视下食管插管是首选的。这对于接受中度镇静的儿童更为舒适，更重要的是能对吞咽结构进行观察来发现胃食管反流病的征象、异物和喉部畸形。咽喉短暂注气可以使插管变得更容易，这会引起咳嗽，随后引起吞咽动作将食管口打开。从环咽肌到胸廓入口的食管部分较狭窄，难以检查，特别是对于婴儿，这也是食管异物的好发部位。

将胃液吸去并注气直到胃皱襞完全消失后，将胃镜推进通过胃体进入胃窦，仔细观察胃黏膜。需要指出的是胃体和胃窦连接部形成了切迹，而儿童的角度比成人更锐利，这需要以胃镜压迫胃大弯以便镜子通过。该动作需要在大弯处施加一定的压力，会引起患者的不适。

对胃贲门食管连接处的反转观察是内镜操作的一个必要组成部分，但对于小儿检查较困难，特别是使用较大尺寸的内镜。这种动作也可以在检查完十二指肠后做，它需要从顶端往切迹处退出。

内镜不能强行通过幽门，因为这会导致镜子的顶端突然抵触十二指肠球壁,而小儿十二指肠球部较短及大弯对内镜前插力量的间接传导作用,会增加小儿患者十二指肠血肿和穿孔的风险。检查完球部后,用与成人检查类似的方式进入十二指肠的第二部分。然而,这部分检查需要非常仔细,因为这块面积很小。远端十二指肠检查可以使用直接推进的方式。

活检通常在镜子退出的时候取。组织病理的质量通常取决于活检组织块的大小和活检部位的准确性。

大体来说,活检钳选择能通过工作孔道的最大型号。活检位置的选择很有争议。活检应该在看上去不正常或考虑最容易明确诊断的部位选择(例如,怀疑嗜酸细胞性食管炎在近端食管取活检)。即使内镜下所见正常,也需要做活检来证实病理水平是否正常。在这些情况下,推荐活检部位为远端十二指肠、胃窦、幽门前区、沿胃大弯的胃体区、齿状线上方 2～5 cm 的远端食管。

由于内镜下表现与组织学结果相关性不强,要求内镜医生对黏膜活检的选取应具备丰富的经验。比如,常规对小儿患者的远端十二指肠活检以排除乳糜泻,因为在青春期以前环状襞的皱褶和凹口不明显。在退出的时候,将残留在胃中的气体吸去以改善呼吸和防止气体引起的不适。检查结束后,要对患者做腹部体检。

2. 结肠镜

了解结肠的解剖位置及可能的变异对于安全高效的肠镜操作是必要的。15%的个体升结肠和降结肠不是固定于腹膜后的椎旁沟。他们与横结肠和乙状结肠类似,处于游离状态,这导致了内镜操作时无法预测结肠在腹腔内的移动方向。这样的解剖结构可能会增加肠襻的形成。结肠壁的厚度和结肠的长度也是内镜检查时需要考虑的。结肠壁非常薄,厚度为 1.7～2.2 mm。出生时,结肠长度大概为 50 cm,在成人达到 90～120 cm。在结肠镜到达盲肠的时候,镜子进入的长度在年幼儿为 40～50 cm,在青少年和成人达 60～80 cm。插入的长度明显大于预期的结肠长度时预示着存在一个大的襻,这会增加结肠穿孔的风险。

在操作前,操作台的高度调整到操作者的腰部位置,以利于结肠镜操作。另外,一些儿童患者可能需要调整房间的温度,特别对于需要延长结肠镜检查时间的婴儿。

除了全麻患者取仰卧位外,一般患者以左侧卧位。操作时先检查肛周和肛门。肛周疾病如皮赘或龟裂,在没有便秘的情况下需要考虑炎症性肠病的可能。肛门指检除了能获得有效的临床信息(如狭窄、息肉等)外,也能反映镇静及肠道准备是否合适。

结肠镜应该通过整个结肠,需要记住以下几个要点。

1) 对肠腔要保持直视下,这可能不是一直必要的,但至少在短时间或短距离时是必要的(如通过直肠乙状结肠连接部或脾曲)。

2) 减少襻形成时,尽可能少注气能使内镜通过变得容易。

3) 尽可能避免肠襻形成,一旦形成就应该去除。

4) 经常短距离推进和后退使内镜与结肠成"拉手风琴"样,有利于推进并避免襻形成。

正确的结肠镜操作可以通过以下来判断:接受检查的患儿在操作过程中未感觉不适;到达盲肠部;在退出时无黏膜损伤。对婴儿和年幼儿直肠黏膜的检查可以发现许多黏膜下小结,它们在充气时消失,但可能不会完全消失。这些小结表示淋巴小结增生而不是器质性疾病。内镜下标记,如肝脏和脾脏的蓝色轮廓或横结肠的三角轮廓在年幼儿可能并不明显。认识正确的结构(如阑尾开口,回盲瓣或特征性的结肠袋襞)、目测右下腹的内镜发出的光、通过示指在该部位触诊发现锐利的盲肠切迹有助于成功的盲肠插入。插管回回盲部并对回肠末端检查是重要的操作,这对 IBD 的评价或不明原因性便血是非常有意义的。回盲瓣插管可能是结肠镜检查最难的操作之一,但通过将肠管拉直会使操作变得容易。以成人内镜医生的角度看,儿童回肠末端显得不正常,因为覆盖着许多黏膜下小结,事实上这是丰富的淋巴滤泡集结的正常表现。这种淋巴结增生随着年龄增长而减少,但在部分较年长青少年中也能出现。偶然情况下,影像学上这种情况类似于 Crohn 病,但在内镜下 Crohn 病可以看到渗出物和(或)溃疡。

将结肠腔充气可以保证在内镜退出的时候观察全部的黏膜表面,同时也可以取活检。尽管黏膜看起来正常,也需要取活检。即使经验丰富,肉眼所见和病理学结果不同的情况常有发生。对盲肠、横结肠、降结肠、乙状结肠和直肠随机取样并放置于专门的容器中。在全部退出前需要通过反转观察远端直肠。

3. 乙状结肠镜检查

对于只需要对远端大肠进行检查时可使用乙状结肠镜。这对于肠道准备和镇静的要求较宽松。对于乳儿只需要 6～8 小时的禁水,操作过程中备一个奶瓶。如果乙状结肠镜检查提示需要进一步检查(如发现便血的患儿有小息肉),则随即行全结肠镜检查。这可以避免再行肠道准备和镇静。

4. 治疗性内镜

治疗性内镜也是小儿胃肠镜医生需要掌握的一个部分,这可以替代一些创伤较大的外科手术。所有的技术除了经皮内镜下胃造瘘术,都来自成人。因此,总的技术要求、适应证、禁忌证与成人类似,但也有一些特殊的地方,这包括儿童的大小,特别是特定的设备是否适合儿科内镜狭小的工作管腔。适合儿童的治疗性内镜在表 3 - 25、3 - 26 中列出。

5. 小肠镜

目前对于小肠镜的需求越来越高。这对于不明原因性肠道出血、Crohn 病和多发性息肉综合征特别有价值。小肠镜检查有三种模式:探条式小肠镜检查、推进式小肠镜检查和术中辅助推进式小肠镜检查。探条式小肠镜检查目前很大程度上被新型、快速的技术替代。推进式小肠镜为经口进入至屈氏韧带上方。操作熟练者可以检查 120～180 cm 长度的小肠。儿科也有专门使用的小肠镜。不足之处包括操作的时间延长和不适增加、需要全麻和十二指肠角度的存在。这种锐利的角度会分散内镜的推进力，导致大而不适的胃襻形成。这可以通过拉直镜身或使用新型可变硬度的内镜来解决。该种小肠镜除了可以做直视检查，也同样可以取活检，但治疗效果有限。术中辅助小肠镜操作同时需要外科医生和内镜医生，可以用来做多种治疗，包括儿童多发性息肉切除术和切除多发性小肠血管扩张。这种操作需要腹腔镜或者开腹手术。经口小肠镜可以在外科医生帮助下到达回肠末端。内镜退出的时候可检查黏膜，也可以取活检、息肉摘除或为手术切除做黏膜标记定位。

6. 胶囊内镜

从 2000 年第一次报道到现在已经发展成为一种有价值的诊断小肠黏膜疾病的方法。这种技术基于互补型金属氧化物影像传感器，特定用途的集成电路设备和发光二极管照明。目前主要应用于成人，对于儿科应用的价值还在研究之中。胶囊内镜的尺寸为 11 mm×26 mm，可以被儿童吞下。

尽管更小尺寸的胶囊内镜还没有报道，研究发现体重 25 kg 的儿童可以毫不困难地吞下。对于更小的儿童，可以通过常规内镜将其放置于十二指肠。胶囊内镜可以随着肠蠕动而前行。短焦距(1 mm)可以使其不需要充气并能提供优质的图像。

胶囊内镜可以用于不明原因性胃肠道出血、Crohn 病和多发性息肉综合征，或其他适应证(如肠道排异反应或移植后移植物抗宿主病的监测)。对于怀疑梗阻或狭窄的患者禁忌使用。

7. 超声内镜

尽管多用于成人，主要用于对肿瘤的诊断，但在儿童胃肠疾病的研究中也被常规地应用。目前已经发表的相关文献还不多，但已显示其对于消化道肿瘤、血管瘤和胆道、胰腺、直肠疾病的研究很有价值。

三、几种特殊儿科胃肠疾病的内镜诊治

（一）嗜酸细胞性食管炎

嗜酸细胞性食管炎（EE）在儿科患者中越来越多地被认识到。反流性食管炎和 EE 内镜下有相似的表现。附着于食管黏膜白斑被认为与 EE 相关性较高，显微镜下可发现这些白斑包含着嗜酸细胞。为了区分 EE 和反流性食管炎，推荐从鳞状柱状上皮接合处邻近 3 cm 的远端食管取两块活检，并从中段食管处取两块活检。这是因为反流性食管炎在远端食管严重，而 EE 病变较弥散。两者的区分对临床很重要，因为前者需要做过敏食物检测，避免过敏饮食和皮质激素治疗可缓解，而后者只需要抑酸治疗。

（二）过敏性肠病和结肠炎

过去数十年来胃肠道食物过敏一直被认为是一个重要的儿科疾病。前瞻性研究显示牛奶喂养的婴儿发生牛奶过敏的发生率为 2%，而母乳喂养的只有 0.5%。牛奶过敏是婴儿期最主要的食物过敏，典型的症状包括呕吐、腹泻、便血、生长停滞、吸收不良和贫血。症状可在一出生或者出生数月后发生。其中 40%～60% 的婴儿出现与大豆蛋白的交叉反应，这就需要使用牛奶蛋白水解物或合成氨基酸作为治疗。该病诊断主要基于临床病史。可曲式乙状结肠镜可以发现直肠乙状结肠局部黏膜红斑、小结、溃疡。典型的活检组织可见嗜酸细胞浸润。

（三）异物摄入

儿童异物摄入对于小儿消化科医生来说是一个常见病。80% 的异物摄入发生于儿童，其中大多数发生于小于 3 岁的幼儿。异物摄入相关的症状可因异物的位置和患者的年龄而不同，包括吞咽困难、吞咽痛、胸痛、窒息、流涎、喂养困难、呼吸困难、腹痛和便血。偶尔可在因为咳嗽、气急行 X 线检查发现异物。大约 90% 的

吞咽异物为 X 线不能透过,因此对于怀疑吞咽异物的患者首先应该行 X 线检查。对于就诊的吞食异物患者,约 90% 能自行排出,10%~20% 需要内镜取出,而小于 1% 需要手术。

硬币是儿童最常见吞食的异物。而它引起的最大问题就是嵌顿于食管内。需要指出的是食管内硬币在正位片看到平面像,而其边缘在侧位片上显示。如果是相反的情况,最有可能的是硬币在气管中。食管硬币导致不能吞咽唾液或呼吸窘迫的情况下需要急诊内镜下取出异物。如果硬币嵌顿在胸廓入口处水平,大多数情况下不能自行通过,需要在 24 小时内通过内镜将异物取出,以减少并发症如食管狭窄、压迫气管、假憩室病、气管/支气管食管瘘、动脉食管瘘或食管穿孔。对于在胃食管连接处远端的硬币常规不推荐取出,除非患者出现症状或者硬币超 4~6 周未排出,这种情况下一般不再会自行排出。

尽管在成人不大可能,但儿童吞食电池常有发生,特别是纽扣电池。如果电池嵌顿于食管导致的不良反应较严重,需要紧急内镜取出。报道的并发症有迟发性食管狭窄、食管穿孔、瘘管形成甚至死亡。

电池在食管中嵌顿 6 个小时就可能引起食管穿孔。因此,需要通过 X 线迅速而准确地区分纽扣电池和硬币,纽扣电池有个"双重密度"的显示,如果患者没有症状而电池在胃中,建议先观察。如果电池在胃中停留时间超过 48 小时,而患者出现症状时,建议内镜取出。这种取出方式可以通过网篮、息肉结扎器或钳子。导泻药在某些情况下可以促进电池排出,需要仔细筛查患者的粪便和重复 X 片检查来证实排出。

(四) 幽门螺杆菌相关胃炎

幽门螺杆菌(Hp)感染是儿童胃炎最常见的原因,最近的研究显示其与大多数 10 岁以上儿童原发性消化性溃疡密切相关。10 岁以下的儿童消化性溃疡多与应激事件或相关治疗如激素或非甾体类消炎药有关。儿童期感染 Hp 被认为是胃黏膜相关淋巴瘤和成人胃癌的危险因素。Hp 可以通过粪-口或口-口传播,家庭内部的平行传播也有报道。

Hp 感染随着年龄的增加而增加。已经证实的感染因素包括卫生差、拥挤、社会经济地位低、营养条件差和消化性溃疡家族史。患儿 Hp 感染的症状包括上腹部痛和呕血。胃镜加活检是儿童 Hp 的首选诊断方法。尿素酶试验在儿童 Hp 感染的敏感性为 $75\% \sim 100\%$,但对小于 2 岁的幼儿无论敏感性还是特异性都明显降低。

儿童胃十二指肠黏膜的内镜下表现常常与其病理学表现不一致。因此推荐对胃窦、胃体和十二指肠黏膜取活检。最近,散在胃窦小结被发现是 Hp 胃炎的特征性表现,而病理下的特征性表现是有着黏膜集合淋巴结的慢性胃炎。对 Hp 胃炎的治疗类似于成人的三联疗法,但需要根据体重对药物剂量进行调整。该治疗对于 $70\% \sim 95\%$ 的患者能根除 Hp,改善病理学异常和临床症状。

对于非溃疡性消化不良儿科患者的 Hp 诊断和治疗还有很多争论。内镜复查来证实 Hp 是否根除一般不被推荐,除非患者仍然有症状或间接诊断试验(如粪抗原检测或 C^{13} 呼气试验)阴性。

(五) 小儿息肉

消化道息肉摘除是成人和儿童内镜治疗中应用最广的操作。与成人不一样的是,除了息肉病综合征,大多数儿童消化道息肉患者无潜在恶性。超过 90% 的儿童息肉为幼年性息肉。消化道息肉在学龄前和学龄儿童的发病率为 1%。幼年型息肉可以单发或多发,主要表现为无痛性肠道出血,反复发作的腹痛,或肠套叠。因为 60% 的息肉邻近乙状结肠,因此对于怀疑息肉的患儿选择全结肠镜而不是乙状结肠镜。幼年型息肉可以是无蒂的,但通常是有蒂的,长度和直径可以达数厘米。尽管单个幼年息肉发生恶变的可能性很小,但发现了就应该摘除。单个息肉同时没有息肉病综合征家族史者可以行结肠镜加息肉摘除术来治疗。如果又出现新的症状,需要进一步检查明确。如果有家族史或证实为多发性息肉病者,需要根据常规指南筛查。

儿童患者偶尔也能发现腺瘤,尽管很罕见。这些患儿通常有家族性腺瘤性息肉病(FAP)或遗传性非息肉性结肠直肠癌综合征。小于30岁的患者发现结肠腺瘤需要考虑是否有遗传性息肉病综合征。对于这样的患者需要做相应的基因测试和问询。APC基因突变可以发生在60%~80%的这样的病例中。对于有家族史而基因检测阴性的患者,FAP可以排除,而对于有家族史且基因检测阳性者则可明确FAP的诊断,并需要进一步行内镜检查。对于年龄10~14岁的患儿推荐每年行1次乙状结肠镜检查直到发现腺瘤。因为该病早期发生于直肠,所以行乙状结肠镜就已足够。对于16岁后的患者需要行全结肠镜检查,以明确息肉的数量和位置以及发育不良的程度。根据检查结果和心理、教育需要来决定行手术的时间和类型。对于有家族史而基因型不明确的患者,推荐对于10~14岁年龄段需要每年行1次乙状结肠镜检查直到发现腺瘤后行全结肠镜检查。也有推荐如果20岁前没有发现息肉,则每5年行内镜下喷洒染色检查。目前,FAP患者最常见的肿瘤相关死亡为十二指肠和壶腹部恶性肿瘤。对胃、十二指肠和壶腹部的侧视镜检查一般于20岁以后开始,对儿童不常规推荐。如果FAP患儿有不明原因上腹痛,需要有经验的内镜医生尽早使用侧视内镜检查。

(六)淋巴小结增生

淋巴小结增生是行结肠镜检查的小儿常能发现的淋巴组织增生类型。这主要出现在末端回肠,但也可在直肠乙状结肠和结肠发现,它并不是一种病理情况。黏膜下淋巴滤泡为2~4 mm大小。如果出现在直肠或乙状结肠,则可能会出现间断性便血,这些密集或分散的淋巴小结会因肠道空气注入而消失。随着年龄增长,增生的淋巴小结会逐渐消失。使用软便药物有利于减少便血的发生。

（蔡晓波　刘　枫）

------------------ 参 考 文 献 ------------------

1. Vasundhara T, Peters J, Gilger M. Sedation for pediatric endoscopic procedures[J]. J Pediatr Gastroenterol Nutr, 2000, 30: 477 - 485.

2. Ingebo KR, Rayhorn NJ, Hecht RM, et al. Sedation in children: adequacy of two-hour fasting[J]. J Pediatr, 1997, 131: 155 - 158.

3. Schreiner MS, Triebwasser A, Kcon TP. Ingestion of liquids compared with preoperative fasting in pediatric outpatients[J]. Anesthesiology, 1990, 72: 593 - 597.

4. Gleghorn EE. Preoperative fasting: you don't have to be cruel to be kind[J]. J Pediatr, 1997, 131: 12 - 13.

5. Gremse DA, Sacks AI, Raines S. Comparison of oral sodium phosphate to polyethylene glycol-based solution for bowel preparation for colonoscopy in children [J]. J Pediatr Gastroenterol Nutr, 1996, 23: 586 - 590.

6. Abubakar K, Goggin N, Gormally S, et al. Preparing the bowel for colonoscopy[J]. Arch Dis Child, 1995, 73: 459 - 461.

7. Dashan A, Lin CH, Peters J, et al. A randomized, prospective, study to evaluate the efficacy and acceptance of three bowel preparations for colonoscopy in children[J]. Am J Gastroenterol, 1999, 94: 3497 - 3501.

8. da Silva, MM Briars, GL, Patrick MK, et al. Colonoscopy preparation in children: safety, efficacy and tolerance of high- versus low-volume cleansing methods[J]. J Pediatr Gastroenterol Nutr, 1997, 24: 33 - 37.

9. Neu HC, Fleischer D. Controversies, dilemmas, and dialogues:

recommendations for antibiotic prophylaxis before endoscopy[J]. Am J Gastroenterol, 1989, 84: 1488.

10. Dajuni AS, Taubert KA, Wilson W, et al. Prevention of bacterial condocarditis: recommendations by the American Heart Association[J]. JAMA, 1997, 277: 1794 - 1801.

11. Squires RH, Colletti RB. Indications for pediatric gastrointestinal endoscopy: a medical position statement of the North American Society for Pediatric Gastroenterology and Nutrition[J]. J Pediatr Gastroenterol Nutr, 1996, 23: 107 - 110.

12. Stillman AE, Painter R, Hollister DW. Ehler-Danlos syndrome type IV: diagnosis and therapy of associated bowel perforation [J]. Am J Gastroenterol, 1991, 86: 360 - 362.

13. Lazzaroni M, Petrillo M, Tomaghi R, et al. Upper GI bleeding in healthy full-term infants: a case -control study [J]. Am J Gastroenterol, 2002, 97: 89 - 94.

14. Ojala R, Ruuska T, Karikoski R, et al. Gastroesophageal endoscopic findings and gastrointestinal symptoms in preterm neonates with and without perinatal indomethacin exposure[J]. J Pediatr Gastroenterol Nutr, 2001, 32: 182 - 188.

15. Ruuska T, Fell JM, Bisset WM, et al. Neonatal and infantile upper gastrointestinal endoscopy using a new small diameter fibreoptic gastroscope[J]. J Pediatr Gastroenterol Nutr, 1996, 23: 604 - 608.

16. deBoissieu D, Dupont C, Barbet JP. Distinct features of upper gastrointestinal endoscopy in the newborn [J]. J Pediatr Gastroenterol Nutr, 1994, 18: 334 - 338.

17. Nowicki MJ, Vaughn CA. Sedation and anesthesia in children for endoscopy[J]. Techniques in Gastrointestinal Endosc, 4 (4), 2002: 225 - 230.

18. Gillett P, Hassall E. Pediatric gastrointestinal mucosal biopsy [J]. Gastrointest Endosc Clin N Am, 2000, 10: 669 - 711.

19. Gillett P. Pediatric gastrointestinal mucosal biopsy: special considerations in children[J]. Gastrointest Endosc Clin N Am, 2000, 10: 669 - 712.

20. Lim JR, Gupta SK, Fitzgerald JF, et al. White specks in esophageal mucosa (WSEM): a true endoscopic manifestation of severe eosinophilic esophagitis (EE) in children[J]? J Pediatr Gastroenterol Nutr, 2001, 33: 411.

21. Host A, Halken S. A prospective study of cow milk allergy in Danish infants during first three years of life[J]. Allergy, 1990, 45: 587 - 596.

22. Arana A, Hauser B, Hachimi-Idrissi S, et al. Management of ingested foreign bodies in childhood and review of the literature [J]. Eur J Pediatr, 2001, 160: 468 - 472.

23. Dohil R, Israel DM, Hassall E. Effective 2 week therapy for Helicobacter pylori disease in children[J]. Am J Gastroenterol, 1998, 92: S244 - 247.

24. Hyer W. Polyposis syndromes: pediatric implications [J]. Gastrointest Endosc Clin N Am, 2001, 11 (4): 659 - 682.

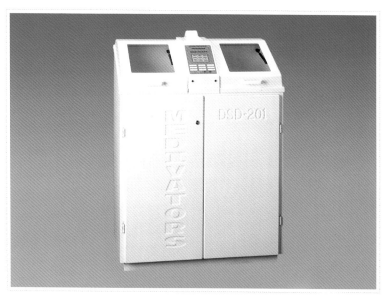

彩图5　美国明泰科DSD立式双镜异步洗消机

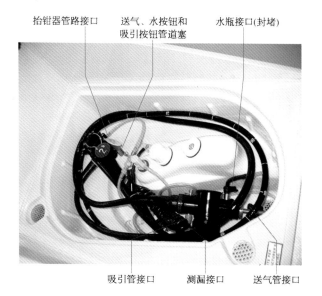

彩图6　内镜手工清洗后置入清洗消毒机槽内,连接好所有的腔道

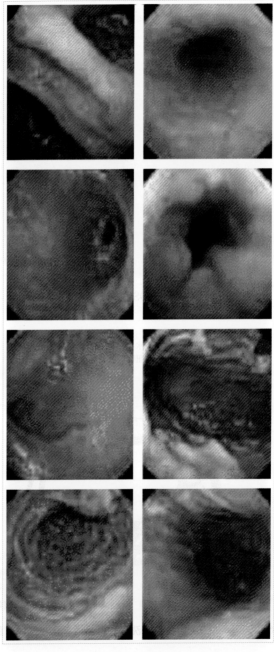

彩图7　胃镜下采集的各部位图像

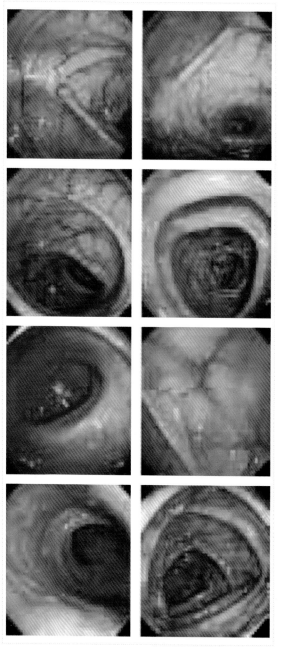

彩图8　结肠镜下采集的各部位图像

ASP ADVANCED STERILIZATION PRODUCTS®
a *Johnson&Johnson* company

内镜消毒 新标准

CIDEX®邻苯二甲醛消毒液

5分钟
高水平消毒

AER 20301型自动内镜清洗消毒机

Cidex OPA

更快速、更高效、更安全

强生(上海)医疗器材有限公司

上海市虹桥路355号 城开国际大厦4楼 200030 电话：021-22058888 传真：021-22059252

如需更多详情，请与ASP销售人员联系

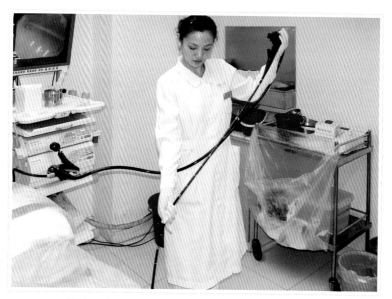

彩图1 内镜取出后立即擦洗并送气与送水至少10秒

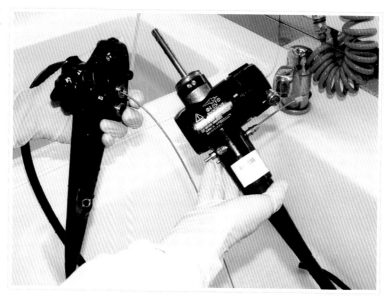

彩图2 用毛刷对内镜管道进行刷洗

彩图3　内镜进行全浸泡全管道消毒

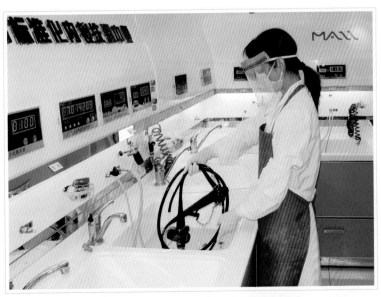

彩图4　工作人员穿戴防护用品进行内镜洗消